외로워도 외롭지 않다

외로워도 외롭지 않다

정호승의
시가 있는
산문집

비채

작가의 말

시와 산문은 한 몸입니다. 아버지와 어머니가 제 존재의 한 몸이듯 시와 산문은 제 문학의 한 몸입니다. 제 영혼과 육체가 저를 이루듯 제 시와 산문이 제 문학을 이룹니다. 그렇지만 저는 그동안 시는 시집으로 엮고 산문은 산문집으로만 엮어왔습니다. 시집과 산문집의 육체는 구분되어야 마땅하지만 그 영혼마저 구분되어야 하는 것은 아닙니다. 그래서 저는 늘 시와 산문이 한 몸인 책을 소망해왔습니다.

이 책은 그 소망이 이루어진 결과입니다. '정호승의 시가 있는 산문집'이지만 '정호승의 산문이 있는 시집'이기도 합니다. 물론 시 해설집이거나 시 평론집은 아닙니다.

60편의 시와 산문이 어우러진 '시 산문집'입니다. 시의 배경이 되거나 계기가 된 이야기들을 그 시와 함께 한자리에 한 몸으로 모아놓은 것입니다.

시든 산문이든 저의 일상적 삶에서 발견되고 쓰입니다. 한날 한순간에 경험하고 발견된 것이라도 시로 써지기도 하고 산문으로 써지기도 합니다. 쓰고 싶은 글의 소재나 주제는 같지만 그것을 담는 정신의 그릇이 다를 뿐입니다. 같은 내용이라도 시의 그릇에 담을 수도 있고 산문의 그릇에 담을 수도 있습니다.

결국 그 그릇에 담긴 시와 산문이라는 요리는 문학이라는 식탁에 한데 놓여 우리의 영혼의 양식이 됩니다. 저는 오늘 이 식탁에 문학을 사랑하는 여러분을 초대합니다. 부디 맛있게 잡수시고 '마음이 가난한 자'가 되십시오. 이 책의 순서대로 시를 먼저 읽고 산문을 읽으셔도 좋고, 산문을 먼저 읽고 시를 읽으셔도 좋습니다. 손 가는 대로 마음 가는 대로 어디든 펼쳐서 읽으시면 됩니다. 이 식탁에는 그동안 제가 낸 산문집에 있던 글을 시와 함께 한상에 차려놓은 것도 몇 개 있습니다.

이 책은 일흔이 된 지금까지의 제 삶의 외로운 흔적이거나 그리운 편린들입니다. 그래서 세월이 지난 흑백사진도 그 외로움과 그리움을 추억하기 위해 몇 장 넣었습니

다. 과거를 추억하면 즐겁고 기쁜 마음으로 미래를 기다릴
수 있지 않을까요.

　인간은 사랑해도 외롭고 사랑하지 않아도 외롭습니다.
사랑을 받아도 외롭고 사랑을 받지 못해도 외롭습니다. 그
것이 인간 존재의 본질입니다. 저는 이 책이 그 본질을 이
해하고 긍정하는 데에 미약하나마 보탬이 되고 도움이 될
수 있기를 바랍니다. 그래서 당신이 외로워도 외롭지 않을
수 있으면 좋겠습니다. 완전히 이해할 수는 없지만 완전히
사랑하기 위하여.

2020년 첫눈을 기다리며

정호승

2부

3부

4부

1부

산산조각

룸비니에서 사온
흙으로 만든 부처님이
마룻바닥에 떨어져 산산조각이 났다
팔은 팔대로 다리는 다리대로
목은 목대로 발가락은 발가락대로
산산조각이 나
얼른 허리를 굽히고
무릎을 꿇고
서랍 속에 넣어두었던
순간접착제를 꺼내 붙였다
그때 늘 부서지지 않으려고 노력하는
불쌍한 내 머리를
다정히 쓰다듬어주시면서
부처님이 말씀하셨다
산산조각이 나면
산산조각을 얻을 수 있지
산산조각이 나면
산산조각으로 살아갈 수 있지

산산조각으로 살아갈 수 있지

2000년 새해가 막 지났을 때였다. 가까운 벗들이 북인도 쪽으로 불교 4대 성지순례 여행을 떠난다는 소식을 전해왔다. 나는 직장 생활이 무척 바빴지만 얼른 그들을 따라나섰다. 평소 부처님 태어나신 곳과 예수님 태어나신 곳은 죽기 전에 꼭 가봐야 한다는 생각을 지니고 있었으므로 그런 좋은 기회를 놓칠 수는 없었다.

서울에서 북인도로 가는 길은 멀고도 험했지만 부처님이 처음 깨달음을 얻으신 곳 부다가야, 깨달음을 얻고 나서 처음으로 설법을 하신 곳 사르나트(녹야원), 그리고 열반하신 곳 쿠시나가르, 태어나신 곳 룸비니를 차례대로 순례하게 되었다.

나는 급히 시간을 쪼개 아무 준비 없이 떠나오는 바람에 룸비니 사진도 한 장 찾아보지 못했다. 부처님이 태어나신 곳이니까 당연히 웅대하고 장대한 건축물이 있으리라고 막연히 생각했다.

그러나 그렇지 않았다. 룸비니는 인도와 네팔 국경을 넘어 한나절을 가야 하는 곳에 있었다. 하룻밤 먼저 인근 여관에서 잠을 자고 난 뒤 찾아간 룸비니는 황량한 들판 한가운데에 있었다. 우리나라 초등학교 운동장만 한 면적에 작고 초라해 보이는 마야데비 사원이 철조망으로 쭉 둘러쳐져 있었고 별다른 건축물이 눈에 띄지 않았다.

'부처님이 태어나신 곳인데, 이렇게 초라할 수가!'

부처님의 위용을 드러낼 수 있는 웅대한 건축물을 기대했던 나는 실망감이 앞섰다.

그곳에선 인도를 통일한 아소카 대왕이 세운 7미터 높이의 둥근 돌기둥 하나가 가장 먼저 눈에 들어왔다. '이곳에 석가모니 부처님이 태어나셨도다'라는 글귀가 새겨져 있어 1896년 독일의 고고학자 퓌러Alois Anton Führer에 의해 그곳이 부처님 탄생지라는 사실을 확인할 수 있었다. 또 인근엔 부처님의 어머니인 마야 부인이 해산 전에 목욕을 하고 갓 태어난 싯다르타를 목욕시켰다는, 푸스카르니Puskarni로 불리는 연못이 있었다. 연못가엔 거대한 보리

수 한 그루가 고목인 채로 우람하게 서 있었고, 빈 나무둥치 사이로 다람쥐가 들락거리면서 몇 번이나 나를 쳐다보았다.

나는 아기 부처님이 다람쥐로 현신하신 게 아닌가 하는 생각을 하며 느릿느릿 연못가를 걸었다. 아기 부처님을 목욕시키는 마야 부인의 자애로운 모습을 나 나름대로 상상하며 천천히 발걸음을 옮기자 어느새 처음 들어왔던 정문 앞이었다.

철조망이 쳐진 정문 앞에는 노파 한 분이 가마니를 깔고 흙으로 만든, 앉아 계신, 내 손바닥만 한 부처님을 순례 기념품으로 팔고 있었다.

나는 그 부처님을 하나 사서 집으로 돌아와 내 책상 위에 올려놓았다. 마음이 산란할 때 그 부처님을 바라보면 마음이 차분해지고 편안해졌다. 그러나 그것도 차츰 시간이 지나자 그렇지 않았다. 집에 있으나 밖에 있으나 그 부처님을 생각하면 할수록 자꾸 걱정이 되었다. 그것은 흙으로 만든 부처님이 자칫 잘못해서 바닥에 떨어져 산산조각이 나면 어떡하나 하는 걱정이었다.

그런 걱정을 하지 않으려고 해도 하면 할수록 자꾸 그런 걱정이 들었다. 부처님께서 멀쩡히 제자리에 잘 앉아 계심에도 불구하고 그런 걱정을 자꾸 한다는 것은 내가 내일을 걱정한다는 것을 의미했다.

'내 삶이 또 산산조각이 나면 어떡하나.'

한번 그런 걱정을 하면 걱정은 쉽게 그치지 않았다. 돌아가신 법정法頂스님께서는 당신의 산문집에서 "오지 않은 미래를 오늘에 가불해 와서 걱정하는 사람만큼 어리석은 사람은 없다"고 말씀하셨는데 내가 꼭 그런 사람이었다.

불가에서는 "내일은 없다, 미래는 없다"고 한다. 그래서 "내일은 바로 오늘에 있다. 지금이 바로 그때다. 이 순간을 열심히 살아라"고 한다.

불가의 이 가르침을 법정스님께서는 당신의 산문집 곳곳에서 누누이 강조하셨지만 나는 오늘에 살지 못하고 내일을 걱정하느라 늘 안절부절못했다.

그러자 어느 날, 내 시적 상상력 속에 존재하시는 부처님께서 나를 불렀다.

"호승이 너, 이리 좀 와봐라!"

나는 겁이 나 엉금엉금 무릎걸음으로 부처님 앞에 다가가 머리를 조아렸다. 그러자 부처님께서 내 머리를 한 대 탁 치시면서 "이, 바보 같은 놈아. 산산조각이 나면 산산조각을 얻은 것이고, 산산조각이 나면 산산조각으로 살아가면 되지, 무슨 걱정이 그렇게 많노?" 하고 내 머리를 한 대 더 때리시면서 크게 야단을 치셨다.

순간, 부처님의 그 귀한 말씀이 불화살처럼 내 가슴에 날아와 박혀 〈산산조각〉이라는 시를 써보았다.

나는 스물세 살에 한국시단에 등단해서 지금까지 13권의 신작시집을 출간했다. 그러니까 그동안 약 1천 편 정도의 시를 쓰고 발표했다고 할 수 있다. 그중에서 내 인생에 큰 힘과 용기를 주는, 내 인생을 위로하고 위안해주는 단한 편의 시를 꼽으라면 바로 이 시 〈산산조각〉을 손꼽을 수 있다. 내가 쓴 시 중에서 내가 늘 가슴에 품고 다니는 단한 편의 시가 있다면 바로 이 〈산산조각〉이다.

지금도 나는 하루하루의 삶에서 견디기 힘들 정도로 고통스러운 일에 부닥치면 "오늘도 산산조각을 얻었다고 생각하고, 오늘도 산산조각으로 살아가면 되지 뭐!" 하고 생각한다. 그러면 놀랍게도 나를 그토록 힘들게 하던 고통이 다소 가라앉는 것을 느낄 수 있다. 물론 완전히 가라앉는 게 아니라 어디까지나 다소 가라앉는다. 전부가 아니라 할지라도 다소 덜 고통스러워지는 것, 그게 어디인가.

산사의 범종에 금이 가면 종을 칠 때마다 깨어진 종소리가 난다. 그러나 종이 완전히 금이 가고 깨어져 산산조각이 나면, 그 파편 하나하나를 칠 때마다 제각기 맑은 종소리를 낸다. 깨어진 종의 파편이므로 깨어진 종소리가 나리라고 생각되지만 그게 아니다. 깨어진 종의 파편 하나하나가 제각기 종의 역할을 한다.

　내 삶이 하나의 종이라면 그 종은 이미 산산조각이 났다. 그러나 나는 산산조각 난 내 삶의 파편을 소중히 거둔다. 깨어진 종의 파편 파편마다 맑은 종소리가 숨어 있기 때문이다.

수선화에게

울지 마라
외로우니까 사람이다
살아간다는 것은 외로움을 견디는 일이다
공연히 오지 않는 전화를 기다리지 마라
눈이 오면 눈길을 걸어가고
비가 오면 빗길을 걸어가라
갈대숲에서 가슴검은도요새도 너를 보고 있다
가끔은 하느님도 외로워서 눈물을 흘리신다
새들이 나뭇가지에 앉아 있는 것도 외로움 때문이고
네가 물가에 앉아 있는 것도 외로움 때문이다
산그림자도 외로워서 하루에 한 번씩 마을로 내려온다
종소리도 외로워서 울려퍼진다

외로우니까 사람이다

내 나이 마흔여덟일 때 오랜만에 찾아온 친구가 대뜸 물었다.

"호승아, 니는 요즘 안 외롭나? 나는 요즘 외로워 죽겠다. 와 이렇게 외로운지 모르겠다. 집사람한테 외롭고, 자식들한테 외롭고, 친구들한테 외롭고, 회사 동료들한테 외롭고, 이웃들한테 외롭고……. 내가 왜 이렇게 외로운지 모르겠다. 시인인 니는 어떻노?"

친구의 느닷없는 질문에 나는 잠시 말을 잃었다. 그러다가 약간 화가 난 듯한 목소리로 말했다.

"그래, 나도 집사람한테 외롭다. 그런데 니는 지금까지 헛살았다. 나이 오십이 다 됐으면서 아직도 '내가 왜 외롭나' 그런 생각 하나? 니가 무슨 이십 대냐? 그러면 너는 요즘도 '인간에게 왜 죽음이 존재하나' 그런 고민 하나? 우리가 인간이니까 외로운 거야. 외로우니까 사람이야. 외로움은 인간의 본질이야, 본질. 죽음이 인간의 본질이듯이. 삼라만상森羅萬象에 안 외로운 존재가 어딨노? 본질을 가지고 '왜?'라고 생각하지 말란 말이야. 본질은 그냥 받아들이는 거야."

내가 한꺼번에 말을 쏟아놓자 친구가 내 얼굴만 물끄러미 쳐다보았다.

"잠자리도 봐. 꼭 나뭇가지 끝에 앉잖아? 왜 그런지 알아? 잠자리도 외로워서 그런 거야."

목소리를 조금 낮추어 빙긋이 웃으면서 하는 내 말에 친구도 빙긋이 미소를 띠었다.

"그러니까 이제는 '왜 외로운가' 하고 생각하지 말고 외로움을 이해해야 하는 거야. 앞으로 우리가 살아가면서 더 뼈저린 외로움을 느끼게 될 거야. 그럴 때는 '아, 내가 인간이니까 외롭지. 외로움은 인간의 본질이지' 그렇게 생각해야 돼."

친구와 헤어지고 나서 친구한테 해준 말, '외로우니까 사람이야' 그 한마디가 오랫동안 내 가슴에서 떠나지 않았다. 그래서 결국 시 〈수선화에게〉를 쓰게 되었다. 인간의 외로움에 빛깔이 있다면 어떤 빛깔일까. 연약한 꽃대 위에 핀 수선화의 연노란 빛이 인간의 외로움의 빛깔이 아닐까 하는 생각에 제목을 〈수선화에게〉로 삼았다. 따라서 〈수선화에게〉는 수선화를 노래한 시가 아니다. 수선화를 은유해서 인간의 외로움을 노래한 시다.

인간은 본질적으로 외로운 존재다. 외롭게 혼자 태어나서 외롭게 혼자 죽어가는 존재다. 죽음을 기다리며 5년 동안이나 자리보전하고 있던 아버지의 외로움에 아들인 나는 조금도 도움이 되지 못했다. 어머니 또한 마찬가지였다.

"와 이렇게 안 죽노. 빨리 떠나야 되는데. 나는 내 할 일 다 했다. 너무 오래 살아 미안하다. 니가 얼마나 부담이 되겠노."

늘 이렇게 말씀하시던 아흔다섯 어머니의 죽음의 외로움을 아들인 내가 나눠 가질 방법은 없었다.

외로움은 인간 삶의 기본명제다. 인간이 외로운 존재라는 사실을 이해하지 못하면 인간의 삶을 이해할 수 없다. 외롭기 때문에 인간인 것이다. 인간에게 있어 외로움은 우리가 매일 먹는 밥이나 물과 같다. 인간이니까 밥을 먹는 것이 당연한 것처럼 외로움 또한 인간이기 때문에 당연한 것이다. 인간 조건으로서의 그 당연한 외로움을 너무 아파하거나 고통스러워하지 말아야 한다.

요즘 가까운 이들한테 "외롭다"는 말을 들을 때마다 "그건 당연한 거야. 외로우니까 사람이잖아" 하고 말한다. 또는 "사람은 누구나 외로워. 나만 외로운 게 아니야. 외롭지 않은 사람은 없어" 하고 말한다. 그러면서 나 스스로 위안을 받는다.

나는 나와 가장 가까운 사람, 내가 가장 사랑하는 사람한테 가장 많은 외로움을 느낀다. 그것은 내가 그를 사랑하기 때문이다. 만일 사랑하지 않으면 외롭지 않을 것 같지만 그렇지 않다. 나는 사랑하지 않을 때 혼자이고 혼자일 때 외로움을 느낀다.

그러나 단순히 물리적으로 혼자 있을 때 외로움을 느끼는 것은 아니다. 내가 외롭다는 것은 인간이 궁극적으로 혼자라는 사실을 의미하고, 내가 언제 혼자인가 하는 문제는 내가 언제 외로운가 하는 문제와 같다. 그렇지만 결국 아무도 진정으로 나를 사랑해주지 않을 때 외로움을 느끼고, 내가 진정으로 아무도 사랑하지 않을 때 외로움을 느낀다.

인간은 사랑의 존재다. 사랑받고 싶은 존재한테 사랑을 받지 못해도 외롭고, 사랑하고 싶은 존재를 진정 사랑해도 외롭다. 이 모순된 외로움의 본질을 내가 이해해야 한다. 사랑과 외로움의 모순적 본질을 이해하는 과정이 바로 내 삶의 과정이다.

만일 어머니가 나를 진정 사랑하지 않았다면, 만일 내가 어머니를 진정 사랑하지 않았다면, 나는 늘 외로움에 눈물 흘렸을 것이다. 나아가 절대자가 나를 진정 사랑하지 않았 다면, 나 또한 그를 진정 사랑하지 않았다면, 나는 그가 사 랑의 존재라는 사실을 깨닫지 못한 채 늘 외로움의 차가 운 비바람에 떨었을 것이다.

비록 절대적 존재라 할지라도 하느님도 외로운 존재다. 인간인 내가 사랑하지 않음으로써 하느님도 외로움을 느 끼는 존재다. 〈수선화에게〉에서 여러 존재의 외로운 상황 을 나타내면서 '가끔은 하느님도 외로워서 눈물을 흘리신 다'고 한 까닭은 '하느님도 외로울 때가 있는데 하물며 인 간의 외로움은 당연하지 않느냐'는 것을 이야기하고 싶었 기 때문이다.

이집트 카이로에 있는 아인샴스 대학에서 한국어과 학 생들을 상대로 '시를 발견하는 마음'이라는 제목으로 강 연할 때의 일이 떠오른다. 그날 나는 〈수선화에게〉를 낭독 하고, 시를 쓰게 된 배경과 그 의미를 설명했다. 그러자 학 생들이 "하느님도 외로워서 눈물을 흘리신다는 구절을 도 저히 이해할 수 없다"고 했다. 대부분의 학생들이 "신이 눈물을 흘리다니!" 하며 뜨악한 표정을 지었다. "신은 절대 눈물을 흘리지 않는다. 신이 눈물을 흘리는 일은 있을 수도 없고 상상할 수 없다"는 것이 학생들의 주장이었다.

"나는 신도 얼마든지 인간의 자연적 면모를 지닐 수 있다는 범신론적 생각을 한다. 하느님도 인성人性을 부여하면 그렇다. 예수는 하느님의 아들인 동시에 사람의 아들이지 않은가. 신의 절대성을 인정하면서도 동시에 인간적 상대성을 투영시킨다. 절대자에게 신적 존재성만 아니라 인간적 존재성도 있다고 생각한다."

내가 이런 주장을 하자 학생들 모두 "신은 눈물을 흘리지 않아요!" 하고 말했다. 시의 소통이 단절되는 순간이었다. 그들에게 있어 신은 인간성이 부재된 절대적 완전한 존재일 뿐이었다. 나는 무슨 말을 해야 '눈물을 흘리시는 하느님'을 이해시킬 수 있을지 알 수 없었다. 그것은 결국 문화의 차이에서 오는 벽이었다. 시의 이해는 결국 문화적 차이를 먼저 이해하는 데서 출발한다는 사실을 깨닫는 순간이기도 했다.

외로움과 고독은 유사하지만 서로 다른 영역이다. 외로움이 상대적이고 사회적인 영역이라면, 고독은 절대적이고 존재적인 영역이다. 너와 나의 상대적 관계는 외로움의 영역에 속하고, 신과 나의 절대적 관계는 고독의 영역에 속한다. 그래서 사회적 의미를 내포하고 있는 '외로운

이웃들'이라는 표현이 '고독한 이웃들'이라는 표현보다
더 옳다. 요즘 사회적 문제로 대두되는 '고독사孤獨死' 또한
'외로운 죽음'이라는 의미라고 할 수 있다.

따라서 '혼자'와 '홀로'도 서로 다른 의미를 지닌다. '혼
자'는 상대적 영역이고 '홀로'는 절대적 영역이다. 법정스
님께서 '사람은 때때로 홀로 있을 줄 알아야 한다'고 말씀
하셨는데 여기에서 '홀로'는 절대적 영역이다. 내 존재의
의미와 가치를 생각하는 절대적 시간을 가지고 자신의 삶
을 성찰할 수 있어야 한다는 뜻일 것이다. 만일 '홀로'를
'혼자'로 바꿔서 '사람은 때때로 혼자 있을 줄 알아야 한
다'고 생각해보면 법정스님께서 하시고자 한 말씀의 뜻과
는 거리가 멀어진다. 연인 관계에서도 "요즘 당신이 나를
사랑해주지 않으니까 내가 너무 고독해"라고 했다면, 그
것은 "내가 너무 외로워"라고 해야 맞다.

나는 인간의 고독의 영역도 중요하지만 일상의 상대적 삶
에서 오는 외로움의 영역이 보다 더 중요하다고 생각한다.
급변하는 현대사회의 다양성 속에서 개인주의가 만연해
질수록 외로움 때문에 삶이 파괴되는 이들이 점차 늘어나
기 때문이다. 그런 의미에서 시는 외로움의 또 다른 이름
이고, 상처와 고통의 또 다른 이름이며, 사랑의 또 다른 이
름이다. 인생이 외로움과 상처와 고통과 사랑으로 이루어

지듯 시 또한 마찬가지다.

　독자들이 시집에 사인을 해달라고 할 때 내가 가장 많이 쓰는 구절은 '외로우니까 사람입니다'이다. 그렇게 쓸 때마다 인간은 본질적으로 외로운 존재라는 사실을 깨닫는다. 나는 언제나 외로워도 외롭지 않다.

이별노래

떠나는 그대
조금만 더 늦게 떠나준다면
그대 떠난 뒤에도 내 그대를
사랑하기에 아직 늦지 않으리

그대 떠나는 곳
내 먼저 떠나가서
그대의 뒷모습에 깔리는
노을이 되리니

옷깃을 여미고 어둠 속에서
사람의 집들이 어두워지면
내 그대 위해 노래하는
별이 되리니

떠나는 그대
조금만 더 늦게 떠나준다면
그대 떠난 뒤에도 내 그대를

사랑하기에 아직 늦지 않으리

이동원의 '이별노래'

시 〈이별노래〉는 1970년대 말 화장품 회사인 태평양화
학(지금의 아모레퍼시픽)에서 발간하는 사보 〈향장〉에 처음
발표되었다. 작품 발표 지면이 부족했던 시절, 어디에서든
청탁을 해주는 것만 해도 고마워 굳이 문예지가 아니라도
시를 보내곤 했다.

〈향장〉에서 〈이별노래〉를 읽은 가수 이동원李東源 씨가
1984년 봄 어느 날 나를 찾아왔다. "〈이별노래〉를 노래로
만들고 싶은데 허락해달라. 발표된 시를 늘 수첩에 지니고
다녔다. 어떤 조건이면 허락해주겠느냐"는 게 그가 나를
찾아온 까닭의 요지였다.

"아무런 조건도 없다. 좋은 노래를 만들면 된다. 음반사

와의 계약은 막도장을 하나 파서 나 대신 해도 된다."

나는 그렇게 말하고 그 일을 까마득히 잊고 말았다. 당시 시를 노래로 만드는 일이 극히 드물기도 한 데다 나 또한 노래에 관심이 없어 한 귀로 듣고 한 귀로 흘려버렸다.

그 후 그해 가을 어느 날 이동원 씨가 다시 나를 찾아왔다. 노래가 다 만들어져 음반이 나왔다는 것이다. 그는 휴대용 카세트 워크맨을 꺼내더니 이어폰을 내 귀에 꽂아 노래를 들려주었다.

처음 듣는 노래라서 그런지 노래가 마음 깊이 전달되지 않았다. 음악적 이해가 부족한 데다 마침 회사 일이 바빠 마음이 딴 데 가 있었다. 그런데 노래를 듣는 둥 마는 둥 하는 나를 바라보는 이동원 씨의 눈빛이 너무나 진지했다. 내 얼굴을 뚫어져라 쳐다보았다. 이 노래의 노랫말을 쓴 작시자가 이 노래를 처음 듣고 어떤 반응을 보일까 무척 기대하는 눈빛이었다.

"아, 정말 좋군요. 어떻게 이런 노래를 다 만드셨어요."

나는 좋은 노래인지 잘 모르면서도 예의상 감탄의 말을 쏟아내었다.

이동원 씨가 빙긋이 웃으면서 좋아하는 표정을 지었다.

"작곡자는 최종혁 씨라고, 윤시내의 '열애'를 작곡하신 분인데, 제가 존경하는, 정말 대단하신 분이세요."

그는 작곡자를 소개해주면서 '이별노래' 음반 한 장을 사인해서 내게 주었다(지금은 이리저리 이사 다니다가 그 음반을 잃어버려 안타깝다). 스러져가는 연한 노을빛 바탕에 모자를 쓰고 고개를 숙인 채 하모니카를 불고 있는 이동원 씨의 얼굴이 인쇄된 음반이었다. 하단엔 〈이별노래〉의 시 한 구절 '그대의 뒷모습에 깔리는 노을이 되리니'도 인쇄돼 있었다.

그 음반엔 〈이별노래〉뿐 아니라, 나의 또 다른 시 〈또 기다리는 편지〉와 천상병 시인의 시 〈귀천〉도 노래가 되어 함께 실려 있었다. 이동원 씨는 그때 〈이별노래〉를 시작으로 시인들의 시에 노래의 옷을 입히는 일에 전념하고 있었다.

그해 연말에 그가 다시 나를 찾아왔다. 제3회 KBS가요대상 가사 부문에 대상으로 잠정 결정됐는데 당일 시상식에 참석해달라는 부탁을 하기 위해서였다. TV 속성상 수상자가 시상식에 참석하는 장면이 중요하기 때문에, 내가 참석하지 않을 경우 대상이 다른 사람으로 변경될 수도 있다고 KBS 담당자들도 찾아와 참석을 부탁했다.

나는 시상식 날이 마침 아내가 성당에서 세례를 받는 날이라 참석할 수가 없었다. 이동원 씨의 입장을 생각하면 마땅히 시상식에 참석해야 하나 내겐 아내가 영세를 받는 일이 더 중요했다. 그래서 시상식 당일 송창식 씨가 부른 서정주徐廷柱의 '푸르른 날'이 대상 수상자로 결정되어 방영되었다. 당시엔 이동원 씨에게 무척 미안한 일이었지만 지금 생각해보면 '이별노래'가 오랜 세월 동안 대중의 사랑을 받는 데에는 그 시상식 참석 여부가 끼친 영향은 없어 보인다.

내가 이동원의 '이별노래'에 관심을 갖게 된 것은 참으로 우연한 계기였다. 어느 일요일 오후에 재방영되는 TV 드라마에서 '이별노래'가 흘러나왔다. "어, 저 노래 내 시 노랜데?" 하고 TV 화면을 보자 드라마 속 주인공 남녀가 어느 술집에서 서로 껴안고 블루스를 추는데 '이별노래'가 배경음악으로 흘러나오고 있었다.

순간, 나는 마음이 언짢았다. 시와 노래의 품격이 떨어졌다고 생각되었다.

"아니, 저러려고 노래를 만들었나."

나는 속으로 중얼거리며 TV 화면을 계속 지켜보았다. 자연스럽게 '이별노래'의 멜로디가 강물처럼 내 마음속으로 잔잔히 밀려 들어왔다. 청춘남녀가 블루스를 추는 데 배경음악이 되든 말든 '이별노래'의 멜로디 속으로 깊게 빠져들었다.

그날 당장 이동원 씨가 주고 간 음반을 꺼내 '이별노래'

를 다시 들어보았다. 역시 좋았다. 격정적이지는 않지만 이별의 정서가 배어 있는, 기다림과 그리움의 눈물이 깊게 배어 있다가 소리 없이 흘러내리는 고요한 사랑의 감동이 있었다.

'이런 좋은 노래라면 음반이 얼마나 나갔을까?'

나는 문득 궁금한 마음이 일었다. 이리저리 수소문을 해 보니 1년 만에 1백만 장이 나갔다고 해서 놀라지 않을 수 없었다. 이렇게 이동원 씨는 '이별노래' 한 곡으로 '음유시인'으로 확실히 자리매김하게 되었다.

그 후 1989년에 그는 정지용鄭芝溶의 시 〈향수〉에다 노래의 옷을 입혀 국민가요라고 일컬어지는 노래를 선물했다. 김희갑 씨가 작곡하고 테너 박인수 씨와 함께 부른 이동원의 '향수'는 발표되자마자 온 국민의 애창곡이 되었다. 나는 가끔 '이별노래'는 정지용 시인의 〈향수〉가 노래로 태어나는 데에 모태적 역할을 했다고 생각하며 스스로 자부심을 가질 때가 있다. 그런 자부심이 넘칠 때는 노래방에 가서 '이별노래'를 직접 불러보기도 한다.

〈이별노래〉는 노래가 된 내 시 70여 편 중에서 가장 먼저 노래가 된 시다. 그리고 가장 작곡이 잘된 노래로 평가되는 노래다. 가수 안치환安致煥 씨가 내 시노래 중에서 '이별노래'가 가장 좋다고 말한 바도 있다. 그래서 그런지 '이별노래'가 노래로 불린 지 30년이 넘었지만 아직도 많은 사람들의 사랑을 받고 있다.

라디오를 듣다가 우연히 '이별노래'가 흘러나올 때나 TV 가요 프로그램에서 젊은 가수들이 '이별노래'를 부르는 것을 볼 때면 나도 모르게 가슴이 뭉클해진다. 심지어 일본 오사카 노래방에 갔을 때 그곳에서도 교포들에 의해 '이별노래'가 불리는 것을 보고 적이 놀란 일도 있다. "앞으로 100년이 지나도 남을 노래"라는 이동원 씨의 말에 나는 동의하지 않을 수 없었다.

시 〈이별노래〉는 이별을 노래한 시가 아니다. 사랑을 노래한 시다. 이별의 정한을 통해 영원한 사랑을 갈구한 시다. 나는 이 시를 이십 대 후반에 썼다. 이십 대라면 누구나 다 그렇듯 나에게도 사랑과 이별의 순간이 찾아오곤 했다. 그때 나는 이별을 사랑을 완성하는 한 고귀한 형태로 생각했다. 그래서 시의 제목은 〈이별노래〉이지만 그 내용은 '사랑노래'라고 할 수 있다.

이 시에서 나타난 '떠나는 그대'의 떠남은 이미 정해진 사실이자 운명이다. 그런데 이 시의 화자는 '조금만 더 늦게 떠나준다면'에서 떠나는 것을 원망하거나 거부하는 게 아니라, 조금이라도 떠나는 시점을 더 늦춰줄 것을 당부하고 있다. 이는 결국 떠나지 말아달라는 간절한 사랑의 호소다. 이 호소는 '그대 떠난 뒤에도 내 그대를/ 사랑하기에 아직 늦지 않으리'라는 인고의 자세로 나타난다. 어떻게 그대가 떠난 뒤에도 사랑하기에 늦지 않을 수 있겠는가. 이는 사랑의 의지와 결의, 사랑의 영원성을 역설적으로 드러낸 것이기 때문이다.

따라서 이 시 또한 김소월金素月의 〈진달래꽃〉에서처럼 님을 떠나보내지만 떠나보내지 않으려는 지순한 사랑의 자세를 보여준다. 나아가 '그대 떠나는 곳/ 내 먼저 떠나가서/ 그대의 뒷모습에 깔리는 노을이 되리니'에서처럼 떠나는 이에 대한 변함없는 사랑을 결연하게 나타냄으로써 희생적 사랑의 자세를 보여준다. 이 시의 마지막 연과 첫 번째 연은 그 내용이 반복돼 있는데, 이 또한 이별의 긍정보다 부정을 강하게 역설적으로 나타내는 것이다.

나는 〈이별노래〉를 〈진달래꽃〉에 나타난 이별의 자세와 정한의 의미를 빗대어 유사성이 있다고 비평하는 것을 접할 때마다 적이 놀란다. 〈이별노래〉를 쓸 때 김소월의 시를 떠올린 적이 없기 때문이다. 또한 오랜 세월을 지나오는 동안 〈이별노래〉가 김소월의 시적 정서에 닿아 있다는 사실을 나 스스로 생각해본 적조차 없기 때문이다. 물론 나 역시 어릴 때부터 김소월의 시를 읽으며 시 공부를 해왔지만 정작 〈이별노래〉를 쓸 때는 김소월의 시를 염두에

두지 않았다. 그런데 어떻게 서로 그 시의 뿌리, 즉 이별의
자세와 정한의 정서가 닮아 있을까. 그것은 한국인의 시적
정서가 바로 이별과 정한의 정서에 그 바탕을 두고 있기
때문일 것이다.

1984년에 발매된 음반 '이별노래'. 당시 1백만 장이 판매되었다. 가수 이동원 씨는 이 음반
으로 음유시인으로 사랑받게 되었다.

부치지 않은 편지

풀잎은 쓰러져도 하늘을 보고
꽃 피기는 쉬워도 아름답긴 어려워라
시대의 새벽길 홀로 걷다가
사랑과 죽음의 자유를 만나
언 강바람 속으로 무덤도 없이
세찬 눈보라 속으로 노래도 없이
꽃잎처럼 흘러 흘러 그대 잘 가라
그대 눈물 이제 곧 강물 되리니
그대 사랑 이제 곧 노래 되리니
산을 입에 물고 나는
눈물의 작은 새여
뒤돌아보지 말고 그대 잘 가라

산을 입에 물고 나는 눈물의 작은 새

가수 김광석金光石을 한 번 만난 적이 있다. 그가 세상을 떠나기 몇 해 전 서울 종로5가 기독교백주년기념관 대강당에서 열린 그의 공연에서 관객의 입장으로 만난 적이 있다.

벌써 20여 년 전 일이라 정확히 기억나지는 않지만 그의 공연에 나 혼자 간 것만은 분명하다. 내가 왜 어떤 기회로 그곳까지 가서 김광석의 공연을 처음이자 마지막으로 보게 되었는지는 불분명하다. 그때만 해도 나는 사십 대 중반의 나이이고 김광석은 서른 안팎의 청년이었으므로 그와 나의 연결고리를 찾긴 힘들다. 더구나 당시만 해도 내가 한 가수의 공연장을 찾아다닐 정도로 그 어떤 음악적 열정을 지니지 않고 있었고, 더구나 김광석이 어떤 가수인지도 잘 모르는 상태에서 왜 그의 공연을 찾게 되었는지 정확하게 기억하기는 어렵다. 아마 기독교백주년기념관 인근에 월간 〈현대문학〉 사무실이 있어 그곳에 들렀다가 즉석에서 마음이 끌려 김광석 콘서트에 간 게 아닌가 싶다.

나는 그때 그곳에서 김광석의 노래를 처음 들었다. 주위를 둘러보자 이십 대 젊은 사람들이 대부분이어서 쑥스러운 마음으로 자리가 좀 비어 있는 맨 위쪽 끄트머리 객석에 앉아 그의 노래를 들었다. 그는 기타를 들고 주로 앉아서 노래를 불렀던 듯한데, 내가 너무 멀리 있었던 탓으로 그의 모습이 조그만 점처럼 기억될 뿐이다.

그렇지만 그의 노랫소리만은 애잔하게 내 가슴을 깊게 파고들었다. 그때 무슨 노래를 들었는지 정확하게 기억하긴 어렵지만 아마 지금 우리가 좋아하는 '이등병의 편지' '먼지가 되어' '거리에서' '서른 즈음에' 등을 불렀을 것이다. 나는 두 시간 남짓 그의 노래를 처음 들으며 그의 노래가 인간이 지닌 슬픔의 곡조를 드러내는 비애의 노래라고 생각했다.

그 뒤 김광석을 잊고 살았다. 그는 서른한 살에 불현듯이 세상을 떠났지만 나는 쉰의 나이가 되어 더욱 지친 삶을 살고 있었다.

그런 어느 날, 우연히 신문을 보다가 '가객'이라는 제목으로 김광석을 기리는 기념 음반이 출시되었고, 김광석과 다른 가수들의 목소리로 '부치지 않은 편지'가 그 음반에 수록돼 있다는 사실을 알게 되었다. 뜻밖이었다. 김광석이 세상을 떠나기 전 마지막으로 부르고 녹음한 노래의 노랫말이 내가 쓴 〈부치지 않은 편지〉라는 사실에 마음이 깊이 아려왔다.

얼른 음반을 구입해 김광석이 부른 '부치지 않은 편지'를 들어보았다. 음악에 대해 무지한 내가 뭐라고 말할 수는 없지만 '산을 입에 물고 나는 눈물의 작은 새여'라는 부분에서는 나도 모르게 가슴이 먹먹해졌다.

그 무렵, 음악저작권협회 직원 한 분이 내게 전화를 해 회원 가입을 적극 권유해왔다.

"김광석의 '부치지 않은 편지'에 대한 저작료가 발생되는데 정 시인이 회원이 아니기 때문에 저작료를 지급할수가 없다. 회원 가입을 하라. 더구나 1984년에 발표된 이동원의 '이별노래'에 관한 저작료 또한 회원이 아니기 때문에 10여 년 넘게 저작료를 지급할 수 없었다. 이제 회원 가입을 꼭 해야 한다."

권유를 받았지만 나는 회원 가입할 생각이 없었다. '나는 문학인이지 음악인이 아니다. 시 또한 시로 쓴 것이지 노래를 만들기 위해 작사한 게 아니다. 시가 노래로 만들어졌다 하더라도 나와는 아무 상관 없는 일이다'라는 편협한 생각에 빠져 있었다.

나의 이러한 생각이 답답했던지 음악저작권협회 관계자는 '부치지 않은 편지'를 작곡한 백창우 씨의 연락처를 알려주면서 "백창우 씨와 꼭 상의하라"고 일러주었다.

나는 백창우 씨와 통화하게 되는 과정 속에서 시와 노래가 한 몸이라는 사실을 이해하게 되었다. 시 속에 노래가 있고, 노래 속에 시가 있다는 사실을 비로소 깨닫게 되었다. 따라서 회원에 가입해야 '부치지 않은 편지'에 관한 저작료를 받을 수 있다는 백창우 씨의 권고에 힘입어 음악저작권협회 회원에 가입하고 조금씩 발생되는 저작권료를 지급받기 시작했다.

시 〈부치지 않은 편지〉는 1987년 9월 30일에 발간된 내 세 번째 시집 《새벽편지》에 수록된 시다. 당시 우리 시대는 '박정희 유신시대'는 끝났으나 전두환 정권이 들어섬으로써 군사독재정권이 연장된 어둠의 시대였다. 나라를 사랑하는 수많은 청년들이 시대의 고통에 분신하고 목숨을 버리던 희생의 시대였다.

이 시는 1987년 1월 14일에 일어난 '박종철朴鍾哲 고문

치사 사건', 즉 남영동 치안본부 대공분실에서 조사를 받다가 경찰의 물고문으로 사망한 서울대학교 언어학과 3학년 박종철 열사의 시대적 죽음을 생각하며 쓴 시다. 당시 경찰은 "책상을 탁 치니 억 하고 죽었다"고 진실을 감춤으로써 온 국민의 마음에 분노의 불을 질렀다.

그의 죽음은 곧 나의 죽음이며, 그 시대를 살아가던 우리 모두의 죽음이었다. 지금도 박종철 열사의 아버지 박정기 씨가 임진강 강가에서 아들의 유해를 뿌리며 "종철아 잘 가거레이…… 아버지는 아무 할 말이 없데이……" 하는 비통한 목소리가 들려오는 듯하다.

〈부치지 않은 편지〉는 박종철 열사를 생각하며 썼으나 시는 시대를 초월한다. 지금도 이 시는 시대적 죽음에 헌사하는 시와 노래로 끊임없이 재탄생하고 있는 것이 분명하다.

나는 가끔 김광석의 목소리로 '부치지 않은 편지'를 듣는다. 들을 때마다 '산을 입에 물고 나는 눈물의 작은 새여' 하는 부분에서는 깊은 울음이 솟는다. '산을 입에 물고 나는 눈물의 작은 새'는 박종철 열사일 수도 있고, 서른세 살 예수의 나이 즈음에 서둘러 세상을 떠난 김광석일 수도 있고, 이 시대에 핍박받는 삶을 사는 우리 자신일 수도 있다.

얼마 전 나는 어린 시절을 보낸 옛집이 있는, 내가 초등학생 때부터 고등학생 때까지 12년 동안 늘 오고 갔던 대구 수성구 범어천에 가보았다. 그때 김광석도 내가 오갔던 범어천 건너 대봉동 할아버지 집을 오가며 어린 시절을 보냈다는 이야기가 떠올랐다.

시 〈부치지 않은 편지〉가 김광석이 이 지상에서 부른 마지막 노래가 된 것은 나에게 어떠한 의미일까. 김광석 또한 어린 시절에 내가 자란 범어천을 오가며 자랐다는 사실은 내게 어떠한 의미일까. 나는 범어천 건너 '김광석 벽화거리'를 천천히 걸으며, 시와 노래가 서로 분리될 수 없는 동질의 가치를 지닌 존재라는 점에서 그 의미를 발견할 수 있다는 생각이 들었다.

김광석의 노래는 이제 시대를 초월한 영원성을 지닌다. 인간의 삶이 비록 본질적으로 비극성을 지니고 있음에도 그것을 아름다운 진실의 서정성을 바탕으로 표현했기 때문일 것이다. 김광석은 떠나기 전 해인 1995년 〈샘터〉 9월호 인터뷰에서 "문명이 발달해갈수록 오히려 사람들이 많이 다치고 있어요. 그 상처는 누군가 반드시 보듬어 안아야만 해요. 제 노래가 힘겨운 삶 속에서 희망을 찾으려는 이들에게 비상구가 되었으면 해요"라는 말을 남겼다. 시 또한 마찬가지다. 시는 이 시대를 사는 우리의 영혼을 위안하고 위로하는 상처의 꽃이자 고통의 꽃이다.

시 〈부치지 않은 편지〉는 같은 제목으로 두 개의 시가 있다. '그대 죽어 별이 되지 않아도 좋다'로 시작되어 '그대 굳이 인생을 사랑하지 않아도 좋다'로 끝나는 이 역설의 시 또한 김광석의 목소리로 노래가 되어 지금 들을 수 있다면 그 얼마나 좋을까.

가객
부·치·지·않·은·편·지
김광석이 남기고 간 노래

김광석 사망 1주년 추모음반 '가객'. 작곡가 백창우 씨가 기획하고 제작했다. 김광석은
이 음반에 지상에서의 마지막 노래 '부치지 않은 편지'를 남겼다.

바닥에 대하여

바닥까지 가본 사람들은 말한다
결국 바닥은 보이지 않는다고
바닥은 보이지 않지만
그냥 바닥까지 걸어가는 것이라고
바닥까지 걸어가야만
다시 돌아올 수 있다고

바닥을 딛고
굳세게 일어선 사람들도 말한다
더이상 바닥에 발이 닿지 않는다고
발이 닿지 않아도
그냥 바닥을 딛고 일어서는 것이라고

바닥의 바닥까지 갔다가
돌아온 사람들도 말한다
더이상 바닥은 없다고
바닥은 없기 때문에 있는 것이라고
보이지 않기 때문에 보이는 것이라고

그냥 딛고 일어서는 것이라고

바닥은 감사의 존재다

바닥 없는 인생은 없다. 누구의 인생에든 바닥의 순간은 존재한다. 노숙자부터 대통령에 이르기까지 누구든 인생의 어느 순간에 바닥에 나가떨어지게 된다. 비교적 젊은 분들 중에서 아직까지 단 한 번도 그런 경험을 한 적이 없다면 좀 기다리시면 된다.

그때 바닥을 만나더라도 놀라지 마시라. 아무리 원하지 않는다 하더라도 인생은 바닥으로 굴러떨어지는 과정 속에서 이루어진다. 그것도 한 번만 굴러떨어지는 게 아니라 서너 번씩, 때로는 헤아릴 수 없을 정도로 수없이 바닥에 굴러떨어진다. 그럴 때마다 어떻게 해야 할 것인가. 그대로 바닥에 주저앉아 있을 것인가, 아니면 그 바닥을 딛고 일어설 것인가.

대부분의 사람들이 바닥을 만나면 바닥에 주저앉는다. 나 또한 마찬가지다. 지금까지 살아오면서 일일이 예를 들 필요가 없을 정도로 수없이 많은 바닥에 직면했다. 그럴 때마다 "내 인생이 바닥에 굴러떨어졌구나!" 하고 한탄하면서 바닥에 주저앉았다. 도대체 왜 내 인생에 바닥이 존재하는가, 소리 없이 소리치며 울부짖었다.

인생은 결국 바닥에 굴러떨어지는 과정 속에서 형성되는 거였다. 바닥이 없기를 바라는 것이 중요한 게 아니라 바닥을 어떻게 이해하느냐 하는 것이 중요한 거였다.

나는 바닥을 이해하고 바닥의 의미를 찾기 위해 어느 날 '바닥의 바닥까지 갔다가 돌아온 사람'을 찾아가 질문해보았다.

물론 그는 내 시적 상상력 속의 인물로 바닥의 바닥까지 갔다가 돌아왔으므로 '바닥의 전문가'다. 다음은 그 사람과 나눈 대화의 기록이다.

"내 인생에 왜 바닥이 존재하는가?"

"바닥은 그냥 딛고 일어나라고 있는 것이다."

그가 바닥에 주저앉아 울고 있는 내 어깨를 부드럽게 쓰다듬어주면서 대답했다.

"그게 무슨 뜻인가?"

"자네가 지금 바닥에 굴러떨어졌는데 만일 바닥이 없다면 어떻게 되겠는가? 한없이 깊은 어둠의 나락과 심연 속으로 끝없이 빠져들고 있을 게 아닌가. 그 끝없는 끝이 어디이겠는가. 바로 죽음이 아니겠는가. 그런데 잘 생각해보게. 자네가 지금 주저앉아 울고 있는 바닥이 자네를 죽음의 나락으로 빠져들지 않게 힘껏 받쳐주고 있지 않은가. 그러니 그 얼마나 감사한가. 바닥은 원망과 부정의 존재가 아니라 바로 감사의 존재야. 자네는 바닥을 그냥 딛고 일어서기만 하면 되는 거야."

나는 그의 말을 이해할 수 있을 것 같기도 하고 이해할 수 없기도 했다.

"바닥을 그냥 딛고 일어서기만 하면 된다는 게 무슨 뜻인가?"

"어렵게 생각하지 말게. 희망을 잃지 말라는 뜻일세. 희망은 생명이야. 사람은 언제 자살하는가? 돈이 없어서? 사업에 실패해서? 연인에게 배반당해서? 명예를 잃어서? 아닐세. 그걸 통해 결국 희망을 잃었을 때 자살한다네. 이제다 끝났다고, 더 이상 희망이 없다고 생각될 때. 그러니 아무리 바닥에 굴러떨어졌다고 해도 희망을 잃지 마시게."

나는 그제야 그의 말을 이해할 수 있었다. 아무리 바닥에 굴러떨어졌다 하더라도 그 바닥을 딛고 일어서기만 하면 되는 거였다. 바닥은 나로 하여금 주저앉게 하기 위해 존재하는 게 아니라 일어서게 하기 위해 존재하는 거였다.

"아, 바닥이 있기 때문에 바닥을 딛고 일어설 수 있는 거구나. 만일 바닥이 없다면 딛고 일어설 존재조차 없는 거구나!"

바닥은 어디까지나 감사와 축복의 존재이지 불행과 파괴의 존재가 아니었다.

미국의 소설가 어니스트 헤밍웨이는 그의 소설《노인과 바다》에서 어부 산티아고 노인을 통해 우리에게 한 가지 질문을 던진다. 그것은 "인간이 저지르는 죄악 중에서 가장 큰 죄악은 무엇인가" 하는 질문이다.

그것은 무엇일까. 그는 "희망을 잃는 것이야말로 인간이 저지르는 죄악 중에서 가장 큰 죄악"이라고 말한다.

또 이런 말이 있다.

"신은 인간이 저지르는 잘못을 어지간하면 다 용서해준다. 그러나 단 한 가지 결코 용서해주지 않는 게 있다. 그것은 바로 절망에 빠지는 일이다."

지금까지 나는 희망을 잃음으로써 인간이 저지르는 가장 큰 죄악을 저지르며 살아온 것은 아닌지, 절망에 빠짐으로써 신에게 결코 용서를 받을 수 없는 잘못을 저지르고 살아온 적은 없는지 곰곰 생각하지 않을 수 없다.

인생은 바닥을 만나고 그 바닥을 딛고 일어서는 과정 속에서 이루어진다. 바닥을 바닥이라고 생각하면 바닥일 뿐이지만 바닥을 희망이라고 생각하면 희망이다. 따라서 지금 이 순간부터라도 희망을 잃지 않는 일이 무엇보다 중요하다.

내 삶이 바닥일 때 그 바닥을 딛고 일어서야 한다. 아무리 고통스럽다 하더라도 바닥에 주저앉아서는 안 된다. 비록 그것이 내 관념 속의 부정의 바닥이라 할지라도 주저앉아버리면 정말 바닥의 나락으로 굴러떨어지고 만다.

정상이 존재하는 까닭은 바로 바닥이 존재하기 때문이다. 등산을 갔을 때 당신은 정상에서부터 등산하는가. 아니다. 누구나 산의 밑바닥에서부터 걸어 올라가 정상에 도달한다. 바닥이 없으면 정상은 존재할 수 없다. 바닥이 있기 때문에 정상이 존재한다. 바닥의 가치가 정상의 가치보다 더 크다. 그런데 왜 당신은 바닥의 가치를 폄하하고 무시하며 정상 지향적인 삶만을 추구하는가. 정상은 바닥이 존재함으로써 비로소 존재한다.

눈사람

크리스마스이브 날 밤
을지로입구역 롯데백화점으로 올라가는 지하계단 옆
몇명의 사내가 라면박스로 정성껏 집을 짓는다
땅속에 파는 관 자리처럼
한 사람이 누우면 꽉 들어찰 크기로 모서리를 맞추고
하루에 한번씩 하관하는 연습을 한다
지하에서 가장 아름다운 집
새들처럼 지붕을 짓지 않는
낡은 종이의 집에 하관하듯 들어가 사내들이 잠이 들면
슬며시 사내들의 그림자가 일어난다
먹다 남긴 김밥 몇 토막과
쓰러진 술병에 조금 남은 소주 몇모금을 마시고 집을 나선다
거리엔 축복인 양 눈이 내린다
고요한 밤 거룩한 밤이라고 크리스마스 캐럴이 울려퍼진다
비 오는 날 소의 등에 비닐을 씌우고 논갈이를 하던 아버지와
아궁이에 고구마를 구워주던 어머니와
첫아이를 낳다 죽은 아내 이야기를 하며
노숙의 그림자들은 밤새도록 눈길을 걷다가

그만 지하도 종이의 집으로 돌아가지 못하고
눈사람이 되어 서서 잠이 든다

최고의 크리스마스 선물

크리스마스를 생각하면 어린 시절 새벽송을 돌던 일이 먼저 떠오른다. 그 시절 나는 해마다 크리스마스이브를 어머니와 함께 새벽송을 돌면서 보냈다. 처녀 시절부터 교회에 다니신 어머니를 따라 우리 형제들은 어릴 때부터 모두 교회에 나갔는데 나도 예외는 아니었다. 오늘날 기독교 문화가 내 정신세계의 한 언저리에 자리 잡고 있는 것은 어디까지나 이때에 접한 기독교적 경험 탓이다.

지금도 그렇지만 당시 교회에서는 크리스마스 때가 되면 여러 가지 행사가 많았다. 동방박사 세 사람이 아기 예수를 찾아가는 성극 공연에는 내가 동방박사의 한 사람으로 참여한 적도 있다. 그런데 교회의 여러 가지 성탄 행사

중에서 내가 가장 좋아하고 해마다 기다렸던 것은 바로 새벽송 돌기다. 새벽송 돌기란 성탄 자정예배가 끝나고 각 구역별로 성가대원들이 교인의 집을 방문하여 성탄송을 부르는 일로, 보통 자정이 넘어서 시작되었다.

나는 성가대원들이 언제 우리 집에 와서 성탄송을 부르나 하고 목을 길게 빼고 기다렸다. 잠이 와도 잠을 자지 않았다. 아니, 어떤 때는 어머니 품에 안겨 깜박 잠이 들 때도 있었다. 그러나 잠이 들었다가도 먼 데서 개 짖는 소리가 들리고 "기쁘다 구주 오셨네, 만백성 맞으라" "고요한 밤 거룩한 밤, 어둠에 묻힌 밤, 주의 품에 안겨서" 하고 찬송 소리가 들리면 벌떡 일어나 숨을 죽이고 귀를 기울였다. 그리고 찬송이 다 끝난 뒤 "메리 크리스마스!" "새해 복 많이 받으세요!" 하는 축하 인사가 나오면 얼른 어머니를 따라 나가 그들을 맞았다. 어머니는 미리 준비해둔 과자 주머니를 성가대원들에게 내어놓으며, 초저녁부터 켜놓았던 등불에 새 초를 갈아 끼우고 새벽송을 돌기 위하여 그들을 따라나섰다. 물론 나도 깡통으로 직접 만든 등불을 들고 어머니 뒤를 따랐다.

나는 밤길에 어머니가 미끄러지지 않도록 어머니 곁에 꼭 붙어 다니며 길을 밝혔다. 지금이야 지천이지만, 그때만 해도 손전등이 귀해서 당시에 내가 든 등불은 분유 깡통에 적당히 구멍을 뚫고 그 속에 촛불을 넣도록 만든 거였다.

어머니와 함께 새벽송을 돌면 눈이 내릴 때도 있었다. 밤새도록 함박눈이 그치지 않으면 나는 동화 속의 주인공이라도 된 듯 기뻐했다. 하느님이 마음껏 나를 축복해주시는 것 같아 행복했다.

그 뒤 성인이 되어 어머니 곁을 떠나서도 새벽송을 돈 적이 있다. 1971년 크리스마스 때였다. 당시 군인교회의 군종사병으로 근무하고 있던 나는 군대에서 처음으로 크리스마스를 맞이하게 되었다. 그런데 내가 모시고 있던 군목이 성탄절을 맞은 병사들을 위해 새벽송을 돌자는 제의를 해왔다.

나는 흥분되었다. 어릴 때 어머니와 함께 돌던 새벽송을 군에 와서도 돌 수 있으리라고는 전혀 생각하지도 못했다. 같은 소속 부대이면서도 부대마다 서로 멀리 떨어져 있기 때문에 새벽송을 돌려면 결코 쉬운 일이 아니었으나, 나는 서둘러 차량 지원 요청을 하고 몇 명의 병사들을 성가대원으로 차출한 뒤 크리스마스이브를 맞았다.

전방의 날씨는 차고 매서웠다. 밤이 깊어가자 서서히 함박눈이 내리기 시작했다. 새벽송을 돌기 위하여 모여 있던 병사들의 입에서는 일제히 탄성이 터져 나왔다. 나는 성탄

예배를 드리고 자정이 지나자 크림빵이 든 가방과 뜨겁게 끓인 보리차 주전자를 들고 일단 내가 소속돼 있는 부대의 보초병들을 찾아 나섰다.

보초병들은 추위와 외로움에 떨고 있었다. 그들은 내가 다가가자 먼저 수하를 해왔다. 나는 그날의 암호명을 대며 군종병임을 밝혔다. 그리고 보리차를 따라주고 빵을 건네주었다. 그들의 얼굴에 환한 미소가 피어올랐다. 그들의 철모 위에도 성탄의 함박눈은 내리고 있었다.

"메리 크리스마스!"

"메리 크리스마스!"

우리는 서로 성탄을 축하하고 인사를 나누며 헤어졌다. 나의 마음속에도, 보초병들의 마음속에도 그리운 고향의 겨울 산이 떠올랐다. 나에게는 우리 집 대문 앞에 모여 성탄송을 부르던 성가대원들의 노랫소리가 나직이 들려왔다. 보초병들은 사랑하는 애인한테서 받았던 크리스마스 선물의 포장지를 다시 한번 기억을 더듬어 뜯어보고 있는 것 같았다.

나는 본부중대의 보초병들에게 보리차를 다 권한 뒤 군인교회의 성가대원들과 트럭을 타고 예하부대로 떠났다. 밤은 깊었고, 트럭은 눈 내리는 강원도의 산길을 조심스럽게 달렸다. 누가 부르기 시작했는지 군가 대신 성탄송이 계속 이어졌다. 차가 속력을 낼 때마다 성탄송을 부르는 병사들의 입 속으로 눈송이가 흘러 들어가 솜사탕처럼 녹았다. 그럴 때마다 우리의 찬송 소리는 더욱 열기를 띠어 갔고, 아기 예수의 탄생을 기뻐하는 마음들이 하나로 튼튼히 묶였다.

밤 깊은 내무반에는 병사들이 모두 잠들어 있었다. 불침번만 색전구가 빤짝거리는 크리스마스트리 앞에 앉아 있었다. 우리는 모두 마음을 모아 잠든 병사들의 꿈속으로 고요하고 거룩한 아기 예수의 성탄을 축하하는 노래를 불렀다. 병사들은 아무도 일어나는 사람이 없었다. 우리는 조용히 노래를 끝내고 "메리 크리스마스!" 하고 낮게 소리쳤다. 그러자 그때 깊이 잠들어 있는 줄만 알았던 병사들이 일제히 잠자리에 누운 채로 입을 열어 "메리 크리스마스!" 하고 소리쳤다.

다른 내무반도 다 그랬다. 불침번만 일어나 밤을 지키다가 우리가 성탄송을 다 부르면 잠든 줄 알았던 병사들이 일제히 "메리 크리스마스!" 하고 소리쳤다. 그럴 때마다 나는 가슴 저 깊은 곳에서부터 솟아오르는 기쁨을 억제하지 못했다. 때로는 외롭고, 때로는 막막하고, 병영 생활에서 어디론가 벗어나고 싶어하는 병사들의 쓸쓸한 가슴속에 아기 예수는 이미 소리 없이 찾아와 있었던 것이다.

그날 새벽송을 마치고 돌아오는 길에는 눈도 그치고 별들도 빛났다. 마치 동방박사들이 아기별의 움직임을 따라 먼 길을 걸었을 때처럼 달려가는 트럭의 포장 사이로 보이던 별들을 따라 나의 마음도 끝없이 움직였다.

그리고 그다음 날 내가 군인교회 사무실 난로에 연탄을 갈아 넣고 있을 때, 오토바이를 타고 온 우체국 집배원이 나에게 전보 한 장을 주고 갔다. 바로 한국일보 신춘문예에 내가 쓴 동시 〈석굴암을 오르는 영희〉가 당선되었다는 소식을 알리는 전보였다. 그것은 아기 예수가 나에게 준 최고의 크리스마스 선물이었다.

1971년 춘천 야전공병단 군인교회 앞에서. 군종병으로 군 복무하며 쓴 시와 동시가 신춘문예에 당선되었다.

눈사람

사람들이 잠든 새벽 거리에
가슴에 칼을 품은 눈사람 하나
그친 눈을 맞으며 서 있습니다
품은 칼을 꺼내어 눈에 대고 갈면서
먼 별빛 하나 불러와 칼날에다 새기고
다시 칼을 품으며 울었습니다
용기 없는 사람들의 길을 위하여
모든 인간의 추억을 흔들며 울었습니다

눈사람이 흘린 눈물을 보았습니까
자신의 눈물로 온몸을 녹이며
인간의 희망을 만드는 눈사람을 보았습니까
그친 눈을 맞으며 사람들을 찾아가다
가장 먼저 일어난 새벽 어느 인간에게
강간당한 눈사람을 보았습니까

사람들이 오가는 눈부신 아침 거리
웬일인지 눈사람 하나 쓰러져 있습니다

햇살에 드러난 눈사람의 칼을
사람들은 모두 다 피해서 가고
새벽 별빛 찾아나선 어느 한 소년만이
칼을 집어 품에 넣고 걸어갑니다
어디선가 눈사람의 봄은 오는데
쓰러진 눈사람의 길 떠납니다

추억의 눈사람

겨울이 되면 언제나 기다려지고 그리워지는 것이 눈이다. 펑펑 쏟아져 내리는 함박눈이다. 그 함박눈으로 만들던 눈사람이다. 눈이 내리지 않는 겨울은 상상도 하고 싶지 않다. 그런데 요즘은 겨울이 되어도 눈이 많이 내리지 않는다. 세상이 각박해지면서 하늘에서 내리는 눈마저 각박해진 것일까. 눈이 많이 내리지 않으면 나는 겨우내 배가 고프다.

내가 어릴 때 살던 대구는 분지라서 그런지 눈이 많이 내렸다. 지금도 어린 시절을 생각하면 함박눈이 내리던 날, 강아지처럼 들판을 쏘다니던 일과 동네 사과밭에 커다란 눈사람을 만들어 세워놓던 일들이 떠오른다.

우리 집은 외사촌 집과 골목 하나를 사이에 두고 있었다. 눈이 많이 오면 모두 일곱 명이나 되는 외사촌 형제들은 가만히 있지 않았다. 밟을 때마다 '뽀도독 뽀도독' 소리가 나던 눈이 어느 정도 녹아 촉촉해지면 다들 들판에 나가 눈사람을 만들었다.

물론 나도 가만히 있지 않았다. 당시 초등학생이었던 나는 눈덩이를 굴리다가 손이 시리면 마루 밑에 처박아둔 고무신을 꺼내 장갑 대신 손에 끼고 눈덩이를 굴리곤 했다. 누가 더 큰 눈사람을 만드느냐 하는 내기가 벌어지면 결코 지고 싶지 않아, 더 굴릴 수 없을 때까지 눈덩이를 커다랗게 만들어서 눈사람을 만들었다.

어떤 때는 눈사람이 작다 싶어 성에 차지 않으면 삽으로 눈을 떠서 멧장을 입히듯 눈사람의 아랫도리 부분에다 더 많은 눈을 갖다 붙여 몸피를 키우기도 했다. 그리고 눈사람의 얼굴을 보다 잘생기게 만들기 위해 눈, 코, 입 모두 숯을 붙였다. 솔가지를 꺾어다 팔도 만들고, 벙어리장갑을 손에 끼워주기도 하고, 목에는 어머니가 털실로 짠 목도리까지 둘러주었다.

그러면 눈사람은 진짜 살아 숨을 쉬는 사람 같았다. 우리가 조그만 잘못이라도 저지르면 어김없이 불러다 야단을 치는 엠털영감(우리는 그 영감님이 에헴 털털 하면서 곧잘 턱

초등학교 1학년 겨울, 대구 신천동 사과밭에 함박눈이 내리던 날 부모님과 형과 여동생과 함께 눈사람을 만들었다.

수염을 쓰다듬는다고 해서 그렇게 별명을 붙여서 불렀다) 같기도 하고, 성적통지표를 보고 앞으로 좀 더 열심히 공부하라고 머리를 쓰다듬어주던 아버지처럼 느껴지기도 했다. 그러면 우리 형제들은 우리가 만든 눈사람 앞에 쭉 늘어서서 사진을 찍었다.

그리고 세월이 흘렀다. 눈사람을 만들던 나는 시를 쓰는 어른이 되었고, 어린 시절에 만든 눈사람은 내 가슴속에 여전히 살아 있다. 지금 생각해보면 그때 그 눈사람을 단순한 눈사람이라고 생각하지 않은 듯하다. 가슴속에 한 자루 칼을 품고 있는 눈사람이라고 생각한 듯하다.

나는 눈사람이 가슴에 품고 있는 칼을 우리가 어린 시절에 지녔던 순수와 용기와 정의의 칼이라고 생각했다. 우리를 해방시켜줄 한 사람 해방자가 있다면 반드시 눈사람의 모습을 하고 올 것이라고 생각했다. 우리의 고단한 삶을, 우리의 눈물과 불행을 희망과 기쁨 쪽으로 이끌어줄 사람은 반드시 희디흰 눈사람의 모습으로 당당하게 걸어올 것이라고 생각했다.

나는 지금도 눈물을 흘리는 눈사람, 봄이 와도 녹지 않는 눈사람을 기다린다. 어떤 때는 기다림에 지쳐 내가 어릴 때 만들던 눈사람을 다시 만드는 꿈을 꿔보기도 한다. 그렇다. 나는 지금 눈사람을 만들고 싶다. 굳이 눈 내리는 들판이 아니라도 좋고, 간밤에 술꾼들이 속의 것을 토해놓은 도시의 뒷골목 어디에라도 좋다.

이제 눈은 내 어릴 때처럼 펑펑 쏟아지지 않는다. 서울에서 좀처럼 함박눈 구경하기가 힘들어졌다. 서울에는 하느님도 이제 그리 푸짐하게 눈을 주고 싶지 않은가 보다. 그러나 눈사람 만드는 일을 포기하고 싶지 않다. 내가 만든 눈사람과 함께 서울 거리에 서 있고 싶다. 서울의 한복판, 광화문이나 시청 앞 광장 한복판에 한 사람 눈사람이 되어 서 있고 싶다. 눈사람이야말로 가장 순결한 사람이므로, 눈사람을 만들 수 있는 사람이야말로 가장 용기 있고 정의로운 사람이므로.

오늘 이 겨울밤, 고요히 생각해보라. 당신이 어린 날 만들었던 그 눈사람을. 고사리같이 어린 손으로 한 움큼 뭉쳐서 굴리기 시작한 그 거대한 눈덩이를. 어린 날의 그 순수함과 순결함을. 지금은 누가 한 말인지 잊었지만 눈덩이와 관련된 격언 하나가 생각난다.

'거짓말은 굴리는 눈덩이와 같다. 굴리면 굴릴수록 더 커지기 때문이다.'

그 격언을 이렇게 바꾸어본다.

'사랑은 굴리는 눈덩이와 같다. 굴리면 굴릴수록 더 커지기 때문이다.'

마지막 첫눈

마지막 첫눈을 기다린다
플라타너스 한그루 옷을 벗고 서 있는
커피전문점 흐린 창가에 앉아
모든 기다림을 기다리지 않기로 하고
마지막 첫눈이 오기를 기다린다

첫눈은 내리지 않는다
이제 기다린다고 해서 첫눈은 내리지 않는다
내가 첫눈이 되어 내려야 한다
첫눈으로 내려야 할 가난한 사람들이
배고파 걸어가는 저 거리에
내가 첫눈이 되어 펑펑 쏟아져야 한다

오늘도 서울역까지 혼자 걸었다
돌아오는 길에 명동성당의 종소리가 들렸다
땅에는 저녁별들이 눈물이 되어 굴러다니고
내가 소유한 모든 것을 버릴 수 없어
나는 오늘도 그의 제자가 될 수 없었다

별들이 첫눈으로 내린다
가장 빛날 때가 가장 침묵할 때이던 별들이
드디어 마지막 첫눈으로 내린다
커피전문점 어두운 창가에 앉아
다시 찾아올 성자를 기다리며
첫눈으로 내리는 흰 별들을 바라본다

첫눈은 첫사랑과 같다

다시 첫눈을 기다린다. 첫눈을 생각하면 아직도 가슴이 두근거린다. 기온이 뚝 떨어져 호주머니에 손을 넣고 종종 걸음을 치다가도 첫눈을 기다리며 하늘을 바라본다.

첫눈은 내가 기다리기 때문에 온다. 첫눈 오는 날 만나자는 약속 때문에 온다. 젊은 시절부터 나는 얼마나 첫눈을 기다리며 살아왔던가. 첫눈 오는 날 만나자고 얼마나 가슴 두근거리며 살아왔던가. 이제는 첫눈 오는 날 만나자고 약속한 사람들이 하나둘 세상을 떠나고 더러는 연락조차 두절돼 만날 수가 없지만, 겨울이 오면 그날의 그리운 얼굴들이 하나둘 다시 떠오른다.

사람들은 왜 첫눈 오는 날 사랑하는 사람을 만나고 싶

어하는 것일까. 그것은 서로 사랑하는 마음을 첫눈을 통해 말없이 나누고 싶어서 그런 게 아닐까. 아마 그럴 것이다. 사랑하고 있다는 믿음의 언어를 저 순백한 천상의 언어로 대신하고 싶기 때문일 것이다.

첫눈 오는 날, 찻집의 창가에 마주 앉아 펑펑 내리는 첫눈을 바라보며 함께 차를 드는 이들은 행복하다. 따뜻한 찻잔을 두 손으로 감싸고 눈 내리는 창밖을 바라보는 모습은 그 얼마나 아름다운가.

첫눈은 첫사랑과 같다. 내가 아직도 첫눈 오기를 기다리는 까닭은 첫사랑이 다시 찾아오기를 기다리고 있기 때문인지도 모른다. 나이 들어간다는 것이 첫눈 오는 날 만날 사람이 점점 없어진다는 것을 의미한다면, 첫눈 오는 날 아직도 만날 사람이 있다는 것은 얼마나 큰 기쁨인가.

첫눈은 공평하다. 불공정하지 않고 편애하지 않는다. 똑같이 축복을 내린다. 첫눈은 하늘이 내리는 축복의 평등한 손길이다. 첫눈은 죽은 자의 무덤 위에도 산 자의 아파트 위에도 내린다. 고속도로에도 굽은 산길에도 내린다. 선암사 해우소 위에도, 송광사 산수유나무의 붉은 열매 위에도, 명동성당의 뾰족한 종탑 위에도 내린다. 대기업 총수의 어깨 위에도, 가난한 아버지의 등허리 위에도 내린다.

첫눈은 어느 한 곳 어느 한 사람에게 치우치지 않고 분

배의 법칙을 지킨다. 아무리 불평등하기를 원해도 반드시 평등의 질서를 지킨다. 인간의 삶이 종국에 가서는 결국 공평하다는 것을 깨닫게 해준다. 지금은 내 삶이 남보다 못한 것 같고 때론 우월한 것 같지만 첫눈이 내리면 다 마찬가지다. 그것은 마치 죽음이 삶의 가치를 공평하게 만들어버리는 것과 같다.

첫눈은 이 공평성을 바탕으로 갈등과 균열을 봉합해준다. 한마디 말도 없이 모든 싸움과 분노와 상처를 한순간에 고요히 잠재워버린다. 인간의 모든 죄악을 순결과 침묵의 힘으로 덮어버린다.

첫눈은 바로 인간을 거듭나게 하는 용서의 손길이다. 첫눈 내리는 눈길을 걸어가는 인간의 뒷모습을 보라. 그 눈길 위에 찍히는 인간의 발자국을 보라. 그 얼마나 겸손하고 경건하고 아름다운가. 첫눈 내리는 길을 걸으며 마음속에 미움과 증오가 들끓고 사리사욕의 탐욕이 가득한 이는 없다. 만일 누군가가 그렇다면 그는 폭설에 나뭇가지가 뚝 부러지는 겨울 산의 침엽수와 같다.

침엽수는 겨울이 되어도 잎을 그대로 지니고 있기 때문에 폭설이 내리면 눈의 무게를 이기지 못하고 나뭇가지가 부러지고 만다. 그러나 활엽수는 그렇지 않다. 겨울을 맞이하면서 나뭇가지마다 잎을 다 떨어뜨려, 쌓인 눈의 무게를 묵묵히 견뎌낸다.

이제 내 인생의 계절에도 겨울이 찾아왔다. 겨울이 더 깊어가기 전에 한 그루 활엽수처럼 내 과욕의 나뭇잎을 다 떨어뜨려야 한다. 그럼으로써 어떠한 폭설도 묵묵히 견딜 수 있어야 한다. 그렇지 않고 침엽수처럼 그대로 잎을 달고 있으면 눈의 무게에 내 인생의 나뭇가지가 부러져 큰 고통 속으로 빠져들게 될 것이다.

요즘은 눈이 와도 사람들이 기뻐하지 않는다. 아침에 일어나 "와! 눈이다" 하고 탄성을 지르던 예전과 달리 교통 대란부터 먼저 생각한다. 눈사람도 만들지 않는다. 우리 아파트엔 아이들을 둔 젊은 부부가 많이 사는데도 엄마와 아이가 눈사람을 함께 만드는 모습을 보지 못했다. 눈싸움을 하며 웃음을 터뜨리는 젊은 부부의 모습 또한 보지 못했다. 눈이 내리면 세상이 따뜻해지는데도, 그런 사람이 없음으로써 그만큼 세상이 삭막하고 싸늘하게 느껴진다. 그러나 내 가슴속에는 어릴 때 내가 만든 눈사람이 녹지 않고 그대로 살아 있다. 내가 힘들 때마다 그 눈사람이 내게 친구처럼 말을 걸고 위로해준다.

첫눈이 오지 않는 겨울은 불행하다. 그러나 첫눈이 오지 않는 겨울은 없다. 첫눈을 기다리는 사람들 때문에 첫눈은 내린다. 올해는 첫눈이 좀 푸짐하게 내렸으면 좋겠다. 첫눈이 함박눈으로 내려 대립과 갈등의 지붕들을 새하얗게 덮어 하나 되게 했으면 좋겠다. 갈 곳 없는 노숙인의 추운 발길 위에, 리어카를 끌며 폐지를 줍는 노인의 구부정한 가슴속에 더 많이 내렸으면 좋겠다.

서울의 예수

1

예수가 낚싯대를 드리우고 한강에 앉아 있다. 강변에 모닥불을 피워놓고 예수가 젖은 옷을 말리고 있다. 들풀들이 날마다 인간의 칼에 찔려 쓰러지고 풀의 꽃과 같은 인간의 꽃 한 송이 피었다 지는데, 인간이 아름다워지는 것을 보기 위하여, 예수가 겨울비에 젖으며 서대문 구치소 담벼락에 기대어 울고 있다.

2

술 취한 저녁. 지평선 너머로 예수의 긴 그림자가 넘어간다. 인생의 찬밥 한 그릇 얻어먹은 예수의 등뒤로 재빨리 초승달 하나 떠오른다. 고통 속에 넘치는 평화, 눈물 속에 그리운 자유는 있었을까. 서울의 빵과 사랑과, 서울의 빵과 눈물을 생각하며 예수가 홀로 담배를 피운다. 사람의 이슬로 사라지는 사람을 보며, 사람들이 모래를 씹으며 잠드는 밤. 낙엽들은 떠나기 위하여 서울에 잠시 머물고, 예수는 절망의 끝으로 걸어간다.

3

　목이 마르다. 서울이 잠들기 전에 인간의 꿈이 먼저 잠들어 목이 마르다. 등불을 들고 걷는 자는 어디 있느냐. 서울의 들길은 보이지 않고, 밤마다 잿더미에 주저앉아서 겉옷만 찢으며 우는 자여. 총소리가 들리고 눈이 내리더니, 사랑과 믿음의 깊이 사이로 첫눈이 내리더니, 서울에서 잡힌 돌 하나, 그 어디 던질 데가 없도다. 그리운 사람 다시 그리운 그대들은 나와 함께 술잔을 들라. 눈 내리는 서울의 밤하늘 어디에도 내 잠시 머리 둘 곳이 없나니, 그대들은 나와 함께 술잔을 들라. 술잔을 들고 어둠 속으로 이 세상 칼끝을 피해 가다가, 가슴으로 칼끝에 쓰러진 그대들은 눈 그친 서울밤의 눈길을 걸어가라. 아직 악인의 등불은 꺼지지 않고, 서울의 새벽에 귀를 기울이는 고요한 인간의 귀는 풀잎에 젖어, 목이 마르다. 인간이 잠들기 전에 서울의 꿈이 먼저 잠이 들어 아, 목이 마르다.

4

사람의 잔을 마시고 싶다. 추억이 아름다운 사람을 만나, 소주
잔을 나누며 눈물의 빈대떡을 나눠 먹고 싶다. 꽃잎 하나 칼처럼
떨어지는 봄날에 풀잎을 스치는 사람의 옷자락 소리를 들으며,
마음의 나라보다 사람의 나라에 살고 싶다. 새벽마다 사람의 등
불이 꺼지지 않도록 서울의 등잔에 홀로 불을 켜고 가난한 사람
의 창에 기대어 서울의 그리움을 그리워하고 싶다.

5

나를 섬기는 자는 슬프고, 나를 슬퍼하는 자는 슬프다. 나를 위
하여 기뻐하는 자는 슬프고, 나를 위하여 슬퍼하는 자는 더욱 슬
프다. 나는 내 이웃을 위하여 괴로워하지 않았고, 가난한 자의 별
들을 바라보지 않았나니, 내 이름을 간절히 부르는 자들은 불행
하고, 내 이름을 간절히 사랑하는 자들은 더욱 불행하다.

예수는 아직도 서울에 산다

〈서울의 예수〉는 스물아홉 살 때 쓴 시다. 1979년 유신
정권이 종말을 고하는 '10 · 26 사태'가 일어나기 몇 달 전
에 씌어져 1980년 월간 〈뿌리깊은나무〉 6월 합병호에 발
표되었다. 그리고 〈뿌리깊은나무〉는 그 합병호를 마지막
으로 국가 권력에 의해 종간되었다.

1979년은 박정희朴正熙 정권의 버팀목인 유신정치의 마
지막 절정기로, 온 나라가 참으로 암담하고 암울했다. 오
죽하면 그 시대를 국가가 국민에게 테러를 자행한 시대라
고 부르겠는가.

1973년에 내가 문단의 말석을 차지하게 되었을 때는 유
신헌법이 선포된 지 불과 석 달 뒤였다. 이후 1980년에 유

신정권이 종말을 고할 때까지 나는 줄곧 이십 대를 유신 시대와 함께 보냈다. 박정희 대통령이 국민의 자유와 권리를 정지시키는 비상계엄령을 선포하고, 국회를 해산하고, 학교 내외에서 집회나 시위를 하는 경우 영장 없이 체포 구속하고, 군법회의에서 최고 사형을 선고할 수 있는 긴급조치를 공포할 때마다 나는 말 한마디 하지 못하고 숨을 죽이고 또 죽였다.

1970년대의 젊은 시인으로서 국민을 겁박하는 독재자의 모습을 묵묵히 지켜보고만 있어야 한다는 사실은 괴로운 일이었다. 심약한 나는 무엇을 어떻게 해야 할지 알 수 없었다. 어떻게 살아야 그 시대를 올바로 사는 것인지, 행동할 수 없는 나의 고민과 고통은 깊었다. 용기 있는 자는 행동하였으나 나처럼 용기 없는 자는 살아 있다는 그 자체가 스스로 비굴하게 느껴졌다.

당시 민주화운동을 하는 많은 이들이 유신에 저항하다가 긴급조치 위반 혐의로 투옥되었다. 김지하金芝河 시인은 한두 해도 아니고 1970년대를 온통 감옥에서 보내야만 했다. 동시대를 사는 같은 시인으로서 늘 감옥 밖에서 그를 지켜보아야만 했던 나의 심정은 참으로 안타깝고 참담한 것이었다. 그때 나는 1970년대의 모든 시인들을 대신하여 김지하 시인이 고통의 십자가를 진 것이라고 생각했다. 내가 마치 그의 희생에 의해 그 시대를 살아가는 것 같아 늘 빚진 마음이 들었다. 그래서 지금도 김지하 시인에게 감사와 부채 의식을 동시에 지니고 있다.

꽝꽝 얼어붙은 겨울 강 같은 불행한 시대에 문학은 그래도 강이 숨 쉴 수 있는 얼음 구멍과 같은 존재였다. 시는 섬약하고 용기 없는 나를 불쌍히 여겨 그나마 시를 쓰게 해주었다. 비록 목소리는 여리고 잔잔하나 그러한 목소리로서도 시대의 눈물을 조금이나마 닦을 수 있도록 해주었다. 만일 시가 없었다면 유신시대를 사는 동안 나는 참으로 부끄럽고 비참했을 것이다. 시가 있었기 때문에 그나마 유신시대의 한 모퉁이에서 겨우 숨을 쉬며 살아갈 수 있었다.

그때 뜻을 같이하는 몇몇 시인들, 김명인金明仁·김창완金昌完 등과 함께 1976년 6월에 시동인 〈반시反詩〉를 결성, 소위 현실참여시의 기치를 높이 들 수 있었던 것도 시가 내게 베푼 은혜 중의 하나다. "민중의 차원 속에 동화하지 못한 오만한 언어에 대하여, 시의 본질인 정신보다는 수단일 뿐인 언어세공에 대하여, 우리가 살아온 역사의 맥락으로부터 이탈해버린 관념적인 세계성에 대하여 부정의 입장에 서고자 한다"고 천명하던 〈반시〉 창간사 구절은 유신시대를 부정하고 저항하고자 하는 갈망의 소산이다. 내가 쓴 시 중에 현실을 직시하고 시대의 고통을 외면하지 않은 시가 있다면 그 무렵 〈반시〉 동인 활동을 열심히 한 덕분이라고 할 수 있다.

당시 긴급조치는 9호까지 공포되었다. 유신헌법에 대한 부정, 반대, 개정, 폐지 주장 등을 일절 금지시키는 법으로 더욱 강화되었으나 국민들은 가만히 입을 다물고 있지 않았다. 1970년대가 저물어갈 무렵 '부마釜馬사태' 등을 계기로 여기저기에서 통한의 신음을 내기 시작했다. 유신헌법을 폐지시킴으로써 우리를 구원하고 해방시켜줄 새로운 민주적 지도자를 간절히 기다리고 있었다. 나 또한 유신독재 시대가 하루속히 종국을 맞이하고 새로운 민주 시대가 열리기를 간절히 바랐다. 노예 상태에 있던 이스라엘 민족을 모세의 뒤를 이어 약속의 땅 가나안으로 이끈 여호수아 같은 젊고 순결한 지도자가 나타나 우리를 구원해주기를 바랐다. 그러던 어느 날 청년 예수를 생각했다.

'혹시 예수가 서울에 온다면 어떤 삶을 살게 될까. 예수 또한 폭압적인 유신정치가 너무나 고통스러워, 그 고통의 정점에서 우리의 상처를 치유해주고 구원해주지 않을까.'

나는 예수가 서울에 오기를 기다렸다. 그러나 아무리 기다려도 여호수아도 예수도 오지 않았다. 결국 나는 시를 통하여 예수를 서울에 오게 할 수밖에 없었다.

일찍이 내가 만난 예수는 하느님의 아들로서의 예수라

기보다 사람의 아들로서의 예수였다. 예수의 신성神性보다는 인성人性이 늘 내 가슴에 와닿았다. 소외받고 병들고 가난한 자들을 사랑하는 예수를 통해 사랑의 본질이 어디에서 어떻게 이루어지는지 깨달을 수 있었다. 그래서 시를 통해 예수를 서울에 오게 하는 일은 그리 힘들지 않았다.

서울에 온 예수는 고통스러운 삶을 살았다. 예수도 유신독재 시대를 사는 우리처럼 몇 날 며칠 남루한 모습으로 서대문 구치소 담벼락에 기대어 울었다. 눈물의 빈대떡을 먹으며 소주잔을 나누거나 모래를 씹으며 잠이 들었다. 그는 늘 절망의 끝으로 걸어갔다. 서울의 밤하늘 그 어디에도 머리 둘 데가 없어 괴로워했다.

그런 예수를 보며 나는 큰 위안을 얻었다. 그의 절망과 괴로움은 민주의 영혼이 파괴된 시대를 사는 우리를 위로해주었다. 나는 그 어떠한 고통이라 할지라도 참고 견뎌나갈 수 있는 인내와 위안의 힘을 달라고 매일 밤 서울의 예수에게 기도하고 시를 쓰고 잠이 들었다.

〈서울의 예수〉를 다 쓰고 난 몇 달 뒤 '10·26 사태'가 일어났다. 그 누구도 상상할 수 없었던, 대통령 박정희를 김재규金載圭 중앙정보부장이 총으로 쏴 시해하는 사건이 일어난 것이다. 이 사건은 우리 현대사에서 6·25 전쟁 이후 가장 거대한 변화의 역사적 물꼬를 틀기 시작했다.

"야수의 심정으로 유신의 심장을 향해 쏘았다!"

재판정에 선 김재규의 한마디가 지금도 잊히지 않는다.

《서울의 예수》를 표제로 시집이 발간된 것은 1982년 10월이다. 시선집 형태를 띠고 있지만 실제로는 신작 시집으로 《슬픔이 기쁨에게》에 이은 두 번째 시집이다.

1982년은 박정희 유신독재의 사슬을 끊고 20여 년 만에 '서울의 봄'이 찾아왔을 때였다. 그러나 개나리와 진달래 한번 제대로 피워보지 못하고 '서울의 봄'은 한순간에 사라져버렸다. 민주화를 요구하는 국민의 뜨거운 목소리가 전두환全斗煥 정권의 군홧발에 하루아침에 무참히 짓밟혀버렸다. 《서울의 예수》는 다시 군부독재 시대가 시작된 시대적 절망의 고통 한가운데에서 발간되었다.

이제 많은 세월이 지났다. '서울의 예수'는 아직도 이 땅을 떠나지 않고 있다. 캄캄한 새벽, 부산행 첫 기차를 타러 서둘러 서울역에 갔을 때, 그는 서울역 건물 한쪽 모퉁이에 쓰러져 누워 있었다. 친구를 배웅하기 위해 밤늦게 서울역에 갔을 때도 그는 며칠 씻지 않은 몸으로 술에 취한 듯 새우깡을 먹으며 서울역 광장 시계탑 아래 웅크리고 있었다. 혹시 이 글을 읽으시는 분들도 서울역에 한번 나가보시면 노숙인들과 함께 앉아 차가운 소주잔을 기울이는 '서울의 예수'를 만날 수 있을 것이다.

명동성당

바보가 성자가 되는 곳
성자가 바보가 되는 곳
돌멩이도 촛불이 되는 곳
촛불이 다시 빵이 되는 곳

홀연히 떠났다가 다시 돌아올 수 있는 곳
돌아왔다가 고요히 다시 떠날 수 있는 곳
죽은 꽃의 시체가 열매 맺는 곳
죽은 꽃의 향기가 가장 멀리 향기로운 곳

서울은 휴지와 같고
이 시대에 이미 계절은 없어
나 죽기 전에 먼저 죽었으나
하얀 눈길을 낙타 타고 오는 사나이
명동성당이 된 그 사나이를 따라
나 살기 전에 먼저 살았으나

어머니를 잃은 어머니가 찾아오는 곳

아버지를 잃은 아버지가 찾아와 무릎 꿇는 곳

종을 잃은 종소리가 영원히

울려퍼지는 곳

우리 시대의 성자를 떠나보내며

김수환金壽煥 추기경의 장례미사가 끝난 낮 12시 명동성당. 추기경의 주검을 실은 운구차가 막 움직이기 시작했을 때 갑자기 종소리가 울렸다. 오늘따라 유난히 맑고 슬픈 명동성당의 종소리. 종소리를 듣자 울컥 눈물이 솟았다. 다시는 되돌아올 수 없는 먼 길을 떠나는 추기경을 배웅하기 위해 몰려든 수많은 사람들이 운구차를 향해 손을 흔들었다. 하얀 미사포를 벗어 흔드는 이도 있었다. 내 옆에선 온몸에 땟국이 조르르 흐르는 노숙자임이 분명한 사내가 "제2의 아버지다!" 하고 중얼거렸다. 종소리는 계속 울렸다. 울음이 멈추지 않았다. 나는 왜 우는가. 육친도 아닌 그가 누구이기에 이토록 속으로 울음이 터지는가.

운구 행렬이 떠나간 뒤 조문 행렬이 길게 이어졌던 언덕길을 따라 걸었다. 명동역 가까운 곳에 '고 김수환 추기경님 조문 행렬입니다. 통행에 불편을 드려서 죄송합니다'라는 글귀가 써진 종이가 그대로 가로등에 붙어 있다. 이길은 며칠 동안 48만여 명의 조문객들이 서너 시간씩 추위에 떨며 기다렸던 조문의 길이다. 우리는 도대체 무엇을 목말라하고 있었기에 그토록 긴 행렬을 이루며 유리관에 안치된 추기경을 찾아뵈었는가. 우리의 목마른 혀에 추기경께서 죽음을 통해 한 방울 떨어뜨린 것은 과연 무엇이었는가.

그것은 사랑이다. 우리는 그분이 선종하고 나서야 사랑의 실체를 본 것이다. 막연히 관념적이고 추상적으로 이해하고 있던 사랑에서 벗어나 비로소 사랑의 구체적 모습을 눈으로 보고 손으로 만질 수 있게 된 것이다. 그리고 늦었지만 자기 자신을 돌아보고 성찰하는 시간을 갖게 되고 부끄러움을 느끼게 된 것이다.

"이 세상 누구도 존경받지 못할 이유가 없습니다. 이것이 제가 가난하고 소외된 이들에게 주목하는 이유입니다."

"나는 너무 사랑을 많이 받았습니다. 정말로 고맙습니다. 서로 사랑하세요."

그분의 말씀이 지닌 진정한 의미와 가치를 홀연히 깨달

고 뒤늦게나마 그분을 찾아간 것이다.

지금 우리 시대는 사랑이 부재된 시대다. 사회 곳곳마다 자기주장을 거머리처럼 끝까지 굽히지 않음으로써 화합이 부재된 분열의 시대다. 사랑과 화합이 부재됨으로써 반성과 책임 또한 부재돼 있다. 내 일이 아니면 그만이고 지나가면 그뿐이다. 어떻게 하든 내 것이 있어야 기본적인 생존을 유지할 수 있다. 그러니 남을 돌아볼 여유가 없고 이웃의 눈물 한번 닦아줄 손수건이 없다.

그러나 추기경께서는 그러지 않으셨다. 틈만 나면 달동네 판잣집을 찾아가 "서로 밥이 되어주십시오" 하고 말씀하셨다. "가난한 이들의 손을 잡아줄 때 내가 위로하기보다 스스로 위로를 받는다. 가난한 사람들을 위한 '우선적 사랑'에서 더 나아가 그들과 '함께하는 사랑'으로 가야 한다"고 말씀하셨다.

명동성당 입구에 플래카드로 내걸린 그분의 마지막 말씀 '고맙습니다. 서로 사랑하세요'는 실은 평범한 말이다. 그러나 그 말이 우리의 가슴마다 종소리처럼 울려 펴지는 까닭은 바로 그분의 삶이 사랑의 실천과 행동이었기 때문이다.

저 어두운 군부독재 시대에 추기경께서 나라의 운명에도 깊은 사랑을 나타내신 점 또한 누가 잊을 수 있을까. 아무도 말 한마디 하지 못하고 누군가가 나서서 자유와 민주를 말해주길 간절히 기다릴 때, 그분은 우리를 대신해서 말씀해주셨다. 맹인이 맹인을 인도하는 시대의 지붕 위에 올라가 사랑과 정의를 외침으로써 눈 뜬 자로서의 소임을 소홀히 하지 않았다. 그때 그분의 말 한마디 한마디는 두려움에 떨던 우리가 그 얼마나 진정 하고 싶었던 말이었던가.

신의 아들로서의 예수보다 사람의 아들로서의 예수가 때로는 우리에게 더 깊은 감동과 믿음을 주듯, 김수환 추기경 또한 그러하다. 추기경께서도 떠나시기 이태 전에 다른 신부님을 통해 고해성사를 하셨는데 "내 몸이 아프니까 어느 순간에는 하느님을 잊게 되더라. 그게 내 죄다"라는 내용의 고해를 하셨다고 한다. 이 얼마나 인간적인 고해인가. 또 그 무렵 가까운 이에게 "처음에는 몸이 아픈 걸 낫게 해달라고 기도하다가 나중에는 아픔을 받아들이는 기도를 했다. 아픔을 통해 예수님의 고통에 동참하게 되고 이웃의 고통도 진정으로 알게 된다"는 말씀도 했다고 한다. 이 얼마나 인간적인 따스함의 깊이가 느껴지는 말씀인가.

나는 지금까지 추기경님을 뵙지 못해도 늘 뵙는 마음으로 살아왔다. 내 육친의 아버님인 듯 편안해서 마치 당신의 아들인 양 마음속으로 어리광을 피울 때도 있었다. 그럴 때마다 추기경님께서는 그 깊고 맑은 눈으로 그윽이 나를 바라봐주시면서 "아무리 살기 힘들어도 기도하면서 열심히 살아라" "사랑 없는 고통은 있어도 고통 없는 사랑은 없단다" "서로 밥이 되어주어라" 하고 말씀하시는 것 같았다. 이십 대와 삼십 대를, 유신의 1970년대와 통곡의 1980년대를 살아오면서 나는 추기경님의 미소만 보면 힘이 솟았다. 치솟는 분노를 어쩌지 못해 비틀거릴 때 추기경님의 천진한 어린아이와 같은 미소만 보면 그 분노가 고요히 가라앉았다.

추기경님께서는 모교인 동성고등학교에 가셔서 자화상을 그리시고 '나는 바보야'라고 제목을 다신 적이 있다. 그러시면서 "내가 제일 바보 같다"는 말씀도 하셨다. 나는 신문을 통해 그 그림을 보면서 '맞아, 추기경님은 아이야, 아이! 어쩜 이렇게 초등학생이 그린 그림과 똑같을까' 하고 생각했다.

이 세상에 바보는 많지만 추기경님과 같은 '참된 바보'는 없다. 십자가에 못 박혀 죽을 줄 뻔히 알면서도 피하지 않고 그대로 죽어간 '바보 예수'를 그대로 닮으신 추기경님이 계셨기 때문에 사랑이 결핍된 우리 사회에 그래도 사랑의 물결이 고요히 흘렀다.

이제 김수환 추기경은 떠나셨다. 아니, 우리가 짊어져야 할 고단한 인생의 십자가, 불행한 시대의 십자가를 그분에게 짊어지게 하고 우리는 그분을 떠나보냈다. 너무나 큰 그분의 빈자리, 그 커다란 '옹기'에 이제 그분이 나누어준 사랑을 우리 스스로 채울 일이 남았다. 어떡하나. 그래도 우리의 사랑은 관념적이고 추상적인데 어떡하나.

추기경님께서는 떠나시기 전에 "아쉬운 게 한 가지 있습니다. 명동대성당 종탑 십자가에 달이 걸려 있는 야경을 못 보게 된 것입니다. 그 달빛 야경을 감상하기 위해 언덕을 오르락내리락하곤 했지요" 하고 말씀하셨는데, 이제 그 아름답고 성스러운 야경도 못 보시고 어떡하나.

김수환 추기경님! 부디 바라옵건대 그냥 그렇게 가시는 듯 돌아오세요. 돌아와 우리의 가난한 어깨를 쓰다듬어주세요. 명동성당 종탑 위에 보름달은 빛나고 있는데, 보름달을 빛나게 하기 위하여 어둠은 저토록 깊어지는데, 하늘나라에도 명동성당 하나 세우시기 위해 그렇게 바쁜 걸음 걸으시는 건가요? 울다가 더 이상 아무 데도 찾아갈 데 없을 때, 그래도 힘을 내고 찾아와 기도하라고 천국에도 명동성당 세우러 가시는 건가요?

우리 시대의 성자聖者 김수환 추기경님! 우리들 가난한 영혼의 아버지! 이제는 명동성당 종탑 위에 빛나던 달빛도 눈물을 흘립니다. 달빛은 눈물에 젖어 검은 구름 속으로 숨어버렸습니다. 명동성당을 오가던 수많은 발걸음들이 그대로 얼어붙어버렸습니다. 명동성당의 종소리도 얼어붙어 들리지 않습니다.

그동안 추기경님께서 그 자리에 그대로 계심으로써 우리는 힘과 용기를 얻고 희망을 가졌습니다. 저희는 추기경님의 그 맑은 미소와 유머 없이는 이 춥고 배고픈 혹한의 날들을 견뎌내기 어렵습니다. 추기경님이 돌아오셔야 이 땅에 봄이 옵니다. 추기경님! 부디 돌아오소서!

김수환 추기경의 기도하는 손

서울에 푸짐하게 첫눈 내린 날
김수환 추기경의 기도하는 손은
고요히 기도만 하고 있을 수 없어
추기경 몰래 명동성당을 빠져나와
서울역 시계탑 아래에 눈사람 하나 세워놓고
노숙자들과 한바탕 눈싸움을 하다가
무료급식소에 들러 밥과 국을 퍼주다가
늙은 환경미화원과 같이 눈길을 쓸다가
부지런히 종각역에서 지하철을 타고
껌 파는 할머니의 껌통을 들고 서 있다가
전동차가 들어오는 순간 선로로 뛰어내린
한 젊은 여자를 껴안아주고 있다가
인사동 길바닥에 앉아 있는 아기부처님 곁에 앉아
돌아가신 엄마 얘기를 도란도란 나누다가
엄마의 시신을 몇 개월이나 안방에 둔
중학생 소년의 두려운 눈물을 닦아주다가
경기도 어느 모텔의 좌변기에 버려진
한 갓난아기를 건져내고 엉엉 울다가

김수환 추기경의 기도하는 손은
부지런히 다시 서울역으로 돌아와
소주를 들이켜고
눈 위에 라면박스를 깔고 웅크린
노숙자들의 잠을 일일이 쓰다듬은 뒤
서울역 청동빛 돔 위로 올라가
내려오지 않는다
비둘기처럼

"노점상 물건값 깎지 말라"

　　김수환 추기경님을 하늘나라로 떠나보낸 지 벌써 10년이 지났다. 나는 지금도 육친을 떠나보낸 듯 허전하고 쓸쓸한 심사에 젖을 때가 있다. 당시 우리나라 모든 언론이 추기경님의 선종을 그토록 진지하고 정성을 다해 보도한 것은 추기경님의 삶과 영혼이 가난한 이 시대에 그만한 의미와 가치를 지녔기 때문이다. 그러나 이제는 언제 그런 선종이 있었느냐는 듯 잠잠해지고 텅 빈 내 가슴에 추기경님께서 남기신 사랑만 남았다.

　　추기경님이 떠나시면서 내게 남기신 것이 무엇인지 그동안 곰곰 생각해보았다. 무엇보다 죽음에 대한 막연한 두려움이 없어진 것이 추기경님 덕은 아닌가 하는 생각이 든다. 웬일인지 추기경님의 죽음은 내게 그리 고통스럽게 느껴지지 않았다. 유리관에 누워 계신 추기경님 사진만 봐도 너무나 평온해 보여서 죽음이란 그렇게 편안하게 잠드는 것이라는 생각이 들었다.

물론 추기경님께서도 병환 중에 대소변을 보는 일조차 도움을 받아야 할 정도로 고통스러워하셨다고 한다. 당시 추기경님을 가까이에서 모신 강우일 주교님께서는 추기경님을 위해 이런 기도도 하셨다.

"추기경님께서 무슨 보속할 게 그리 많아서 이렇게 길게 고난을 맛보게 하십니까. 추기경 정도 되는 분을 이 정도로 족치신다면 나중에 저희 같은 범인은 얼마나 호되게 다루실 것입니까. 이제 그만하면 되시지 않았습니까. 우리 추기경님을 좀 편히 쉬게 해주십시오."

추기경님께서 그 얼마나 고통의 시간을 보내셨기에 강 주교님께서 그런 기도를 다 하셨을까.

아마 추기경님께서도 죽음이 찾아오는 육신의 고통을 견디시기 어려웠을 것이다. 그러나 "선종하시기 두 시간 전에 고통스러우시냐고 물었을 때 괜찮다고 고개를 저으셨다"는 강 주교님의 말씀은 내게 큰 위안이 되었다. 찾아오는 죽음을 맞이하면서 그 고통을 견디시는 추기경님의 모습을 떠올려볼 때마다 그 모습이 왠지 내겐 편안하게 느껴졌다.

추기경님의 죽음을 편안하게 느낀 이는 나뿐만 아니었다. 내가 아는 극작가 한 분의 노모께서는 추기경님의 선종을 보고 "죽는 게 하나도 두렵지 않다. 추기경님 같은 분도 저렇게 돌아가시는데, 우리 같은 이는 죽는 게 당연하다"고 하시면서 예전보다 더 밝고 활기차게 사신다고 한다.

나도 유리관에 누우신 추기경님의 선종 모습을 아버지하고 같이 TV를 통해 보다가 "아버지, 죽음을 너무 걱정하지 마세요. 추기경님께서도 저렇게 편안히 누워 계시지 않습니까. 그냥 주무시는 거하고 똑같아요" 하고 말하자, "그래, 참 편안해 보인다" 하고 아버지 또한 평소와 달리 편안한 표정을 지으셨다.

이렇게 김수환 추기경님의 선종은 많은 이들에게 죽음의 평화를 선물하셨다. 그리고 사랑에서 가장 중요한 것은 바로 실천이라는 사실을 남기셨다.

"노점상에서 물건을 살 때 깎지 말라. 부르는 대로 주고 사면 희망과 건강을 선물하는 것이다."

사실 나는 추기경님께서 노점상에 대해 이렇게 각별한 사랑을 지니고 계신 줄 알지 못했다.

"머리와 입으로 하는 사랑에는 향기가 없다."

"사랑이 머리에서 가슴으로 내려오는 데까지 70년이 걸렸다."

추기경님께서 평소 이런 말씀을 하신 줄도 선종 후에야 알았다.

여기에서 '머리'란 실천이 없는 관념적인 사랑을 말하는 것이고, '가슴'이란 그 관념에서 벗어난 행동과 실천이 있는 구체적인 사랑을 의미한다고 생각된다. 그런데 여기에서 '70년이 걸렸다'는 것은 정말 70년이 걸렸다는 게 아니라, 사랑을 실천하는 게 그만큼 어려운 것이므로 실천할 수 있도록 항상 노력하라는 말씀이라고 여겨진다.

그동안 나 또한 노점상에 대해 '머리'라는 관심은 있었지만 '가슴'이라는 실천이 따르지 않았다. 평소 내 가족들에게 "같은 물건이라면 가능한 한 노점상 물건을 사라. 가게가 있는 사람은 가게를 임차하거나 소유할 만큼 여유가 있는 것이다. 그러니 노점상을 외면하지 말고 가능한 한 값도 깎지 마라"는 말을 늘 해왔다.

그렇지만 과연 그 말이 '가슴'으로 내려와 실천으로 옮겨졌는지 부끄러움만 앞선다. 오히려 척추를 다쳐 입원한 내 노모에게 갖다드리라고 노점상 아저씨가 건네는 사과를 예닐곱 개 냉큼 받은 적이 있을 뿐이다.

추기경님께서는 늘 가슴으로 사랑을 몸소 실천하셨다.

명동성당 앞에서 오랜 세월 동안 묵주를 팔아온 한 아주머니가 "추기경님께서 내 묵주를 사주셨다. 묵주가 많을 텐데도……"라고 말한 것이 언론에 보도된 사실만 봐도 추기경님의 실천적 사랑을 엿볼 수 있다.

명동성당 언덕길을 걸어 올라가다가 묵주 파는 노점상 아주머니 앞에서 발걸음을 멈추고 일부러 묵주를 사주시는 추기경님의 모습이 지금도 어제 일처럼 눈에 선하다.

나는 이제야 사랑은 큰 데서 이루어지는 게 아니라 작은 데서 이루어지는 것이라는 걸 추기경님을 통해서 깨닫는다. 작은 사랑이 큰 사랑이며 실천하는 사랑이 진정한 사랑이라는 사실 또한 깨닫는다. 가끔 길을 가다가 노점에서 파는 귤이나 푸성귀를 사면서 애써 값을 깎으려는 사람을 보면 김수환 추기경께서 하신 이 말씀이 자꾸 생각난다.

나무 그림자

햇살이 맑은 겨울날
잎을 다 떨어뜨린 나무 한그루가
무심히 자기의 그림자를 바라본다

손에 휴대폰을 들고 길을 가던 사람이
자기 그림자를 이끌고
나무 그림자 속으로 걸어들어가 전화를 한다

무슨 일로 화가 났는지 발을 구르고
허공에 삿대질까지 하며
나무 그림자를 마구 짓밟는다

나무 그림자는 몇번 몸을 웅크리며
신음소리를 내다가
사람을 품에 꼭 껴안고 아무 말이 없다

나무야, 고맙다

봄이 되면 나에겐 큰 즐거움이 있다. 그것은 창가에 서서 거리의 나무들을 하염없이 바라보는 일이다. 한때 내가 일하던 곳은 높은 빌딩의 한구석이었는데, 방 안이 답답하면 창문을 열고 거리의 나무들을 한없이 내다보곤 했다.

그들은 언제 보아도 키가 훤칠한, 마치 성실한 이십 대 청년들처럼 잘생긴 플라타너스들이었다. 그들은 키를 나란히 하고 서로 싸우지도 않았다. 묵묵히 거리를 지키고 서로 하루하루가 다르게 겨우내 몸속에 감추어 두었던 새잎들을 새 가지에 담아 힘차게 밖으로 밀어내기에 바빴다.

정말 그들은 하루하루가 달랐다. 잔뜩 물이 오른 그들은 한순간도 쉬지 않고 세상 밖으로 새잎들을 틔우는 일에 최선을 다하고 있었다. 처음에는 뿌연 겨울빛에 가려 푸른빛이 잘 보이지 않더니 차차 시간이 지날수록 연초록의 빛을 띠기 시작했다.

바야흐로 그들은 신록의 세계를 만들어내고 있었다. 춥고 어두웠던 겨울이 끝났음을 선언하고 새 생명의 시대가 도래했음을 알리고 있었다. 그들은 도시를 아름답게 만드는 설계사들이었으며, 초록의 빛깔을 부여함으로써 아름다운 새로운 도시를 만드는 창조자들이었다.

매일매일 순간순간 그들에게 감사했다. 나로서는 그들을 바라보는 일이 큰 기쁨이자 즐거움이었다. 그들을 바라볼 때마다 내 고단한 삶에 새로운 힘이 솟았다.

그런 어느 날이었다. 늦은 점심을 먹고 느릿느릿 거리를 산책하고 있는데, 몇몇 사내들이 가로수들을 뭉텅뭉텅 무자비하게 톱으로 잘라내는 게 눈에 띄었다. 놀라지 않을 수 없었다. 그들은 크레인 같은 장비에다 사람을 태우고 나무 높이까지 올려 보내 마구잡이로 나무를 잘라내고 있었다. 전기톱을 얼마나 잘 다루는지 톱질을 몇 번 하지 않아도 나뭇가지들이 툭툭 허리가 부러져 땅에 떨어졌다. 밑동과 굵은 가지만 두세 개 남기고 잔가지가 다 잘린 불구의 나무들은 멀리서 보면 꼭 새총이나 지겟작대기 같았다. 그것은 이미 나무가 아니라 거리의 흉물이었다.

잎이 더 무성해지기 전에 가로수 가지들을 자른 이유가 있었을 것이다. 한여름까지 그대로 두었다간 건물과 건물 사이를 잇는 전선들을 망가뜨릴 염려가 있다든가, 운전자의 시야를 가려 교통 방해를 일으킨다든가 하는 이유는 얼마든지 많았을 것이다. 실제로 빌딩 현관이나 음식점 입간판 앞에 있는 나무들은 더 많이 잘려 있었다. 어떤 나무는 가지가 마구 잘려 마치 전봇대처럼 보였다.

나는 그들이 전정剪定 작업을 한답시고 나무를 불구자로 만들어버린다고 느꼈다. 아니, 아예 나무를 죽여버린다고 느꼈다. 내 눈에는 나무들이 붉은 피를 철철 흘리며 죽어가는 모습이 선연하게 보였다. 그들은 나무가 생명체라는 생각은 아예 염두에도 없는 것 같았다. 사람으로 치면 그들은 살인자들이었다. 몸통은 그대로 두고 두 팔과 머리를 잘라버리는 잔혹한 살인자들!

오! 나는 그들을 대신해서 나무들에게 용서를 빌었다. 아무리 강한 의지력과 생명력을 지닌 나무라 하더라도 그렇게 온몸이 전봇대처럼 잘린 상태에서 더 이상 살아갈 수 없을 것이라고 생각돼 마음속으로 그들의 죽음을 위로하고 정성껏 장례를 치러주었다.

그리고 곧 여름이 다가왔다. 유난히 무더운 여름이었다. 노모는 팔십 평생에 이런 더위는 처음이라고 하시면서 입맛을 잃고 앓아누웠다. 나 또한 마찬가지였다. 더위에 지쳐 밤에는 잠 한숨 제대로 잘 수 없었으며, 낮에는 책 한 줄 제대로 읽기 힘들었다.

그래도 아침저녁으로 40여 분가량 집에서 근무지까지 걸어서 출퇴근을 했다. 그때마다 나에게 도움을 준 것은 바로 그 나무, 지겟작대기처럼 잘린 그 플라타너스들이었다. 죽었을 것이라고 생각하고 잊고 있었으나 그들은 살아 있었다. 그 참혹한 죽음 속에서도 죽지 않고 살아나 잘린 가지 위로 또다시 새 가지와 새잎을 피워내고 나에게 그늘을 만들어주고 있었다. 어디 그늘뿐인가. 그들은 매미도 깃들게 하여 심심찮게 매미의 노랫소리도 들려주었다.

여름 내내 그들이 만들어낸 그늘 속으로만 걸어 다녔다. 그들이 없었더라면 식을 줄 모르고 뜨겁게 달아오르기만 했던 이 폭염의 서울이 얼마나 삭막했을까. 나의 삶 또한 그 얼마나 고단했을까. 역시 생명이란 존엄하고 불가사의한 것이었다. 죄를 저지르는 자가 있으면 용서하는 자가 있는 법이었다.

나무야, 고맙다. 뜨거운 여름날 지친 나에게 그늘도 만들어주고 이제는 낙엽이 되어 가을까지 선사하는 나무야, 고맙다. 겨울이 되면 새하얗게 함박눈을 맞은 그 아름다운 자태를 또 보여다오.

발자국

사람이 죽으면 별이 되듯이
발자국도 따라가 별이 되는가
내가 남긴 발자국에 핀 민들레는
해마다 별이 되어 피어나는가

내 상처에 깊게 대못을 박고
멀리 길가에 내던져진 너의 손에는
깊게 뿌리가 뻗어
지금 플라타너스 가로수 길이 울창하다

그 길가에 작은 수도원 하나 세워졌으면
프란치스코 성인께서 하룻밤
곤히 주무시고 가셨을 텐데
주무시기 전에
나를 한번 꼭 안아주셨을 텐데

오늘도 내가 걸어온 길가엔
누구의 것인지 알 수 없는

늘 나와 함께 걸어온

핏물이 고인 발자국 하나

프란치스코 성인의 오상을 묵상하며

'제2의 그리스도'로 일컬어지는 '아시시 성 프란치스코' 성인의 발자취를 따라가는 순례 여행을 한 적이 있다. 프란치스코 성인은 인간으로서 그리스도의 삶을 그대로 본받으며 살려고 노력하신 분이다. 끊임없이 선善을 지향하고 실천한 그의 삶의 과정 중에서 가장 중요한 부분은 그리스도로부터 오상五傷을 받은 부분이다. 프란치스코 성인을 나타내는 성화를 보면 거의 대부분 오상을 받은 부분이 그려져 있다.

오상은 예수가 십자가에서 못 박힌 양손과 양발, 그리고 창에 찔린 옆구리의 상처 다섯 개를 일컫는다. 예수에게 오상은 절대적 사랑을 구현한 고난의 상징이다. 그런데 프란치스코 성인은 1224년 9월에 이탈리아 아펜니노 산맥의 한 부분인 라 베르나 계곡에서 기도 중에 그러한 오상을 받았다.

나는 여행 중에 프란치스코 성인이 오상을 받은 장소에 세워진 라 베르나 성당에 가보았다. 라 베르나 성당은 마치 성채처럼 해발 1128미터나 되는 높은 절벽 끝에 세워져 있고 그 안에 '오상 경당'이 있었다. 13세기 말경에 만들어진 경당 바닥 한가운데에는 주황빛 대리석으로 앞뒤가 길쭉한, 다소 불규칙한 육각형 형태의 틀을 세워 오상을 받은 위치를 정확히 표시해놓았다. 얕은 육각형 틀을 받치는 네 개의 작은 기둥과 그 옆면에는 '천상의 광채가 빛났고, 새로운 태양이 빛났으며, 바로 여기에서 세라핌 천사가 나타나 프란치스코에게 마음과 말과 행동으로 십자가를 지고 가기를 청하면서 그의 손과 발과 옆구리에 성흔을 박아주셨도다'라고 써놓았다. 또 다른 한 면에는 '여기에서 주님, 당신의 종 프란치스코에게 우리 구원의 표지를 보여주셨나이다'라고 써놓았다.

나는 밝고 환한 빛이 계속 비치는 육각형 틀 앞에 서서 마음속으로 두 손을 모으고 오상을 받는 프란치스코를 상상해보았다. 당시 막 마흔이 넘은 나이였던 그는 아마 형언할 수 없는 광채에 휩싸여 놀라움이 가득한 가운데 영성의 기쁨과 감사로 충만했을 것이다.

프란치스코는 오상을 받은 지 2년 뒤에 "우리는 이룬 것이 아무것도 없습니다. 이제 새로 시작하는 것입니다"라는 말을 남기고 선종했다. 성당에는 오상을 받던 당시에 입고 있었던 다 해져 너덜너덜한 검누런 수도복이 전시돼 있는데, 그 옷만 봐도 그가 얼마나 청빈과 겸손 속에서 기도와 묵상의 삶을 살았는지 잘 알 수 있었다.

'프란치스코 성인의 발자취를 따라서'라는 문구를 내걸고 순례객들을 인솔하는 고계영 신부님을 따라 나는 프란치스코가 쉬고 기도한, 갈라진 바위틈에 자연스럽게 형성된 작은 동굴에도 가보았고, 특별히 성당 지붕과 잇닿아 있는 산등성이에도 올라가보았다. 일반 순례객은 들어갈 수 없는 곳이어서 신부님과의 동행이 필수적이었는데, 그곳엔 아무런 표지판도 없었다. 십자가가 세워진 종탑 멀리 숲속에서 새소리와 바람 소리만 들려왔다. 내가 보기에 그곳은 나무들이 잘 자란 평범한 숲에 불과했으나 바로 그곳이 '오상 경당'과 수직으로 연결되는 지점이어서 무척 신성시되는 곳이 아닌가 하고 생각되었다.

프란치스코 성인이 받은 오상에 대해 정말 그리스도의 사랑, 즉 성령에 의해서 받았는가 하는 점에 대해 긍정적인 또는 부정적인 견해를 밝힌 학설은 많다. 그러나 나는 그러한 학설에 대해 어떠한 견해도 지닐 수 없고 단지 프란치스코 성인의 삶에 오상이 존재하고 있다는 사실 그 자체에 대해 깊은 관심을 지닌다.

프란치스코 성인은 어떻게 해서 그리스도의 오상을 받게 되었을까. 성인이 살던 당시 중세의 기독교에서는 신앙의 한 형태로 오상을 경배해 스스로 오상을 자행하는 관습이 있었다고 한다. 다른 사람의 병고를 대신해서 내가 오상의 고행을 겪으면 그 사람이 나을 수 있다는 어떤 신앙적 믿음이 있었다는 것이다. 내 생각에 프란치스코 성인께서는 그리스도의 사랑의 선물을 오상을 통해 받고 싶어 하는 간절한 소망이 먼저 있지 않았을까 하고 생각된다. 자신의 존재 전체를 바칠 수 있는 간절한 소망이 없었다면 어쩌면 프란치스코 성인의 삶에서 오상 이야기는 존재하지 않았을 것이다.

감히 비교할 수는 없지만 시인에게 시는 프란치스코 성인이 지닌 오상의 소망과 같은 것이 아닐까. 그리고 시는 오상과 같은 상처가 아닐까. 시인은 프란치스코 성인이 겪은 오상의 고통과 같은 고통을 통해서만 진정 시를 쓸 수 있는 게 아닐까.

문득 시인을 프란치스코 성인에 견주어 생각해보는 내가 무척 오만한 존재라고 생각된다. 그런 고통을 통해서만 시를 쓸 수 있다면 어쩌면 더 이상 시를 쓸 수 없게 될지도 모른다. 그러나 시는 그러한 고통을 통해서 이루어지는 측면이 강하다는 것을 이해하는 것이 더 중요하다.

프란치스코 성인은 시인으로도 일컬어진다. 굳이 그가 남긴 시편들을 살펴보지 않더라도 그는 새와 벌레와 꽃들과도 대화를 나눈 시적 영성을 지닌 분이다. 새들에게 설교하는 프란치스코 성인의 성화를 보면서 나는 시인으로서 새들에게 말이라도 한번 정성껏 걸어본 적이 있었는지 자성하지 않을 수 없었다.

나는 아직도 시가 어디에서 어떻게 이루어지는지 깨닫기 어렵다. 시를 쓰면서 '이것은 시가 되었다' '이것은 시가 되지 않았다'고 생각하는 순간이 있다. 그런데 왜 시가 되었다고 생각되는지, 왜 시가 되지 않았다고 생각되는지 그 까닭을 확실히 깨닫기는 어렵다. 아직도 인생이 어디에서 어떻게 이루어지는지 모르는 것처럼 시도 그렇다. 이것은 마치 프란치스코 성인이 그리스도의 영성을 어디에서 어떻게 어느 순간 깨달았느냐 하는 질문과도 유사하다고도 할 수 있다.

나로서는, 시는 이렇게 모르는 가운데에서 쓸 수밖에 없는 영성의 그 무엇이다. 시가 어떻게 이루어지고 인생이 어떻게 완성되는지 알 수 있다면 아마 인생도 제대로 살고 시 또한 제대로 쓸 수 있을지 모른다.

그러나 아무리 노력해도 그것을 알기는 어렵다. 평소 인생을 사는 일도 시를 쓰는 일도 결국 노력하는 일이라고 생각하지만 시가 이루어지는 순간만은 노력으로 되는 것이 아님을 깨닫는다. 인생에도 운명적인 어떤 순간이 있는데, 시도 어떤 운명적인 순간에 의해 써지는 게 아닐까 하고 생각될 뿐이다.

그래서 요즘은 시가 왜 어디에서 어떻게 이루어지는지 그 순간을 굳이 알려고 하지 않는다. 시가 이루어지는 순간은 나의 힘이 아니라 운명적인 또는 절대적인 그 무엇의 힘에 의해 이루어진다는 사실을 깨달을 뿐이다.

'시의 첫 행은 신의 선물'이라는 말이 있다. 나는 그 말을 굳게 믿는다. 인간의 삶에서 신의 영역은 절대적이다. 신의 절대성에 의해 인간인 내 삶이 결정된다는 사실에 대해 나는 긍정적이다. 그렇지 않고서는 인간인 나의 삶을 이해하기 어렵다.

시 또한 마찬가지다. 시를 쓰고 나면 전혀 의도하지 않은 형태로 시가 써질 때가 있다. "이 시를 내가 썼나" 하고 도저히 믿어지지 않을 때가 있다. 처음 시를 쓸 때 그렇게 쓰려고 의도하지 않았는데도 그렇게 써진 것이다. 이것을 어떻게 설명하고 이해할 수 있을까. 이것 또한 인간인 나의 영역이 아닌 신의 영역에서 운명적으로 이루어진 부분이 있기 때문이 아닐까.

시는 인간을 이해하게 하는 그 무엇이다. 물론 시는 인간을 이해하기 위한 하나의 꼬투리이거나 작은 빗장일 뿐이다. 시를 통해 인간 전체를 이해할 수는 없다. 어디까지나 인간의 작은 어느 한 부분을, 인간의 비밀의 어느 한 곳을 엿볼 수 있을 뿐이다.

그래도 시인인 나는 시를 통해 인간을 이해하려고 노력할 수 있어야 한다. 살아갈수록 더욱더 인간을 이해하기 어렵지만 그래도 시의 가슴에 얼굴을 파묻고 인간을 이해할 수 있게 되기를 바라야 한다.

그러나 나는 나를 이해하기 어렵다. 내 속에 있는 수많은 나를 어떻게 이해할 수 있단 말인가. 긍정적인 내가 부정적인 나를, 선하다고 생각되는 내가 악하다고 생각되는 나를 어떻게 이해할 수 있단 말인가. 거울 속에 비친 나를 물끄러미 바라볼 때마다 그 거울 속의 존재는 나이면서도 내가 아니다. 거울 속에 비친 내겐 인간으로서 지닌 선한 요소보다 악마적 요소가 더 많아 고통스럽다. 어쩌면 프란치스코 성인도 그러한 고통이 있었을 것이다.

자작나무에게

나의 스승은 바람이다
바람을 가르며 나는 새다
나는 새의 제자가 된 지 오래다
일찍이 바람을 가르는 스승의 높은 날개에서
사랑과 자유의 높이를 배웠다

나의 스승은 나무다
새들이 고요히 날아와 앉는 나무다
나는 일찍이 나무의 제자가 된 지 오래다
스스로 폭풍이 되어
폭풍을 견디는 스승의 푸른 잎새에서
인내와 감사의 깊이를 배웠다

자작이여
새가 날아오기를 원한다면
먼저 나무를 심으라고 말씀하신 자작나무여
나는 평생 나무 한 그루 심지 못했지만
새는 나의 스승이다

나는 새의 제자다

밝고 따뜻한 스승의 불빛

2020년 제11회 '김우종金宇鍾문학상'을 받았다. 스승의 이름으로 받은 이 상은 내게 참으로 영광스럽다. 이 상은 어두운 내 문학적 삶을 환히 밝히는 등불 같은 기쁨의 불빛이다. 처음 수상 소식을 듣고 죄송한 생각에 선생님께 한마디 전화조차 드릴 수 없었다. 선생님께서 아흔의 나이를 넘기시기까지 스승의 사랑에 보답하지 못한 못난 제자가 바로 나이기 때문이다.

나는 그동안 선생님을 제대로 찾아뵙지 못했다. 같은 서울 하늘 아래 살면서도 찾아뵈어야지 하는 마음만 늘 품고 있었지 정작 찾아뵙지를 못했다. 그런 가운데 인생의 시간은 너무나 빨리 흘러 선생님께서는 아흔이 넘으셨고

나 또한 일흔이 넘고 말았다. 그래서 선생님을 처음 뵙던 때를 돌이켜보면 기쁨보다는 슬픔이 밀물져온다.

선생님을 처음 만난 때는 1967년 초겨울 무렵으로, 당시 선생님께서는 경희대 국문학과 교수로 계셨다. 그때 경희대에서는 제6회 전국고교생문예현상 모집을 했는데 내가 투고한 평론 〈고교문예의 성찰—고교시를 중심으로〉가 당선되었고, 그 시상식장에서 선생님을 처음 뵈었다. 당시 심사위원은 바로 문학평론가 김우종 선생님이셨고, "6년 만에 평론 부문에서 당선작이 나왔다"고 무척 기뻐하셨다. 나는 그렇게 총장장학금을 전액 지원받으며 무시험으로 경희대 국문과에 문예장학생으로 입학했다.

1학년을 마치고는 기성 문단에 등단해야만 총장장학금이 계속 지급된다는 규정이 있어 나는 휴학을 하고 군에 자원입대했다. 미처 학교에 들르지 못한 나를 대신해서 선생님께서 학교에 휴학계를 제출해주셨다. 나는 지금도 첫 휴가를 나와 경희대 교수연구실로 선생님을 찾아뵙던 때의 일을 잊지 못한다. 잠시 이런저런 이야기를 나누다가 1년 후에 다시 휴가를 나오면 찾아뵙겠다고 인사를 하고 자리에서 일어서자 선생님께서는 "군대 생활을 하면서도 문학을 결코 잊지 말아야 한다"고 하시면서 그 달에 나온 〈현대문학〉을 한 권 주셨다.

1968년 경희대 문예장학생으로 입학해서 문학평론가 김우종 선생님과 함께. 김우종 선생님은 나로 하여금 시의 길을 걸어가게 하신, 내 문학의 스승이다.

청량리역에서 춘천행 기차를 타고 귀대하다가 문득 선생님께서 주신 〈현대문학〉이 생각나 얼른 꺼내 펼쳤다. 책 갈피 속에 지폐 한 장이 말없이 들어 있었다. 순간, 나도 모르게 눈물이 핑 돌았다. '아, 선생님께서 나를 이렇게 사

랑하시는구나' 하는 생각에 한참 동안 차창 밖을 눈물로
바라보았다.

'문학을 잊지 말아야 한다. 군대 생활을 하면서도 시를
열심히 써서 신춘문예에 당선돼 다시 문예장학생이 되어
학교로 돌아가야 한다.'

그때 눈물로 굳게 결심했고 그 결심은 이루어졌다.
1973년 대한일보 신춘문예에 시 〈첨성대〉가 당선돼 문예
장학생으로 복학하고 다시 선생님을 가까이에서 뵙게 되
었다. 그러나 복학한 지 1년 뒤인 1974년 1월에 선생님께
서는 억울하게도 유신독재 정권의 '문인간첩단사건'에 연
루돼 고초를 겪게 되셨다. 그때 검찰로 면회를 가자 선생
님께서는 부자유한 가운데서도 나를 반갑게 맞이하시면
서 "호승이 자네도 나를 간첩이라고 생각하나?" 하고 물
으셨다. 얼마나 마음이 아프시고 한탄스러우셨으면 선생
님께서 내게 그런 말씀을 하셨을까.

"선생님을 그렇게 생각하는 사람은 아무도 없습니다."

나는 그렇게 말씀드리고, 준비해 간 내 자작시 세 편을
보여드렸다. 지금 생각하면 선생님을 위로해드리는 시간
을 더 가져야 했는데 그런 상황에서 왜 시를 보여드렸는
지 어리석기 짝이 없는 제자가 아닐 수 없다.

그 후 선생님께서는 37년이 지나서야 무죄 확정이 되었

으며 그간의 고초는 오로지 선생님의 몫이었다. 선생님께서는 자격정지를 당해 경희대 강단에 서지 못하셨고, 그사이에 나는 졸업을 했다. 졸업식 날, 부모님과 함께 선생님 댁을 찾아가 "선생님 덕분에 대학을 졸업하게 되었다"고 꽃다발을 전하며 감사 인사를 올렸다.

돌이켜보면 내가 신춘문예에 당선되고 문예장학생으로 경희대를 졸업하고 그것을 바탕으로 지금까지 한 사람 시인으로서의 삶을 살게 된 것은 오로지 스승이신 김우종 선생님의 따뜻한 사랑의 손길 때문이었다. 내 청춘 시절에 선생님께서 곁에 계시지 않았다면 오늘의 나는 존재하지 않았을 것이다.

'김우종문학상' 수상을 계기로 선생님께서 보내주신 옛 편지 여섯 통을 찾아 읽어보았다. 선생님께서는 내가 휴학을 하고 경주 토함산 보덕암에서 신춘문예 준비를 하고 있을 때에도, 야전공병단에서 군 복무를 하고 있을 때에도, 첫 시집이 나왔을 때에도, 그 후 《새벽편지》 등 다른 시집이 나왔을 때에도 꼭 편지를 보내주셨다. 1978년에는, 이제는 내 대표작이 된 〈슬픔이 기쁨에게〉를 한국여성단체협의회 기관지 〈여성〉에 소개하시면서 다음과 같은 단평의 글도 쓰신 적이 있다.

"정호승은 아주 젊은 시인이지만 시가 꽤 여물어 있다. 아주 단단하고 알차다. 그것은 그의 정신적인 성숙도에서 오는 것이라고 믿어진다. 그렇게도 성실하고 진실을 사랑하고 남의 아픔을 못 견뎌하고 악을 미워하면서도 그를 용서할 줄 알며 그를 위해 기도할 줄 아는 그는 정말 보기 드문 훌륭한 시인의 몸짓을 지녔다고 여겨진다.

지금 중앙일보에 연재 중인 조해일의 소설 《갈 수 없는 나라》는 맨 첫 회분 첫 줄에서부터 정호승의 〈맹인 부부 가수〉가 나오고 있었다. 얼마 전에 시단의 월평란에선 유독 이 시가 문제작으로 선택되고 그의 사진이 나와 있었다. 그의 시는 아마 요즈음 여러 독자에게 많이 읽히고 문단에서도 각광을 받고 있나 보다.

나는 많은 작품에 대하여 평론을 써오면서도 정호승에 대해서는 단 한 번도 말해본 적이 없다. 제자로서 너무 가까이 정을 느끼다 보니 남들이 먼저 칭찬해주기만을 기다리는 결과가 되고 말았다. 이제 이런 조그만 자리를 빌어서 〈맹인 부부 가수〉 말고 〈슬픔이 기쁨에게〉를 소개한다. 단순한 감상이 아니라 사회적 정의와 인종과 사랑과 기다림의 삶의 철학이 깊은 슬픔의 늪에서부터 우러나와 친근한 대화의 언어로 공감의 폭을 넓히고 있다."

물론 이 글은 선생님께서 발표된 지면을 직접 오려서 편지 봉투 안에 넣어 보내주신 것을 이제야 다시 보게 된 것이다. 나는 1979년에 발간된 내 첫 시집《슬픔이 기쁨에게》뒤표지에 이 글의 한 부분을 발췌해 싣기도 했다.

선생님께서 보내주신 편지를 다시 찬찬히 읽으며 나에 대한 선생님의 사랑이 얼마나 컸는지 뒤늦게나마 깨닫게 된다.

선생님께서는 편지에서 "호승이와 나는 깊은 우정을 잃지 않아야 한다"는 말씀도 하셨다. 나는 그 말씀을 읽었던 때를 기억한다.

'우정이라는 말은 친구나 동년배 사이에서 사용되는 말인데, 선생님께서는 제자인 나한테 우정이란 말씀을 사용하셨다. 이 말이 스승과 제자 사이에서도 통용될 수 있단 말인가!'

나는 선생님의 깊고 넓은 사랑의 말씀을 성찰하면서 스승과 제자 사이에서도 문학적이거나 인간적인 관계가 우정의 차원으로까지 높이 승화될 수 있다고 깨닫게 되었다.

선생님은 내게 시인으로서 삶의 본질에 대한 문학적 충고 또한 아끼지 않으셨다. 내가 군인 교회에서 군종병으로 근무하던 1972년 7월 23일자로 받은 편지의 한 부분을 소개한다.

"정군, 이제는 하느님 곁에 더 가까이 있게 되었으니 나도 마음이 놓인다. 하느님도 인정이 있을 터이니까 누구보다도 가까이 있는 사람을 더 잘 보살펴주실 것 아니겠니? 그 지붕 밑에서 이제는 생각하고 읽고 쓰는 시간도 더 많이 얻을 수 있겠지? 혹시 필요한 책이 있으면 내게 연락해주렴. (중략)

지난번에 다녀갈 때는 정말 너의 걸음걸이도 달라졌더라. 좀 더 남성적인 든든한 체구와 성격을 길러 가지고 나오렴. 하느님 곁에 있으면서 순종하는 미덕만 배우고 나온다면 과히 반갑지 않은 일이다. 너는 시도 쓰지만 비평의 재능도 꾸준히 길러야 한다. 일상생활에서도 조리 있는 비판적 안목을 기르고 훈련시켜나가렴. 기왕의 모든 것을 일단 부정하고 그 빈 공간 위에 너의 철학을 새로이 구축해나가야 비로소 소위 '자아확립'이 가능해질 것이다. 정군은 무척 많은 가능성을 지니고 태어났다고 나는 믿고 있다. 그 가능성이 어떤 좌절감 때문에 매몰되어버려서는 안 된다."

선생님께서는 이렇게 오랜 세월 동안 한결같이 제자인 나를 사랑해주셨다. 그러나 그 제자는 선생님의 사랑에 제대로 보답도 하지 못하고 이렇게 스승의 이름으로 주시는 상까지 받았으니 참으로 송구스럽고 염치없을 뿐이다.

그러나 앞으로 남은 인생의 시간 동안 선생님의 비평 정신 즉 현실 참여적이고 민중 지향적인 애민愛民정신을 이어받아 진실과 정의가 살아 있는 시의 불꽃을 꾸준히 꽃피울 것을 약속드린다. 어두운 식민지 시대를 짧게 살다 간, 살아생전 시집 한 권 내지 못한 윤동주 시인의 지고지순한 시정신을 사랑하시는 선생님의 순결한 마음이 내 시의 마음에 강물처럼 흘러가게 할 것임을 또한 약속드린다.

영등포가 있는 골목

영등포역 골목에 비 내린다
노란 우산을 쓰고
잠시 쉬었다 가라고 옷자락을 붙드는
늙은 창녀의 등뒤에도 비가 내린다
행려병자를 위한 요셉병원 앞에는
끝끝내 인생을 술에 바친 사내들이 모여
또 술을 마시고
비 온 뒤 기어나온 달팽이들처럼
언제 밟혀 죽을지도 모르고 이리저리 기어다닌다
영등포여
이제 더이상 술을 마시고
병든 쓰레기통은 뒤지지 말아야 한다
검은 쓰레기봉지 속으로 기어들어가
홀로 웅크리고 울지 말아야 한다
오늘밤에는
저 백열등 불빛이 다정한 식당 한구석에서
나와 함께 가정식 백반을 들지 않겠느냐
혼자 있을수록 혼자 되는 것보다

혼자 있을수록 함께 되는 게 더 낫지 않겠느냐
마음에 꽂힌 칼 한자루보다
마음에 꽂힌 꽃 한송이가 더 아파서
잠이 오지 않는다
도대체 예수는 어디 가서 아직 돌아오지 않는가
영등포에는 왜 기차만 떠났다가
다시 돌아오는가

다시 성자를 기다리며

서울 영등포역 부근 요셉의원 앞을 지나다가 우리 시대를 살다 간 성자를 다시 그리워하게 되었다. 요셉의원은 가난하고 병들어 사회에서 소외되고 버림받은 이들을 위해 1987년에 선우경식鮮宇景植 원장이 개원한 무료 병원이다. 내과의사인 선우 원장은 21년 동안 미혼인 채 극빈층과 노숙인에게 무료 진료활동을 펼치고 자신의 소원대로 마지막 순간까지 환자를 돌보다가 2008년에 위암으로 세상을 떠났다. 그가 세상을 떠나자 언론에서는 '노숙인의 아버지' '영등포 슈바이처' '우리 곁에 왔다 간 성자'라고 그를 기렸다.

요셉의원은 내가 선우 원장을 처음 찾아갔던 10여 년

전과 크게 달라진 게 없었다. 마치 노숙인처럼 낡고 초라한 3층 벽돌 건물 그대로였다. 지금은 폐간됐지만 요셉의원을 후원할 목적으로 발간된 잡지 〈착한 이웃〉의 편집위원 자격으로 만났을 때, 그는 환자를 위해 고심하면서도 시종 진지한 미소를 잃지 않았다. 그의 미소는 평소 "가난한 환자들은 신이 내게 내려주신 선물"이라는 그의 진실에서 우러나온 미소여서 고개가 저절로 숙여졌다.

그 뒤에도 나는 그를 몇 번 더 만났는데, 그는 "처음엔 3년만 해야지 생각했지만 5년이 지나도 후임자가 안 나타나 요셉의원이 아니면 아무 데도 갈 곳 없는, 목욕해주고 이발해주고 치료해줘야 할 그 수만 명의 환자들을 차마 버리지 못했다"고 하면서, 오직 병원과 환자 이야기만 했다. 그의 친구들 말에 의하면 그는 "결혼식장에 가서도 하객들이 먹고 남은 뷔페 음식을 노숙인들이 먹을 수 있도록 해달라고 부탁하기도 했다"고 한다.

우리 시대엔 늘 이런 성자들이 가까이에 있었다. 그러나 나는 나 자신만을 위해 바쁘게 살면서 그들을 잊고 살았다. "만일 달에도 가난한 사람이 있다면 물론 그곳에도 가겠다"고 한 마더 테레사 수녀를 잊고 살았고, 세계 곳곳에 엠마우스 공동체를 설립해 노숙인들에게 먹을 것과 쉴 곳을 마련해준 프랑스의 피에르 신부를 잊고 살았다.

청십자병원을 설립해 가난한 환자를 진료하는 일에만 일생을 바친 장기려張起呂 박사도, 성聖라자로마을을 설립하고 평생 한센인을 위해 헌신하며 살다 간 이경재李庚宰 신부도 잊고 말았다. 그리고 우리 곁을 떠나면서 "고맙다"고, "서로 사랑하라"고 하신 김수환 추기경의 말씀도, "이슬 한 방울조차 버리는 연꽃잎처럼 살라"고 하신, 다비의 과정에서도 무소유의 정신을 철저하게 실천하신 법정스님의 귀한 목소리도 이젠 잊었다.

부끄럽다. 다시 그분들의 목소리를 듣고 싶다. 그동안 나의 삶은 성자적 삶을 살고 떠난 그분들에 의해 그나마 인간으로서의 삶의 품격이 유지될 수 있었다. 그러나 지금은 그분들을 다 떠나보내고 '맹인이 맹인을 인도하는' 시대를 살고 있다. 서로 자기가 옳고 남은 그르다고 주장하고, 남을 위한 말없는 실천보다는 나를 위한 말 많은 주장이 더 앞선다. 이토록 극심하게 자기주장이 강한 시대도 있었던가 싶을 정도로 이해와 소통의 문이 닫혀 있어 이 시대를 살아간다는 사실 자체가 고통스럽다.

이제 이 시대에 성자는 존재하지 않는가. 그분들과 같은 성자가 다시 내 삶에 찾아오지 않을 것인가. 아니다. 그렇지는 않다. 드러나지 않고 눈에 보이지 않게 성자적 삶을 사는 분들은 많을 것이다.

언젠가 서울역 지하도에서 만난 이발사를 잊을 수 없다. 서울역에서 남대문경찰서 방향으로 나가는 약간 통행이 뜸한 지하 통로에 중년의 이발사가 길게 자란 노숙인의 머리를 깎아주고 있었다. 의자에 앉히고 흰 가운을 두르게 하고 정성껏 가위질을 하는 이발사의 모습은 내가 보기에 바로 우리 시대의 성자의 모습이었다. 차가운 지하도 바닥에 앉아 차례를 기다리는 몇 명의 다른 노숙인들이 이발사에게 보내는 감사와 신뢰의 눈빛을 통해서도 그의 모습이 더욱 성스러워 보였다.

사실 노숙인은 제때 씻지 못해 얼마나 악취가 많이 나는가. 나만 해도 지하철에서 노숙인이 앉았던 자리에 무심코 앉았다가 의자에까지 배어 있는 악취 때문에 얼굴을 찡그리고 벌떡 도로 일어난 적이 있지 않았는가. 그런데도 노숙인의 머리를 조금도 더럽다고 여기지 않고 미소를 띠며 깎아주는 이발사의 성스러운 영혼 앞에 나는 머리를 숙일 수밖에 없다.

지금 이 시대는 성자가 부재한 시대다. 인간으로서 최소한의 품격조차 유지하지 못하고 비인간적 삶을 살아가는 비극의 시대다. 그렇지만 이대로 마냥 우리 곁을 떠나간 성자를 그리워하고 있을 수만은 없다. 초라하더라도 내 삶 속에 그분들을 본받을 수 있도록 삶의 영역을 넓혀야

한다. 그게 다시 우리 시대의 성자를 기다리는 일의 시작
이다. 노숙인의 이발사처럼 나 자신이 먼저 평범한 일상에
서도 성자적 삶의 태도를 지닐 수 있도록 노력해야 한다.
그것은 거대한 것에서 시작되지 않고 일상의 작은 일에서
시작될 것이다.

2부

강물

그대로 두어라 흐르는 것이 물이다
사랑의 용서도 용서함도 구하지 말고
청춘도 청춘의 돌무덤도 돌아보지 말고
그대로 두어라 흐르는 것이 길이다
흐느끼는 푸른 댓잎 하나
날카로운 붉은 난초잎 하나
강의 중심을 향해 흘러가면 그뿐
그동안 강물을 가로막고 있었던 것은
내가 아니었다 절망이었다
그동안 나를 가로막고 있었던 것은
강물이 아니었다 희망이었다

봄의 강가에서

이제는 꽃들도 인간을 닮아 제 삶의 속도를 잃어버리고 보다 빨리 피어난다. 예년에 비해 보름이나 빨리 피어난 꽃들이 반갑고 기쁘기는 하지만, 그 빠름 속에 오만함과 성급함도 함께 피어난 듯해서 어지럽다.

늦게 피어난 꽃보다 빨리 피어난 꽃이 먼저 시든다. 어제 아침에 피어난 꽃들이 오늘 저녁에 이리저리 흩날린다. 꽃은 아름답게 낙화함으로써 존재적 완결성을 드러내지만, 인간은 꽃처럼 낙화하지 못하면서도 빨리 피어나고 빨리 이루고 싶어한다.

지는 꽃을 보고 강가로 나가 느린 강물을 바라본다. 강둑에는 사람들이 급하게 달리기를 하며 지나가고, 강변의 고가도로 위에는 자동차들이 재빠르게 달린다. 아무도 저 느린 강물의 내면의 삶을 생각하지 않는다.

처음에는 강물도 저토록 급하게 달렸으리라. 산비탈 아래로 깊은 계곡을 지나 급하게 달리다가 들판에 이르러서야 자신이 그 얼마나 정신없이 살아왔는지를 깨닫게 되었으리라.

강물은 이제 완만히 흐름으로써 비로소 새소리와 벌레 소리를 들을 수 있게 되었다. 급류가 되어 급하게 흐를 때는 자신의 욕망의 물소리 외에는 아무 소리도 들리지 않았다. 물은 깊게 못을 이룬 곳에서는 소리가 없는 법. 이제 저 강물이 느리게 느리게 바다에 이르면 제 이름조차 없어질 것이다. 만일 강물이 바다에 이르러서도 제 이름을 고집한다면 어떻게 바다가 있을 수 있겠는가. 욕심이 많으면 인생은 급류를 타고, 욕심이 적으면 인생은 냇물이 되어 완만히 들판을 흘러간다.

인생은 물리적 시간이다. 신이 우리에게 준 시간의 양과 질은 공평하다. 다만 신은 우리 각자에게 시간을 요리하는 재량권을 주었을 뿐이다. 어떤 이는 시간을 급하게 요리하다가 불에 태워 제대로 먹지 못하기도 하고, 어떤 이는 천천히 노릇노릇 알맞게 잘 구워 맛있게 먹기도 한다.

젊은 날에는 인생이 시간으로 이루어져 있다는 사실을 알면서도 알지 못한다. 시간의 속도가 너무 느려 오히려 짜증 나고 지루하기까지 하다. 그러나 차차 나이가 들어가면서 중년을 지나 노년에 이르면 어느 날 문득 인생이 철저하게 시간으로 이루어져 있음을 깨닫는다. 그리고 그 인생의 시간이 얼마 남지 않았음을 알고 후회하고 안타까워한다.

그때는 이미 늦다. 강물이 그러하듯 시간도 거슬러 흘러가지 않는다. 인생이 시간이라는 터널이라면 그 끝은 봄 햇살 같은 불빛이 환히 다가오는 끝이 아니라, 달도 별도 뜨지 않는 캄캄한 어둠의 끝일 뿐이다.

여기저기 강변에서 낚시하는 사람들이 보인다. 나는 정작 낚싯대가 드리워지지 않았는데도 바늘을 무는 성질 급한 물고기는 아닌지, 그물을 치기도 전에 먼저 뛰어드는 물고기처럼 살고 있지는 않은지 야윈 가슴에 손을 얹고 생각해본다.

어느새 멀리 강 건너편에 높이 올라가던 아파트가 완공되었다. 집을 저렇게 빨리 지어도 되는 것인지, 내 인생의 집 또한 저렇게 빨리 지어버린 게 아닌지 적이 두려운 생각이 앞선다.

느림은 게으름이 아니고, 빠름은 부지런함이 아니다. 느

림은 여유요 안식이요 성찰이요 평화이며, 빠름은 불안이
자 위기이며 오만이자 이기이며 무한 경쟁이다. 땅속에 있
는 금을 캐내 닦지 않으면 금이 없는 것이나 마찬가지이
듯 내 마음속에 있는 서정의 창을 열고 닦지 않으면 창이
없는 것이나 마찬가지다.

　초등학교 시절, 책보를 허리에 질끈 매고 소달구지를 타
고 집으로 돌아가던 날들이 그립다. 멀리 강 건너에서도
보이던 어머니의 밥 짓던 저녁연기를 다시 한번 보고 싶
다. 밥 짓던 어머니의 연기는 굴뚝을 빠져나와서도 재빨
리 하늘로 올라가지 않았다. 천천히 저녁을 아름답게 만들
면서 감나무 가지에 앉았다가 지붕 위에 앉았다가 느리게
느리게 노을 속으로 사라져갔다.

마음의 사막

별똥 하나가 성호를 긋고 지나간다
낙타 한 마리가 무릎을 꿇고 기도한 지는 이미 오래다
별똥은 무슨 죄가 그리 많아서 저리도 황급히 사라지고
낙타는 무슨 죄가 그리 많아서 평생을 무릎조차 펴지 못하는
가
다시 별똥 하나가 성호를 긋고 지구 밖으로 떨어진다
위경련을 일으키며 멀리 녹두꽃 떨어지는 소리가 들린다
머리맡에 비수 한 자루 두고 잠이 드는 사막의 밤
초승달이 고개를 숙이고 시퍼렇게 칼을 갈고 앉아 있다
인생은 때때로 기도 속에 있지 않다
너의 영혼을 어루만지기 위해서는 침묵이 필요하다

사막의 가르침

아침에 일어나 잠시 몽골의 고비사막을 생각해본다. 명암 대비가 극명한 모래 산의 경사면 위로 느릿느릿 걸어가던 낙타들을 생각해본다. 중국 서안에서 비행기를 타고 둔황으로 가면서 내려다본 둔황의 모래 산 명사산과, 둔황에서 우루무치까지 자동차를 타고 가면서 보았던 사막의 신기루도 생각해본다. 사막은 단순히 지구의 육체가 아니라, 지구의 정신과 영혼의 모습이다. 사막에는 인간을 위한 그 어떤 깊은 영성이 깃들어 있다.

사막을 생각하면 왠지 현실적 갈등이 없어지고 마음이 평온해지다 못해 경건해진다. 사막의 황량함이, 그 황량함으로 이루어진 아름다움이 끈질기게 부여잡고 있는 내 욕망의 밧줄을 한순간 놓아버리게 만든다. 아마 사막을 통해 가난하다고 느껴지는 오늘의 내 삶이 실은 그 얼마나 풍요한 것인가를 깨닫게 되기 때문일 것이다.

오늘 아침에는 나의 현재적 삶이 사막 한가운데에서 이루어지고 있다고 생각해본다. 막막하다. 뜨거운 모래바람만 불어올 뿐 사방 어디를 둘러보아도 삶의 기본조건이 전혀 갖추어져 있지 않다. 고통스럽다. 목이 마르다. 곧 죽을 것만 같다. 그동안 불행하다고 여겨졌던 내 삶의 조건이 참으로 행복한 조건이었으며, 절대적으로 부족했다고 생각했던 것들이 참으로 충족된 것들이었다고 절감된다. 더 많이 소유하고자 노력했던 일들이 후회스럽다.

문득 사막의 여기저기에 흩어져 있던 고깔 모양을 한 모래 무덤들이 떠오른다. 무서운 황사나 흑사 바람이 불어오면 어디론가 흔적도 없이 사라질 무덤들. 둔황에서는 사람이 죽으면 사막 아무 데나 묻고 싶은 곳에다 묻는다고 한다. 우리처럼 비싼 돈을 내고 호화 유택을 마련하지 않는다. 간혹 우리가 뗏장을 입히듯 돌로 모래를 꾹꾹 눌러 놓은 게 보일 뿐이다. 나의 삶이 저 황량한 사막의 모래 무덤 같은 것이라면 오늘 나는 좀 더 겸손해져야 한다.

명사산을 오르는 관광객들은 산 아래까지 잠시 낙타를 타고 간다. 가슴에 번호표를 달거나 살가죽에 누구 소유임

을 나타내는 문양이나 번호가 찍힌 낙타들은 주인의 명에
따라 하루에도 수십 번씩 관광객들을 태워 나르는 중노동
에 시달린다. 그런데도 낙타들은 조금도 거부하지 않고 묵
묵히 순응한다. 혹독한 낙타의 주인들이 우리의 정치 지도
자들이라면 낙타는 마치 우리 민초들과 같은 존재다. 나
는 나를 태워준 낙타의 눈이 너무나 선량해서 차마 마주
쳐다보기 어려웠다. 만일 내 눈이 낙타의 선하디선한 눈을
반만 닮았다면 내게 증오와 욕망은 더 이상 존재하지 않
게 되었을지도 모른다.

일생에 한 번쯤은 광야나 사막에 홀로 서보아야 한다고
한다. 일생에 한 번쯤은 자신의 삶을 스스로 사막화해봄으
로써 존재의 참모습을 발견할 수 있어야 한다고 한다. 사
막을 생각하면 그 말을 긍정할 수밖에 없다.

실은 누구의 인생이든 그 안에는 황량한 사막이 하나
씩 존재한다. 다만 두려워 그 사막에 가지 않으려고 할 뿐
이다. 그곳에는 사랑의 부재, 이해의 부재, 용서의 부재 등
온통 부재의 덩어리가 모래만큼 쌓여 있다. 그 사막을 걸
어가봄으로써 비로소 삶의 절대적 조건이라고 생각했던
것들이 절대적 조건이 아니라는 사실을 알게 된다. 그러나
아무도 선뜻 그 사막에 가려고 하지 않는다.

사막에 가서 신기루를 경험하게 되면 우리의 욕망이 얼

마나 헛된 것인지를 잘 알 수 있다. 신기루는 찬란하게 아름다우나 가까이 다가가면 사라져버리고 없다. 멀리 사막의 몇 그루 백양나무 아래 고요한 호수의 물결이 분명 보였으나, 멀리 사막의 지평선 너머로 분명 가없는 수평선과 서해안 갯벌 같은 해안이 끝없이 펼쳐져 있었으나, 그것은 신기루였다. 가까이 다가가자 언제 있었느냐는 듯 한순간에 사라져버리고 없었다.

이렇게 추구하면 할수록 인간의 욕망은 신기루처럼 헛되게 사라져버리고 만다. 권력도 마찬가지다. 한번 소유하게 되었다고 해서 내놓으려 하지 않고 끝까지 내 것으로 만들 생각에 집착한다면 그것은 오산이다. 그것은 한낱 신기루일 뿐이다.

나는 아침마다 사막을 묵상하면서 내 존재의 참모습을 느낀다. 나는 사막의 모래 한 알보다 못한 존재다. 그동안 내 가슴이 기름진 옥토였기 때문에 오히려 고통스러웠다. 나도 선한 눈을 지니고 사막을 건너가는 야생 낙타가 되고 싶다. 인생은 언제 어느 순간에도 다시 시작할 수 있다는 말을 굳게 믿으며, 사막의 물이 되면 더 좋겠다. 그러나 사막의 신기루는 되고 싶지 않다. 젊을 때는 산을 바라보아야 하고, 나이가 들면 사막을 바라보아야 한다.

골목길

그래도 나는 골목길이 좋다
서울 종로 피맛골 같은 골목길보다
도시 변두리 아직 재개발되지 않은
블록담이 이어져 있는 산동네
의정부 수락산 밑
천상병 시인의 집이 있던 그런 골목길이 좋다
담 밑에 키 큰 해바라기가 서 있고
개똥이 하늘을 쳐다보다가
소나기에 온몸을 다 적시는 그런 골목길이 좋다
내 어릴 때 살던 신천동 좁은 골목길처럼
전봇대 하나 비스듬히 서 있고
길모퉁이에 낡은 구멍가게가 하나쯤 있으면 더 좋다
주인 할머니가 고양이처럼 졸다가 부채를 부치다가
어머니 병환은 좀 어떠시냐고
라면 몇 개 건네주는
그 가난의 손끝은 얼마나 소중한가
늦겠다고 어서 다녀오라고
너무 늦었다고 어서 오라고 안아주던

어머니의 그리운 손은 이제 보이지 않지만

그래도 나는 어느 술꾼이 노상방뇨하고 지나가는

내 인생의 골목길이 좋다

막걸리만 먹고 사는 시인 천상병

　서울 종로구 인사동 '까치다방' 맞은편 골목에 있는 찻
집 '귀천'. 막걸리에 벌겋게 달아오른 얼굴로 연거푸 시계
를 들여다보며, 한쪽 다리를 세차게 덜덜 떨면서 시인 천
상병千祥炳은 앉아 있었다.

　"누구요? 누구? 누가 날 찾아왔소? 옳지, 옳지, 옳지. 나
돈 천 원만 주시오. 천 원만 주시오."

　그는 소문대로 같은 말을 몇 번씩 반복하면서 돈부터
달라고 손을 내밀었다. 그는 이 시대의 마지막 기인, 괴짜
시인, 문단 걸인이라고 불린다. 시인 김종삼金宗三 씨가 작
고한 이후, 그에겐 '마지막'이라는 수식어가 붙었다. 그러
나 그는 자신을 기인이라고는 절대 생각하지 않는다.

"내가 왜 기인이오? 나는 지금까지 기인적인 일을 해본 적이 없습니다. 세수도 안 하고 목욕도 안 하고 결혼했지만, 누가 나더러 기인이라고 하면 죽어라고 싫습니다. 죽어라고 싫습니다. 우짜노, 우짜노, 우짜노. 우리나라엔 기인이 없어요. 나는 그냥 천상병이오, 천상병!"

기인이란 보통 사람과 달라야 하고, 보통 사람과 다르기 위해서는 보통 사람과 다른 생각을 해야 하는데, 자신은 누구보다도 인생에 대한 정확한 생각을 한다는 것이다. 그러나 과연 그럴까?

그는 현재 경기도 의정부 질바위 동네 두 칸짜리 좁은 월세방에서 허구한 날 직장 생활도 하지 않고 시만 쓰며 살고 있다. 밥 대신 주로 막걸리를 마시며 "수염도 깎기 싫고 해서" 금요일 날만 부인 목순옥睦順玉 씨가 경영하는, 서너 평 될까 말까 한 영세한 찻집 '귀천'으로 나온다. '귀천'은 그의 시 〈귀천歸天〉에서 따온 것. "어느 시인이 돈을 좀 대줘서 문을 연 지 며칠 되지 않았다"고 한다.

"요놈의 가시나(그는 자기 부인을 이렇게 불렀다)는 이 집에 매일같이 나오는데, 나는 집에서 그냥 놀고먹습니다, 놀고먹습니다. 나 혼자서 책도 보고 시도 쓰고 쓸쓸하게 지냅니다. 아이구 제기랄, 와 이리 손님이 없노? 이리 손님이 없으면 우리 굶어 죽는 거 아이가, 우리 굶어 죽는 거 아이가?"

천상병은 문단 동료 선후배 가릴 것 없이 누구나 만나기만 하면, "100원만 주쇼, 100원만 주쇼" 하고 불쑥 손을 내미는 것으로 유명하다. 특별한 호구지책이 없는 그는 남들에게 몇 푼씩 돈을 얻어서 살아왔는데, 자신에겐 막걸리 한잔 값이면 족하다면서 100원 이상을 주면 오히려 사양하는 미덕(?)도 발휘해왔다.

그러나 세월의 흐름에 따라 막걸리 한잔 값이 100원에서 200원으로 올랐듯이, 그가 요구하는 액수도 점차 늘어나 100원이 200원으로, 200원이 500원이 되었으며, 근래에는 천 원이나 2천 원을 요구하게 되었다.

그는 이렇게 번 돈으로 늘 술을 마셨다. '막걸리가 곧 밥'이라는 그의 말대로 그는 도통 밥을 먹지 않고 막걸리로 끼니를 때웠다.

"내가 돈이 없으니까, 내가 돈이 한 푼 없으니까, 내 친구 놈 중에 돈이 있는 놈을 보면 한 푼 두 푼 달라고 했지, 내가 뭐 돈이 탐나서 달라고 했나. 집에 갈 차비도 없고 마누라가 돈을 안 주니까, 안 주니까. 나는 예수쟁이인데 예수도 가난한 사람을 좋아했지. 부자가 천국으로 가는 것은 낙타가 바늘구멍으로 들어가는 것만큼 힘들다고 했어. 나는 가난을 참으로 사랑해요. 그렇지, 그렇지, 나는 가난함을 수치로 생각하지 않지."

1930년 경남 창원에서 태어난 그는 1952년 마산중학교 5학년 때 당시 국어교사이던 김춘수金春洙 시인의 영향을 받고 시를 쓰기 시작, 그 무렵 〈강물〉이란 시가 〈문예〉지에 추천됨으로써 시인이 되었다. 그런데 그는 서울대 상대 2학년 때부터 문인들과 어울려 술을 마시기 시작했고, 급기야는 술주정뱅이가 되었다.

그는 대선배 문학평론가 조연현趙演鉉 씨 집에서 술을 마시고 조연현 씨에게 입에도 담지 못할 욕설을 퍼부은 일이 있었다. 이날 술자리에 참석한 오상원吳尙源 소설가, 구자운具滋雲 시인, 김양수金良洙 문학평론가 등은 이제 겨우 문단에 나온 풋내기 시인이 문단의 대선배에게 무례하게 대들 뿐만 아니라 욕설까지 퍼붓는 것을 보고 그저 눈이 휘둥그레질 뿐이었다.

조연현 씨는 천상병의 〈나는 거부하고 반항할 것이다〉라는 표제의 문학평론을 추천해준 문단의 은사. 평범한 사람이라면 그런 은사에게 대놓고 욕질을 할 수 없는 일. 술에 얽힌 그의 일화는 많은 편인데, 시인 박재삼朴在森 씨의 얘기를 들어보자.

"천상병 씨와 저는 연배가 비슷하고 서로 술과 바둑을 좋아했기 때문에 자주 어울렸습니다. 그런데 한번은, 1967년쯤으로 기억됩니다만, 둘이 술이 취해서 단칸방이었던 제 집에 가서, 자는 아내와 아이를 벽 쪽으로 밀쳐놓고 세상모르게 잠이 들었습니다. 그런데 한밤중에 갑자기 소나기 오는 소리가 들려 잠을 깨보니, 천상병, 바로 그 사람이 방 안에다 소변을 보고 있지 뭡니까. 소나기 소리란 바로 천상병이 소변보는 소리였단 말입니다. 그러고서도 그대로 누워 다시 태평스럽게 잠을 자더군요."

그 뒤 박재삼 씨는 몇 차례 집을 옮겨 다녔지만 곤욕을 치른 부인과의 약속 때문에 그를 더 이상 집에 데려오는 일은 없었다. 그런데도 천상병이 박재삼 씨 집을 찾아간 적이 딱 한 번 있었다.

"제가 고혈압으로 쓰러져 누워 있을 때였는데, 그가 찾아왔더군요. 손에 달걀 한 꾸러미를 들고 말입니다. 날 위해 문병을 온답시고 남에게 구걸한 돈으로 달걀을 사 온 겁니다. 그래서 그땐 천상병이도 사람 다 됐다는 생각이 들더군요."

술 없이는 나의 생을 생각 못 한다/ 이제 막걸리 왕대포집에서/ 한잔하는 걸 영광으로 생각한다/ (중략) 아내는 이 한 잔씩에도 불만이지만/ 마시는 것이 이렇게 좋은 줄을/ 어떻게 설명하란 말인가?

이런 〈술〉이란 시를 썼던, 마누라 호주머니에서 돈 50원을 훔쳐 술을 마실 정도였던 그는 1970년 초봄 어느 날 '한국기원' 아래층 '유전다방'에서 급기야 졸도를 하고 말았는데, 동료 문인들이 병원으로 데려가 회복시킨 뒤 부산 형님 집으로 내려보냈다.

부산에 내려간 그는 작품 발표에 열을 올렸다. 박재삼 씨는 "이때 발표된 시들이 이상하게도 빼어나고 또 죽음을 예감케 하는 바가 있었다"고 한다.

그는 그해 7월에 부산에서 자전거를 타고서 다시 상경했다.

"정말이야. 자전거를 타고 서울까지 왔어. 그런데 형(그는 처음 만난 기자를 형이라고 불렀다), 내 말 좀 들어봐. 추풍령 지나 충남 어느 농가를 지날 때 목이 몹시 말랐는데, 어느 농부가 나보고 자기 집으로 들어오라는 거야. 그래서 '나 냉수 한잔 주시오' 했지. 그랬더니 그 농부가 '점심은 먹었느냐'고 묻더군. 그래서 '안 먹었다'고 했더니 그 농부가 냉수는 물론 '점심까지 들고 가시오' 하더라. 세상에, 세상에, 요즘 세상에, 그렇게 착한 사람이 또 어딨어? 안 그래 형?"

그 후 그는 하루에도 몇 차례씩 〈현대문학〉이나 〈월간문학〉 편집부, 한국기원 등에 나타나 "100원 주쇼" 하고 손을 벌리며 웃음을 선사하던 발걸음을 뚝 끊고 갑자기 행방이 묘연해지고 말았다. 그가 어디로 사라졌는지 아무도 알 수 없게 된 것이다. 동료 문인들은 그가 술을 먹고 길거리에 쓰러져 죽었을 것이라고 대부분 생각했다.

그래서 시인 민영閔暎 씨가 흩어진 작품을 모으고, 성춘복成春福, 박재삼, 이형기李炯基 씨 등 평소 그와 가깝게 지냈던 시인들이 발 벗고 나서서, 1971년 12월 그의 유고시집 《새》를 출간했다. 이는 죽지도 않은 시인의 유고시집이 출간되는 결과를 가져왔다.

"내가 중앙 문단에 소식이 없었거든, 없었거든. 내가 죽은 줄 알고, 죽은 줄 알고 요렇게 살아 있는데, 시집을 내준 거요."

그때 천상병은 서울 응암동 소재 시립정신병원에 입원해 있었다. 술을 먹고 조그만 몸뚱이 하나 눕힐 곳 없었던 그는 성북동 길거리에 쓰러져 있다가 밤늦게 순찰 중인 경찰에게 발견되어 경찰 백차를 타고 정신병원으로 이송된 것이다.

병원에서 행려병자로 처리된 당시 그의 나이는 마흔한 살. 그는 주소와 이름을 묻는 간호원에게 시인 천상병이라고만 밝히고 그 외 아무것도 대답하지 못했다. 이러한 사실은 1972년 1월, 그의 담당 의사였던 김종해金鐘海 박사가 박재삼 씨에게 전화를 걸어 세상에 알려졌다. 김 박사는 천상병의 유고시집《새》에 관한 신문 기사를 읽고 자기가 치료하고 있는 환자가 바로 시인 천상병임을 알 수 있었다.

그는 "옷이 있어야 나갈 텐데, 빨리 기저귀 신셀 면해야 할 텐데" 하면서 급히 찾아온 친구들에게 웃음기 없는 얼굴로 말했다고 한다.

시인 이근배李根培의 말에 의하면 그때 그는 동료 시인들이 살아 있는 줄 모르고 유고시집을 냈다면서 시집《새》를 건네자 "인세는 안 주나?" 하고 인세부터 먼저 물어보았다고도 한다.

"김종해 씨는 고마운 분입니다. 참으로 고마운 분입니다. 내가 정신병원에 있을 때 매일 도시락을 두 개씩 싸가지고 와서 하나는 내게 주었습니다. 병원 음식은 맛이 없는데, 이 얼마나 고맙습니까, 고맙습니까. 그리고 지금 내 마누라가 된 목순옥이가 일주일에 한두 번씩 나를 찾아오니까, 나보고 결혼하라고, 결혼하라고 합디다. 그래서 내가 이 가시나한테 결혼하자고 했습니다, 결혼하자고 했습니다. 왜냐고요? 왜냐고요? 이 가시나가 날 살려주겠다고 했으니까. 나도 결혼하고 싶은 생각이 있었으니까, 있었으니까."

1985년 봄, 천상병 시인과 함께 어깨를 맞대고 낄낄거리며 걸어가던 인사동 골목길이 그립다. 천상병 시인은 1993년 63세에 '아름다운 이 세상 소풍'을 끝내고 '귀천'했다.

마흔세 살의 나이로 결혼한 그는 한때 아내의 충고를 받아들여 술을 절제하기도 했다. 그러나 부인과의 약속을 내세워 술을 사양하는 그를 보고 주변사람들이 "이제 천상병의 시대는 끝났다"고 아쉬워하자 다시 술을 마시기

시작해, 국립정신병원에 3개월간 두 번째 입원을 하기도
했다.

"정신병 증세가 없는데, 내가, 자꾸 술을 사달라고 조르
니까, 조르니까, 이 가시나가, 이 마누라가 억지로 입원시
켰어."

부인의 말에 따르면 그는 지난해 11월부터 새로운 버릇
이 하나 생겼다고 한다. 남들에게 술값으로 얻은 돈의 일
부를 신용조합에 맡기기 시작했다는 것이다.

"현재 그이의 통장에는 10만 원 남짓 저축돼 있어요.
30만 원만 저축하면 보증금 20만 원에 월 1만 5천 원씩
내는 지금의 사글셋방에서 전세방으로 옮길 수 있다는 거
예요. 제가 그런 잠꼬대 같은 말이 어디 있느냐고 해도, 그
이는 50만 원만 모이면 그런 집을 하나 살 수 있다고 주장
해요."

천상병은 아내가 손님에게 커피를 끓여 나르는 동안
"가만있자, 니 차비 줬나? 내 가야 된다, 어? 차비가 없네.
아까 천 원 있었는데, 있었는데, 어디 갔노? 어디 갔노?"
하고 연신 돈을 찾았다.

"아까 200원 주고 막걸리 한 잔 마시고 오셨잖아요. 여
기 500원짜리 동전 세 개 있잖아요."

부인이 자세하게 일러줘도 그는 조금 전 200원 주고 막

걸리 한 잔 마셨다는 사실을 까마득히 잊어버리고 어린애마냥 동전만 만지작거렸다.

《새》《주막에서》《천상병은 천상 시인이다》 등의 시집을 낸 그는 시를 진실이라고 생각한다. 그에게 진실이 아닌 것은 시가 아니며, 인생의 사소한 진실이 곧 그의 시다.

"아니? 내 할 일이 시 쓰는 것밖에 더 있소? 그런데 시에 대한 질문은 하지 마시오. 시에 대해 자꾸 물으면 당신을 죽이겠다, 죽이겠다. 시는 인생에 있어 최고의 가치를 지닌 거요. 시인들이 밤이나 새벽이 돼야 시가 써진다는 건 거짓말이오, 거짓말. 나는 아무 때나 씁니다. 볼펜으로 원고지 뒷면에 지저분하게 생각나는 대로 씁니다. 한 번 쓰면 두 번 다시 고치는 법이 없어요. 충동을 받을 때, 인생의 진실을 충동받을 때, 시가 막 써지는 거요. 우리나라 시인 중에서 미당未堂 서정주徐廷柱의 시를 좋아하는데, 서정주 시인이 예수를 믿으면 더 좋은 시를 쓸 수 있을 것인데, 그는 그걸 모른다. 그걸 모른다. 그래도 미당 선생의 시에는 인생의 진실이 있다. 나보다 더 있다, 더 있다."

그는 요즘 젊은 시인들의 시는 "도대체 진실이 없기 때문에 안심하고 못 보겠다"고 개탄한다. 그의 시의 모티프는 '새'다. 그는 우리 인간들이 때로 새만도 못하다고 한탄한다. 혼자 집에서 참새들이 방문 앞에 도르르 내려와 동동거리며 노는 것을 볼 때 그는 자유와 행복을 느낀다.

그러면서도 그는 하루 중 가장 행복할 때가 "마누라가 빨리 집에 들어올 때"라고 한다. 그의 부인은 보통 밤 11시 30분쯤 귀가한다.

"앞으로 나는 여든여덟 살까지 살 거요, 왜냐? 내가 8이라는 숫자를 좋아하거든. 오는 1988년도엔《이 세상은 왜?》라는 사회참여 시집을 낼 거요. 나는 하루에 돈이 만 원 정도만 있으면 좋겠어. 아무리 써도, 아무리 써도 하루에 그 돈은 다 못 쓰니까, 그 얼마나 여유가 있고 좋을까?"

호주머니 속에 두 손을 푹 찌른 채 고개를 빳빳이 쳐들고, 오른쪽으로 비스듬히 몸을 기울인 채, 곧 쓰러질 듯이 쓰러질 듯이 기우뚱거리며 서울의 봄 거리를 걸어가는 천상병. 낡은 회색 양복, 숱이 별로 없는 희끗한 머리, 툭 튀어나온 거무튀튀한 이마, 탁배기 사발 깨어지는 듯한 괄괄한 목소리, 웃을 때마다 반쯤 입을 벌려 히죽이 바보처럼 웃는 그.

그는 지금 어디로 가고 있는가. "나 갈란다, 나 갈란다" 하며, 누구에게라고 할 것 없이 거수경례를 척 붙이는 그는, 그의 이름대로 '천상병千祥炳-천 가지 상서로운 불꽃' 인가.

그를 만날 때마다 시인 이형기 씨가 "이 오니(천상병의 별명. 일본어로 '귀(鬼)'의 뜻)야, 니 아직도 살아 있나? 너는 불사신이다" 하고 말하듯이, 그는 병든 현대를 사는 우리에게 희망을 주는 진실한 시인으로 영원히 살아 있을 것이다. 왜냐하면 그는 일찍이 그의 시 〈소릉조小陵調〉에서 '저승 가는 데도 여비가 든다면 나는 영영 가지도 못한다'고 말한 바 있으므로.

■ 이 글은 1985년 〈가정조선〉(현재의 〈여성조선〉) 5월 창간호 '이렇게 산다오'에 게재된 글입니다.

술 한잔

인생은 나에게
술 한잔 사주지 않았다
겨울밤 막다른 골목 끝 포장마차에서
빈 호주머니를 털털 털어
나는 몇 번이나 인생에게 술을 사주었으나
인생은 나를 위해 단 한번도
술 한잔 사주지 않았다
눈이 내리는 날에도
돌연꽃 소리없이 피었다
지는 날에도

인생은 나에게 술 한잔 사주지 않았다

어느 날 문득 나와 내 인생을 객관화해서 바라보게 되었다. 나와 내 인생이 각각 객체가 되어 서로 각자의 모습을 바라보게 된 것이다. 마치 사랑하는 남녀가 다정히 손을 잡고 가다가 손을 놓고 '이 사람이 정말 나를 사랑하고 있나' 하는 의구심을 지닌 채 서로를 오래 응시하듯이.

그때 나는 감전이라도 된 듯 화들짝 놀라 뒷걸음쳤다. 그동안 나는 내 인생을 위해 최선을 다해 열심히 살아왔으나, 내 인생은 나를 위해 열심히 살아오지 않았다는 느낌이 불현듯 들었기 때문이었다. 지금까지 나는 내 인생을 위해 어떠한 어려움도 무릅쓰고 모든 것을 해주었으나, 내 인생은 나를 위해 해준 게 뭐가 있나 하는 생각이 삭풍처럼 가슴을 스치고 지나갔다.

그날 밤, 나는 힘없이 인생의 손을 놓은 채 잠을 이루지 못하고 내 인생이 나를 사랑하지 않았다는 결론에 이르렀다. 내 인생이 진정 나를 사랑한다면 가난과 실패의 고통 속으로 토끼몰이하듯 몰아넣지는 않았을 거라는 생각이 들었다. 인생이 나를 사랑하지 않았기 때문에 내가 고통의 도가니에 빠져 허우적거린다고 생각되자 내 인생에 대해 강한 분노가 느껴졌다. 그래서 그날 밤 〈술 한잔〉이라는 시를 쓰게 되었다. 시는 분노에 의해 써지지 않으나 이 시는 내 인생에 대한 원망과 분노에 의해 쓰게 되었다.

'술 한잔'이란 사랑의 은유적 표현이다. 누군가가 "술 한잔 살게" 하고 말했다면 그건 그만큼 관심과 애정이 있다는 뜻이다. 반면에 누가 술 한잔 사준 적 없다면 그건 그만큼 관심이 없다는 뜻이다. 따라서 '돌연꽃 소리 없이 피었다 지는 날에도 술 한잔 사주지 않았다'는 것은 인생이 나를 사랑해주지 않았다는 절망감의 극명한 표현이다. '돌연꽃'이란 석련石蓮을 말하는데 돌에 새겨진 연꽃이 다시 피었다 질 수 있겠는가. 그런데도 석련이 피었다 져도 술 한잔 사주지 않았다는 것은 영원히 사줄 것 같지 않다는 절망감의 무게가 그만큼 무겁다는 것을 강조한 의미다.

인생에 형식도 정답도 없다는 사실을 그때는 몰랐다. 어떤 정형화된 모범 답안 같은 형식이 있는 줄 알았다. 그래서 어떤 견딜 수 없는 고통에 맞닥뜨릴 때마다 "내가 뭘 잘못했는데 이런 고통을 주는가. 나는 지금까지 열심히 성실하게 살려고 노력한 죄밖에 없다. 그런데 내게 이럴 수가 있는가" 하고 절대자를 원망하고 증오했다.

그러나 지금은 그렇지 않다. 시 〈술 한잔〉을 쓰고 오랜 시간이 지난 어느 날 내 생각이 크게 잘못된 것임을 문득 깨닫게 되었다. 신이 인간을 사랑하는 방법이 결국 고통의 방법이라는 사실을 뒤늦게나마 알게 되었다. 인생이 나에게 술을 사주지 않은 게 아니라 사줘도 참으로 많이 사주었으며, 부모 자식과 같은 깊은 사랑의 관계를 형성하고 있다는 사실을 알게 된 것이다. 내가 지금까지 한 인간으로서 시를 쓰면서 건강히 존재하고 있는 것도 인생이 나를 사랑하기 때문이라는 사실을 깨닫게 된 것이다. 마치 어린아이가 엄마가 항상 나를 미워한다고 생각하다가 어느 날 엄마가 사준 짜장면을 먹고 엄마가 나를 사랑한다고 뒤늦게 깨닫게 된 것과 같다고나 할까.

지금은 인생에 대한 분노와 원망에 의해 그런 시를 썼다는 사실이 부끄럽고 후회스럽다. 다행히 시는 은유로 이루어져 있으므로 그 은유의 숲속에서 역설과 반어의 잎으로 짐짓 나를 덮는다. '인생이 나에게 술 한잔 사주지 않았다'는 것은 역설이자 반어다. 인생이 나에게 '술 한잔' 사주었다는 것을 의미한다. 나와 내 인생이 부부처럼 깊은 사랑의 관계를 형성하고 있다는 것을 의미한다.

인생에는 형식이 없다. 인생에 형식이 있다면 원하는 대로 이루어지지 않는 것, 바로 그것이다. 설정된 어떤 형식이 존재하고 있다고 생각하는 데에 문제가 있을 뿐이다. 뜻대로 되지 않는 것, 쓴맛을 보지 않고는 결코 단맛을 맛볼 수 없다는 것이 인생의 정답이다. 그래서 요즘 나는 어떤 불행한 일이 일어나면 거부하지 않고 받아들인다.

많은 사람이 자신의 인생을 원망할 것이다. '내 인생이 왜 이러나. 왜 이렇게 고통이 많고 풀리지 않나' 하고 연민에 찬 눈으로 자신의 인생을 바라보고 급기야 나처럼 '인생은 나에게 술 한잔 사주지 않았다'고 분노할 것이다.

그러나 그렇지 않다. 인생은 나를 사랑한다. 인생의 마음은 어머니와 같다. 어머니가 아무런 조건 없이 나를 사랑하는 것처럼 인생 또한 아무런 조건 없이 나에게 '술 한잔'을 사준다. 어떠한 절망과 고통 속에서도 희망과 사랑의 술을 사준다. 그래서 나는 요즘 '인생은 나에게 술 한잔 사주었다'라고 고쳐 읽는다. 이 시를 노래로 부른 가수 안치환 씨가 "인생이 정말 술 한잔 사주지 않았느냐"고 물었을 때 나는 "사줘도 너무 많이 사줬다"고 대답했다.

맹인 부부 가수

눈 내려 어두워서 길을 잃었네
갈 길은 멀고 길을 잃었네
눈사람도 없는 겨울밤 이 거리를
찾아오는 사람 없어 노래 부르니
눈 맞으며 세상 밖을 돌아가는 사람들뿐
등에 업은 아기의 울음소리를 달래며
갈 길은 먼데 함박눈은 내리는데
사랑할 수 없는 것을 사랑하기 위하여
용서받을 수 없는 것을 용서하기 위하여
눈사람을 기다리며 노랠 부르네
세상 모든 기다림의 노랠 부르네
눈 맞으며 어둠 속을 떨며 가는 사람들을
노래가 길이 되어 앞질러가고
돌아올 길 없는 눈길 앞질러가고
아름다움이 이 세상을 건질 때까지
절망에서 즐거움이 찾아올 때까지
함박눈은 내리는데 갈 길은 먼데
무관심을 사랑하는 노랠 부르며

눈사람을 기다리는 노랠 부르며
이 겨울 밤거리의 눈사람이 되었네
봄이 와도 녹지 않을 눈사람이 되었네

우리 시대의 초상

지금은 찾아볼 수 없지만 1980년대 초까지만 해도 거리에 맹인 부부 가수들이 많았다. 주로 사람들이 많이 모이는 버스 정류장이나 육교 밑에서 조악한 앰프 스피커를 세워놓고 마이크를 연결해 노래를 부르는 것이다. 물론 발 앞에는 동전 바구니가 놓여 있다. 맹인(요즘은 '시각장애인'이라고 표현하지만 그때만 해도 '맹인'이라는 표현이 일반적이었다) 혼자 노래를 부르는 경우는 거의 없고 맹인 부부가 함께 노래를 부르는 경우가 대부분이었다.

그들은 거리의 노래꾼이라고 할 수 있으나 노래를 부르는 목적은 어디까지나 구걸에 있었다. 요즘처럼 서울 신촌이나 부산 해운대 해변에서 앰프 시설을 해놓고 노래를 부르는 젊은이들과는 그 목적이 전혀 다르다. 젊은이들 또한 길바닥에 동전 바구니를 놓아두긴 하지만 그들은 누군가가 자기 노래를 감동 깊게 들어주기를 더 바란다. 그렇지만 맹인 부부 가수는 그렇지 않다. 거리에서 노래를 부르는 행위 자체가 행인들의 관심과 동정심을 불러일으켜 동전 바구니에 연민과 자선의 돈을 많이 넣어주길 바랄 뿐이다.

내가 맹인 부부 가수를 처음 보게 된 것은 1977년 어느 여름날이었다. 당시 우리나라는 거듭되는 긴급조치에 유신維新 체제가 더욱 공고히 뿌리를 내림으로써 민주화에 대한 열망의 열기가 무척 뜨거울 때였다. 그러나 긴급조치에 의해 구속되는 민주인사들이 늘어남으로써 한편으로는 사회 분위기가 어떤 공포감에 사로잡혀 있었다.

그날 나는 새문안교회 앞을 지나 광화문 육교 부근을 지나고 있었다. 지금은 없어졌지만 당시 광화문 교육회관 앞에는 덕수초등학교 방향으로 육교가 하나 놓여 있었다.

날은 무더웠다. 한여름 뙤약볕이 내리퍼부었다. '유신독재'라는 침묵의 안개가 가득 차 있는 세상에 날씨마저 숨을 막히게 하고 있었다. 그때 육교 계단 앞에 맹인 부부 한 쌍이 스피커 앞에 나란히 서서 마이크를 들고 노래를 부르는 모습이 눈에 띄었다.

가던 걸음을 멈추고 그들의 노랫소리에 귀를 기울였다. 지금 정확히 기억하지는 못하지만 당시 유행하던 대중가요와 찬송가를 번갈아 부르고 있었다. 실은 노래라기보다 음정도 박자도 맞지 않는, 거의 중얼거림에 가까운 불협화음의 소리였으나 그리 듣기 싫을 정도는 아니었다.

나는 그들 앞에 한참 서 있었다. 서로 마이크를 번갈아 건네 쥐고 노래를 부르는 그들 부부의 모습이 사뭇 진지했기 때문이다. 더구나 노래를 부르는 여자는 등에 갓난아기를 업고 있었다. 젊은 그들 부부의 소중한 아기인 듯 포대기에 꼭 싸여 있었다. 내 마음은 어쩌면 그들의 노래보다 칭얼대지도 않고 포대기 밖으로 고개를 쏙 내밀고 지나가는 사람들과 자동차를 구경하는 아기에게 가 있는지도 몰랐다. 가끔 여자가 마이크 쥔 손으로 포대기를 힘껏 추스를 때마다 아기는 방긋 웃기까지 했다.

'이 더위에 포대기에 싸여 아기가 너무 덥지 않을까.'

내가 공연히 그런 걱정을 할 때였다. 남자가 마이크를 여자에게 건네주더니 흰 지팡이를 툭툭 치며 천천히 움직이기 시작했다. 남자가 더듬더듬 찾아간 곳은 노래를 부르는 곳 바로 뒤에 있는 조그만 구멍가게였다. 가게에서는 낡은 냉장고를 행인들이 오가는 길 쪽으로 내어놓고 아이스크림과 하드 등 얼음과자를 팔고 있었다.

남자는 주인 여자에게 돈을 건네고 손잡이용 막대가 달린 하드 두 개를 받아 들었다.

그는 손바닥보다 작은 하드를 떨어뜨릴까 봐 조심조심 걸었다. 아예 지팡이도 두드리지도 않고 하드를 손에 꼭 쥐고 곧장 아내가 노래 부르는 쪽을 향해 걸었다. 그러고는 더듬더듬 손을 내밀어 아내의 손에 하드를 꼭 쥐여주었다.

여자가 남편한테서 하드를 받아 들고 한순간 화들짝 웃었다. 두 사람은 서로 환하게 마주 보고 웃으면서 너무나 행복하다는 듯 하드를 먹기 시작했다. 여자는 막 녹아내리기 시작한 하드를 한입 조금 베어 아기 입에 넣어주었다. 가슴이 뭉클했다. 그 몇십 원짜리 하드 하나가 그들 부부에겐 참으로 크나큰 행복의 선물이었다.

'부처님께서는 자족하는 자가 가장 큰 부자라고 말씀하셨는데 바로 저들 부부를 두고 하신 말씀이 아닐까.'

그날 나는 보잘것없는 하드 한 개로 서로 사랑의 기쁨을 나누는 맹인 부부를 오래도록 지켜보았다.

그러면서도 그들의 동전 바구니에 돈 한 푼 넣지 못했다. 천 원짜리 한 장이라도, 아니 동전 한 닢이라도 떨어뜨려야 했는데 생각이 거기에까지 미치지 못했다.

내내 그 일이 마음에 걸렸다. 광화문 육교 앞을 지날 때마다 그들 부부를 다시 만날 수 있기를 바랐으나 장소를 옮겨가며 노래를 부르는지 쉽게 만날 수가 없었다.

그런데 그해 12월, 첫눈이 내리던 날이었다. "첫눈이 내리니까 만나자"고 누군가와 약속을 하고 광화문에 나갔을 때였다. 아, 첫눈이 함박눈으로 펑펑 내리는데 육교 아래에서 그 맹인 부부가 여전히 아기를 등에 업고 노래를 부르고 있었다. 나는 반가움에 얼른 달려가 굵은 눈송이가 내려앉는 그들의 동전 바구니에 천 원짜리 한 장을 넣었다. 그리고 그들의 노래를 함박눈을 맞으며 한참 서서 들었다.

그들은 슬픔에서 기쁨을, 절망에서 희망을 노래한다고 생각되었다. 그들의 노래는 사랑할 수 없는 것을 사랑하고, 용서할 수 없는 것을 용서하는 노래라고 생각되었다. 그들이야말로 내가 희구해야 할 삶의 어떤 표상이자 어두운 시대를 상징하는 소중한 초상이라는 생각이 들었다.

구멍가게가 있던 건물도 육교마저도 사라져버렸지만 나는 지금도 광화문에 가면 아기를 등에 업고 함박눈을 맞으며 노래를 부르던 맹인 부부 가수의 모습이 떠오른다. 그들은 나에게 인간의 진정한 행복이 무엇인지, 사랑하는 부부의 가장 아름다운 모습이 어떠한 것인지 가르쳐주었다. 그들은 지금도 물질적으로는 가난하다 할지라도 얼음과자 하나에서도 인생의 행복을 찾으며 '봄이 와도 녹지 않는 눈사람'처럼 행복한 삶을 영위하고 있을 것이다.

국립서울맹학교

저녁을 먹고 선생님과 우리들은
인왕산 느티나무 숲속을 걸어
달빛 아래 모여 서서 달을 보았다

선생님, 달이 밝지요?
저는 저 달을 못 본 지
벌써 오 년이나 되었어요

돼지저금통을 굴려 축구를 하고
진 편이 내는 짜장면을 먹고 자던
기숙사 안방에도
달빛은 거울에 부서지는데

점자로 쓰는
사랑의 편지
점자로 읽는
어머니의 편지

어둠 속에서만 별은 빛나고
마음의 눈이야말로
가장 아름다운 눈이라고
마음의 눈으로 가장 아름다운
별을 바라볼 수 있다고

선생님과 우리들은
달빛 아래 모여 서서 편지를 읽으며
서울 시내 하수구에 빠지는 사람들이
멀쩡히 눈 뜬 자들이라고
까르르 웃으며 달만 쳐다보았다

시각장애인의 세종대왕 박두성

훈민정음은 알아도 훈맹정음訓盲正音을 아는 이는 드물다. 훈맹정음은 우리나라 시각장애인의 세종대왕이라고 일컬어지는 박두성朴斗星 선생이 만든 한글 점자를 말한다. 그는 일제강점기 때 우리나라 시각장애인들이 일본인에게 천대받는 것을 보고 점자를 창안하고 성경을 점역했다. 평소 "장애인 중에서도 맹인이 가장 불쌍하다"고 늘 말씀하셨는데 결국 당신 또한 노년에는 시력을 잃고 세상을 떠났다.

"점자책은 쌓아두지 말고 꽂아두라."

그는 세상을 떠나면서도 점자에 관한 말씀을 유언으로 남기셨다. 점자책을 쌓아두면 책의 무게에 짓눌려 점자가 뭉개질 염려가 있기 때문이다.

내가 박두성 선생을 알게 된 것은 1980년대에 월간 〈신동아〉 논픽션 공모에 당선된 〈박두성 이야기〉를 우연히 읽고 큰 감동을 받은 게 그 계기다. 지금은 전체 내용을 자세히 기억하기 어렵지만, 박두성 선생에 의해 훈맹정음이 창안되었다는 사실과 노년에 시각장애인들을 위해 어두컴컴한 다락방에서 성경을 점역點譯하다가 당신 또한 시력을 잃고 시각장애인이 되었다는 사실만은 또렷이 기억하고 있다.

우리나라에 점자가 처음 소개된 것은 캐나다 의료선교사 로제타 셔우드 홀 여사에 의해서다. 홀 여사는 4점식 점자인 뉴욕식 점자를 소개하고 사용하기를 권했으나, 박두성 선생은 4점식 점자가 한글의 기본 구성에 적합하지 않다고 6점식 한글 점자 체계를 창안하였다. 현재 공식적으로 '훈맹정음은 1926년 서울 맹학교 교사인 송암松庵 박두성 선생이 창안하였다'고 기록돼 있으며, 지금도 시각장애인들이 사용하고 있는 한글 점자는 박두성 선생의 훈맹정음에 바탕을 두고 있다.

1906년 한성사범학교를 졸업한 박두성 선생은 처음에는 보통학교 교사로 재직하다가 1913년에 제생원 맹아부(국립서울맹학교의 전신) 교사로 취임해 맹인교육에 전념하기 시작했다. 그의 딸 박정희에 의하면 회갑년 때 그는 맹학교에서 일하게 된 까닭에 대해 이런 말씀을 하셨다고 한다.

"내가 무슨 훌륭한 뜻을 품고 맹인학교에 간 것이 아니고, 남의 집에 살고 있던 내게 월급에 사택까지 준다고 하니, 방 두 개의 매력 때문에 가게 되었다. 그런데 맹아부 학생들을 보고 나니 나는 두 눈이 멀쩡한데도 이렇게 살기가 어려운데 안 보이는 이 아이들은 어떻게 하지 하는 생각에 아이들이 읽을 점자를 만들고 읽을거리를 찍는 일에 열중하게 되었다."

1919년 3·1 운동 이후 일제의 탄압이 날로 심해져 맹학교에서조차 조선어 과목을 없애려고 하자 그는 일본인과 맞서 싸웠다.

"눈이 없다고 사람을 통째로 버릴 수 있겠소? 앞 못 보는 사람에게 모국어를 안 가르치면 이중의 불구가 돼 생활을 못 하는 것이오. 눈 밝은 사람들은 자기만 노력하면 얼마든지 읽고 쓸 수 있지만 실명한 이들에게 조선말까지 빼앗는다면, 눈먼 데다 벙어리까지 되란 말이오?"

그는 일본어 점자로 학생들을 가르쳐야 하는 현실이 너무나 안타까워 1920년부터 남몰래 사재를 털어 한글 점자 연구에 착수하였다. 1923년 1월에는 비밀리에 '조선어 점자연구위원회'를 조직하는 등 7년 동안 연구를 거듭하여 1926년 11월 4일에 '훈맹정음'이라는 한글 점자를 완성 반포하였다. 나아가 일제의 강한 탄압에도 불구하고 《조선어독본》을 한글 점자로 출판하여 시각장애인들에게 한글을 익히게 함으로써 민족의식을 고취시켰다. "어떤 민족이 노예가 되더라도 자신의 말과 글을 잘 간직할 수만 있다면 감옥의 열쇠를 쥐고 있는 것이나 마찬가지"라는 것이 그의 확고한 신념이었다.

이후 그는 1931년부터 성경의 점자 원판 제작에 착수하여 1941년에 점자로 된 《신약성서》를 완성하였다. 시각장애인들로 하여금 성서를 읽게 하여 스스로 신앙을 통해 영성적 위안을 얻도록 하는 데에 노력한 것이다.

이렇게 시각장애인들을 위한 삶을 사는 동안 그는 가난하게 살 수밖에 없었다. 맹학교 퇴직 후, 월급 없는 명예직인 인천영화학교 교장으로 재직하거나 동장으로 일하기도 했지만 생활은 아주 어려웠다. 그래도 '맹인 사업'을 조금도 멈추지 않았다. 그의 딸 박정희는 "어릴 때 나는 아버지가 의붓아버지인 줄 알았다"고 할 정도였다.

당시 점자 찍을 종이 구하기가 어려워 그는 중앙청, 조선은행 등을 돌면서 폐기 처분 될 묵은 장부나 출근부 등을 구해 점자책을 만들었다. 점자책 만드는 작업을 할 때

는 옆에서 책을 읽어주는 이가 필요한데 어린 딸 박정희
가 늘 그 역할을 담당했다. 초등학생 아이가 아버지 옆에
앉아 이해하기 어렵고 활자조차 작은 성경책을 졸음을 견
뎌내며 날마다 읽었고, 그 아버지는 아연판을 두드리며 점
자를 찍었다.

그러나 6·25 전쟁 통에 그렇게 고생해서 만든 신약성
서 점자 아연판이 그만 소실되고 말았다. 그래도 그는 포
기하지 않고 다시 제작에 착수하여 1957년 《성경전서》의
점역을 완성하였다. 그 후 그는 시각장애인들을 전도하기
위해 교재용 점자 자료를 70여 종이나 만들었으며, 사재
를 기울여 지방에 통신교육을 실시하기도 하였다. 박두성
의 이러한 애맹사상愛盲思想과 그 실천은 시각장애인의 향
학열에 불을 댕겨 수많은 석·박사와 사회 지도자들을 배
출하였다.

언젠가 지하철을 타고 가는데 내 옆자리에 한 시각장애
인이 앉아 있었다. 그는 시각장애인용 흰 지팡이를 접어
손에 꼭 쥐고 있었고, 손으로 바늘을 만질 수 있는 손목시
계를 차고 있었다.

그에게 내가 물었다.

"혹시 박두성 선생을 아세요?"

"그럼, 알지요. 우리 맹인들의 아버지이지요. 아니, 그런

데 맹인도 아니시면서 어떻게 그분을 아세요?"

그는 내가 박두성 선생을 안다고 무척 놀라워했다.

"그래도 알지요. 그분이 훈맹정음이라는 점자를 창안하셨잖아요. 그분이 없었더라면 한글 점자 창안이 훨씬 더 늦어졌을지도 모르지요."

"네, 맞아요. 저도 점자가 있어 이 얼마나 다행한 일인가 하고 늘 감사하는 마음이에요."

짧은 시간이었지만 그 시각장애인과 나눈 대화를 통해 나는 박두성 선생을 더욱 존경하게 되었다. 그래서 지금도 어떤 자리에서 시각장애인을 만나면 꼭 박두성 선생 이야기를 먼저 꺼낸다.

1980년대 초반, 나는 박두성 선생이 재직했던 국립서울맹학교를 찾아간 적이 있다. 마침 맹학교 교사 한 분을 알게 돼 그의 도움을 받았다. 학교의 외양은 어느 중고등학교나 다름없었으나 학생들은 거의 다 시각장애인들이었다. 교실 복도와 계단을 조심조심 오가거나 오르내리는 학생들은 대부분 밝고 침착한 느낌을 주었다. 교사들 중에는 비시각장애인도 있으나 시각장애인 교사도 많았다.

'학생들이 하루하루, 순간순간마다 얼마나 불편하고 고통스러울까.'

어디에라도 부딪힐까 봐 조용조용 조심조심 다니는 학

생들을 보자 내가 시각장애인이 아니라는 사실에 대해 크게 감사하는 마음이 들었다. 그리고 그들의 고통에 대해 깊은 관심과 이해의 폭을 넓게 되었다.

그때 시각장애인 교사 한 분이 지나가는 말처럼 이런 이야기를 해주었다.

"정 시인님, 우리 학생들도 축구를 해요."

"아니, 앞을 못 보는데, 어떻게 축구를 해요?"

뜻밖의 이야기에 궁금증이 크게 일었다.

"돼지저금통을 공처럼 둥글게 헝겊으로 말아서 한답니다. 저금통 안에 동전에 들어 있으니 발로 찰 때마다 소리가 나지요."

나는 이 이야기를 잊지 않고 있다가 〈국립서울맹학교〉라는 제목의 시를 쓴 적이 있다. 내가 직접 체험한 것은 아니지만 간접 경험이 시를 낳게 한 것이다.

내 시집 중 점역된 점자 시집은 세 권이다.《외로우니까 사람이다》《수선화에게》《너를 사랑해서 미안하다》가 그것이다. 이 점자시집을 책꽂이에 꽂을 때마다 "점자책은 쌓아두지 말고 꽂아두라"는 박두성 선생의 유언을 꼭 기억하고 실천한다. 꽂아놓더라도 책 간격을 좀 여유 있게 해서 점자가 눌리지 않도록 특별히 배려한다.

나는 시각장애인들이 내 점자 시집을 읽고 위로와 위안

을 받았으면 좋겠다. 시는 인간의 삶을 위로해주고 위안해주는 역할이 있기 때문에 시의 그러한 역할이 그 누구보다도 시각장애인들에게 많이 구현되었으면 좋겠다.

한번은 시각장애인도서관에서 강연을 한 적이 있다. 강연 전 사전 행사로 어떤 여성 시각장애인이 내 시 〈내가 사랑하는 사람〉을 직접 점역해 낭송을 했다. 그 여성은 중도시각장애인으로 열심히 점자를 배우는 중이라 점자를 읽는 게 무척 느리고 서툴렀다. 한 자 한 자 열심히 점자로 시를 읽어나가는데도 자꾸 틀리고 빨리 읽지 못했는데, 중간쯤 읽다가 혼잣말로 "시가 왜 이렇게 긴 거야" 하고 말해 좌중을 웃음바다로 만들었다.

그때 나는 큰 감동을 받았다. 시각장애인이 직접 내 시를 점자로 읽는 모습은 내게 특별한 성찰의 시간을 갖게 했다. 그것은 시인으로서의 내 존재의 의미를 발견하게 해주었고, 내가 시인임에 대해 특별히 신께 감사하는 마음을 갖게 해주었다.

박두성 선생이 온갖 고초를 겪으며 한글 점자를 창안한 것은 육신의 눈을 잃은 시각장애인들로 하여금 마음의 눈을 뜨게 해야 한다는 일념 때문이었을 것이다. 육안을 잃은 시각장애인들이 심안마저 뜰 수 없다면 그것만큼 불행한 일은 없다고 생각했을 것이다. 시각장애인들이 마음의 눈을 뜨는 데에 내가 쓴 시가 다소 도움이 된다면 시인으로서 그것보다 더 뜻깊은 일이 어디 있을까. '어린 왕자'도 "중요한 것은 눈에 보이지 않기 때문에 마음의 눈으로 보아야 한다"고 하지 않았는가.

풍경 달다

운주사 와불님을 뵙고
돌아오는 길에
그대 가슴의 처마 끝에
풍경을 달고 돌아왔다
먼데서 바람 불어와
풍경 소리 들리면
보고 싶은 내 마음이
찾아간 줄 알아라

'와불 일어서다'

    인사동 찻집에 들렀을 때였다. 모과차를 시켜놓고 다탁에 놓인 공책을 펼쳐 들자 대뜸 '와불 일어서다'라는 글귀가 눈에 띄었다. 한지로 옛 책처럼 제책된 그 공책엔 차를 마시러 온 사람들이 몇 자씩 글귀를 남겨놓았는데, 공책을 펼치자마자 바로 그런 글귀가 눈에 들어왔다.

    '누워 있는 부처가 일어서다니! 와불이 일어서지 않으면 안 되는 상황이란 어떤 것일까. 이 부정의 시대를 사는 우리의 뺨이라도 한 대 속 시원히 후려치고 싶은 심정이었을까.'

    나는 그런 생각을 하며 "와불이란 부처님의 열반상을 의미하는데, 이 와불은 어떤 와불을 의미하는 거지?" 하고 혼잣말로 중얼거렸다.

그러자 옆에 있던 벗이 말했다.

"아이구, 아직 화순 운주사雲住寺도 안 가봤구나. 운주사 와불님도 안 찾아가보고 무슨 시를 쓴다고!"

약간의 취기 탓이었을까. 벗은 나를 질타했다. 나는 벗의 우정 어린 질타를 말없이 마음속 깊이 간직하면서 빠른 시일 내에 운주사에 꼭 한번 가보리라 마음먹었다.

그러나 이태가 지나도록 운주사에 가보지는 못하고 〈후회〉라는 제목의 시를 쓰다가 느닷없이 이런 구절을 쓰게 되었다.

그대와 운주사에 갔을 때
운주사에 결국 노을이 질 때

왜 나란히 와불 곁에 누워 있지 못했는지
와불 곁에 잠들어 별이 되지 못했는지

막상 이렇게 쓰자 마음이 몹시 불편했다. 운주사에 가보지도 않고 이런 시를 쓴다는 사실이 여간 마음에 걸리지 않았다. 그래서 운주사에 다녀온 뒤 계속 쓰기로 마음먹고 시 쓰기를 중단해버렸다.

운주사에 다녀올 기회는 쉽게 찾아오지 않았다. 직장 일이 바빠 늘 시간에 쫓기는 데다 훌쩍 화순을 향해 떠날 수 있는 마음의 여유가 없었다. '운주사 와불이 일어나면 새 세상이 도래한다는데, 내가 와불을 뵙고 기도를 올리면 내 인생이 좀 더 새로워지지 않을까' 하는 마음은 간절했으나 좀처럼 서울을 떠날 수가 없었다.

그런 어느 날, 지리산 인근에 계신 한 비구니 스님께서 초면임에도 불구하고 "작은 암자를 새로 마련했는데 틈나는 대로 한번 들러달라"는 전화를 해오셨다. 평소 내 시를 좋아한다는 스님께서 일부러 한 전화라 단박에 거절하기가 어려워 언제 한번 들르겠다고 약속을 하기는 했지만 좀처럼 틈을 낼 수 없었다.

스님께서는 "왜 오지 않느냐"고 가끔 전화를 하셨다. 그런데 하루는 스님께서 말씀 중에 "오늘 화순 운주사에 직접 운전을 해서 다녀왔다"는 이야기를 하시는 게 아닌가. 나는 그 말씀에 귀가 번쩍 뜨였다. 갑자기 운주사 와불을 찾아가 뵙고 싶다는 마음이 솟구쳤다.

"스님, 제가 스님 암자에 들르면 운주사 와불 구경을 시켜주실 수 있으세요?"

"그럼요, 내려오기만 하면 얼마든지 구경시켜줄 수 있어요."

흔쾌한 스님의 말씀에 더 미뤄서는 안 된다는 생각이 들어 나는 언제 내려가겠다고 덜컥 약속을 해버렸다. 그러자 스님께서 내게 부탁이 하나 있다고 하셨다.

"서울 조계사 인근에 있는 불교용품점에 가서 풍경 두 개를 사 가지고 내려오세요. 가장 좋은 거로요."

나는 그길로 조계사 인근에 들러 이것저것 소리를 들어보고 소리가 가장 좋다고 느껴지는 청동 풍경 두 개를 샀다. 그리고 풍경이 든 묵직한 가방을 들고 약속한 날짜에 스님의 암자를 찾았다.

스님께서는 미리 의자와 못과 망치를 준비해놓고 계셨다. 암자는 산중턱에 있는 일자형 기와집을 개조한 것으로 가운데 방에 부처님을 모셔놓지 않았다면 낡고 평범한 기와집에 불과했을 것 같았다.

스님께서는 풍경을 받아들자마자 의자에 올라가 손수 풍경부터 먼저 달려고 하셨다. 그러나 암자의 처마 끝에 풍경을 다는 일은 그리 쉬운 일이 아니었다. 풍경을 달기 위해서는 수평으로 하는 일반적 못질과는 달리 처마 끝을 향해 수직으로 못질해야 하기 때문에 여간 어려운 게 아니다.

스님께서는 못질을 하는 둥 마는 둥 하면서 뒤에서 의자를 잡고 있는 나를 자꾸 돌아보았다. 나보고 풍경을 달라고 하는 무언의 몸짓이었다.

"스님, 내려오세요. 제가 하겠습니다."

스님께서는 내 말을 기다리고 있었다는 듯 얼른 의자에서 내려왔다.

나는 스님 대신 의자 위에 올라가 행여 손가락이라도 찧을까 봐 조심조심 못질을 해서 풍경을 달았다.

그러자 한순간에 놀라운 일이 벌어졌다. 산등성이를 타고 살며시 바람이 불어오자 풍경이 울리기 시작했다. 나는 그만 풍경 소리에 넋을 빼앗기고 말았다. 우리의 의성어로 표현할 수 없을 정도로 맑고 깨끗한 풍경 소리가 내 가슴속으로 고요히 스며들었다가 그대로 내 마음이 되는 것 같았다.

"자, 이제 운주사로 떠나야지요."

내가 풍경 소리에 넋을 빼앗기고 있자 오히려 스님께서 서둘러 길을 재촉했다.

운주사는 첩첩산중에 외따로 숨어 있는 절이 아니었다. 시외버스를 타고 가다가 문득 내려 들른 외할머니 집처럼 한가한 시골길 모퉁이에 있는 절이었다. '영귀산 운주사靈龜山 雲住寺'라고 쓴 현판이 달린 일주문을 지나자 높은 석벽 앞에 말없이 서 있는 석불들이 먼저 나를 반겼다. 다소곳이 두 손을 가슴께까지 모으고 서 있는 석불들은 겸손의 극치에서 뿜어져 나온 아름다움으로 한없이 경건하게 느껴졌다. 천 년 전부터 간곡히 나를 기다린 한 여인이 있었다면 어쩌면 이런 석불들의 모습이 아니었을까. 처자식을 두고 멀리 객지로 떠나 온갖 고생을 하다가 늙고 병들어서야 돌아온 남편을 따뜻한 미소로써 대해주는 속내 깊은 한 여인의 모습도 거기 있었다.

나는 쉽게 발걸음이 옮겨지지 않아 석불 앞에 오랫동안 서 있다가 천천히 물 위를 걷듯 조심조심 경내로 들어섰다. 그곳엔 말없이 미소를 지으며 마치 성자聖者처럼 약간 야윈 듯한 석탑들이 군데군데 서 있었다. 세상의 병들고 지친 자라면 누구나 다 긍휼히 여기는 듯한, 어딘가 모르게 약간 기우뚱한 석탑의 자세에서 어떤 거룩함이 느껴졌다.

운주사 석탑들은 그동안 내가 보아온 기존의 석탑들과는 전혀 달랐다. 커다란 공깃돌을 하나하나 올려놓은 듯한 원구석탑이 있는가 하면, 마치 호떡 같기도 하고 실을 감는 실패 같기도 한 돌을 올려놓은 원반형 석탑이 있기도 했다. 또 탑신에 새겨진 문양 또한 특이했다. 마름모꼴이나 엑스x자가 새겨져 있기도 하고, 네모 모양이나 빗줄기 혹은 내 천川자 같은 기하학적 무늬들도 새겨져 있었다.

나는 석탑 사이를 지나 천천히 왼쪽 산기슭 쪽으로 발

걸음을 옮겼다. 산기슭에 '와불님 뵈러 가는 길'이라는 나무 표지판 하나가 외로이 서 있었는데, 나는 그때까지만 해도 와불에 '님'자를 붙여 부르리라고는 미처 생각하지 못하고 있었다.

'와불님!'

마음속으로 가만히 와불님을 불러보았다. 맞선이라도 보러 가는 청년인 양 공연히 마음이 떨려왔다.

천천히 10분 넘게 산을 오르자 산중턱 바위 위에 와불님이 누워 있었다. 그저 평범한 석불이 턱을 괴고 깊은 명상에 잠긴 채 옆으로 길게 누워 있는 줄 알았으나 그게 아니었다. 머리를 산 위쪽으로 둔 채 하늘을 향해 똑바로 누운 형상으로 돌을 새겨진 부처님이었다. 그것도 한 분이 아니라 두 분이었다. 나란히 누워 계신 두 분이 마치 '부부불夫婦佛'이나 '연인불戀人佛'처럼 느껴졌다. 바위의 절반 이상을 차지한 큰 와불님이 남편 부처님, 나머지 부분을 차지한 작은 와불님이 아내 부처님으로 생각되었다. 아내 와불님은 두 손을 가슴께까지 모으고 남편 와불님의 어깨에 살짝 기대어 있었다.

두 와불님은 몸 전체 길이가 10여 미터가 넘고 암반 전체와 한 몸을 이루고 있었다. 따라서 와불님이 일어나시려면 산등성이 암반 전체와 함께 일어나지 않으면 안 되

사십 대 초반에 아내와 함께 부부불인 운주사 와불님을 찾아뵈었으나 나는 와불님의 사
랑의 가르침을 제대로 따르지 못했다.

는 형국이었다. 와불님이 암반에서 따로 떨어지지 않는
이상 와불님이 일어나기를 기다린다는 것은 어떤 의미에
서 허망한 바람일 수 있었다. 그런데도 오랜 세월 동안 사
람들이 와불님이 일어나기를 간절히 소망해온 까닭은 무
엇일까.

그것은 '허망한 소원에 매달리지 말고 현실적인 삶에 더
성실하라. 미래에 대한 꿈과 이상은 지니되 현실에 뿌리를
내리고 긍정적으로 열심히 살아라. 발은 지상에 두고 마음
은 밤하늘의 별을 향하라'는 뜻은 아닐까.

또 아무리 바닥에 넘어지고 나뒹구는 삶을 산다 하더라

도 자기 스스로 일어나지 않으면 결코 일어날 수 없다는 의미는 아닐까. 넘어져 누워 있을 때 타인이 일으켜 세워 주길 기다릴 게 아니라 스스로 바닥을 딛고 일어나야 한다는 가르침⋯⋯.

나는 와불님이 부부불이라는 사실 앞에, 천 년 동안이나 비가 오면 비가 맞지 않도록, 눈이 오면 눈이 맞지 않도록 서로 감싸주셨을 것이라는 생각에 사랑의 진정성, 그 한없는 깊이와 넓이의 영속성도 느낄 수 있었다. 누구를 진정 사랑해야 한다면 이 부부 와불님처럼 변함없는 사랑을 해야 한다는 생각에 와불님 곁을 쉽게 떠날 수 없었다.

와불님은 몸피가 너무 커서 발치 쪽에서는 그 모습을 제대로 볼 수가 없었다. 다행히 머리 쪽에서 아래를 내려다보면 얼굴과 전신이 다 보였다. 와불님은 무엇보다도 단아한 눈매가 감동적이었다. 마치 불효한 나를 나무라지 않고 인자하게 잔잔히 웃으시기만 하는 내 노모의 눈매 같아서 더 다정해 보였다.

그날 나는 다시 암자로 돌아와 밤을 보냈다. 잠결에 빗소리가 들려 일어나 창을 열자 비가 내리고 있었다. 신록이 한창인 때에 내리는 봄비치고는 빗줄기가 제법 차갑고 굵었다.

문득 와불 부부님 생각이 났다. 이 빗속에 얼마나 차가 우실까. 아마 오늘 밤도 남편 와불님이 손을 들어 아내 와불님의 얼굴에 내리는 빗방울을 가려주시거나 아니면 돌아누워 아내 와불님을 품에 꼭 껴안고 빗물을 막아주실 것이라는 생각이 들었다.

더 이상 잠은 오지 않았다. 비는 그치지 않고 계속 내렸다. 가물거리는 촛불 앞에 앉아 창밖의 빗소리에 귀를 기울이며 생각해보았다.

'오늘 나는 무엇을 했는가. 산사의 처마 끝에 풍경을 달았지. 오늘 나는 어디 가서 누구를 만나고 왔는가. 운주사에 가서 와불님을 뵙고 사랑의 본질적 가치를 깨닫고 돌아왔지. 그럼 나는 무엇을 하는 사람인가. 시를 쓰는 사람이지. 그러면 오늘 밤에 비는 오고 잠은 오지 않는데 시를 써라!'

나는 나에게 시를 쓰라고 말하며 종이와 볼펜을 꺼내 들었다. 시 〈풍경 달다〉는 그렇게 해서 그날 밤에 단숨에 쓴 시다.

운주사에서

꽃 피는 아침에는 절을 하여라
피는 꽃을 보고 절을 하여라
걸어가던 모든 길을 멈추고
사랑하는 사람과 나란히 서서
부처님께 절을 하듯 절을 하여라

꽃 지는 저녁에도 절을 하여라
지는 꽃을 보고 절을 하여라
돌아가던 모든 길을 멈추고
헤어졌던 사람과 나란히 서서
와불님께 절을 하듯 절을 하여라

내 인생의 스승 운주사 석불들

　겨울 운주사를 다녀왔다. 새해에 내 인생의 스승을 찾아뵙고 엎드려 절을 올리고 싶어서였다. 누군가에게 엎드려 절을 올린다는 것은 진정 나를 찾을 수 있는 좋은 기회이므로 연초에 그런 시간을 갖고 싶었다. 그러나 선뜻 누구를 찾아뵙긴 어려웠다. 찾아뵙고 싶은 분들은 대부분 세상을 떠나셔서 그 대신 운주사 석불들을 찾아뵙고 절을 올렸다.

　그동안 몇 번 운주사를 찾아갔지만 눈 내린 겨울 운주사를 찾은 건 처음이었다. 석불들은 찬바람에 말없이 눈을 감고 고요히 서 있거나 앉아 있었다. 어떤 석불은 눈이 채 녹지 않아 머리에 흰 고깔을 쓴 것 같았고, 칠성바위 위쪽에 계신 와불은 가슴께에 눈이 좀 남아 있어 마치 흰 누비이불을 덮고 있는 것 같았다. 석불들은 내가 절을 올리자 두 팔을 벌리고 나를 꼭 껴안아주었다. 어릴 때 엄마 품에 안겼을 때처럼 아늑하고 포근했다. 지난 한 해 동안 고통과 상처로 얼어붙었던 내 가슴이 이내 따스해졌다. 다시한 해를 살아갈 힘과 용기가 솟았다.

운주사에 가면 다들 마음이 편하다고 한다. 나도 그렇다. 마치 부모 형제를 찾아뵌 것 같다. 일주문을 지나자마자 오른쪽 석벽에 비스듬히 기대서 있거나 앉아 있는 석불들을 보면 마치 오랫동안 집 떠난 나를 기다려준 다정한 식구들 같다. "왜 이제 오느냐, 그동안 어디 아프지는 않았느냐" 하고 저마다 말을 걸어오는 것 같다. 사 가지고 간 만두나 찐빵이라도 내어놓으면 당장이라도 둘러앉아 다들 맛있게 웃으면서 먹을 듯하다.

그런데 그들을 가만히 쳐다보고 있으면 하나같이 못생겨서 오히려 더 반가운 마음이 든다. 그들은 대부분 코가 길고 이마 쪽으로 눈이 올라붙은 비대칭 얼굴인데, 그나마도 거의 다 뭉개졌다. 오랜 세월 만신창이가 된 탓인지 이목구비를 제대로 갖춘 이를 찾아보기 힘들다. 평소 내가 참 못생겼다고 생각되는데 이들을 보면 그런 생각이 싹 달아난다. 그래서 그들을 볼 때마다 부처님을 뵙는다기보다 골목에서 마주친 이웃을 만난다는 생각이 들어 더욱 정이 간다.

어떤 부처님은 너무 위압적이어서 공연히 주눅들 때가 있지만 이들은 그렇지 않다. 경주 석굴암 대불이 당대의 영웅이나 권력자를 위한 석불이라면 이들은 민초들을 위한 석불이다. 나를 위로해주는 존재는 그런 영웅적 존재가 아니라 운주사 석불 같은 평범한 존재다.

그들은 항상 겸손의 자세를 가르쳐준다. 삶에서 어떠한 자세가 가장 중요한지, 무엇을 가장 중요하게 생각하며 살아야 하는지 가르쳐준다. 가슴께로 다소곳이 올려놓은 그들의 손은 겸손하게 기도하는 손이다. 부처는 인간으로부터 기도의 대상이 되는 존재인데 그들은 오히려 인간을 위해 기도하고 있다. 인간 사회의 사랑과 평화를 염원하는, 이 얼마나 이타적 삶의 겸손한 자세인가.

운주사 석불 중에 눈을 뜨고 있는 이를 찾긴 힘들다. 다들 눈을 감고 있다. 눈을 감고 양손을 무릎 아래로 손바닥이 보이게 내려놓고 있는 자세는 무엇 하나 소유하지 않고자 하는, 나보다 남을 더 생각하고자 하는 염원이 담긴 자세다.

눈을 감으면 비로소 남이 보인다. 내가 보인다 하더라도 남을 위한 존재인 내가 보인다. 그동안 나는 나를 위해 항

운주사 처마바위 아래에 있는 석불군. 눈을 감고 영원을 바라보는 이 부처님을 뵙고 나서 마음의 평안과 안식을 얻었다.

상 눈을 뜨고 다녔다. 눈에 보이는 모든 존재는 다 나를 위한 존재였다. 이 얼마나 오만하고 이기적인 삶인가. 지난 여름엔 매미가 너무 시끄럽게 운다고도 싫어하지 않았던가. 매미는 자신의 삶을 열심히 사는 것인데 나는 매미만큼이라도 열심히 산 적이 있었던가.

20여 년 전 운주사를 처음 찾았을 때 와불을 찾아가는 산길 처마바위 밑에 있는 한 석불을 보고 나는 그만 숨이 딱 멎는 듯했다. 마모될 대로 마모된 얼굴로 눈을 감은 채 영원을 바라보며 모든 것을 버린 듯 고요히 앉아 있는 석불의 모습에 울컥 울음이 솟았다. 두 손바닥을 하늘로 향하게 무릎 위에 올려놓고 고통의 절정에서도 고요와 평온을 유지하고 있는 석불의 초탈한 모습에서 아마 내가 지향해야 할 삶의 자세를 발견했기 때문이었을 것이다.

'아, 모든 것을 놓아버리면 저렇게 평화스러울 수가 있구나.'

그날 나는 오랫동안 그 석불 앞에 울며 서 있었다. 그러자 석불이 고요하고 낮은 목소리로 내게 말했다.

"울지 마라, 괜찮다, 나를 봐라."

"……."

"손은 빈손으로, 눈은 감고 영원을 향해, 그렇게 살아가거라."

"네."

나는 울먹이면서 속으로 그렇게 살겠다고 대답했다. 그날 이후 운주사 석불들은 초라한 내 인생의 스승이 돼주었다.

그날 해 질 무렵 천천히 눈을 밟으며 운주사를 막 떠날 때였다. 누가 석불 앞에 조그마한 눈사람을 만들어놓은 게 눈에 띄었다. 만들어놓은 지 며칠 됐는지 눈사람 또한 얼굴이 마모되고 형체도 일그러져 운주사 석불 모습을 그대로 닮아 있었다.

문득 그 눈사람이 나 자신 같았다. 나는 그 눈사람을 가슴에 품고 서울로 돌아왔다. 올 한 해도 운주사 석불 같은 '눈사람 부처'를 가슴에 품고 열심히 살아가리라 생각하면서.

봄길

길이 끝나는 곳에서도
길이 있다
길이 끝나는 곳에서도
길이 되는 사람이 있다
스스로 봄길이 되어
끝없이 걸어가는 사람이 있다
강물은 흐르다가 멈추고
새들은 날아가 돌아오지 않고
하늘과 땅 사이의 모든 꽃잎은 흩어져도
보라
사랑이 끝난 곳에서도
사랑으로 남아 있는 사람이 있다
스스로 사랑이 되어
한없이 봄길을 걸어가는 사람이 있다

사랑의 길

    인생은 길이다. 사람은 누구나 자기만의 인생이라는 길을 걸어간다. 그 길은 한적한 시골길일 수 있고, 자동차들이 달리는 고속도로일 수 있고, 기차를 타고 가다가 얼핏 차창 밖으로 보이는 들길이나 산길일 수 있다. 때로는 눈보라 치는 눈길일 수도, 폭우가 쏟아지는 빗길일 수도, 벚꽃 잎이 떨어지는 봄길일 수도 있다. 인생이 다 다르듯 그 길의 형태 또한 다 다르다.

    내 인생의 길은 한바탕 장맛비가 지나가고 폭설이 내린 뒤 곳곳에 웅덩이가 팬 골목길이다. 깊게 팬 웅덩이에 가끔 푸른 하늘이 비치고 검은 구름이 지나가는 그런 길을 나는 지금까지 부지런히 걸어왔다. 그 길을 걷는 동안 때로는 갈림길에 서서 어디로 가야 할지 망설일 때도 있었고, 때로는 막다른 골목길에 다다라 오도 가도 못하고 오랜 시간 동안 쭈그려 앉아 있을 때도 있었다.

나는 요즘 내 인생의 길이 어느 계절을 배경으로 가장 아름답게 이루어졌는지 곰곰 생각해볼 때가 있다. 그럴 때마다 가장 먼저 떠오르는 것은 봄길이다. 이미 일흔이 된 내 나이를 생각하면 폭설 내리는 한겨울 눈길이 가장 먼저 떠올라야 하지만 아직도 봄길이 먼저 떠오른다. 먼 산 아래 파릇파릇 보리싹이 돋은 보리밭을 옆구리에 끼고 마치 바람에 휘날리는 어머니의 옷고름처럼 구부러진 봄길. 그 봄길 한가운데를 휘적휘적 걸어가는 한 사람의 뒷모습이 먼저 떠오른다.

그리고 그 사람을 '사랑의 사람'이라고 생각해본다. 길이 끝난 곳에서도 길이 되는 사람, 사랑이 끝난 곳에서도 끝까지 사랑으로 남아 있는 사람, 나중에는 스스로 사랑이 되어 한없이 봄길을 걸어가는 사람, 그런 절대적 사랑을 지닌 사람, 그 사랑으로 우리 삶에 희망이 되는 사람…….

나는 지금까지 늘 그런 사람을 만나고 싶어하며 힘든 인생길을 걸어왔다. 아니, 나 스스로 그런 사람이 될 수 있어야 한다는 생각을 하며 살아왔다. 그러나 나는 그런 사람이 되지 못한다. 내 존재의 그릇이 너무나 작고 더께가 많이 낀 채 찌그러져 있기 때문이다. 그저 그런 사람을 만나 함께 봄길을 걸어갈 수만 있어도 축복받은 인생이라고 생각한다.

다행히 함께 걸어가지는 못했지만 나는 그런 사람을 만난 적이 있다. 바로 푸르메재단 상임이사 백경학白庚學 선생이다. 그는 아무도 가지 않은 봄길을 걸어가는 사람이다. 그것도 혼자 걸어가는 게 아니고 이 땅의 수많은 장애인들과 함께 걸어가는 사람이다. 그는 2005년에 오로지 장애인과 그 가족이 믿을 수 있는 재활병원 건립을 목표로 한 비영리재단 '푸르메재단'을 설립했다.

한겨레신문, 동아일보사 등의 언론사에서 기자로 일했던 그는 1996년에 독일 뮌헨 대학 정치학연구소 객원연구원으로 연수를 가서 2년간 공부하다가 귀국 직전에 가족과 함께 영국으로 여행길에 올랐다. 그런데 그곳에서 불의의 교통사고를 당함으로써 그의 아내가 평생 장애를 안게 되었다. 아내의 재활치료를 위해 귀국한 후 병원을 찾다가 그는 큰 충격을 받았다. 우리나라 재활의료 병원 환경은 영국과는 달리 너무나 열악했던 것이다. "개인 소득 2만 달러, 교역량 11위의 경제대국에서 환자가 입원할 병실이 없어 유령처럼 전국을 떠도는 것이 우리의 현실이었다"고 한다.

그때 그는 우리나라에도 환자가 존중받는 환자 중심의 재활병원을 건립하는 꿈을 직접 이루겠다고 굳게 결심했다. 그의 책 《효자동 구텐 백》에 보면 "그때 내게 꿈이 생겼다. 의료진이 24시간 환자를 가족처럼 보살피는 병원, 콘크리트 빌딩에 환자가 갇혀 있는 병원이 아니라 마치 내 집 같은 목조주택에서, 푸른 잔디와 오솔길을 거닐며 안정을 취할 수 있는 작은 병원을 만들어야겠다는 꿈 말이다"라고 토로하고 있다.

그의 이러한 꿈은 결국 푸르메재단 설립으로 이루어졌고, 1만 명이 넘는 시민들과 기업체와 여러 단체들이 그와 뜻을 함께하고 나눔으로써 기적이 일어났다. 2016년에 '푸르메재단 넥슨어린이재활병원'을 서울 마포구 상암동에 세워 매일 300여 명의 장애 어린이를 치료하게 된 것이다. '통합재활의료서비스를 통해 어린이의 잠재력을 이끌어내고 가족과 사회에 희망을 주는 최고의 어린이 병원이 되는 것'을 목표로 삼고 오늘도 "어린이가 행복하면 우리 모두가 행복하다"는 믿음을 실천하고 있다.

그는 가장 먼저 장애인들을 위한 치과병원부터 서울 효자동 네거리에 있는 재단 사무실 1층에 개설했다. 일반인들이 다니는 치과병원에 장애인이 다니기 힘든 현실을 타파하기 위해서였다. 재단 설립 15년이 된 2019년에는 발달장애 자녀를 둔 이상훈·장춘수 부부가 기증한, 경기도 여주시의 오학동 땅 3천 800평에다 발달장애 청소년들이 즐겁게 농작물을 키우며 자립할 수 있는 친환경첨단농장 '푸르메스마트팜'을 설립했다. 발달장애인이 바리스타의 꿈을 키울 수 있는 커피전문점 '행복한 베이커리&카페'도 설립한 지 오래되었다. 그 외에도 그는 '마포푸르메스포츠센터'와 '마포푸르메어린이도서관'을 설립, 장애 어린이들의 밝은 미래를 위해 걸어가고 있다.

그는 이렇게 스스로 우리 시대 사랑의 봄길을 걷는 사람이다. 인생이라는 말 속에 다양한 인생의 길이 내포돼 있다면 그의 인생이라는 길은 장애인을 위한 사랑의 길이다.

봄길을 걷는 그의 걸음은 빠르지 않으나 중단하는 법은 없다. 우보일보牛步一步, 소의 걸음처럼 한 걸음 한 걸음씩 걸어간다. 소설가 박완서朴婉緖 선생은 생전에 "백경학 씨는 심장에서 우러나서 그 일을 하는 사람이다"라고 말씀하신 적이 있다. 스스로 사랑이 되어 한없이 봄길을 걸어가는 백경학 선생, 그는 한국 장애인의 아버지다.

봄은 언제나 어김없이 찾아온다. 우리의 인생이 아무리 춥고 어려워도, 그래도 감사한 것은 참고 기다리면 반드시 봄이 찾아와준다는 사실이다. 따스한 햇살을 데리고 인생의 봄길을 찾아와 길가에 아름다운 꽃들을 피어나게 한다

는 사실이다. 아무리 폭설이 내린 혹한의 길을 걷는다 할
지라도 묵묵히 걸어가다 보면 어느새 내가 걸어가는 길이
봄길이 된다. 내가 스스로 사랑이 되어 걸어가지 못한다
할지라도 백경학 선생 뒤를 따라 천천히 걸어가면 된다.

내가 사랑하는 사람

나는 그늘이 없는 사람을 사랑하지 않는다
나는 그늘을 사랑하지 않는 사람을 사랑하지 않는다
나는 한 그루 나무의 그늘이 된 사람을 사랑한다
햇빛도 그늘이 있어야 맑고 눈이 부시다
나무 그늘에 앉아
나뭇잎 사이로 반짝이는 햇살을 바라보면
세상은 그 얼마나 아름다운가

나는 눈물이 없는 사람을 사랑하지 않는다
나는 눈물을 사랑하지 않는 사람을 사랑하지 않는다
나는 한 방울 눈물이 된 사람을 사랑한다
기쁨도 눈물이 없으면 기쁨이 아니다
사랑도 눈물 없는 사랑이 어디 있는가
나무 그늘에 앉아
다른 사람의 눈물을 닦아주는 사람의 모습은
그 얼마나 고요한 아름다움인가

나무 그늘에게 감사!

뙤약볕이 내리쬐는 8월의 길을 걸을 땐 누구나 나무 그늘을 찾는다. 강한 햇빛 아래 지친 걸음을 걷다가도 나무 그늘 밑으로 들어서기만 하면 온몸에 생기가 돌고 마음도 시원해진다. 잠시 나무 그늘에 앉아 손수건을 꺼내 흐르는 땀을 닦아본다. 내 발밑에 부지런히 기어가는 개미가 보이고 나무둥치에 달라붙은 매미 허물이 보인다. 지난겨울에 눈여겨보지도 않았던 나무가 올여름에 풍성한 그늘로 더위에 지친 나를 쉬게 해주어 참으로 감사하다. 그늘을 짙게 드리우는 나무가 없다면 이 폭염의 거리를 걸어가긴 힘들 것이다. 나무는 그늘을 통해 나무로서의 고유한 모성적 존재성을 드러내는지도 모른다.

나 또한 인간이라는 한 그루 나무다. 나에게도 플라타너스와 느티나무의 그늘처럼 인간이라는 나무 그늘이 짙게 드리워져 있다. 그러나 아무리 뙤약볕이 내리쬐어도 내 그늘엔 아무도 찾아오지 않는다. 그동안 드러내지 않으려고 전전긍긍함으로써 내 그늘의 의미와 가치를 도외시해온 탓이다. 지금까지 내 삶의 그늘을 휴식과 위안, 나눔과 화해의 그늘로 인식하기보다 고통과 절망, 시련과 상처의 그늘로만 인식해온 잘못이 크다. 내가 내 그늘을 소중히 여기지 않는데 누가 내 그늘을 찾아와 쉴 수 있겠는가.

　인생의 그늘은 순간적으로 형성되는 게 아니다. 오랜 인고의 시간을 필요로 한다. 돈으로 살 수 있는 것도 아니고 남한테 빌릴 수 있는 것도 아니다. 무엇보다 나 자신이 가장 편히 쉴 수 있는 유일한 영역이다. 내게 그늘이 없다면 나 자신조차 쉴 곳이 없다. 나무가 겨울이라는 혹독한 고통의 시간을 견뎌내고 여름에 그늘을 드러내듯 나 또한 절망이라는 세월을 견뎌낸 자세로 그늘을 드러내야 한다. 그래야만 내가 나무 그늘에 앉아 편히 쉬듯 다른 사람이 내 삶의 그늘에 앉아 편히 쉴 수 있다.

　물론 우리의 삶은 그늘과 햇빛이라는 양면성 속에 존재한다. 햇빛이 있어야 그늘이 있고 그늘이 있어야 햇빛이 있다. 그늘과 햇빛은 동질의 존재다. 그런데도 나는 줄곧 햇빛만을 갈구했다. 내가 햇빛만을 원한다는 것은 소망하는 일이 모두 이루어지기를 바라는 것을 의미한다. 그러나 계속 햇빛만 원한다면 내 인생이라는 대지는 황폐한 사막이 되고 만다. '항상 날씨가 좋으면 곧 사막이 되어버린다'는 스페인 속담은 바로 나 같은 이를 두고 하는 말이다.

이집트 '백사막Sahara el Beyda'에서 하룻밤 자본 적이 있다. 초저녁엔 하늘 높이 찬란하던 별들이 새벽이 되자 지상 가까이 내려와 손만 뻗으면 곧 잡을 수 있을 듯했다. 먼 지평선 끝에서는 샛노란 오렌지를 딱 반으로 자른 듯한 반달이 떠올라, 모래 위에 낡은 담요를 깔고 오리털 점퍼를 껴입고 누워 바라보는 사막의 밤하늘은 너무나 신비하고 황홀했다. 어느 별의 가장자리에 의자를 놓고 앉아 있는 생텍쥐페리의 '어린 왕자'라도 된 듯했다. 간혹 여행객의 신발을 물고 간다는 사막여우가 커다란 귀를 쫑긋거리며 자꾸 찾아와 신비스러움을 더해주었다.

그토록 잠 못 이루는 황홀한 사막의 밤이었지만 다음 날 아침, 일행 중 아무도 하룻밤 더 자자는 사람은 없었다. 사막의 밤은 아름다웠지만 너무나 춥고 배고팠기 때문이다. 모닥불을 피웠지만 추위를 견딜 수 없었으며, 밥을 했지만 모래가 들어가 먹을 수 없었다.

햇빛만 원한다면 인생은 사막이 되고 만다. 때로는 고통의 비바람이라 할지라도 불어와야 하고 절망의 눈보라라 할지라도 몰아쳐야 한다. 그래야 인생의 대지에서 자란 나무가 숲을 이루고 그 숲의 그늘에 앉아 나도 새들과 함께 쉬었다 갈 수 있다. 계속 햇빛만을 원한다면 그것은 삶의 그늘을 소멸시켜버리는 일이나 마찬가지다.

그늘 없는 삶은 없다. 그늘은 부자에게도 있고 빈자에게 도 있다. 다만 그 그늘을 어떻게 여기느냐 하는 차이만 있을 뿐이다. 부자는 그 그늘을 겸손과 나눔의 그늘로 만들면 좋고, 빈자는 부처님 말씀대로 스스로 만족함으로써 부자가 될 수 있는 자족과 감사의 그늘로 만들면 좋다. 언젠가 읽은, 큰아들의 장례식과 작은아들의 결혼식을 하루에 치른 부부가 그 감당할 수 없는 고통의 그늘을 인내와 순응의 그늘로 만들어간 이야기는 지금도 잊히지 않는다.

사회도 마찬가지다. 그늘 없는 사회는 없지만, 이미 우리 사회에 짙게 깔린 갈등과 부정의 그늘을 이해와 긍정의 그늘로 만들어가는 일은 우리 모두의 책무다.

나무 그늘은 아무런 대가를 바라지 않는다. 누구든지 찾아오기만 하면 자신의 전부를 아낌없이 내어준다. 누구는 와도 되고 누구는 오면 안 된다고 차별하지 않는다. 올해도 나무 그늘은 어머니의 품처럼 넉넉하고 시원하다.

달팽이

내 마음은 연약하나 껍질은 단단하다
내 껍질은 연약하나 마음은 단단하다
사람들이 외롭지 않으면 길을 떠나지 않듯이
달팽이도 외롭지 않으면 길을 떠나지 않는다

이제 막 기울기 시작한 달은 차돌같이 차다
나의 길은 어느새 풀잎에 젖어 있다
손에 주전자를 들고 아침이슬을 밟으며
내가 가야 할 길 앞에서 누가 오고 있다

죄없는 소년이다
소년이 무심코 나를 밟고 간다
아마 아침이슬인 줄 알았나 보다

나를 용서한 달팽이

    초등학생 아들 후민이를 학교로 데려다주기 위해 아침 일찍 지하철을 타러 갈 때의 일이다. 다소 빠른 걸음으로 아파트 동과 동 사이로 난 작은 숲길을 걸어가고 있는데 갑자기 후민이가 "아, 아빠, 달팽이!" 하고 소리쳤다. 내 발아래에 달팽이가 기어가고 있으니까 밟지 말고 조심하라는 후민이의 외침이었다. 그러나 후민이가 그렇게 외쳤을 때는 이미 내가 구둣발로 달팽이를 막 밟아버린 뒤였다. "응?" 하고 깜짝 놀라 얼른 발을 들자 내 구두 밑에 달팽이 한 마리가 온몸이 으깨어진 채 죽어 있었다.

    '아, 이 일을 어떡하나.'

    나는 달팽이의 처참한 죽음 앞에 망연자실했다. 달팽이

의 죽음의 고통이 한순간 가슴속으로 깊게 전해져 어떤 통증 같은 게 느껴졌다. 후민이가 그런 말을 하지 않았다면 달팽이를 밟았는지도 모르고 그냥 지나갔을 텐데 하는 생각에 은근히 아들을 나무라고 싶은 마음도 들었다.

"이거 어떡하지? 본의 아니게 달팽이를 죽였네. 할 수 없지 뭐."

나는 엉겁결에 별로 대수롭지 않은 일이라는 듯 걸음을 재촉해서 빨리 그곳을 떠나버렸다. 달팽이의 죽음보다는 서둘러 지하철을 타는 일이 더 중요하다는 듯, 달팽이의 사체를 숲길에 그대로 버려둔 채.

그 뒤 몇 달이 지났다. 시간이 지나면 내 발에 밟혀 죽은 달팽이가 자연스레 잊힐 줄 알았으나 그게 아니었다. 시간이 지나면 지날수록 죽은 달팽이의 모습이 또렷하게 떠올랐다. 그럴 때마다 분노에 찬 달팽이의 영혼이 내게 욕을 하고 슬피 울음을 토하는 듯했다.

나는 일부러 아파트 숲길로 가지 않고 버스가 다니는 도로 쪽으로 우회해서 지하철을 타러 갔다. 달팽이에게 엎드려 용서를 빌고 싶었지만 달팽이가 죽은 현장을 가능한 한 피하는 것으로 대신했다. 그러나 어디를 가든 처참하게 으깨어져 죽은 달팽이의 모습이 자꾸 떠올랐다. 길을 걸을 때에도 지하철을 탈 때에도 잠자리에 들어서도 죽은 달팽이 생각이 자꾸 났다. 아무리 바빠도 달팽이를 숲속에 던져주거나 묻어줄걸 잘못했다는 생각이 들었다. 아마 죽은 달팽이는 으깨진 채 사람들 발에 밟히고 밟히다가 나중엔 먼지가 되고 말았을 것이다.

'도대체 달팽이는 어디로 가기 위해 그 이른 아침에 길을 떠난 것일까. 나와 그렇게 운명적으로 만나기 위해서는 새벽달이 지기도 전에 집을 떠나지 않으면 안 되었을 텐데 도대체 왜 어디로 가기 위해서 기어 나온 것일까. 혹시 멀리 있는 아들을 만나기 위해 길을 떠난 엄마 달팽이는 아니었을까. 아니면 기다림에 지쳐 사랑하는 이를 찾아 나선 초록달팽이는 아니었을까. 부모형제들은 아직 그의 죽음조차 알지 못하고 있는 것은 아닐까. 그런데 왜 하필이면 내 구둣발에 밟혀 죽게 된 것일까. 전생에 내가 달팽이한테 무슨 원한이라도 있었던 것일까.'

시간이 갈수록 달팽이에 대한 내 생각은 점점 깊어만 갔다.

그런 어느 여름날 저녁 무렵이었다. 밀린 원고를 쓰다가 답답한 마음에 집 가까이 있는 양재천으로 산책을 나갔다. 대낮에 한바탕 소나기가 쏟아져서 여름임에도 시원한 저녁 바람이 불어왔다. 더위를 피해 양재천으로 산책 나온 사람들이 많았다. 주로 걷는 이들이 많았지만 열심히 조깅

하는 이들도 있었다.

　그날따라 양재천변엔 달팽이가 많이 나와 있었다. 사람들이 달팽이를 밟고 지나갔다. 달팽이를 밟고 간다는 사실조차 의식하지 못하는 듯했다. 특히 조깅하는 이들이 달팽이를 마구 밟으며 뛰어갔다. 그들이 지나간 자리에는 으깨어진 달팽이들의 사체가 즐비했다. 참으로 잔인한 처사였다. 내 귀에는 달팽이들의 비명이 여기저기서 들려왔다.

　가만히 있을 수가 없었다. 나라도 달팽이를 천변 풀숲으로 던져주어야겠다는 생각이 들었다. 달팽이를 집으려고 얼른 허리를 굽혔다. 그때 내 새끼손톱만 한 아기 달팽이 한 마리가 풀숲가로 기어 나와 있는 게 눈에 띄었다.

　'너는 왜 기어 나왔니? 아이구, 너는 아기 달팽이잖아. 저기 엄마 달팽이, 아빠 달팽이가 밟혀 죽는 게 안 보이니? 내 너를 다시 풀숲으로 던져줄게. 너를 밟혀 죽게 내버려둘 수는 없어.'

　나는 아기 달팽이의 등껍질을 살짝 집어 올렸다. 아, 그런데 그만 아기 달팽이의 등껍질이 톡 떨어져버리는 게 아닌가.

　'아이구, 이걸 어떡하나. 미안하다, 미안해. 내가 다시 붙여줄게.'

　얼른 등껍질을 제자리에 붙여주었다. 그러나 한번 떨어

진 등껍질은 더 이상 붙지 않았다. 잘 붙었나 싶어 손가락으로 살짝 건드리자 등껍질이 다시 톡 떨어졌다.

'아, 내 마음은 그게 아니었는데, 아기 달팽이가 얼마나 놀랐을까. 얼마나 아플까.'

참으로 참담했다. 아기 달팽이를 살리려다가 그만 죽게 만든 거였다. 대죄를 지은 느낌이 들었다. 그렇지만 아기 달팽이를 풀숲 속으로 조심스레 옮겨놓고 그 자리를 황급히 도망쳐 나올 수밖에 없었다.

시간이 흐를수록 내 부주의에 의해 죽은 두 마리 달팽이 생각이 자꾸 났다.

'미안해. 날 용서해줘. 내 마음은 그게 아니었어. 어떻게 할 방도가 없었어.'

나는 그들에게 진정으로 용서를 빌면서 몇 가지 궁금한 점을 물어보았다.

'도대체 그 이른 아침에 어디로 가려고 한 것이니? 왜 집에 있지 않고 길을 떠난 것이니? 너희의 등껍질은 왜 그렇게 연약하니? 거북이 등껍질처럼 단단하고 강하다면 누가 밟았다고 해서 그렇게 쉽게 으깨지거나, 내가 살짝 건드렸다고 해서 그렇게 쉽게 떨어지지는 않았을 텐데. 부디나를 용서해줘. 삶은 용서를 통해서 완성된다고 하잖니.'

그러자 어디에선가 나를 용서해주는 달팽이의 맑은 목

소리가 들렸다. 내 질문에 대답이라도 하는 듯했다. 나는 얼른 달팽이의 말을 받아 적었다. 그리고 그 말을 바탕으로 〈달팽이〉라는 제목의 시를 써보았다. 달팽이의 영혼이 나를 향해 빙긋이 용서의 미소를 짓는 것 같았다.

그 뒤 20여 년의 세월이 지났다. 어느 비 오는 날, 또 양재천을 산책하게 되었다. 달팽이가 비를 맞으며 사람들이 오가는 산책로 쪽으로 여전히 부지런히 기어 나오고 있었다. 사람들 발에 밟혀 죽을 줄 뻔히 알면서도 달팽이는 왜 기어 나오는 것일까. 도대체 왜 그러는 것일까. 아무리 생각해도 그 까닭을 알 수 없었다. 그러다가 어느 날 문득 〈달팽이〉라는 또 다른 시로 그 까닭을 정리해보았다.

달팽이는 빗물을
어머니의 눈물이라고 생각하나보다
그렇지 않으면
비 온 뒤
죽음을 무릅쓰고 기어나올 리 없다
그것도 형제들끼리 함께 기어나와
사람들 발에 무참히
밟혀 죽을 리 없다

눈부처

내 그대 그리운 눈부처 되리
그대 눈동자 푸른 하늘가
잎새들 지고 산새들 잠든
그대 눈동자 들길 밖으로
내 그대 일평생 눈부처 되리
그대는 이 세상
그 누구의 곁에도 있지 못하고
오늘도 마음의 길을 걸으며 슬퍼하노니
그대 눈동자 어두운 골목
바람이 불고 저녁별 뜰 때
내 그대 일평생 눈부처 되리

당신의 눈부처가 되고 싶다

언젠가 아기 영민이의 눈동자에 비친 내 모습을 보고 깜짝 놀란 적이 있다. 종합병원 신생아실에 있던 아기를 집에 안고 돌아와 안방 창가에 눕혔을 때의 일을 지금도 나는 잊지 못한다.

무심코 무거울 것이라고만 여겼던 아기의 종잇장처럼 가벼운 몸무게, 꼭 오므린 채 결코 펴려고 들지 않던 손가락, 앙증스럽도록 작은 발 등이 나로 하여금 생명의 신비에 온몸을 떨게 했다. 창틈으로 스며든 늦가을 햇살이 갓난아기의 얼굴에 꼬물거리면 아기는 눈을 뜨는 둥 마는 둥 못내 못 견디겠다는 표정으로 눈을 감아버리곤 했다. 그러던 아기가 차차 자라 눈을 뜨고 나를 쳐다보기 시작했을 때, 아기의 그 맑고 푸른, 죄와 악의 티끌이라고는 찾아볼 수 없는 눈동자에 매료되지 않을 수 없었다.

말끄러미 나를 보는 아기의 눈동자에 비친 내 모습을 발견했을 때의 그 놀라움이란 또 무엇으로 표현해야 좋을까. 나처럼 추악하고 죄 많은 자의 모습이 아기의 맑은 눈동자에 비친다는 사실이 퍽 부끄럽기조차 했다.

그러나 나는 아기의 눈동자 속에 비친 내 모습을 그윽이 바라보기를 좋아했다. 지상의 천사와 다름없는 아기가 자신의 눈동자 속에 내 모습을 담아준다는 사실이 무척 행복했다.

나는 나의 그런 행복을 글로 표현하고 싶었다. 그러나 좋은 글을 쓸 능력이 부족한 나로서는 글로 표현하기가 힘들었다. 더구나 아기의 눈동자 속에 비친 내 모습을, 또 내 눈동자 속에 비친 아기의 모습을 무슨 말로 표현한단 말인가. 아무리 생각해도 마땅히 표현할 낱말이 떠오르지 않았다. 그저 그런 생각만 하고, 아기가 자라 초등학교에 입학할 때까지 아기의 눈동자 속에 내가 비치던 그 행복했던 순간들을 까마득히 잊고 말았다.

그러던 어느 날, 무심코 국어사전을 뒤적이다가 '눈부처'라는 말을 발견하고 놀라 무릎을 탁 치고 말았다. 눈부처란 말은 눈동자에 비치어 나타난 사람의 형상이라는 뜻으로, 아기의 눈동자에 비친 내 모습을 표현하기 위해 찾아 헤매던 바로 그 낱말이었다.

눈부처! 이 얼마나 아름다운 말인가. 우리 선인들은 어찌 이런 말까지 생각해내었을까. 일찍이 어떤 선인이 있어 아기의 눈동자에 비친 자신의 모습을 그려내려고 고심하다가 문득 이런 말을 쓴 것이 아닐까. 한 사람의 눈동자 속에 비친 또 한 사람의 모습을 눈 속에 앉아 있는 부처로 표현한 선인의 마음이 내 마음속 깊이 퍽이나 아름답게 전달되었다.

〈눈부처〉는 그래서 쓰인 시다. 눈부처란 말을 모르고 있는 사람들에게 이렇게 아름다운 우리말이 있다는 것을 널리 알리고 싶은 마음으로, 죽은 말로 사전 속에서나 기록될 것이 아니라, 계속 언중言衆에 의해 살아 있는 말로 쓰이기를 갈구하는 마음으로 이 시는 쓰였다. 사어死語가 된 말을 다시 찾아내어 그 말에 옷을 입히고 새로운 생명과 향기를 부여하는 일이야말로 시인이 해야 하는 일이 아닐까.

진실로 사랑하는 사람의 눈동자에 비친 자신의 모습, 또는 자기 자신은 비록 볼 수 없으나 자신의 눈동자에 비친 사랑하는 사람의 모습을 제대로 표현할 길이 없어 그저 막막하기만 한 사람들은 앞으로는 이 '눈부처'라는 말에 관심을 기울이길 바란다. 사랑하는 연인들이 '나는 당신의 눈부처가 되고 싶다'고 했을 때 그것은 곧 '나는 당신을 사랑한다'는 말이 되지 않겠는가.

한 사람의 눈부처가 되기 위해서는 그 사람과 일생을 같이해야만 가능하다. 한 남자가 한 여자에게 '나는 일평생 당신의 눈부처가 되고 싶습니다. 나와 결혼해주십시오' 하고 말하면, 이 얼마나 멋진 구혼의 고백인가.

종소리

사람은 죽을 때에
한번은 아름다운 종소리를 내고 죽는다는데
새들도 죽을 때에
푸른 하늘을 향해
한번은 맑고 아름다운 종소리를 내고 죽는다는데
나 죽을 때에
한번도 아름다운 종소리를 내지 못하고
눈길에 핏방울만 남기게 될까봐 두려워라
풀잎도 죽을 때에
아름다운 종소리를 남기고 죽는다는데

무엇을 위하여 종은 울리나

종은 외로운 존재다. 종각에 외롭게 매달려 누군가가 자기를 힘껏 때려주기만을 기다린다. 누가 강하게 때려주어야만 종은 제 존재의 소리를 낼 수 있다. 종은 아무리 고통스러워도, 온몸에 아무리 상처가 깊어가도 누가 종메로 힘껏 때려주기만을 기다린다. 만일 때려주기를 더 이상 기다리지 않는 종이 있다면 그것은 이미 종이 아니다. 아무도 치지 않는 종은 이미 종으로서의 존재 가치가 없다.

서울 종로 보신각종도 1년 내내 누군가가 자기를 힘껏 때려주기만을 기다린다. 외롭게 도심 한가운데에서 온갖 소음과 먼지에 파묻혀 한 해가 저물고 새해가 다가오기를 기다린다. 새해를 맞이하는 시민들이 자기를 힘껏 때려주어야만 비로소 제야의 종소리를 울린다.

만일 보신각종이 오랜 기다림 끝에 찾아온 고통의 순간을 견디지 못한다면 새해의 경건한 기쁨은 오지 않는다. 해마다 새해의 밤하늘에 맑고 깨끗한 종소리가 멀리 울려 퍼지는 까닭은 종 스스로 오랜 외로움과 기다림의 고통을 견뎌내기 때문이다.

지금의 보신각종은 1985년에 새로 만든 종이다. 원래 있던 종은 금이 가 국립중앙박물관에 옮겨놓았다. 그때 그 종을 만든 종장이께서는 "금이 가고 깨어진 종을 종메로 치면 깨어진 종소리가 나지만, 완전히 깨어진 종의 파편을 치면 맑은 종소리가 난다"는 수필을 한 편 썼다.

나는 그 글을 읽고 큰 감동을 받아 내가 버린 과거라는 고통의 파편들을 다시 주워 모았다. 산산조각 난 내 인생이라는 종의 파편 하나하나마다 맑은 종소리가 난다는 사실은 내 인생의 고통을 소중하게 여기는 하나의 계기가 되었다.

법정스님께서는 "종이 깨어져서 종소리가 깨어져도 종이다"라고 말씀하신 적이 있다. 아무리 깨어진 종이라도 종소리를 울리는 한 종이라는 말씀이다. 내가 아무리 못나도 못난 그대로 나 자신이라는 뜻이다. 스님께서는 또 "종소리에는 종을 치는 사람의 염원이 담겨 있느냐 안 담겨 있느냐가 문제"이며, "종 치는 사람의 염원이 담겨 있다면 그 소리를 듣는 사람에게 전달된다"고도 말씀하셨다.

나는 우연한 기회에 강원도 양양에 있는 낙산사洛山寺 범종을 잠깐 쳐보았다. 주지 정념스님께서 2005년 식목일 날 화마에 불타버린 종각도 새로 짓고 동종銅鐘 또한 새로 마련해 달아놓으셨는데, 내가 그 종을 손으로 어루만지자 "쳐보고 싶으면 한번 쳐보라"고 하셨다. 두려웠지만 종메로 종을 힘껏 치자 종소리가 널리 동해 바다로 울려 퍼졌다. 종을 치면서 우리 시대와 내 인생의 평화를 염원했는데, 그 염원이 햇살이 쏟아지는 바다의 잔잔한 파도처럼 눈부셨다.

그리고 산불에 녹아내린 낙산사 동종의 모습도 만나볼 수 있었다. 의상기념관義湘紀念館 유리 상자 안에 보관된, 동종의 녹아내리다 만 모습은 흉측하고 처참했다. 종의 기능을 상실한, 타다 만 쇳덩어리에 불과했다. 그렇지만 500여 년 동안이나 널리 울려 퍼졌던 동종의 종소리만은 그대로 살아 있다고 생각했다. 비록 종은 화마에 녹아내렸지만, 종소리에 실어 보낸 수많은 이들의 염원마저 녹아내린 것은 아니기 때문이다.

법정스님께서는 "인간의 말은 침묵에서 나와야 하고, 침묵을 배경으로 삼지 않은 말은 소음에 불과하다"는 말씀도 하셨다. 시 또한 마찬가지다. 시는 침묵에서 나와야 하고, 침묵을 배경으로 삼지 않은 시는 이미 시가 아니다. 불타버린 낙산사 동종의 침묵, 그 침묵에서 나오는 종소리야말로 바로 내가 지향해야 할 시의 세계다.

나도 인간이라는 하나의 종이다. 종은 누가 자기를 힘껏 때려주지 않으면 종소리를 내지 못한다. 그런데 종은 종메가 자기를 힘껏 때리면 아플 것이다. 무척 고통스러울 것이다. 실은 종소리는 종의 고통의 소리다. 그러나 그 소리는 너무나 아름답다. 고통에서 우러나온 인내의 소리이기 때문이다. 나도 누군가가 나를 때려주어야만 내 존재의 종소리를 낼 수 있다. 내 삶에 고통이 존재하는 것은 바로 하나의 종으로서 내 존재의 맑은 종소리를 내기 위해서다.

나는 지금까지 나를 타종해온 내 인생의 종메를 원망하고 두려워하며 살아온 것은 아닌지, 종메는 나로 하여금 아름다운 인생의 종소리를 내게 하기 위해 나를 때려온 것인데, 나는 그것을 모르고 분노하고 원망만 하고 살아온 게 아닌지 몹시 두렵다.

종은 누가 자기를 힘껏 때려도 두려워하지 않고 오히려 기뻐하고 감사한다. 나도 이제 그 타종의 고통을 두려워하지 말고 받아들이고 기뻐해야 한다. 누군가가 나를 종메로 거칠고 강하게 친다 해도 머리 숙여 감사해야 한다.

우리 선조들은 종 밑에 항아리를 묻었다. 지금도 영주 부석사浮石寺와 남해 금산 보리암菩提菴에 가보면 범종 밑에 항아리가 묻혀 있다. 그 항아리는 제 몸을 통과하는 고통의 종소리를 맑고 아름답게 여과시키는 음관의 역할을 한다. 내가 이 시대의 종이 되지 못한다면 종 밑에 묻힌 항아리라도 되어야 한다. 우울한 이 시대의 종소리를 맑게 변화시키는 음관의 역할이라도 해야 한다.

언젠가 순천 송광사松廣寺에 들렀다가 정오가 되자 울리는 종소리에 그대로 발걸음을 멈춘 적이 있다. 송광사의 종소리는 내 가슴속으로 끊임없이 맑게 울려 퍼졌다. 그때 문득 김수환 추기경의 운구행렬이 빠져나가던 정오에 울렸던 명동성당의 종소리가 떠올랐다. 순간, 나도 모르게 눈물이 핑 돌았다. 산사의 종소리든 성당의 종소리든 종소리는 꽉 막힌 내 가슴의 길을 열어주고 먼지가 가득 쌓인 내 영혼의 공간을 눈물로 깨끗이 청소해주었다.

그동안 당신의 인생은 외로웠는가. 당신은 인생이라는 종루에 매달려 무엇을 기다렸는가. 보신각종처럼 아니면 어느 산사의 범종처럼 당신은 누가 때려주기를 기다리는 숭고한 기다림의 자세를 지녀보았는가. 내가 하나의 종이라면 내 외로움의 고통은 당연하다. 산사에 고통의 종소

리가 울려 퍼지지 않으면 산사가 아름답지 않듯이 내 인
생에 고통의 종소리가 울리지 않으면 내 인생은 아름답지
않다.

정채봉

동화를 쓰면서
촛불처럼 살려고 했습니다
그런데 차가운 겨울바람이
촛불을 훅 꺼버렸습니다
고맙습니다
촛불은 꺼진 뒤에야
꺼지지 않는 촛불이 됩니다

'어린 왕자' 같은 동화작가 정채봉

1

정채봉丁埰琫 형을 입관하던 날, 나는 형의 임종을 보지 못했기 때문에 마지막으로 형의 얼굴이라도 보고 싶어 입관실 문을 열고 들어갔다. 수의를 입은 채 말없이 입관대 위에 누워 있는 형의 얼굴은 참으로 평온했다. 살아 있는 동안의 모든 고통을 다 떨치고 인간으로서 가장 아름답고 평온한 잠을 자는 것 같았다.

관 뚜껑이 덮이고 나자 나는 손가락으로나마 형의 관을 두드려보고 싶었다. 관뚜껑을 닫은 뒤 '탕!' 하고 관을 두드렸을 때 나는 소리의 청탁淸濁에 따라 그 사람의 일생을 평가할 수 있다는 옛 어른들의 말씀이 생각났기 때문이다. 형의 관을 두드렸다면 무슨 소리가 났을까. 아마 산사의 맑은 종소리가 났을 것이다. 아니면 솔바람 소리나, 노을 지는 강가를 거니는 물새들의 고요한 발소리가 들렸을 것이다.

형은 곧잘 나더러 '족보에 없는 동생'이라고 말했고, 나 또한 그를 '족보에 없는 형님'이라고 생각했다. 크든 작든, 힘들든 힘들지 않든 나는 형이 부탁하는 일을 거절한 적이 없었고, 형 또한 내가 부탁하는 일은 무슨 일이든 다 들어주었다. 형이 발병하기 전까지만 해도 매년 제야의 밤이 되면 꼭 만나 소주잔을 나누면서 살아온 날들과 살아갈 날들을 두런두런 이야기하곤 했다.

지금 생각해보면 형과 함께 수원에서 살던 1980년대 초반 무렵이 형에게나 나에게나 가장 즐겁고 행복했던 시절이 아닌가 싶다. 어느 날 형은 "동화 〈오세암〉을 쓰면서 수원에서 살 때가 가정적으로나 문학적으로나 가장 행복했던 시절이었다"고 말한 적이 있다.

당시에는 수원 화서역에서 전철을 내리면 논길을 따라 족히 20여 분은 걸어가야 형 집이 나왔다. 한번은 형이 술에 취해서 무논에 사는 물고기 한 마리를 신고 있던 구두짝에다 물하고 같이 찰랑찰랑 넣어서 집으로 돌아온 적이 있다.

"논둑을 걸어가는데 말이야, 달빛이 참 고와. 아, 그런데

논에 피라미 같은 녀석들이 있잖아. 그래서 내가 한쪽 구두를 벗어 한 마리 떠왔지."

그런 말을 하며 머쓱 웃던 형의 맑은 미소를 잊지 못한다. 아무리 술에 취했기로서니 신고 있던 구두에 피라미를 넣어 달빛 아래 맨발로 걸어갈 사람이 어디 있겠는가. 이렇게 형은 동심을 잃지 않은 '어린 왕자' 같은 사람이었다.

그렇다. 형은 더러운 어른들의 마음에 깨끗한 어린이의 마음을 회복시키고 유지시켜준 사람이다. 사물의 동심을 발견할 수 있었던 그의 눈은 그 얼마나 깊고 맑았는가. 돌멩이 하나에서 흰구름 한 조각에 이르기까지 사물이 지니고 있는 동심을 형은 놓치지 않고 소중히 간직했다가 우리에게 넌지시 전해주었다. '어린아이와 같은 마음이 아니면 천국에 들어갈 수 없다'는 성경 말씀이 내일의 천국을 위한 말씀이 아니라 오늘의 천국에 대한 말씀이라면, 형은 끊임없이 한순간도 놓치지 않고 '동화 세상'을 추구함으로써 우리로 하여금 현세에서 천국을 생활할 수 있는 기쁨을 주었다.

나는 형의 종생 부근을 오랫동안 가까이 지켜보면서 몇 가지 교훈을 얻게 되었다. 사람은 잘 사는 것도 중요하지만 어떻게 성실하게 잘 죽는가 하는 문제가 더 중요하며, 만남보다 헤어짐이 더 중요하다는 것을 알게 되었다.

형은 간암 수술 후 "허명에 쫓기어 나 자신을 돌아보지 못한 잘못이 크다. 친구들은 이런 아픔이야말로 내 문학의 세계가 더욱 깊어지고, 나 자신을 더욱 진지하게 만들 수 있는 계기가 될 것이라고 했다. 이제 욕심 부리지 말고 일상생활에 최선을 다하는 모습을 지녀야겠다"고 말한 적이 있다.

죽음이란 보고 싶을 때 볼 수 없는 세계다. 이제 형을 보고 싶어도 볼 수가 없다. 그저 마음의 눈으로 볼 수밖에 없다. 다행히 우리에겐 그가 남긴 동화가 있다. 나는 이제 형을 마음속으로 사랑하는 일 외엔 더 이상 해드릴 게 없다. 엄마 얼굴도 모르고 자란 형은 살아서도 불쌍했는데 죽어서도 불쌍하다. 생전에 형의 사후에 대해 형이 원하는 대로 많은 일을 해드리기로 굳게 약속했는데, 이제 현실적으로 그 어느 것 하나 해드릴 수가 없게 되었다. 이 점 형에게 깊이 사과드린다.

운주사 와불님 이야기가 있는 내가 쓴 장편동화《연인》과 시〈풍경 달다〉를 읽은 형이 "언젠가 완쾌되면 운주사 와불님을 같이 뵈러 가자"고 해서 굳게 약속했으나 결국 가지 못했다. 그렇지만 형은 지금쯤 보고 싶은 엄마하고 운주사 와불님 곁에 누워 솔바람 소리를 들으며 흘러가는 흰 구름을 바라보고 있을 것이다.

2

호승 아우께.

새천년을 함께 숨 쉬게 되어 얼마나 은혜로운지 모르겠네. 마음의 평화와 글 농사가 더 잘되는 새해이기를 주님께 기도드리네.

1999년 세밑에.

이 글은 정채봉 형이 그의 에세이집《눈을 감고 보는 길》을 내게 건네주면서 책머리에 써놓은 글이다.

정말 그랬다. 나는 새천년을 채봉 형과 함께 숨 쉬게 되었다는 사실이 그렇게 기쁠 수가 없었다.

1998년 11월 어느 날이었다. 창 너머로 멀리 가을 산을 바라보고 있는데 형한테서 전화가 걸려왔다.

"호승아, 나 병원에 입원을 좀 하게 되었는데, 너무 걱정하지 마. 나중에 또 연락할게."

형은 평소와 다름없는 목소리로 몇 마디 짧게 이야기하고는 전화를 끊었다. 나는 형이 나중에 내가 다른 사람을 통하여 입원 사실을 알고 걱정할까 봐 미리 한 전화라고 생각돼, 형의 말대로 아무 걱정도 하지 않고 무심하게 지냈다. 그런데 몇몇 가까운 이들한테 알아보니 그게 아니었다. 형이 간암으로 병원에 입원해 있다는 거였다.

덜컥 내려앉은 가슴을 부여안고 당장 형을 찾았다. 형은 서울아산병원의 한 병실에 입원해 있었다. 입원실 문 앞에 '면회사절' 패찰이 붙어 있었으나 나는 문을 열고 들어갔다. 그리고 그날부터 형이 퇴원할 때까지 두어 달 동안 간병인 역할을 하며 형과 많은 시간을 함께 보냈다. 형은 울지 않았지만 나는 울었고, 형은 회생의 의지가 강했지만 그런 형을 바라보는 나는 약했다.

지금도 잊히지 않는 것은 수술 후 중환자실에 있던 형을 면회 갔을 때의 일이다. 난생처음 들어가본 중환자실은 죽음의 공기가 냉랭히 감도는 그야말로 '죽음을 기다리는 집'이었다. 형은 온몸에 온갖 의료기기가 연결돼 꼼짝달싹하지 못했다. 그런데 그런 고통 가운데서도 뜻밖에 형의 눈빛은 맑고 고요했다. 형은 나중에 다시 입원실로 옮겨지고 나서야 "마치 지옥에서 천국으로 온 것 같다"고 말했는데, 그때 중환자실에서 본 형의 맑고 투명한 눈빛이 지금도 잊히지 않는다.

그리고 또 하나 잊히지 않는 것은 새벽에 입원실에서 형과 함께 바라본 지하철 전동차의 불빛이다. 성내역에서 강변역으로, 혹은 그 반대로 눈덮인 한강을 가로질러 가는 전동차의 연분홍 불빛을 형과 나는 새벽에 일어나 말없이 바라볼 때가 있었다. 우리는 그때 서로 아무 말도 하지 않았지만, 지하철을 타고 어디론가 갈 수 있다는 것만으로도 큰 행복이며 축복이라는 것을 알 수 있었다.

이렇게 아픈 형 곁에 잠시 머물러 있을 때, 나는 내가 아플 때 내 곁에 머물러주었던 형의 모습을 떠올렸다. 그때 형은 내게 말했다.

"호승아, 지금 네가 받는 고통이 실타래와 같다고 한번 생각해봐라. 다 뭉쳐진 실타래는 더 이상 뭉쳐지지 않고 풀릴 일만 남았다. 그러니 너무 힘들어하지 말고 참고 기다려라."

삼십 대 초반에 나는 형의 이 말을 듣고 큰 위안을 받았으며, 고통에 대한 인내의 힘을 기를 수 있었다. 그래서 나도 암세포와 싸우며 잠 못 이루는 형에게 마음속으로 말했다. 이제 형에게도 '실타래'가 풀릴 일만 남았지 더 이상 감길 일은 없다고.

결국 형의 그 '고통의 실타래'는 풀려, 형은 퇴원도 하고 이사도 하게 되었다. 형이 북한산 인수봉 아랫동네인 우이동으로 이사하는 날, 나는 몇 점 이삿짐을 나르다가 형에게 말했다.

"형, 이제 이 집에서 건강도 되찾고, 시도 좀 써서 나랑 공동 시집 한번 냅시다."

나는 내가 한 이 말을 곧 잊어버렸다. 그런데 형은 그 말을 잊지 않고 있었다. 어느 날 메모지에 또는 찢어진 종이쪽지에 연필이나 볼펜으로 쓴 시 뭉치를 내게 건네주었다. 형은 내 말을 화두로 삼아 잊지 않고 틈날 때마다 아무 종이에나 시를 썼고, 그 시가 묶인 게 바로 형의 첫 시집이자 마지막 시집이 되고 만 《너를 생각하는 것이 나의 일생이었지》다.

나는 형의 시를 읽으면서 울고 말았다. 형은 병원에서 아플 때는 정작 울지 않으면서도 북한산 산그늘에 앉아 시를 쓰면서는 울고 있었다. 다른 시들도 그렇지만 특히 〈엄마가 휴가를 나온다면〉을 읽고 내 가슴은 눈물로 가득 찼다. 얼마나 엄마가 보고 싶었으면 그런 시를 썼을까. 얼마나 삶이 고단했으면 지천명知天命의 나이에도 엄마를 부를까 싶어 목이 메었다. 특히 '한 번만이라도/ 엄마!/ 하고 소리 내어 불러보고/ 숨겨놓은 세상사 중/ 딱 한 가지 억울했던 그 일을 일러바치고/ 엉엉 울겠다'고 한 부분에서는 그만 내 가슴 밖으로 눈물이 뚝 떨어졌다. '숨겨놓은 세상사 중 딱 한 가지 억울했던 그 일'이 무엇인지 나름대로 짐작되지 않는 바도 아니어서 눈물은 좀처럼 그치지 않았다.

형의 엄마는 형을 열여덟 살에 낳고 스무 살에 돌아가

셨다. 그래서 형은 엄마의 얼굴도 모른다. 형은 할머니를 엄마라고 생각하고 할머니 품에서 자랐다. '날이면 날마다 엄마가 보이지 않으면 마구마구 울어서 엄마하고만 있겠다'고 쓴 시 〈아기가 되고 싶어요〉를 보면 엄마에 대한 형의 간절한 그리움이 잘 나타나 있다.

형이 이렇게 아기의 심정이 되어 엄마를 간절히 부르게 된 것은 병마를 통해 生生과 死死를 넘나들었기 때문이다. 형은 그때 이 세상에서 가장 보고 싶은 사람이 엄마였을 것이다. 그때만큼 엄마가 보고 싶을 때가 없었을 것이다. 그래서 결국 시를 통해서나마 엄마를 간절히 불러보았을 것이다.

형이 남긴 단 한 권의 시집 《너를 생각하는 것이 나의 일생이었지》는 삶과 죽음의 세계를 넘나들었던 한 동화작가의 삶에 대한 통찰의 결정체다. 나는 형의 시집에서 바닷물이 다 마르고 난 뒤에 남은 소금 분말을 본다. 염부들은 염전에서 소금이 나는 것을 하늘에서 '소금이 내렸다'고 말한다. 마찬가지로 나도 형의 시들을 '형이 썼다'고 말하고 싶지 않다. '시가 내렸다'고 말하고 싶다.

나는 형의 시에서 인생의 사리가 영롱하게 빛나는 것을 본다. 부젓가락으로 인생의 사리를 한 알 두 알 건져 올리는 형의 경건한 손길을 본다. 그리고 그 사리를 가난한 우리의 입 안에 보리쌀처럼 넣어주는 형의 아버지 같은 모습을 본다. 말없이 붉은 노을을 바라보며 피리를 부는 형의 침묵을 본다.

형의 시집은 침묵의 언어로 빚어진 '침묵의 시집'이다. 말을 하지 않음으로써 할 말을 다하는, 단 한 번 사랑함으로써 평생을 사랑하는 '사랑의 시집'이다. 형의 시집을 읽으면 인간의 사랑과 고통에 대한 이해와 긍정의 불빛이 새어나와 우리의 방 안을 환히 밝힌다. 인생이 얼마나 아름다운 것인지, 사랑이 얼마나 소중한 것인지 우리는 그 불빛이 이루는 그림자 아래 모여 앉게 된다. 사랑을 하게 되면 우리들 각자 '슬픈 지도' 하나씩 지니게 된다는 것을, '바라보는 것만으로도 행복'이며 '기다리는 것만으로도 내 세상'이라는 것을, 모래알 하나를 보고도 너를 생각함으로써 '너를 생각하는 것이 나의 일생이었다'는 것을 이해하고 긍정할 수 있게 된다. 그뿐 아니라 '이 세상의 먼지 섞인 바람 먹고 살면서 울지 않고 다녀간 사람은 없으므로' 더 이상 울지 말라고 위로하는 위안의 말 또한 들을 수 있게 된다.

형은 프란치스코 성인의 영혼이 깃들어 있는 시인이다. 유월의 '들녘에서 풀잎 하나라도 축을 낸다면 들의 수평이 기울어질 것이므로' 애서 발견한 네잎클로버 이파리

하나마저 차마 따지 못하는 시인이다. 비록 그의 육체에 인간적인 약점과 실수의 흔적과 고통의 상처가 깊게 패여 있다 하더라도 그의 영혼만은 꽃과 새와 풀잎과 바람과 이야기하던 프란치스코 성인의 영성이 깃들어 있다.

나는 정채봉 형을 단 한 번도 시인이 아니라고 생각해 본 적이 없다. 시의 마음이 바탕에 깔리지 않으면 동화를 쓸 수가 없다. 형은 '제33회 소천아동문학상'을 받는 자리에서 '중요한 것은 눈에 보이지 않는다'는 생텍쥐페리의 말을 인용해서 "눈에 보이지 않는 메시지를 눈에 보이는 세상으로 보내주는 것이 문학"이라고 말함으로써 수상소감을 대신한 적이 있다. 따라서 우리는 이제 형의 시집을 통해서 눈에 보이지 않는 중요한 것을 보게 되었다.

사람은 누구를 만나느냐에 따라 인생이 달라진다. 내가 내 친형제 다음으로 이승에서 만나 인생이 달라질 만큼 형제애를 나눈 이가 있다면 바로 정채봉 형이다.

형은 "죽어서 다음 몸을 받는다면 물새가 되겠다"고 했다. 나도 죽어 다음 몸을 받는다면 물새가 되고 싶다. 물새가 된 형과 함께 어느 물 맑은 강가를 거닐며 전생에 있었던 이야기를 도란도란 재미있게 나누고 싶다.

볼 수 없지만 보고 싶은 동화작가 정채봉. 그는 나를 '족보에 없는 동생'이라고 말했다.

먼 길 떠나시는 채봉 형님에게

채송화 채 봉선화 봉
채봉 형님
폭설이 내린 지금
어디쯤 걸어가고 계십니까?
혹시 신발은 신고 가십니까?
입원실 침대 밑에 둔 형님의 구두
언제 다시 신으실까 궁금했는데
그 구두 신고 지금쯤 성내역으로
새벽 별빛 바라보며 전철을 타러 가십니까?
전철이 지나가는 방죽 길을 함께 걸으며
형님이랑 붕어빵을 사먹고 싶었는데
이제 그 붕어빵도 사먹지 못하고
《멀리 가는 향기》의 향기이신
당신의 이름만 불러봅니다

채송화 채 봉선화 봉
채봉 형님
혹시 지금 어느 바닷가에 서 계시는지요?

형님을 키워주신 할머니 치맛자락을 붙들고 서서
소년처럼
하염없이 수평선만 바라보고 계시는지요?

아아, 알겠습니다
말씀 안 하셔도 잘 알겠습니다
지금쯤 형님은
형님이 일생을 다해 보고 싶었던 엄마를
얼굴도 모르는 엄마를
청솔가지 타는 내음만 남기신 그 엄마를
만나고 계시겠지요

하늘나라에 계신 엄마가 하루라도 휴가를 얻어 오신다면
세상사 가장 억울한 일 한 가지를 일러바치고
엉엉 울겠다고 하신 형님

지금 그토록 보고 싶던 엄마를 만나
엄마 품에 안겨

젖가슴을 만지고
엄마!
하고 소리 내어 불러보고
숨겨 놓은 세상사 중 가장 억울했던 그 일을 일러바치고
엉엉 울고 계시겠지요

형님
이제 울지 마세요
이 세상 먼지 섞인 바람
먹지 않고 살면서
울지 않고 다녀간 사람은 없다고
세상사 다 그런 거라고
울지 말라고 소리치던 형님

형님의 그 말씀대로
우리들은 울지 않는데
형님이 우시면 어떡합니까
백두산 같이 웅장한 산도

천지라는 눈물샘을 안고 있다는 것을 형님도 잘 아시잖아요
지금 보세요
눈물이 흐르는 형님의 야윈 뺨을
성모님이 손수건을 꺼내 닦아주고 계십니다

형님은 이제 아기가 되셨습니다
보고 싶던 엄마 앞에서
도리도리 짝짜꿍을 하고 계십니다
자장자장 불러주는 엄마의 자장가에
그만 콧물을 쬐끔 내놓은 채
달디단 잠이 깊이 드셨습니다

이제 잠에서 깨어나시면
따스한 엄마품속에서
형님이 못다 이룬 동화세상을 만드십시오
형님이 지금까지 쓰신 순수 창작동화는
모두 아흔일곱 편입니다
이제 못다 쓴 동화는 엄마 곁에서 쓰십시오

사람은 죽어도
동심은 죽지 않잖아요
동심이 이 세상을 구원할 수 있도록
가끔 베스트셀러도 내십시오

저는 형님을 바라보는 것만으로도 행복했습니다
저는 형님을 생각하는 것만으로도 늘 마음이 든든했습니다
이제 바람에 흔들리는 풀잎 하나를 보고도
형님을 생각하겠습니다
형님을 생각하는 것이
저의 일생이 되도록 하겠습니다
형님과 저 사이에 피보다 진한 뭔가가 흐른다고 하신 말씀을
늘 잊지 않겠습니다

형님은 죽어 물새가 된다고 하셨으니까
저도 죽어 물새가 되어
형님과 함께 물 맑은 강가를 거닐겠습니다
이승에 있었던

재미있던 일들을 도란도란 밤새워 형님과 얘기하겠습니다

부디 그때까지 몸 건강히 안녕히 계십시오

우리를 사랑하는 일이

당신의 일생이 되신

채송화 채 봉선화 봉

채봉 형님

- 2001년 1월 11일 목요일 새벽 호승 올림

"동심은 세상을 구원한다"

동화작가 정채봉 형이 간암으로 세상을 떠난 지 20년이 돼가지만 지금도 그의 종생 무렵을 잊을 수 없다. 나는 채봉 형이 별세하기 서너 달 전부터 그를 간병하게 되어 병실에서 밤을 함께 보낸 일이 잦았다. 보호자용 의자에 몸을 누이고 있다가 조금이라도 움직이는 기색이 보이면 얼른 일어나 이런저런 그의 요구를 들어주었다. 밤중에 내가 일어나는 일이 잦으면 형은 "호승이는 참 잠귀가 밝아"하는 말로 미안한 마음을 대신하곤 했다.

그런 어느 날 나는 회진을 하고 나가는 주치의에게 병실 복도에 서서 "도저히 가망이 없느냐"고 단도직입적으로 물어보았다. 주치의는 말없이 고개를 끄덕였다. 주치의의 눈빛은 채봉 형이 회복할 수 없다는 것은 이미 기정사실이라는 뜻을 담고 있었다.

가슴이 무너지는 듯했다. 이대로 형을 보내야 한다는 깊은 절망감도 절망감이지만 '이제 남아 있는 이승의 시간이 얼마 남지 않았다. 형도 죽음을 준비해야 한다'는 말을 누가 어떻게 형에게 하느냐는 게 커다란 숙제였다. 주치의는 채봉 형에게 그런 말을 하지 않고 있었다. 의사가 이미 회생할 수 없다고 판단한 사실을 다들 알고 있었으나 누구 하나 그에게 죽음을 준비하라는 말을 할 수 없었다. 채봉 형 또한 삶에 대한 의지가 그 어느 때보다 강해 좀처럼 죽음을 인식하려 드는 것 같지 않았다.

나는 가끔 휠체어에 그를 태우고 병실 복도를 왔다 갔다 했다. 그날도 그를 휠체어에 태우고 한강이 내려다보이는 병동 창가에 서서 한참 동안 푸른 강물의 물결을 함께 바라보았다. 멀리 철교 위로 전철이 소리 없이 지나가는 모습이 보였다.

"형, 빨리 회복해서 나랑 저 전철을 타야지."

형은 말이 없었다. 그냥 씩 웃기만 하고 막 꼬리를 감추고 사라지는 전철을 바라보았다. 나는 "빨리 회복해서"라고 한 말이 마음에 걸려 한참 입을 다물고 있었다. 그러다가 생각하지도 않은 말이 툭 튀어나왔다.

"형, 성모님이 형을 부르시면 어떡하지?"

나로서는 지극히 은유적인 표현이었다. 그러자 형이 천천히 고개를 들어 나를 올려다보면서 다소 슬픈 표정을 띠고 입을 열었다.

"그러면 성모님한테 가야지."

형은 그렇게 말하고 한참 동안 한강을 바라보며 말이 없었다. 나는 형이 성모님의 품 안에서 담담히 죽음을 받아들이고 준비하고 있다는 것을 직감했다. 이제 영원한 이별을 준비하지 않으면 안 될 때가 된 것이다.

"형, 나한테 뭐 특별히 부탁할 게 없어?"

형이 부탁하는 것이면 이제 무엇이든 들어줘야 할 때라고 생각되었다.

형은 휠체어에 앉은 채로 "정채봉아동문학상을 제정해달라"고 했다. 그러면서 "우리나라 아동문학상 중에서 상금이 가장 많은 상을 만들어달라"고 했다. "그러려면 돈이 있어야 되는데 인세를 모아 그 상의 기금으로 삼아달라"는 말도 덧붙였다.

그날 밤, 형은 그동안 발간했던 책 제목과 출판사 이름을 하나하나 기억해내어 불러주면서 내게 기록하게 했다. 형의 기억력은 놀라웠다. 미리 메모해놓은 것도 아니었는데 빠뜨리는 게 없었다. 나는 형이 불러주는 대로 형의 도서

목록을 정성껏 작성했다. 그리고 형이 부탁한 '정채봉아동문학상' 제정을 위해 최선을 다하겠다고 굳게 약속했다.

그러나 뜻하지 않은 여러 가지 사정으로 형과의 마지막 약속을 지키지 못했다. 내가 죽어 형을 만난다면 약속을 지키지 않았다고 질책을 받을까 봐 두렵다. 지금은 형을 사랑하는 다른 분들의 힘이 한데 모여 10주기를 기념해 우여곡절 끝에 '정채봉문학상'이 제정돼 큰 걱정을 덜었지만 그래도 형의 질책이 두렵지 않은 것은 아니다.

정채봉 형은 내 두 아이의 대부다. 첫째 아이 영민이는 군에 입대하기 전에 채봉 형께 인사를 하고 갔기 때문에 둘째 아이만 "대부님이 곧 돌아가시기 때문에 지금 만나러 가는 게 마지막 만남"이라고 이야기하고 병실로 데리고 갔다. 형은 "후민이가 이렇게 많이 컸니?" 하고 둘째 아이의 머리를 자꾸 쓰다듬었다. 아이는 '대부아빠'와 마지막 작별하는 순간이었으므로 별다른 말은 하지 못하고 그저 눈만 끔뻑끔뻑했다. 그런 순간을 지켜봐야 하는 나 또한 마음이 아파 눈만 끔뻑거렸다. 그래서 채봉 형이 떠나고 나서 〈대부아빠〉라는 제목으로 동시 한 편을 써보았다.

눈 내리는 날 아빠를 따라
정채봉 대부아빠가 계시는 병실로 갔다

대부아빠는 간암으로
살날이 며칠 남지 않았다고
마지막으로 인사를 해야 한다고 했다
배가 산처럼 부푼 대부아빠가
떨리는 손으로 힘없이 내 머리를 쓰다듬어주셨다
후민이 참 많이 컸구나
공부 잘하지?
성당엔 잘 나가니?
나는 대부아빠에게 아무 말도 못했다
눈물이 나오려고 해서
그냥 꾸뻑 인사만 하고 병실을 나왔다

오랜만에 이 동시를 다시 한번 읽어보니 더욱 마음이 아프고 새삼 채봉 형이 보고 싶다.

채봉 형은 함박눈이 펑펑 내리던 2001년 1월 9일 54세를 일기로 세상을 떠났다. 그날 발목까지 쌓인 눈이 내리면서 금세 얼어붙어, 영결식장으로 가는 길은 걷기 힘들 정도로 미끄러웠다.

나는 영결식 날 조시 〈먼 길 떠나시는 채봉 형님에게〉를 써서 낭독했다. 그날 조시를 낭독하고 그대로 서랍 속에 넣어둔 채 한 번도 꺼내보지 않았으나 오늘 다시 꺼내 읽어본다. 채봉 형에 대한 그리움에 먼 산이 더욱 멀다.

서울아산병원에서 채봉 형을 태운 영구차가 순천으로 막 출발하기 직전, 나는 형의 마지막 숨결이 머물던 영결식장을 잠깐 둘러보았다. 영결식장은 그새 텅 비어 있었고, 형의 영결을 장식했던 꽃들은 어디론가 막 실려 나가고 있었다.

채봉 형은 형의 할아버지가 묻혀 있는 순천 천주교묘지에 묻혔다. 묘지는 비탈지고 경사가 심해 형을 산중턱까지 운구하는 게 무척 힘이 들었다.

나는 형의 관이 땅속으로 안장되는 순간, 윗도리 호주머니 속에 넣어둔 조시 원고를 무덤 속으로 던져 넣을까 말까 망설였다. 그러나 끝내 던져 넣지 못하고 흙만 한 삽 떠넣었다. 굳이 그러지 않아도 형이 내 마음을 다 알리라는 생각이 들었기 때문이다.

그 후 오랜 세월 동안 형의 무덤을 찾아가지 못했다. 내 마음속에 형의 무덤은 늘 자리 잡고 있었지만 이런저런 이유로 찾아가지 못한 사이에 10년 세월이 훌쩍 지나버렸다. 그렇지만 형의 10주기만은 그냥 지나칠 수 없었다. 일부러 시간을 내 순천 지인들의 도움을 받아 가을 하늘이 눈부신 날 형의 무덤을 찾아갔다.

형이 묻힌 천주교묘지의 산 이름은 백운산이었다. 예전

에 운구 행렬이 올라가던 백운산 좌측으로 묘지 꼭대기까지 차 한 대가 겨우 올라갈 수 있는 길이 나 있었다. 그 길을 한참 올라가자 '아동작가 정채봉 묘지 가는 길'이라고 써진 낡은 표지판이 서 있었다.

나는 그 표지판이 가리키는 화살표 방향으로 부지런히 걸어갔다. 그러나 형의 무덤을 찾는 일은 쉬운 일이 아니었다. 천주교묘지임을 나타내는 대형 십자가 아래 오른쪽에서 일곱 번째 무덤이라고 정확히 위치를 기억하고 있었으나, 봉분이 드문드문했던 예전과 달리 산꼭대기까지 빼곡히 봉분이 들어차 있어 쉽게 찾을 수가 없었다.

그래도 이곳저곳을 한참 찾아 헤매다가 결국 형의 무덤을 찾았다. '1625' 묘지번호가 적혀 있고 음각된 작은 십자가 아래 '동화작가 정프란치스코(채봉)'이라고 새겨진 비석이 눈에 띄었다. 10년 만에 형을 다시 만난 듯 반가웠다. 형이 그동안 아무 일도 없었다는 듯 "어? 호승이 왔어?" 하고 일어나 반기는 것 같았다.

그러나 지하철 혜화역에 내려 형이 일하던 월간 〈샘터〉 편집실에 가기만 하면 만나던 형의 모습은 보이지 않았다. 나는 무덤 앞에 쪼그리고 앉아 비석만 자꾸 쓰다듬었다. 비석 앞면엔 '어두움에 빛을', 측면엔 '동심은 세상을 구원한다'라고 새겨진 글귀를 한참 들여다보았다. 임종할 때

"보다 더 빛을!"이라고 말했다는 괴테처럼 형도 어둠을 싫어한 것일까. 형은 이 어둠의 세상을 동화의 빛으로 밝히고 싶었던 것일까.

'그래 맞아, 형! 동심이 세상을 구원하는 거야. 사람들이 동심만 잃지 않는다면 우리가 이렇게 어둠 속에서 서로 짐승처럼 싸우진 않을 거야. 내 시의 바탕도 결국 동심이야. 동심을 잃으면 시를 쓸 수가 없어.'

형의 무덤을 위해 아무것도 준비해 간 것이 없어 무덤 주변에 핀 풀꽃을 한아름 꺾어 상석 위에 올려놓았다. 그리고 오래오래 그 풀꽃을 흔드는 늦가을 바람 소리를 들으며 생각했다.

'채봉 형이 세상을 떠난 나이는 54세. 한창 좋은 동화를 쓸 나이였어. 형의 문학이 더욱 무르익을 때인데 너무 이른 나이에 세상을 떠났어. 나는 지금 채봉 형보다 10년이나 더 넘게 살고 있잖아. 지금 형이 내 곁에 살아 있다면 그동안 아무한테도 말 못 했던 이야기도 하고 얼마나 좋을까.'

그날 나는 산을 내려와 순천만으로 가서 특별히 초가로 지어놓은 '정채봉문학관'에도 들렀다. 그곳에서 고향 순천 이야기를 하는 형의 동영상을 보고 형을 직접 만난 듯해서 반가웠다. 그러나 문학관을 돌아서는 마음의 발길은 무겁고 쓰라렸다.

몇 해가 지난 뒤에는 형의 생가가 있는 순천시 해룡면 신성마을에도 가보았다. 형이 다니던 충무초등학교는 폐교되어 황량했고, 할머니와 함께 살며 어린 시절을 보낸 집도 이미 폐가가 되어 있었다.

"호승아, 학교 운동장에서 공을 뻥 차면 공이 바로 바다로 굴러떨어진다니까!"

형은 내게 그런 말을 곧잘 했는데 마을 산중턱에 있는 초등학교 운동장에서 바다가 바로 보였다. 형의 말이 빈말이 아니었다.

신성마을 입구에는 몇몇 집 담벼락에 '정채봉길'이라는 아크릴 팻말이 붙어 있었다. 그 길을 따라 마을 안으로 깊숙이 걸어 들어가자 하늘색 페인트가 칠해진 낡은 대문이 있는 기와집 한 채가 나왔다. 그 집이 바로 형의 생가였다.

생가는 본채와 아래채가 기역자 형태를 지니고 있었고, 아래채 옆엔 소나 돼지를 길렀음직한 외양간이 있었다. 본채 기와지붕 너머 뒷산엔 푸른 대숲이 무성했다. 그런데 아래채 방 한가운데로 대나무가 구들장을 뚫고 높이 치솟아 있어 그것을 보는 내 가슴이 죽창에라도 깊이 찔린 듯했다. 분명 그 아래채 방에서 형은 공부하고 낮잠 자고 숙제하고 동화책을 읽고 했을 것인데 이제는 아무도 돌보는 이가 없어 황폐하고 쓸쓸했다.

그날 나는 형의 생가 마당에 서서 스무 살에 세상을 떠난 형의 어머니와, 그 어머니를 대신해서 형을 키우신 할머니를 생각했다. 형은 산문집 《스무 살 어머니》에서 해 질 무렵에 어머니가 그리웠다고 했다.

엄마.
끝으로 하나 고백할게요.
엄마가 못 견디게 그리울 때는 해 질 무렵이라는 것입니다. 엄마 나이 스물에 돌아가신 산소 앞에 가서 마흔이 넘은 나이로 가서 울고 온 적도 있으니까요.

나도 형에게 고백할 게 하나 있다. 해 질 무렵이면 나도 형이 그립고 보고 싶다. 해 질 무렵에 지하철을 타고 가다가 문득 형이 보고 싶어 견디기 어려울 때도 있었다. 형이 살아 있다면 〈샘터〉 편집실이 있던 혜화역으로 얼른 가서 형을 만나면 되는데, 형이 이 세상에 없으니 아무리 보고 싶어도 볼 수 없었다. '아, 죽음이란 아무리 보고 싶어도 볼 수 없는 세계구나' 하는 생각에 아득해지곤 했다.

그래도 나는 형이 보고 싶다. 지금 형이 살아 있다면 그 누구한테도 할 수 없는, 오직 형한테만 할 수 있는, 내 가슴 깊이 숨겨둔 이야기를 밤새도록 하면서 형의 충고를 들을 수 있을 텐데……. 아, 채봉 형이 지금 살아 있다면 내가 정말 좋을 텐데…….

나는 견딜 수 없을 정도로 살기 힘들 때마다 이런 생각을 하며 형을 그리워한 적이 한두 번이 아니다.

3부

지하철을 탄 비구니

그대 지하철역마다 절 한 채 지으신다
눈물 한 방울에 절 하나 떨구신다
한손엔 바랑
또 한손엔 휴대폰을 꼭 쥐고
자정 가까운 시각
수서행 지하철을 타고 가는 그대 옆에 앉아
나는 그대가 지어놓은 절을 자꾸 허문다
한 채를 지으면 열 채를 허물고
두 채를 지으면 백 채를 허문다
차창 밖은 어둠이다
어둠 속에 무안 백련지가 지나간다
승객들이 순간순간 백련처럼 피었다 사라진다
열차가 출발할 때마다 들리는
저 풍경소리를 들으며
나는 잃어버린 아내를 찾아다니는 사내처럼 운다
사람 사는 일
누구나 마음속에 절 하나 짓는 일
지은 절 하나

다시 허물고 마는 일

"1초 전이 전생입니다"

폭염이 계속되던 여름날 자정 무렵, 비구니 스님 한 분이 지하철을 타고 가고 있었다. 한손엔 바랑, 한손엔 휴대폰을 들고 전동차에 앉아 어디론가 자꾸 전화를 하고 있었다.

'이 밤늦은 시간에 저 스님은 어디에 전화를 하는 것일까. 이 시각에 절을 찾아가는 것은 아닐 것이고, 아마 오늘 하룻밤 신세 질 곳에 좀 늦겠다고 전화하는 것이 아닐까. 아니면 시집간 딸이 친정집 찾아가듯 출가한 뒤 처음으로 부모 형제가 기다리는 집으로 가는 것일까. 맞아, 분명 보고 싶은 사람, 사랑하는 사람한테 전화를 하는 걸 거야.'

지하철을 타면 나는 습관적으로 사람 구경을 한다. 무심코 눈길이 가는 이를 안 보는 척하고 관찰하면서 그 사람의 과거와 현재와 미래를 나 나름대로 상상하는 일은 재미있기도 하고, 남들과 달리 계속 휴대폰만 들여다보지 않아서 좋다.

그날은 자꾸 그 스님에게 눈길이 갔다. 젊음 탓이었겠지만 화장기도 없고 삭발을 했음에도 불구하고 갸름한 얼굴의 선이 맑은 아름다움을 느끼게 했다.

'이 꽃처럼 젊은 여성이 왜 무엇 때문에 출가했을까.'

스님 맞은편 자리에 앉아 있던 나는 궁금증이 일어 내내 그런 생각에 몰두하다가 문득 경북 청도 운문사雲門寺를 떠올렸다.

'이 스님은 운문사 승가대학 학인스님이 아닐까?'

운문사는 비구니 스님 300여 명이 공부하는 승가대학이 있는 절이다. 스님들은 여름이 되면 석 달 동안 하안거 수행에 들어가는데, 하안거 기간에 지하철을 타고 어디로 가는 것으로 봐서 학인스님이 여름방학을 맞아 잠시 집에 가는 것이라고 여겨졌다.

스님은 더 이상 통화를 하지 않고 휴대폰을 손에 꼭 쥐고 허리를 꼿꼿이 편 자세로 마치 참선 수행하듯 고요히 눈을 감고 있었다.

순간, 지하철 전동차 안이 갑자기 깊은 산사에서 스님들이 예불을 드리는 수행공간처럼 느껴졌다. 드문드문 앉아 있는 승객들 또한 참선에 들어간 스님들로 여겨졌다. 인생이라는 시간을 하나의 공간으로 전환시켜 생각해본다면 인생은 각기 나름대로 짓는 하나의 절이라는 생각이 들었다. 지금까지 살아오는 동안 나는 수없이 많은 절을 지었다 허물었을 것이다.

'사람 사는 일, 마음속에 절 하나 짓는 일, 지은 절 하나 다시 허무는 일……'

나는 내내 그런 생각을 하다가 수서역에서 내가 먼저 내림으로써 눈을 감고 있는 그 스님과 헤어졌다.

나에겐 1966년 고등학교 2학년 때 운문사 경내에서 친구들과 함께 찍은 사진이 한 장 있다. 당시 친구들과 여름방학 때 무전여행을 떠났는데 첫 행선지가 청도 운문사였다. 밀양 쪽에서 높이 1천 미터가 넘는 운문산을 하루 종일 어두워질 때까지 넘다가 평지가 나타나자 그곳이 어디인 줄도 모르고 탈진한 채 쓰러져버렸다. 기진맥진, 이대로 있다간 죽겠다 싶어 새벽에 눈을 떴다. 배낭을 뒤져 그 시절엔 귀했던 설탕을 한 움큼 꺼내 입에 털어 넣었다. 조금 기운이 나는 것 같아 텐트 밖으로 기어 나와 주위를 살펴보았다. 어디선가 산사의 종소리가 들렸다. 그곳은 바로

대구 대륜고등학교 2학년 여름방학 때 친구들과 무전여행을 떠나 청도 운문사에서. 오른쪽에서 두 번째에 좀 삐딱하게 웃으면서 서 있다.

운문사 소나무 숲속이었다. 갑자기 엄마 품에 안긴 듯 마음이 편안해졌다. 운문사는 이렇게 탈진해 쓰러진 나를 모성의 힘으로 살린 곳이다.

그 뒤 40여 년이 지나 '문학과 함께 하는 사찰기행'을 통해 운문사를 다시 찾게 되었다. 운문사 가는 길에는 '호거산운문사虎踞山雲門寺' '운문사승가대학雲門寺僧伽大學'이라는 글씨가 새겨진 두 석주石柱가 양쪽으로 높이 서 있었고 길 양쪽으로는 소나무들이 울울창창鬱鬱蒼蒼했다. 고등학생 때 내가 쓰러져 잠든 바로 그 소나무 밭이었다. 구부러진 소나무 아래에는 내 외할머니 같은 한 할머니가 젖가슴을 반쯤 드러낸 채 시원한 바람을 쐬고 있었다.

시가 침묵으로 이루어지고 부처님 또한 침묵으로 말씀하시듯 운문사는 아무 말이 없었다. 대신 지금은 주지스님이시지만 당시 교무스님이셨던 운산스님께서 나와 일행들에게 만세루萬歲樓에서 법문을 하시면서 "1초 전이 전생"이라고 말씀하셨다.

'아니, 1초 전이 전생이라니!'

나는 충격적인 이 말씀을 이해하기 어려웠다. 현생의 순간순간이 초단위로 전생으로 전환된다면 현생이 전생을 형성한다는 뜻이다. 그런데 나는 지금까지 전생이 현생을 형성한다고 여겨왔다. 이를테면 내가 어떤 이에게 억울한 일을 당했을 때 "내가 전생에 그 사람한테 뭘 크게 잘못한 일이 있었나 봐" 한다든지, 또 어떤 사람한테 속아 뜻밖에 큰 금전적 손해를 입었을 때 "전생에 내가 그 사람한테 빌린 돈을 안 갚았나 봐" 하고 생각했다. 그렇게 여김으로써 현생에서 일어난 부정적인 일을 긍정적으로 수긍하고 이해하려고 노력해왔다. 그런데 운산스님께서는 현생이 전생을 결정짓고 형성한다고 말씀하시는 게 아닌가.

"스님, 1초 전이 전생이라는 말씀이 무슨 뜻인지요?"

나는 일부러 스님의 가사 자락을 붙들고 그 뜻을 여쭤보았다.

"바로 한 생각 전이 전생이라는 뜻이지요."

스님은 온화한 미소를 지으며 더 말씀이 없으셨다. 그러나 "생각과 말이 행동을 낳기 때문에 항상 말과 행동이 올발라야 합니다" 하는 말씀을 덧붙이신 듯한 여운이 전해졌다.

나는 스님의 말씀을 온전히 이해한 것은 아니지만 스님의 말씀에 마음이 편안해지고 다시 시인으로 살아갈 용기가 솟았다. 그동안 전생은 어느 한 시공간에 형성돼 있는 부동의 것인 줄 알았으나 그게 아니었다. 전생도 끊임없이 변화하는 현재의 생과 연관되어 있었다. 지금 현재의 나의 삶이 바로 나의 전생을 형성한다는 것을 나만 모르고 있었던 것이다. 그래서 운산스님께서는 "이미 저지른 업은 할 수 없고, 지금이라도 업을 짓지 말아야 한다"고 말씀하신 것이다. 그동안 나는 시를 통하여 마음으로 짓는 업業, 의업意業을 얼마나 지었는지 시인으로서의 내 삶을 성찰하지 않을 수 없었다.

부족한 것은
소리를 내지만
그러나 가득 차게 되면 조용해진다
어리석은 자는 물이

반쯤 남은

물병과 같고

지혜로운 이는 눈물이

가득 담긴 연못과 같다

 -수타니파타

   그날 운문사를 떠나면서 나는 '불이문不二門' 게시판에
쓰인 이 글을 오랫동안 마음속으로 읽고 또 읽었다. 관음
전觀音殿에 홀로 단좌하고 있는 한 학인스님의 고요한 뒷모
습이 운문사에서 가장 아름다운 모습으로 여겨진 것은 바
로 이 글 때문이었을 것이다.

해우소

나는 당신의 해우소
비가 오는 날이든
눈이 오는 날이든
눈물이 나고
낙엽이 지는 날이든
언제든지
내 가슴에 똥을 누고
편히 가시라

"선암사 해우소에 와서 빠져 죽어라!"

2009년 여름, 선암사仙巖寺 해우소解憂所를 찾았을 때 마음먹은 일이 하나 있었다. 그것은 해우소에 들러 대변을 한번 보는 일이었다. 처음 해우소에 갔을 때 "몸속의 대소변만 버리지 말고 마음속에 있는 모든 번뇌와 망상까지도 버리라"는 말씀을 붓글씨로 써서 붙여놓은 것을 보고도 나는 소변만 보고 말았다. 그래서 늘 다음번에 해우소에 가면 대변을 꼭 한번 보리라 마음먹곤 했다.

선암사 해우소에 쭈그리고 앉아 시원하게 똥을 누면 소변을 볼 때와는 달리 미처 채 버리지 못한 온갖 번뇌와 망상이 모두 다 배출될 것 같았다. 지금까지는 '소변이라는 근심'밖에 배출하지 못했지만, 이번에는 아예 '대변이라는 번뇌와 망상'을 배출할 요량으로 일부러 아침에 화장실에도 들르지 않았다. 그런데 가는 날이 장날이라고 해우소는 마침 공사 중이었다. '선암사 주변 정비 사업의 일환으로 해우소 해체 보수 공사'한다는 공고판이 순천시장 명의로 세워져 있었다. '관계자 외 출입금지' 표지판도 눈에 띄었다.

적이 실망이 되었다. 10여 년에 걸쳐 몇 차례나 선암사에 들렀으나 해우소가 공사 중인 것은 처음이었다. 그러고 보니 해우소 입구 여기저기에 시멘트 포대가 쌓여 있고, 해우소를 나와 손을 씻을 수 있는 돌확도 쓰러져 나뒹굴고 있었다.

나는 좀 낭패한 기분이 들어 해우소에 들어가지 못하고 그 앞을 서성거렸다. 그때 마침 가슴에 '묵언默言'이라는 종이 팻말을 단정히 단 행자스님 한 분이 지나갔다. 그 스님을 붙들고 "해우소는 어떤 의미를 지닌 곳이냐"고 물어보았다.

"해우소는 정신적인 수행 도량입니다. 용변을 보면서도 한 번이라도 더 수행의 의미를 생각하라는 곳입니다. 저는 해우소에서 용변을 볼 때마다 〈천수경〉과 〈반야심경〉의 한 대목을 한번 더 생각하고, 어떤 의미가 있는가 다시 더 깊게 생각하면서 제 마음을 다스립니다. 그런 의미에서 해우소는 저의 소중한 수행 도량입니다. 저 자신과의 싸움, 저 자신의 모든 욕구와 불만을 다 내려놓고 다시 시작하라는 가르침이 있는 곳입니다. 어떤 의미에서는 성실히 수행해 남을 도울 수 있는 중이 되라고 큰 가르침을 주시는 또 한 분의 스승이지요."

스님은 해우소에 대해 깊은 의미를 부여했다. 그러면서 "선암사 해우소를 일반인들도 아주 좋아한다"면서 "눈물이 나면 기차를 타고 선암사 해우소로 가라는 시를 쓴 시인도 있다"고 덧붙였다. 뜻밖이었다. 선암사 스님한테 내가 쓴 시 이야기를 들으리라고는 미처 생각하지 못했던 나는 마치 자랑이라도 하듯 "스님, 그 시를 쓴 시인이 바로 접니다" 하고 말했다. 한순간 스님이 깜짝 놀라는 표정을 지었다. 스님한테 나를 내세우고 싶었다기보다 그만큼 해우소를 사랑하는 사람임을 말하고 싶었다.

선암사 입구 오른쪽 벽면에는 언젠가부터 내가 쓴 시 〈선암사〉를 한 스님이 판각한 나무판이 걸려 있었다. 나는 행여 그것이 해우소의 고유한 아름다움을 훼손하는 것은 아닐까 염려되기도 했지만, 스님의 말씀을 듣고 감사한 마음이 들었다.

선암사 해우소는 입구에서 보면 단층 건물처럼 보이지만 아래층에서 보면 2층 누각처럼 보인다. 나는 행자스님과 헤어지고 나서 보수공사로 출입이 금지된 해우소 위층 입구로는 들어가지 못하고 천천히 아래층 뒤편으로 내려갔다.

뒤편에서 본 해우소는 마치 위 칸과 아래 칸으로 이루어진 토담집 같았다. 벽은 흙과 돌로 돌담인 양 쌓아 올렸는데, 만일 이 해우소가 무논이 멀리 내려다보이는 산기슭에 있다면 영락없이 멋진 누각이었을 것이다. 좀 더 자세하게 설명하면 철凸자형 2층 구조로, 입구인 2층을 통해 걸어 들어가면 양쪽으로 남녀 뒷간이 구분돼 있고, 2층에서 본 대소변이 아래층에 떨어져 쌓이게 된다.

뜻밖에도 아래층 뒷문이 열려 있었다. 천우일회天佑一回의 기회였다. 2층에서는 누구나 해우소 안으로 들어갈 수 있지만 1층 대소변이 쌓이는 곳에는 아무나 들어갈 수 없었다. 나는 조금도 망설이지 않고 조심조심 그 안으로 발을 내디뎠다.

그곳은 바로 대소변이 떨어져 쌓이는 곳, 맨 밑바닥이었다. 처음엔 어두컴컴했으나 곧 실내가 훤하게 눈에 들어왔다. 바닥은 깨끗하게 치워져 있었고 한여름임에도 아무 냄새도 나지 않았다. 낙엽과 함께 켜켜이 인분이 쌓여 있던 곳이라고는 생각하기 어려웠다. 출입구와 위쪽 측면 입구에 있는 두 개의 문을 통해 맑은 바람이 솔솔 들어오고 햇빛이 길게 몸을 누이고 있었다. 일반인에겐 해우소 밑바닥을 적나라하게 들여다볼 수 있는 기회란 좀처럼 없으므로 보수공사 중인 게 오히려 다행이었다.

나는 한참 동안 그 안에 서 있다가 그만 가슴이 뭉클해졌다. 해우소 위층을 받치고 있는 시커먼 주춧돌과 구부정한 나무 기둥들의 그 숭고한 자태 때문이었다. 그 안에는 구부린 내 몸체만 한 바위 몇 개가 웅크린 채 놓여 있었고, 그 바위 위에는 나무기둥이 몇 개 서 있었는데, 그 기둥들이 위층의 모든 무게를 받치고 있었다.

그들은 얼마나 고통스러웠을까. 오랜 세월 동안 인간의 온갖 똥오줌을 뒤집어쓰면서 견뎌낸 인내의 힘은 무엇이었을까. 그것은 바로 희생과 사랑이 아니었을까. 낙엽이 없어도 해우소가 존재하지 못하지만 그 주춧돌과 기둥이 없어도 해우소 또한 존재하지 못하는 게 아닌가. 인간의 똥오줌 속에 자기 몸을 담그고 오랜 세월 동안 견디며 살아온 그들의 보시, 그 희생과 사랑을 생각하며 나는 내 삶의 해우소에 대해 생각했다. 나의 삶에 고통의 해우소를 받치고 있는 나무 기둥이 존재하고 있다면 그것은 바로 시라는 생각이 들었다. 시를 쓴다는 것은 어쩌면 내 인생의 해우소를 한 채 짓는 일인지도 모른다.

나는 해우소 1층 바닥에서 나와서도 얼른 발걸음을 옮

기지 못하고 그 앞을 서성거렸다. 그러다가 일면식이 있는 선암사 포교스님 전각田覺스님을 뜻밖에 만나 뵙게 되었다.

내가 왜 공사를 하느냐고 여쭙자 전각스님은 "보통 5년에 한 번 정도 해우소 보수공사를 하게 되는데, 이번에는 기둥 하나가 썩어 전체를 수리하게 됐다"고 했다.

세수世壽 일흔은 되신 듯한 전각스님의 처진 눈매가 마음을 푸근하게 해서 나는 또 말을 붙였다.

"스님, 변보는 걸 절에선 왜 '해우解憂'라고 하는지요?"

"잠시 잠깐이라도 근심 걱정을 내려놓아라 하는 뜻이지. 또 변을 보면 시원하지 않은가."

스님은 여전히 따스한 미소로써 말을 이었다.

"내가 사회에 있을 때는 변소를 'WC'라고 했어. 그걸 한자로 표기하면 '다불유씨多不留氏'야. 즉 '많이 머무르지 않는다'라는 뜻이야. 신진대사가 잘되어 소통이 잘되어야 한다는 뜻으로 해우소와 같은 뜻이잖는가. 그래서 나는 요즘 이런 생각을 하지. 살기가 힘들면 해우소에 와서 빠져 죽어라, 사나 죽으나 마찬가지다, 하고 말이야."

전각스님이 "허허" 소리를 내어 웃었다.

'아니, 스님, 선암사 해우소에 와서 빠져 죽으라니요!'

도대체 이게 무슨 말씀일까. 소통되지 않는 삶을 소통되게 하라는 뜻일까. 나는 눈을 동그랗게 뜨고 스님을 쳐다보았다. 그러자 스님은 천천히 대웅전 쪽으로 발걸음을 옮기면서 "내 덕담 하나 하지" 하고 다시 입가에 미소를 머금었다.

전각스님이 들려준 덕담의 내용은 이렇다.

옛날에 통도사通度寺, 법주사法住寺, 선암사 주지 스님 세 분이 서로 이야기를 하다가 자기 절에 대중이 얼마나 많은지 헤아려보게 되었다. 서로 자기 절에 대중이 많다고 은근히 자랑을 하고 싶었던 것이다.

먼저 통도사 스님이 말했다.

"우리 통도사 돌쩌귀에는 쇳가루가 서 말 서 되나 떨어졌다네."

이 말은 절의 문을 너무 여닫는 바람에 쇠붙이로 만든 돌쩌귀가 많이 닳았다는 이야기로 결국 절을 찾는 대중이 많다는 뜻이다.

"법주사 솥이 크다는데 얼마나 큰가?"

이번에는 통도사 스님이 법주사 스님께 물었다.

"글쎄, 재보지 않아서 모르지만 동지 팥죽을 끓이면 배를 타고 다녀. 그런데 작년에 배를 타고 들어가신 분이 풍랑을 만나 아직도 못 나오고 있다네."

법주사 스님이 말을 마치고는 이번엔 선암사 스님께 물었다.

"선암사 뒷간이 크다는데 도대체 얼마나 큰가?"

"글쎄, 서울서 오신 신도가 일을 보고 나서 나중에 서울에 당도하고 나면 그때서야 툭 떨어지는 소리가 난다네."

나는 이 이야기를 듣고 한참 웃었다. 전각스님은 "그 정도로 선암사 뒷간이 크다는 얘기지" 하고 짐짓 우습지 않은 척하다가 대웅전 왼쪽 벽면 가까이 놓여있는 구시(밥통)를 가리켰다. 그것은 큰 통나무를 그대로 파서 만든 것으로, 1천 300여 명이 그 구시에 담긴 밥을 퍼 먹었다고 한다. 따라서 '1597년 선조 30년에 화재가 났는데 그때 뒷간이 남았다'는 기록을 선암사 성보박물관에 가서 굳이 찾아보지 않더라도 선암사 해우소 또한 수백 년 동안 수없이 많은 사람들이 들락거렸을 것이라고 짐작된다.

전각스님은 "선암사 스님 중엔 선암사에 놀러 왔다가 그만 해우소에 반해 출가한 스님도 있다"고 한다. 내가 그 스님이 바로 전각스님이 아닐까 하는 생각을 하며 그 스님의 법명을 묻자 "누구라고 꼭 집어서 말할 수는 없지만, 그런 이야기가 있을 정도로 선암사 해우소가 아름답다는 뜻이다"라고 덧붙였다.

지금 나도 선암사 해우소에 반해서 출가한 심정이다. 그러나 언제 어디에서 대소변을 보든 내 마음의 노폐물, 그 견딜 수 없는 번뇌와 망상을 버린다면 그곳이 바로 선암사 해우소가 아닐까. 나만의 해우소! 부처님이 언제나 내 마음속에 계시듯 그 해우소는 이미 내 마음속에 있는 게 아닐까.

'선암사 해우소에 와서 빠져 죽어라!'

나는 전각스님이 불쑥 던진 이 말씀 하나를 화두로 안고 선암사를 떠났다. 죽으면 살 수 있으리라, 나 스스로를 굳게 믿으며······.

선암사 해우소에 반해서 출가한 스님으로 여겨지는 전각스님과 함께. '몸속의 오물만 배출
시키지 말고 마음속의 온갖 번뇌와 망상도 배출시키시오'라는 글귀가 뒷간에 쓰여 있다.

당신을 찾아서

잘린 내 머리를 두 손에 받쳐 들고
먼 산을 바라보며 걸어간다
만나고 싶었으나 평생 만날 수 없었던
당신을 향해
잘린 머리를 들고 다닌 성인들처럼
걸어가다가 쓰러진다
따스하다
그래도 봄은 왔구나
먼 산에 꽃은 또 피는데
도대체 당신은 어디에 있는가
진달래를 물고 나는 새들에게 있는가
어떤 성인은 들고 가던 자기 머리를
강물에 깨끗이 씻기도 했지만
나는 강가에 다다르지도 못하고
영원히 쓰러져 잠이 든다
평생 당신을 찾아다녔으나 찾지 못하고
나뒹구는 내 머리를
땅바닥에 그대로 두고

시인이라는 십자가

　시를 쓰는 일도 십자가를 짊어지고 가는 일이다. 이는 그만큼 시를 쓰는 일이 고통스럽다는 뜻이다. 젊은 시절에는 시를 쓰는 일이 무엇보다도 기쁜 일이었다. 세상 어디에서도 기쁜 일을 찾지 못하다가 오직 시를 쓰는 일에서만은 큰 기쁨을 얻었다. 그래서 어떤 때는 배가 고파도 밥도 먹지 않고 직장 생활에 쫓기면서도 없는 시간을 쪼개가면서 열심히 시를 쓰곤 했다. 점심시간에 점심도 먹지 않고 도서관 정기간행물실에서 시를 쓰던 시절의 일이 행복한 한순간으로 떠오른다. 그렇게 시를 쓴 날이면 가슴저 깊은 곳에서 나 자신도 알 수 없는 햇덩어리 같은 기쁨이 솟아올랐다.

그러나 언젠가부터 시간이 가면 갈수록, 나이가 들어가면 갈수록 시를 쓰는 일이 고통스럽게 느껴지기 시작했다. '시가 어디에서 어떻게 이루어지는가' 하는 것을 조금씩 알고 깨닫기 시작하면서부터 시를 쓰는 일이 차츰 고통스러워진 것이다. 그것은 '인생이 어디에서 어떻게 이루어지는가' 하는 문제와 동일한 문제였다. 시가 이루어지는 어느 한순간을 알면서도 그것을 언어로 나타낼 수 없는 어떤 한계 같은 것을 느끼게 되고, 인생이 무엇을 통하여 어떻게 이루어진다는 것을 알면서도 인생을 완성시키기 어렵다는 것을 느끼게 되기 때문이었다.

지금 돌이켜 생각해보면 시를 쓰는 일이 고통스러운 것은 삶이 고통스럽기 때문이 아닐 수 없다. 인생이 고통스러우니 시를 쓰는 일 또한 고통스러운 것은 당연한 일이다. 이 평범한 사실을 깨닫는 데에 나는 40여 년이 걸렸다.

문득 십자가에 관한 한 우화가 떠오른다.

어떤 사람이 자기가 짊어진 십자가가 너무 크고 무거워 하루는 하느님을 찾아갔다.

"하느님, 다른 사람 십자가는 다 작고 가벼워 보이는데 내 십자가는 왜 이렇게 크고 무겁습니까. 다른 걸로 좀 바꿔주세요."

"그래, 바꿔줄게. 진작 찾아오지 그랬니. 저기 가면 십자가 창고가 있는데, 거기 가서 네 마음대로 골라 가라."

하느님은 얼마든지 다른 것으로 바꿔 가라고 십자가 창고가 있는 곳을 가리켰다.

그 사람은 십자가 창고가 있다는 말에 득달같이 그곳으로 달려가 가장 작고 가장 가벼워 보이는 십자가를 하나 골랐다. 그리고 늘 짊어지고 다니던 십자가를 내려놓고 창고에서 고른 새 십자가를 얼른 짊어졌다.

그런데 웬걸, 새 십자가는 원래 짊어지고 다녔던 자기 십자가보다 더 무거웠으면 무거웠지 조금도 가볍게 느껴지지 않았다.

"하느님, 이거 왜 이렇게 또 무겁습니까. 내가 다른 십자가를 또 골라 가겠습니다."

하느님은 그 사람의 말을 한참 듣고 있다가 조용히 입을 열었다.

"십자가는 그 크기는 다르지만 그 무게는 똑같다."

십자가에 얽힌 이 우화를 이해하는 데에도 나는 많은 시간이 걸렸다. 내가 시를 쓰지 않고 다른 일을 했더라면 내 인생이 좀 덜 고통스러웠을 것이 아닌가 하는 생각을 늘 하곤 했는데, 이 우화에 의하면 그렇지 않다는 것이다.

삶의 형태가 어떠하든 그 고통의 무게는 다 똑같다는 것이다. 그러니 남과 나를 비교하면서 살아가지 말라는, 다른 사람은 시를 쓰지 않음으로써 나처럼 고통스럽게 살지 않는다고 생각하며 남을 부러워하지 말라는 것이다.

나는 이 우화 속의 하느님의 말씀을 이해함으로써 "십자가를 등에 지고 가지 말고 품에 안고 가라"는 서강대 송봉모 신부님의 말씀도 이해하게 되었다. 그렇지만 살아갈수록 십자가를 품에 안고 가는 것 또한 너무나 고통스럽다. 얼마 전, 경남 함안 지역에 가서 아라연꽃을 보고 그 고통 또한 견뎌내지 않으면 안 된다는 사실을 깨닫게 되기는 했지만…….

아라연꽃은 700여 년 전 고려시대 연씨가 피운 꽃이다. 고대 산성 연구를 위해 아라가야 시대의 성산산성을 발굴하다가 후대연못의 점토 속에서 연씨 열댓 개를 채집하게 되었고, 그중 세 알을 선택, 발아시키려고 하였으나 두 알은 실패하고 단 한 알의 연씨가 발아해 아름다운 홍련을 피우게 된 것이다.

아라연꽃은 지금의 홍련보다 훨씬 더 우아한 품격의 미를 느끼게 한다. 마치 고려시대의 탱화나 벽화에 그려진 연꽃처럼 진화되지 않은 순수한 모습을 그대로 간직하고 있다.

나는 요즘 아라연꽃을 피운 연씨의 고통을 그 연씨의 입장에서 생각해보곤 한다. 그 연씨는 700년 동안이나 깊고 어두운 땅속에 파묻혀 그 얼마나 고통스러웠을까. '언젠가는 내 존재의 아름다운 꽃을 다시 피울 수 있는 날이 있을 거야. 그러니까 나 자신에 대한 믿음을 가지고 참고 견디며 기다려야 해' 하는 생각을 하며 그토록 오랜 세월을 참고 견뎌온 것이 아닌가.

아라연꽃을 피운 연씨의 고통과 그 견딤을 통해 나는 내 인생의 고통을 어느 정도 이해할 수 있었다. 만일 아라연꽃이 그러한 고통을 견디지 못했다면 그토록 아름다운 홍련으로 다시 피어날 수 없었을 것이다. 나 또한 내 인생의 고통을 견딤으로써 이 시대를 사는 한 사람 시인으로서 아름다운 존재의 꽃을 피우지 않으면 안 될 것이다.

내 인생의 고통을 좀 더 깊이 이해하기 위해, 만일 지금 내가 프랑스에 갈 수 있다면 꼭 한 군데 가보고 싶은 성당이 있다. 생드니 성인이 몽마르트 언덕에서 참수당한 뒤 자기의 머리를 들고 걸어가다가 쓰러져 죽은 자리에 세워진 생드니 성당. 그 성당에 가서 무릎 꿇고 기도를 올리며 그의 고통에 대해 묵상해보고 싶다. 생드니 성인은 3세기 중엽 파리의 첫 주교로서 전교 활동을 하다가 이교도인 로마군에 의해 순교한 성인으로, 잘린 자신의 머리를 들고 걸어가는 신비의 고통을 겪었다. 설화이겠지만 가끔 생드니 성인이 잘린 자기의 머리를 들고 걸어가는 모습을 상상해보면 그 거룩한 고통이 내 뼛속까지 스며들 때가 있다. 시를 쓴다는 것은 어쩌면 잘린 자기의 머리를 들고 먼 여행을 떠나는 일인지도 모른다.

발에 대한 묵상

저에게도 발을 씻을 수 있는

기쁜 시간을 허락해주셔서 감사합니다

여기까지 길 없는 길을 허둥지둥 걸어오는 동안

발에게 미안하다는 생각을 미처 하지 못했습니다

뜨거운 숯불 위를 맨발로 걷기도 하고

절벽의 얼음 위를 허겁지겁 뛰어오기도 한

발의 수고에 대해서는 미처 생각하지 못했습니다

이제 비로소 따뜻한 물에 발을 담그고 발에게 감사드립니다

굵은 핏줄이 툭 불거진 고단한 발등과

가뭄에 갈라진 논바닥 같은 발바닥을 쓰다듬으며

깊숙이 허리 굽혀 입을 맞춥니다

그동안 다른 사람의 가슴을 짓밟지 않도록 해주셔서

결코 가서는 안되는 길을 혼자 걸어가도

언제나 아버지처럼 함께 걸어가주셔서 감사합니다

싸락눈 아프게 내리던 날

가난한 고향의 집을 나설 때

꽁꽁 언 채로 묵묵히 나를 따라오던 당신을 오늘 기억합니다

서울역에는 아직도 가난의 발들이 밤기차를 타고 내리고

신발 없는 발들이 남대문 밤거리를 서성거리지만

오늘 밤 저는 당신을 껴안고 감사히 잠이 듭니다

아기 발은 예쁘다

사람의 신체 중에서 가장 예쁘고 아름다운 것을 꼽으라면 단연 아기의 발이다. 첫돌 지난 아기에게 어디 한 군데 어여쁘지 않은 데가 있으랴마는 나는 아기의 발을 가장 예뻐한다. 물론 고사리 새순 같은 아기 손도 예쁘지만 얇은 홑이불 사이로 살며시 삐져나온 아기의 발은 너무나 예쁘고 앙증스러워 나를 어찔하게 만든다. 특히 새끼발가락을 보면 무슨 맛있는 과자인 양 그대로 앙 하고 깨물고 싶다. 연분홍빛을 살짝 띤 아기의 새끼발톱은 얇고 보드랍다 못해 투명하기까지 하다. 굳은살이 박이고 뭉그러져서 보기조차 싫은 내 새끼발톱이 처음에는 이렇게 어여쁜 것이었구나 하고 감탄하게 된다.

나는 사람의 새끼발가락이 원래 태어날 때부터 그렇게 못생긴 줄 알았다. 발톱을 깎을 때마다 뭉툭하게 뭉그러진 새끼발톱만 봐왔기 때문에 갓난아기의 새끼발톱이 그렇게 어여쁜 줄 짐작조차 하지 못했다.

처음엔 누구의 발이나 아기 발처럼 예쁘지만 살아가면서 발 모양이 점점 보기 싫게 변한다. 발의 모양이 곧 삶의 모양이 되는 것이다. 삶이 힘들면 힘들수록 발의 형태 또한 일그러져 그 힘듦을 고스란히 드러낸다. 마치 고된 훈련 과정을 거친 레슬링 선수의 귀가 뭉툭하게 변형된 것처럼 발의 모양 또한 마찬가지다. 발끝에 힘을 주고 서서 춤을 추는 발레리나의 발이 어찌 온전할 수 있겠는가. 스케이트 선수들은 발과 스케이트와의 밀착도를 높이기 위해 스케이트를 맨발로 신는다고 하니 그 발이 온전할 리가 있겠는가.

나는 갓 태어난 아들 후민이의 발이 하도 예뻐서 틈만 나면 만지거나 간질이거나 입술을 갖다 대며 행복해했다. 그런 나를 보고 동화작가 정채봉 씨는 "아기 발바닥에 먹물을 묻혀 탁본 뜨듯이 화선지에다 꾹 찍어놓으면 훗날 큰 기념이 될 것"이라며 특별히 권유하기도 했다. 차일피일하다가 결국 그렇게 하지는 못했지만, 막 걸음마를 시작한 후민이가 처음으로 신발을 신은 날은 아직도 기억에 새롭다.

그날 일에 지친 전형적인 봉급생활자의 모습으로 퇴근을 하고 현관문에 들어서자 신발장 위에 조그만 신발 한 켤레가 놓여 있었다.

"어? 이 신발 누구 거지? 후민이?"

"네, 오늘 후민이 신발 샀어요, 호호."

마치 기다렸다는 듯이 달려 나와 한 뼘도 채 안 되는 신발을 들고 호들갑을 떠는 아내는 드디어 후민이가 신발을 신게 되었다는 사실에 기뻐 어쩔 줄 몰라했다.

아내의 손에 들린 후민이의 신발은 홑이불 사이로 삐져나온 후민이의 발처럼 앙증스럽고 어여뻤다. 나는 후민이한테 신발을 신기고 안방과 마루를 한참 동안 걷게 했다. 뒤뚱거리다가 넘어지면 일으켜주어 세상을 향한 첫걸음을 시작하게 했다.

'내가 처음 신발을 신고 아장아장 걸었을 때도 부모님이 지금 나처럼 기뻐하셨겠구나.'

문득 그런 생각을 들어 공연히 숙연한 웃음이 입가에 번졌다. 신발 공장에서 아기 신발을 만드는 이들은 얼굴에 항상 웃음꽃이 필 것이라는 생각도 들었다. 비록 신발을 만드는 노동의 공정이 힘들겠지만 신발을 신고 아장아장 걸을 아기들을 떠올리면 미소가 떠오르지 않겠는가.

나는 요즘도 아기 발만 보면 만지고 싶어 안달한다. "아이고, 예뻐라" 하고 아기 발을 슬쩍 만져본다. 그럴 때 아기가 나를 보고 한순간 웃음이라도 보이면 그동안 켜켜이 쌓인 삶의 고통이 봄눈 녹듯이 녹아버린다. 세상에! 이런 무상의 선물이 어디 있는가. 이것이야말로 천사의 미소가 아닐 수 없다.

그러나 아무리 예뻐도 아기의 손발을 함부로 만지면 안 된다. 요즘 엄마들은 낯모르는 사람이 아기가 예쁘다고 말하는 것은 싫어하지 않지만 머리를 쓰다듬거나 볼이나 손발을 만지는 것은 싫어한다. 그래서 요즘 나는 아무리 만지고 싶고 뽀뽀하고 싶어도 손으로는 만지지 않고 그저 눈으로만 만진다. 어떤 때는 아기를 자꾸 만지는 이를 만나면 그러지 말라고 참견하기도 한다.

한번은 지하철에서 어떤 노인이 아기가 예쁘다고 손으로 자꾸 만지자 아기 엄마가 싫은 기색을 하고 아기의 몸을 돌려 못 만지게 했다. 그런데도 그 노인은 알아차리지 못하고 자꾸 아기를 만지려고 들었다.

"요즘은 아기가 아무리 예뻐도 만지시면 안 됩니다. 엄마들이 싫어해요. 세상이 변했어요."

마침 그 노인이 나와 같은 역에 내리길래 일부러 그렇게 말해준 적도 있다.

아기 발은 꼭 나뭇잎 같다. 아니, 나뭇잎에 내린 봄눈 같다. 아니, 나뭇잎에 어리는 초봄의 햇살 같다. 아니, 따스한 봄날 냇가의 작고 맑은 조약돌 같다.

나는 비록 나이가 들었지만 내 발을 아기 발처럼 소중히 여긴다. 많은 이들이 손의 수고는 소중히 여기지만 발의 수고는 대수롭지 않게 여긴다. 그러나 그렇지 않다. 손은 발을 씻겨주는 수고를 마다하지 않지만 발은 그 손을 다른 곳으로 데려다주는 수고를 마다하지 않는다. 손이 가보고 싶은 곳이 있을 때 발이 가주지 않으면 갈 수 없는 것이다. 따라서 손의 수고나 발의 수고나 가치는 똑같다.

하루 종일 서울 거리를 이리저리 돌아다니고 온 내 발을 깨끗이 씻고 물끄러미 바라본다. 아직도 내 발이 포대기 밖으로 살짝 삐져나온 아기의 발 같다면 얼마나 좋을까. 그렇지만 온갖 고생을 다 해온, 발뒤꿈치에 굳은살이 굳게 박인 내 발 또한 아름답지 않은 것은 아니다.

손에 대한 묵상

인생을 돌아다닌 내 더러운 발을 씻을 때
나는 손의 수고를 생각하지 못했습니다
손이 물속에 함께 들어가 발을 씻긴다는 사실을
미처 생각하지 못하고
인생을 견딘 모든 발에 대해서만 감사했습니다

배가 고파 허겁지겁 밥을 먹을 때에도
길을 가다가 두 손에 흰 눈송이를 고요히 받을 때에도
손의 고마움을 고마워하지 못하고
하늘이 주신 거룩한 밥과
겨울의 희고 맑음에 대해서만 감사했습니다

당신이 내 찬 손을 잡을 때에도
내 인생의 야윈 어깨를 가만히 쓰다듬어줄 때에도
당신에 대해서만 감사하고
당신의 손에 대해서는 감사할 줄 몰랐습니다

발을 씻을 때 손은 발을 사랑했습니다

손은 다른 사람의 손을 잡을 때

가장 아름다운 손이 되었습니다

하나가 필요할 때 두개를 움켜쥐어도

손은 나를 버리지 않았습니다

손

사람은 태어나서 엄마의 손부터 먼저 잡는다. 아기는 엄마가 손을 잡아주지 않으면 한시도 살아갈 수가 없다. 엄마가 손을 잡아주지 않으면 위험한 데로 기어가 마냥 곤두박질치고 만다. 걸음마를 배울 때에도 엄마의 손을 따라 배운다. 토닥토닥 토닥여주는 엄마의 손을 통해 아기는 크나큰 사랑과 평온을 얻는다. 엄마의 손은 바로 생명의 손이며, 신의 손을 대신해준다.

나에게도 나를 길러준 어머니의 손이 있다. 내가 눈물을 흘릴 때 어머니의 손은 언제나 내 눈물을 닦아주었다. 내가 상처받고 고통스러워할 때 어머니의 손은 언제나 내 상처를 어루만져주었다. 이러한 어머니의 손이 없었다면 오늘 한 인간으로서의 나는 없었을 것이다.

생각해보면 어머니의 손은 참으로 부지런한 손이다. 잠시도 쉬지 않고 일하는 손이다. 아흔에 돌아가신 외할머니가 돌아가실 때까지 손에 호미를 놓지 않으신 것처럼 어머니 또한 손에 일거리를 놓지 않으신다. 여든이 넘은 내 어머니의 손은 지금(2001년)도 바느질을 하고 재봉틀을 돌리고 걸레를 빨고 밥을 짓는다.

손은 열심히 일할 때 아름답다. 놀고 있는 게으른 손은 추악하다. 많은 사람들이 일하지도 않는 손을 정성껏 가꾼다. 그런 손은 겉으로는 아름다운 것 같으나 실은 아름다움을 상실한 가공의 손이다. 못 자국이 난 예수의 손에도 십자가에 매달려 못 박히기 전에는 목수로서 일하면서 생긴 굳은살이 박여 있었다.

나는 누구를 처음 만났을 때 그 사람의 손을 먼저 살펴본다. 손이 그의 삶의 전부를 말해줄 때가 있기 때문이다. 처음 만난 사람과 악수를 해보고 그의 손에서 느껴지는 여러 가지 감도를 통해 그가 어떠한 직업을 가지고 어떠한 삶을 살아왔으며 성격 또한 어떠한지를 알 수 있게 되는 것은 손이 바로 인간의 마음의 거울이자 삶의 거울이기 때문이다.

나는 어머니의 손처럼 다른 사람의 눈물과 상처를 닦아

주는 손을 소중히 여긴다. 가을 들판의 볏단처럼 고요히 머리 숙여 기도하는 겸허한 손을 소중히 여긴다.

어릴 때 나는 교회에 나가시는 어머니를 자주 따라갔었다. 어머니는 누구보다도 일찍 일어나 새벽기도를 가셨다. 교회의 차디찬 마룻바닥에 꿇어앉아 두 손을 공손히 모으고 기도하던 어머니의 그 겸손한 손이 지금도 잊히지 않는다. 우리 집 안방에 걸려 있던 예수의 사진 또한 마찬가지다. 골고다 언덕에서 가시관을 쓴 머리에 피를 흘리며 무릎을 꿇고 두 손을 모아 하늘을 우러러 간절히 기도하는 예수의 손이야말로 우리 인간의 눈물과 상처를 닦아주고 어루만져주는 사랑의 손이다.

나에게는 결코 잊을 수 없는 또 하나의 손이 있다. 그것은 그림 속의 손으로, 한 조각 빵을 앞에 두고 식사하기 전에 눈을 감고 고개 숙여 기도하는 한 노인의 손이다. 그 그림은 미국의 사진작가 에릭 엔스트롬Eric Enstrom이 찍은 사진을 그의 딸이 그린 그림 〈은혜Grace〉로, 그림 속의 노인은 흰 수염이 길게 자라 있고 식탁 위에는 성경과 안경, 빵 한 덩이와 수프가 놓여 있다. 나는 그 그림을 볼 때마다 한 조각 빵 앞에서도 감사의 기도를 올리는 한 인간의 겸손하고 경건한 손을 생각한다.

그리고 또 하나, 화순 운주사 석불들의 손을 빼놓을 수 없다. 천불천탑이 있었다는 운주사에는 아직 70여 기의 석불들이 남아 있다. 여인인 양 다소곳이 가슴께에 두 손을 모으고 사랑하는 님을 영원히 기다리는 듯한 석불들의 모습은 내게 기다림의 진실된 자세를 가르쳐준다. 와불님을 뵈러 올라가는 길에 만날 수 있는 한 좌불 석불은, 텅 빈 두 손바닥은 하늘을 향해 드러내놓고, 감은 듯한 두 눈은 멀리 영원을 바라보는 듯해서 자못 감동적이다. 세상사 모든 욕망을 벗어버린 듯한 석불의 모습에서 무엇을 포기하고 오늘을 살아야 하는지를 뒤미처 깨닫는다.

사람은 빈손으로 태어나서 빈손으로 간다. 우리는 이 말을 늘 잊고 산다. 그러나 아무리 잊고 살아도 이 세상을 떠날 때는 모든 것을 놓고 가야 한다. 아무리 손에 많은 것을 지녔다 하더라도 검불 하나 지니고 가지 못한다. 내가 어머니한테서 태어나 최초로 어머니의 손을 잡았을 때에도 빈손이지 않았던가.

내가 누구의 손을 잡기 위해서는 내 손이 빈손이어야 한다. 내 손에 너무 많은 것을 올려놓거나 너무 많은 것을 움켜쥐지 말아야 한다. 내 손에 다른 무엇이 가득 들어 있는 한 남의 손을 잡을 수는 없다. 소유의 손은 반드시 상처를 입으나 텅 빈 손은 다른 사람의 생명을 구한다.

그동안 내가 빈손이 되어 다른 사람의 손을 얼마만큼

잡았는지 참으로 부끄럽다. 내가 처음 아버지가 되어 아기의 손을 잡았을 때 아기는 내 손가락 한끝을 꼭 잡고 놓아주지 않았다. 지금이라도 나도 그러한 아기의 손을 지니고 싶다.

혀

어미개가 갓난 새끼의 몸을 핥는다
앞발을 들어 마르지 않도록
이리 굴리고 저리 굴리며
온몸 구석구석을 혀로 핥는다
병약하게 태어나 젖도 먹지 못하고
태어난 지 이틀 만에 죽은 줄도 모르고
잠도 자지 않고 핥고 또 핥는다
나는 아이들과 죽은 새끼를
손수건에 고이 싸서
손바닥만한 언 땅에 묻어주었으나
어미개는 길게 뽑은 혀를 거두지 않고
밤새도록 허공을 핥고 또 핥더니
이튿날 아침
혀가 다 닳아 보이지 않았다

모성애

"후민이, 축하한다, 생일 선물 뭐 해줄까?"

딱히 무엇을 주고 싶다는 생각도 없이 그냥 지나가듯
말을 한 게 잘못이었다.

"짜장면 사줄까?"

초등학교 3학년인 아들의 생일을 빙자해 내가 짜장면을
먹고 싶은 마음이 더 앞섰다. 그런데 후민이의 말은 뜻밖
이었다.

"아빠, 강아지 한 마리 사주세요. 제 강아지를 키우고 싶
어요."

"뭐라구?"

한동안 벌어진 입을 다물지 못했다. 후민이가 생일 선물

로 강아지를 사달라고 하리라고는 미처 생각하지 못한 일이었다.

심히 고민이 되었다. 아무리 생일 선물로 사달라고 하지만 사주기 싫었다. 평소에 개를 좀 무서워하는 데다, 마당이 있는 집이면 모르지만 아파트 실내에서 개를 키우는 것이 늘 못마땅했던 나였다.

"안 돼!"

나는 한마디로 잘라 말했다.

"내가 잘 키울게요."

아빠 말이라면 콩을 팥이라고 해도 잘 따르던 후민이가 이번에는 물러서지 않았다

"네가 말은 그렇게 하지만 결국 아빠 엄마가 키우게 되는 거야. 엄마 아빠는 할 일도 많은데 안 돼. 이 좁은 아파트에서 어떻게 개를 키울 수 있겠니?"

나는 보다 적극적으로 사줄 수 없다는 주장을 펴면서 아파트에서 개를 키울 수 없는 열 가지 이유를 생각해내었다.

"첫째, 좁은 아파트에서는 개를 키우는 게 아니야. 어디 가둬둘 수도 없고, 그건 개의 입장에서도 불행한 일이야."

"둘째, 똥오줌도 치워야 해. 하루 이틀도 아니고. 그 냄새는 또 어떡하니."

"셋째, 이웃에 피해를 주게 돼. 개가 자꾸 짖어봐. 옆집에서 얼마나 시끄럽겠니."

"넷째, 개 한 마리가 얼마나 비싼지는 너 아니? 아빠 돈없어."

나는 계속 말을 이어나가다가 열 번째 이유로 이렇게 말했다.

"아빠가 싫어한다!"

후민이는 아무 말 없이 내 말을 듣고 있다가 눈물을 글썽였다. 그러더니 갑자기 "아빠는 나쁜 아빠야!" 하고 소리치고는 방문을 '쾅!' 닫고 자기 방으로 들어가버렸다.

나는 졸지에 나쁜 아빠가 되었다. 그렇지만 생일날 아들을 계속 울게 하는 나쁜 아빠가 될 수 없어 경기도 성남 모란시장에 가서 개 한 마리를 샀다. 어떤 개를 사야 할지 사전에 아무런 의논도 없이 그냥 나랑 눈이 딱 마주치는 개를 산다고만 생각했다. 그런데 정말 나랑 눈이 딱 마주치는 녀석이 있어서 그 개를 샀다. 후민이의 의견은 아예 물어보지도 않았다.

그렇게 해서 나는 뜻하지 않게 바둑이(나중에 알게 된 사실이지만 치와와와 발바리의 교잡종으로 몸에 바둑점이 있어 이름을 그렇게 붙였다. 결코 보통명사가 아니라 고유명사다. 가끔 내 성을 붙여 '정바둑'이라고 불렀다) 아빠가 되었다.

17년 동안이나 가족으로 함께 산 바둑이가 보고 싶다. 내 성을 붙여 '정바둑'이라고 불렀다.

그렇게 바둑이를 키우게 된 지 2년쯤 지난 어느 날이었다. 집사람이 뜬금없이 "바둑이 장가를 들여야 한다"면서 암캐 한 마리를 더 키우자고 했다. 성견成犬이 되었는데도 사랑 한번 못 해보고 혼자 사는 바둑이가 보기에 좀 안타깝다는 것이다.

"아니, 여보, 좁은 아파트에 개 두 마리를 어떻게 키워? 바둑이는 개들의 사회에서 사제야, 사제. 신부님이야, 신부님. 신부가 결혼하는 것 봤어? 그냥 그렇게 생각하고 그냥 둬요."

나는 적극 반대했으나 아내는 내 말을 무시하고 어느 날 바둑이와 꼭 닮은 암캐 한 마리를 데리고 왔다. 졸지에 좁은 아파트에서 개 두 마리를 키우게 된 것이다. 암캐의 이름은 강아지에서 '강' 자를 떼고 '아지'라고 붙였다.

"여보, 당신 외출할 때 바둑이는 내 방에, 아지는 당신 방에 꼭 가둬놓고 외출해요. 쟤들이 잘못하다가 새끼를 낳으면 어떡해요."

나는 그런 불상사를 사전에 예방하고 싶어 아내한테는 물론 바둑이와 아지한테도 말했다.

"너희들 사랑을 나누고 싶으면 아빠한테 허락을 받아야 해. 알았지?"

바둑이와 아지는 그렇게 약속하겠다는 듯이 꼬리를 흔들었다. 그러나 그것은 지켜지지 않는 약속이었다.

결코 원하지 않았으나 개 두 마리의 아빠가 된 채 이태를 보낸 어느 새해 며칠 뒤였다. 집사람이 느닷없이 내 작업실로 전화를 걸어 "아지가 새끼를 한 마리 낳았다"고 하면서 빨리 집으로 오라는 거였다. 나는 믿어지지 않았다. 아지가 임신한 모습을 한 번도 본 적이 없어 아내가 정초부터 농담하는 줄 알았으나 그게 아니었다. 아지가 정말 새끼를 낳은 것이다.

내가 급히 집으로 가자 아지가 새끼를 품에 안고 약간 경계하는 듯한 눈빛으로 나를 쳐다보았다.

"아지야, 임신을 했으면 했다고 아빠한테 말을 해야지. 말을 안 하는데 내가 무슨 수로 아니⋯⋯."

나는 짐짓 아지를 나무라는 투로 말했다. 어느 날부터 아지가 바둑이 밥을 빼앗아 먹는 것을 보고 "너는 배 속에 거지가 들었니? 왜 바둑이 밥을 뺏어먹고 그래. 네 밥만 먹어⋯⋯" 하고 아지의 간식을 끊고 다소 절식을 시켰다. 아지가 임신해서 입맛이 달라진 것을 전혀 몰랐던 것이다.

이 얼마나 아지에게 미안한 일인가. 임신 중에 제대로 먹지 못해서 그런지 아지는 새끼를 한 마리만 낳았다. 개는 새끼를 많이 낳을 때는 열두 마리도 낳는데 아지는 그렇지 않았다. 그런데 그 새끼마저 병약하기 짝이 없었다.

새끼는 내 새끼손가락 크기만 했는데 엄마 젖을 빨지 못했다. 아지의 젖꼭지 열댓 개는 이미 젖이 돌아 부풀어 오를 대로 부풀어 올랐으나 새끼는 젖을 빨아 먹지 못했다. 내가 안타까워 새끼 입을 젖꼭지에 갖다 대줘도 아예 빨지 않았다.

"여보, 이러다가 새끼가 죽겠어요."

아내도 걱정이 되는지 미음을 끓여와 티스푼으로 새끼에게 먹여보았으나 먹지 않았다. 그저 엄마 품을 벗어나 꼬물꼬물 기어 다니기만 했다.

새끼가 기어 나가면 아지는 앞발을 들어 새끼를 자꾸 자기 품 안으로 밀어 넣었다. 그러고는 새끼의 몸을 혀로 쉬지 않고 계속 핥아주었다. 겨울이라 아파트 실내 온도가 좀 높고 건조한 탓인지 갓난 새끼의 몸이 금세 마르는 것을 염려해 아지는 혀로 핥아주는 것을 멈추지 않았다. 그러다가 새끼가 1원짜리 동전만 한 크기로 오줌을 누면 대뜸 혀로 싹 핥아 먹었다. 놀라운 모성이었다.

나는 엄마 젖을 못 먹는 새끼가 그날 밤을 넘기지 못하고 죽을까 봐 걱정되었다. 아예 내 방에 가지 않고 아지 옆에 쭈그리고 있다가 새벽녘에 잠깐 졸다가 눈을 뜨자 새끼가 그만 엄마 곁에 고요히 죽어 있었다.

죽은 새끼를 손수건에 고이 싸서 1층 베란다 창밖으로 보이는 언 땅에 묻어주었다. 아지는 내가 새끼를 땅에 묻은 줄도 모르고 새끼를 찾으려고 한참 동안 거실을 빙빙 돌아다녔다. 그러더니 자기 집에 앉아 앞발을 들어 계속 새끼를 품 안으로 끌어당기는 시늉을 하고 동시에 혀로 계속 새끼를 핥아주는 시늉을 했다. 그 시늉은 좀처럼 끝나지 않았다. 잠시 쉬는 듯하다가도 계속되었다.

"저러다가 밤이 새도록 핥겠어. 혀가 다 닳아 없어질 거야."

새끼의 죽음을 아는지 모르는지 계속 허공에 대고 새끼 몸을 핥아주는 시늉을 내는 어미 개 아지의 모성은 내 가슴을 뭉클하게 만들었다. 개의 모성이나 인간의 모성이나 본질적으로 다를 바가 없었다. 어쩌면 아지는 밤새도록 허공을 핥고 또 핥다가 혀가 다 닳아버렸을 것이다.

밥그릇

개가 밥을 다 먹고
빈 밥그릇의 밑바닥을 핥고 또 핥는다
좀처럼 멈추지 않는다
몇 번 핥다가 그만둘까 싶었으나
혓바닥으로 씩씩하게 조금도 지치지 않고
수백 번은 더 핥는다
나는 언제 저토록 열심히
내 밥그릇을 핥아보았나
밥그릇의 밑바닥까지 먹어보았나
개는 내가 먹다 남긴 밥을
언제나 싫어하는 기색 없이 다 먹었으나
나는 언제 개가 먹다 남긴 밥을
맛있게 먹어보았나
개가 핥던 밥그릇을 나도 핥는다
그릇에도 맛이 있다
햇살과 바람이 깊게 스민
그릇의 밑바닥이 가장 맛있다

인간의 밥그릇

휴대폰이 없던 시절의 이야기다. 한번은 퇴근해서 집에 왔더니 어디 갔는지 집사람이 보이지 않았다. 잠시 어디 갔으려니 하고 기다려도 돌아올 기미가 보이지 않았다. 어디 있다고 조금만 기다리라고 집으로 전화가 오는 것도 아니고, 식탁 위에 어디 다녀온다고 쪽지가 놓여 있는 것도 아니어서 그냥 무작정 기다릴 수밖에 없었다.

실은 나는 배가 고팠다. 낮에 회사 근처에서 간단히 점심을 먹고 저녁 7시가 넘었으니 배가 고플 수밖에 없었다.

'아니, 도대체, 남편 저녁도 안 챙겨주고 어디 간 거야?'

마음속으로 집사람을 향해 짜증을 내었으나 짜증을 낸다고 해서 배고픔이 없어지는 건 아니었다.

'어떡하나. 배는 고픈데, 좀 더 기다릴까. 아니면 내가 알아서 챙겨 먹을까.'

잠시 망설이다가 내가 알아서 밥을 챙겨 먹기로 했다. 집사람이 올 때까지 저녁도 안 먹고 있다가 나중에 어떤 지청구를 들을지도 몰랐지만 무엇보다 배가 고파 가만히 기다리고만 있을 수가 없었다.

'내가 당신 밥 챙겨주는 사람이야? 당신은 내가 없으면 밥도 못 먹어? 마누라한테 이런 잔소리를 안 들으려면 이럴 땐 내가 알아서 밥을 챙겨 먹을 줄 알아야 하는 거야.'

나는 냉장고 문을 열고 밑반찬을 꺼내 아쉬운 대로 배고픔을 달래며 밥을 먹었다.

그런데 내가 밥을 먹기 시작하자 우리 집 바둑이가 내 앞에 와서 나를 빤히 쳐다보는 게 아닌가. 바둑이는 나를 향해 눈빛으로 말하고 있었다.

"아빠, 나도 배가 고파요. 밥 좀 주세요. 나는 점심도 못 먹었단 말이에요. 엄마가 점심도 안 주고 어디 갔어요."

바둑이는 나 혼자 먹지 말고 자기한테도 밥을 달라고 간절한 눈빛의 말을 쏟아내었다.

"알았어. 줄게. 그렇지만 좀 기다려. 찬물에도 순서가 있으니까, 아빠 먼저 먹고 좀 남겨줄게."

바둑이는 알았다는 듯이, 얼마든지 기다릴 수 있다는 듯이 꼬리를 흔들었다.

얼른 내가 먹던 밥을 좀 덜어 바둑이에게 주었다. 바둑이가 좋아하는 참치를 넣어 비벼주었다. 바둑이는 배가 고파 견딜 수 없었다는 듯이 허겁지겁 단숨에 밥그릇을 다 비워버렸다. 그러고는 밥알이 단 한 알도 남아 있지 않은데 밥그릇을 계속 핥아 먹었다. 밥그릇의 밑바닥까지 핥아 먹고, 핥아 먹고, 또 핥아 먹었다.

'밥그릇에 밥알이 하나도 없는데도 왜 자꾸 저렇게 핥아 먹을까. 도대체 바둑이 밥그릇의 밑바닥에 뭐가 있을까.'

물론 밥을 더 먹고 싶어 밥그릇을 계속 핥은 것이었겠지만 바둑이가 자기의 밥그릇을 깨끗이 설거지한다는 생각이 들었다.

'맞아, 바둑이는 자기 밥그릇을 저토록 깨끗이 설거지할 정도로 소중히 여기는 거야. 그렇다면 나도 가만히 있을 수 없지. 나도 내 밥그릇을 깨끗하게 해야지.'

나는 평소 하지 않던 설거지까지 끝내고 다시 바둑이를 생각했다.

'바둑이는 내가 먹다 남긴 밥을 조금도 더럽다고 생각하지 않고 저렇게 맛있게 감사하게 먹었는데, 나는 언제 바둑이가 남긴 밥을 먹어본 적이 있는가. 물론 단 한 번도 없지. 개가 남긴 더러운 밥을 인간인 내가 먹을 수는 없어.

그렇지만 바둑이는 내가 남긴 밥을 조금도 더럽다고 생각하지 않고 먹었잖아. 아, 맞아. 사랑이 있으면 누가 남긴 음식이라도 그게 더럽게 느껴지지 않아. 내가 된장찌개에 비벼 먹다가 남긴 밥을 내 집사람도 어머니도 맛있게 먹잖아. 나도 그렇고. 그건 서로 사랑이 있기 때문이야(왠지 모르지만 아버지가 남긴 밥은 좀 먹기가 싫어 먹어본 적이 거의 없다). 그렇다면 바둑이와 나하고 누가 사랑이 더 있나. 바둑이가 나보다 사랑이 더 크고 많은 게 아닌가. 바둑이는 내가 먹다 남긴 밥을 그토록 맛있게 먹는데, 나는 바둑이가 먹다 남긴 밥을 단 한 번도 먹어본 적이 없지 않나. 그러니 당연히 바둑이의 사랑이 더 큰 게 아닌가.'

인간인 나보다 개인 바둑이한테 사랑이 더 많다고 생각되자 나는 한순간 참담해졌다.

'아, 내가 개보다 사랑이 부족한 존재로구나.'

그동안 나는 인간이라고 해서 항상 개보다 우월한 존재라는 오만한 생각만 해온 것이다. 그래서 나도 바둑이가 핥던 밥그릇을 핥아보았다. 물론 내 마음속의 시적 상상의 힘으로 핥아보았다. 너무나 맛있었다. 바둑이 밥그릇의 밑바닥엔 맑은 바람과 햇살이 고여 있었다. 바둑이는 그 바람과 햇살을 맛있게 핥아 먹은 거였다.

'그렇다면 인간이라는 내 밥그릇의 밑바닥엔 무엇이 고

여 있을까.'

너무나 궁금해서 내 밥그릇의 밑바닥을 들여다보았다.
그곳엔 맑은 햇살과 바람은커녕 이기와 탐욕, 상처와 분
노, 미움과 증오, 절망과 파괴 따위밖에 보이지 않았다. 맛
있게 핥아 먹고 싶어도 도저히 악취가 나서 핥아 먹을 수
가 없었다. 바둑이라는 개밥그릇에는 연민과 사랑이라는
맑은 햇살이 있었지만, 인간이라는 내 밥그릇에는 인내도
용서도 사랑도 없었다.

인간은 신으로부터 똑같은 크기와 모양의 그릇을 하나
씩 선물로 부여받고 이 세상에 태어난다고 한다. 그러나
차차 세월이 지나면서 그 그릇이 변한다고 한다. 어떤 이
의 그릇은 원래 크기보다 더 쪼그라들어 간장종지 만 해
지는가 하면, 어떤 이의 그릇은 원래보다 더 커져서 여러
사람이 그 그릇에 숟가락을 넣어 음식을 나누어 먹는다고
한다. 또 어떤 이의 그릇은 그 모양이 쳐다볼 수 없을 정
도로 흉측하게 찌그러져 있는가 하면, 어떤 이의 그릇은
볼수록 아름다운 그릇이 되기도 한다고 한다.

나 역시 신으로부터 부여받은 그릇이 하나 있다. 어느
잠 못 이루는 날 밤, 그 그릇을 고요히 들여다보았다. 처
음 신으로부터 부여받았을 때보다 훨씬 더 볼품없이 작
아지고 찌그러져 있었다. 길가에 내다버려도 아무도 주워

갈 것 같지 않을 정도로 쓸모없어 보여 내 그릇을 들여다 보면 볼수록 부끄러움이 일었다. 개가 밥그릇의 밑바닥까지 깨끗하게 핥아 먹은 것이 삶의 밑바닥을 소중히 여긴 의미였다면, 나는 내 인생의 바닥의 의미를 제대로 깨닫지 못했기 때문에 내 그릇이 그렇게 작고 보잘것없게 되었을 것이다.

이 시를 누가 인터넷에 처음 올려놓았을 때 제목을 〈개밥그릇〉이라고 바꿔 올려놓았다. 시의 내용이 분명 개밥그릇을 이야기하고 있기 때문에 제목에 '개'자가 빠졌다고 생각한 것이다. 그것은 그 사람이 시의 본질을 이해하지 못한 탓이다. 이 시는 개들을 위해 개밥그릇을 노래한 시가 아니라, 개밥그릇을 은유해서 인간인 나의 밥그릇을 생각해보고 싶었던 시다. 인격과 인품을 담은, 사랑과 용서를 담은 내 밥그릇을 성찰해보고 싶었던 시다.

사람은 밥을 먹어야지 밥그릇을 먹어서는 안 된다. 그러나 많은 사람들이 정작 밥은 먹지 않고 밥그릇을 먹는다. 본질은 생각하지 않고 형태만 생각하는 삶을 살게 되면 그렇다. 나 또한 지금까지 인생이라는 밥그릇을 먹고 살아온 것 같아 살아온 세월이 후회스럽다.

윤동주 시집이 든 가방을 들고

나는 왜 아침 출근길에

구두에 질펀하게 오줌을 싸놓은

강아지도 한 마리 용서하지 못하는가

윤동주 시집이 든 가방을 들고 구두를 신는 순간

새로 갈아 신은 양말에 축축하게

강아지의 오줌이 스며들 때

나는 왜 강아지를 향해

이 개새끼라고 소리치지 않고는 견디지 못하는가

개나 사람이나 풀잎이나

생명의 무게는 다 똑같은 것이라고

산에 개를 데려왔다고 시비를 거는 사내와

멱살잡이까지 했던 내가

왜 강아지를 향해 구두를 내던지지 않고는 견디지 못하는가

세상에서 가장 어려운 일은

사람의 마음을 얻는 일이라는데

나는 한 마리 강아지의 마음도 얻지 못하고

어떻게 사람의 마음을 얻을 수 있을까

진실로 사랑하기를 원한다면

용서하는 법을 배워야 한다고
윤동주 시인은 늘 내게 말씀하시는데
나는 밥만 많이 먹고 강아지도 용서하지 못하면서
어떻게 인생의 순례자가 될 수 있을까
강아지는 이미 의자 밑으로 들어가 보이지 않는다
오늘도 강아지가 먼저 나를 용서할까봐 두려워라

바둑아, 미안하다

반려견 바둑이가 간혹 내 구두에 오줌을 싸놓을 때가 있었다. 내가 바둑이를 미워한 것도 아니었는데 바둑이는 꼭 현관에 벗어놓은 내 구두 안에 슬그머니 오줌을 싸놓고는 시침을 뚝 떼고 모른 척했다. 그것도 내가 잠든 밤사이에 다른 식구들 신발에는 오줌을 누지 않고 꼭 내 구두에만 오줌을 싸놓았다. 퇴근해서 집에 들어갈 때마다 잊지 않고 구두를 신발장 안에 집어넣으면 그런 일을 사전에 예방할 수 있겠지만 습관이 안 돼 그게 그리 쉬운 일은 아니었다.

바둑이가 내 구두에 오줌을 싸놓았다는 사실은 꼭 일 분 일 초가 급한 아침 출근 시간에 알게 되었다. 서둘러 급히 출근하려고 구두를 막 신는 순간, 갑자기 구두 밑바닥에서부터 양말을 통해 차가운 물기가 스며드는 것을 느끼게 되면 바둑이가 오줌을 싸놓았다는 것을 그제야 알고 입에서 욕부터 튀어나왔다.

"바둑이, 너 이 새끼! 또 구두에 오줌 쌌구나. 아빠한테 맞을래?"

물론 처음부터 그렇게 고함을 지르며 욕을 한 것은 아니었다.

"어? 바둑이가 내 구두에 오줌 쌌네. 앞으로 그러면 안 돼. 알았지?"

이렇게 부드럽게 타이르듯 말했다. 그런데 바둑이가 내 말을 무시하고 자꾸 오줌을 싸놓자 그만 화부터 내게 되었다.

내가 버럭 고함을 지르며 화를 내면 바둑이는 재빨리 식탁 의자 밑이나 거실 구석진 곳으로 숨어버려 보이지도 않았다.

한번은 나도 모르게 들고 있던 가방을 바둑이를 향해 휙 집어던졌다. 그날은 바둑이가 꼬리를 흔들며 현관까지 나를 배웅해 오줌을 싸놓았을 것이라고는 전혀 생각하지 못했다.

나는 화가 머리끝까지 치밀어 바둑이를 향해 가방을 집

어던졌으나 날아가는 가방의 속도보다 도망가는 바둑이의 속도가 더 빨랐다.

물론 그날도 다시 발을 씻고 양말을 갈아 신느라 아까운 출근시간이 족히 10분은 지체되었다. 그런데 그날따라 뛰어가 지하철을 막 타려고 하면 문이 닫혀버리고, 횡단보도를 막 건너가려고 하면 붉은 정지 신호등으로 바뀌어버려 결국 회사에 지각을 하게 되었다. 지각의 원인이 분명 바둑이한테 있다 싶어 자꾸 끓어오르는 부아를 억누르기 힘들었다.

'바둑이 이 새끼, 내가 그냥 가만두나 봐라.'

마치 바둑이가 옆에 있기라도 하듯 중얼거리다가, 부장의 눈치를 보며 자리에 앉아 밀린 업무를 시작하려 가방을 열고 책과 노트를 꺼냈다. 뜻밖에 윤동주尹東柱 시집 《하늘과 바람과 별과 시》가 딸려 나왔다. 1970년대 초에 '정음사'에서 나온 시집으로 나보다 여덟 살이나 많은 누나가 고등학생 시절에 읽던 시집이었다.

순간, 어떤 부끄러움과 미안함 같은 감정이 한데 치밀었다. 비록 가방을 던진 것이지만 그 안에 든 윤동주 시집도 던져버렸다는 생각에 몹시 낭패한 기분이 들었다. 윤동주 시집에게 미안하고 나아가 윤동주 시인에게도 미안한 일이 아닐 수 없었다.

'내가 윤동주 시집이 든 가방을 던져버리다니……'

그 무렵 나는 윤동주의 대표작뿐만 아니라 다른 시들도 정독하기 위해 윤동주 시집을 가방에 넣고 다니면서 틈날 때마다 열심히 읽고 있었다.

윤동주가 누구인가. 우리나라 독자들이 가장 사랑하는 시인이 아닌가. 그것도 일제강점기 때 해방을 불과 6개월 앞두고 스물아홉의 나이에 일본 후쿠오카형무소에서 생체 실험을 당한 끝에 순절한 애국시인이 아닌가. 나아가 한국시문학사에 없어서는 안 될 가장 맑고 순결한 등불 같은 존재가 바로 윤동주 시인이 아닌가.

윤동주는 살아생전에 시집을 낸 시인이 아니다. 유고 시집이 첫 시집이 된 시인이다. 시인이 살아생전에 자신의 시집을 보지 못했다면 그 얼마나 불행한 일인가. 그러한 불행한 시인의 시집을 집어던졌으니 두고두고 자책하지 않을 수 없었다.

윤동주는 연희전문을 졸업한 1941년에 시 19편을 정리해 《하늘과 바람과 별과 시》라는 제목으로 시집을 내려고 했으나, 영문과 이양하李敭河 교수가 일제의 검열을 통과하기 힘들 것을 예상해 출간 보류를 권하는 바람에 뜻을 이루지 못했다. 그 대신 자필 시고집詩稿集 세 권을 만들어 한 권은 자기가 갖고, 나머지 두 권은 이양하 교수와 후배인

정병욱鄭炳昱에게 맡겨두었다.

그 뒤 해방이 되어도 윤동주와 이양하 교수가 지닌 시집 원고는 그 행방을 찾을 길이 없었다. 다행히 정병욱한테 맡긴 원고는 찾을 수 있었다. 정병욱이 전쟁터로 강제 징용을 가면서 윤동주의 원고를 잘 보관해달라고 유언처럼 말하고 떠나자, 정병욱 모친께서는 명주보자기에 겹겹이 싸서 당시 광양에서 양조장을 하던 집 마루 밑 항아리에 고이 넣어두었다. 그것을 1948년에 다시 찾아 윤동주의 유품 속에 있던 시 12편을 합쳐《하늘과 바람과 별과 시》를 내게 되었다. 또 1955년에 윤동주 추모 10주기를 기념해서 중학생 때의 시와 산문을 묶어 그 증보판을 내게 되었다.

이렇게 우여곡절 끝에 발간된 윤동주 시집은 그 얼마나 귀한 시집인가. 더군다나 윤동주 시인은 시와 삶이 일치된 시인이다. 한국시문학사에서 윤동주같이 시와 삶이 일치된 시인은 한용운韓龍雲, 이육사李陸史 외에는 찾기가 어렵다.

나도 가능한 한 시와 삶이 일치되는 시인이 되고 싶었으나 언감생심焉敢生心, 이미 그렇게 될 수 없었다. 그래서 그 누구보다도 우리 민족의 영원한 청년 윤동주 시인을 존경하고 내 삶의 표상으로 삼고, 일찍이 북간도에 있는

윤동주 무덤과 생가를 찾아가보기도 하고, 윤동주 시집을
다시 꼼꼼히 읽는 시간을 갖기도 했다.

그날 나는 윤동주 시집이 든 가방을 집어던졌다는 사실
에 하루 종일 우울했다. 개의 생리적 현상을 이해하지 못
하고 단지 내 구두에 오줌을 누었다는 사실만으로 다짜고
짜 욕을 퍼부었다는 사실이 무척 부끄러웠다. 나라와 민
족을 사랑한 사랑의 시인이며, 남과 나를 용서하는 용서의
시인인 윤동주 시인을 존경하는 나로서는 도저히 있을 수
없는 일이었다. 내가 얼마나 인내심이 부족한 인간인지,
'개 한 마리도 용서하지 못하면서 도대체 그 누구를 용서
할 수 있을 것인가' 하는 데에까지 생각이 미치자 나 자신
이 부끄럽다 못해 초라하게 느껴졌다.

그날 이후 나는 구두를 벗으면 꼭 신발장에 넣어두곤
했다. 깜빡 잊고 그냥 현관에 벗어놓은 날, 바둑이가 또 구
두에 오줌을 싸놓아도 바둑이를 욕하지도 가방을 집어던
지지도 않았다.

바둑이는 17년간이나 나와 함께 살다가 온몸에 암이 퍼
져 세상을 떠났다. 안락사를 시키는 게 좋겠다는 수의사의
권고를 따르지 않아 그래도 가족의 품에서 우리 곁을 떠
나갔다. 바둑이가 떠나던 그 여름날, 왜 그렇게 장대비가
쏟아지던지. 두꺼운 담요에 바둑이를 정성껏 싸서 차가운

빗물이 스며드는 나무 밑에 고이 묻어주었다. 그러나 나는 아직 바둑이한테 용서를 청하지 못했다. 이 글을 쓰면서 비로소 바둑이에게 용서를 청한다.

"바둑아, 미안하다. 나를 용서해다오."

어쩌면 바둑이가 먼저 나를 용서했을지도 모를 일이다.

누룩

죽은 친구들을 만나 술을 마신다
죽어서 사는 일도 두렵다고
살아 있을 때 단 한번이라도
남을 위해 누룩이 되어본 적 있느냐고
죽은 친구들이 술 취해 떠드는 소리가 들린다
살아남아 한송이 꽃으로 아름답기보다
너의 눈물로 나의 누룩을 만들겠다고
나도 죽어 눈물의 누룩이 되겠다고
너의 두려움을 나의 두려움으로 여기겠다고
힘차게 서로 술잔을 건넨다
사람이 죽어서도 만나 술을 마실 수 있는 것은
서로 누룩이 되었기 때문이라고
사랑한다는 것도 죽는다는 것도
서로의 누룩이 되는 일이라고
죽은 친구들이 웃으면서 술에 취한다

우정에도 인내가 필요하다

사람은 친구 없이 살지 못한다. 누구나 가족과 함께 살아가지만 또한 친구와 함께 살아간다. 혼자 살아갈 수 없는 게 인간 삶의 본질이기 때문이다. 그래서 인생에서 어떤 친구를 만나느냐 하는 문제는 어떤 부모와 스승을 만나느냐 하는 문제만큼 중요하다. 물론 평생을 같이해야 하는 친구는 거짓 없는 진실한 친구여야 할 것이다.

내게도 그런 친구가 한 명 있다. 친구라는 말만 떠올려도, 가난했던 나를 중학생 때부터 보살펴주던 한 친구의 얼굴이 떠오른다. 그 친구는 여럿이 돈을 모아 뭘 사 먹거나 어디 가기 위해 차비라도 내어야 할 때면 꼭 내 몫을 대신 내어주었다.

그는 지금 만나도 그때처럼 주기만 하려고 애를 쓴다.

"예전엔 네가 많이 냈잖아. 이젠 내가 낼게."

같이 점심을 먹고 나서 내가 밥값이라도 내려고 하면 "어허, 이 사람아, 여긴 대구야. 서울서 온 사람이 내면 되나" 하면서 여전히 못 내게 한다.

그 친구와 고등학생 때 무전여행을 가서 경주 토함산을 오른 일이 있다. 한참 산을 오르다가 배가 고파 밥을 해 먹기 위해 버너에 휘발유를 넣고 불을 지폈는데 내가 그만 부주의로 휘발유 통을 꽉 밟고 말았다. 하필 휘발유 통 마개가 닫혀 있지 않아 휘발유가 내 아랫도리로 튀는 것과 동시에 내 몸에 불이 확 붙었다.

나는 너무 놀라 소나무 사이로 길길이 뛰었다. 하반신에 붙기 시작한 불을 어떻게 꺼야 할지 알 수 없어 그저 껑충껑충 뛰기만 할 뿐이었다. 그때 그 친구가 침착하게 자기의 윗도리를 벗어 들고 내 바짓가랑이에 붙은 불을 몇 번이고 힘껏 내리쳐 꺼주었다. 만일 그 친구도 나처럼 당황하기만 했더라면 나는 결국 전신에 화상을 입는 신세를 면치 못했을 것이다.

그 뒤 울산 방어진해수욕장에서 텐트를 치고 잠을 자다가 내가 토사곽란을 만났을 때에도 그는 밤새도록 내 배를 쓰다듬어주었다. 토하고 설사하던 내 배를 정성껏 쓰다

듣어주던 그 친구의 따스한 손길이 없었다면 나는 수평선을 붉게 물들이며 떠오르던 동해의 장엄한 아침 해를 바라볼 수 없었을 것이다.

그는 지금도 내 인생의 소중한 벗이다. 그가 보고 싶어 일부러 기차를 탈 때도 있다. 그는 고향 대구에 살다가 이제 포항에 살고 나는 서울에 살아 자주 만나지는 못하지만, 힘든 일이 있을 때면 문득 그가 보고 싶어진다. 보지 않으면 늘 보고 싶은 사람, 보지 않아도 본 것처럼 늘 든든한 사람, 만나면 언제나 마음이 편안한 사람, 무슨 이야기이든 마음속의 이야기를 거리낌 없이 할 수 있는 사람, 그런 사람이 진정한 친구다.

요즘 내 주변을 돌아보면 그런 친구라고 여길 수 있는 이가 몇 명 되지 않는다. 선후배는 많아도 그런 친구는 다섯 손가락에 꼽기도 힘들다. '이제 내 인생에 그 어떤 긍정적인 영향을 끼치지 않는 이는 친구로 삼지 말자'고 나 나름대로 기준을 정하고 나서부터 친구 수가 줄었다. 예전에는 서로 가까이 있어 자주 만날 수 있다는 이유만으로, 또 이런저런 이해관계 때문에 친구가 된 이들이 한둘이 아니었다. 그런데 그런 이들은 그런 이유가 없어지고 나면 친구 관계도 곧 시들해져버렸다.

친구는 멀리 떨어져 살아도 자주 만날 수 없어도 서로

변함이 없어야 한다. 어떤 이해관계가 발생했을 때 내가
좀 손해를 보더라도 받아들일 수 있는 마음의 깊이가 있
어야 한다. 항상 자기 이익에 지나치게 매달리면 서로 친
구 되기가 어렵다.

내가 위탁을 받아 경영하던 출판사 '현대문학북스'를 정
리할 때 저자들에게 미리 지급한 선인세를 되돌려줄 것을
요구했다. 그동안 친구처럼 친하게 지냈던 이들은 대부분
돌려주지 않았다. 어떤 이는 아예 전화도 받지 않고 만나
주지도 않았다. 오히려 돌려주지 않으리라고 여겼던 이들
이 돌려주었다. 꼭 돌려주지 않을 것 같은 사람은 돌려주
고, 꼭 돌려줄 것 같던, 내 입장을 누구보다도 안타깝게 여
겨줄 친구들은 오히려 돌려주지 않았다. '쇠는 불에 넣어
봐야 알고, 사람은 이익을 앞에 놓고 취하는 태도를 보면
안다'는 말은 빈말이 아니었다. '불 속에 들어가보면 쇠의
질김과 여림을 가늠할 수 있고, 명리名利 속에 들어설 때
비로소 사람의 됨됨이를 알 수 있다'는 말은 친구 관계에
도 어김없이 해당되는 말이었다.

나는 요즘 만나는 친구 수가 더 줄어들었다. 나이가 든
다는 것은 진정한 친구가 점점 줄어든다는 것을 뜻하는
것일까. 이러다가 나중에는 만날 친구가 한 명도 없게 될
까 봐 두렵다. 친구가 없다는 것은 오른손이 없는 왼손과

같고, 자주 오가지 않아서 흔적도 없어져버린 산길과 같다고 하지 않는가.

그러나 마냥 두려운 것만은 아니다. 어느 날 책을 읽다가 '친구는 한 사람이면 족하고, 두 사람이면 너무 많고, 세 사람은 불가능하다'는 말을 읽게 되었는데 그 말이 큰 위안이 되었다. 내게 어머니가 한 사람, 아버지가 한 사람이듯 친구도 결국 한 사람이면 족하다는 것이다. 얼마나 친구가 많은가가 중요한 게 아니라 단 한 사람이라도 얼마나 서로 진실하게 대하고 신뢰하며 사랑하느냐가 더 중요하다는 것이다.

진정한 친구란 결국 서로 사랑하는 사이가 되지 않으면 안 된다. 친구 간의 우정도 연인 간의 사랑과 마찬가지다. 주지 않으면 받지 못하고 받지 못해도 주어야 한다. 무엇보다도 내가 먼저 좋은 친구가 되어야 좋은 친구를 얻을 수 있다.

우정은 천천히 자란다. 연애가 한순간의 격정에 뜨거워진다면 우정은 모닥불 속에 굽는 고구마처럼 천천히 뜨거워진다. 사랑이 한여름에 느닷없이 퍼붓는 장대비라면 우정은 봄날에 내리는 보슬비나 가을에 내리는 가랑비다.

생텍쥐페리는 《어린 왕자》에서 여우의 입을 통해 "친구를 갖고 싶으면 나를 길들여보라"고 말한다. 어린 왕자가

여우에게 "어떻게 하면 되느냐"고 묻자, 여우는 "인내심이 있어야 한다"고 말한다. 돌이켜보면 우정에도 가장 필요한 것이 인내다.

부석사 가는 길

부석사 가는 길로 펼쳐진 사과밭에

아직 덜 익은 사과 한 알 툭 떨어지면

나는 또 하나의 사랑을 잃고 울었다

부석여관 이모집 골방에서

젊은 수배자의 이름으로 보내던 그해 여름

왜 어린 사과가 땅에 떨어져야 하는지

왜 어린 사과를 벌레가 먹어야 하는지

벌레도 살아야 한다고

벌레도 살아야 벌레가 된다고

어린 사과의 마음을 애써 달래며

이모님과 사과나무 가지를 받쳐주고 잠들던 여름밤

벌레가 파먹은 자리는

간밤에 배고픈 별들이 한입 베어 먹고 간 자리라고

살아갈수록 상처는 별빛처럼 빛나는 것이라고

내 야윈 어깨를 껴안아주시던 이모님

그 뜨거운 수배자의 여름 사과밭에

아직 덜 익은 푸른 사과 한 알 또 떨어지면

나는 부검실 정문 앞에 쭈그리고 앉아 울던

너의 사랑을 잃고 또 울었다

무량수전을 향하여

사람은 누구나 마음속에 절 하나 지어놓고 산다. 자기 인생의 절이자 운명의 절이다. 그 절은 어릴 때 엄마 손을 잡고 따라가본 절일 수 있고, 어른이 되어 어느 한때 가본 절일 수도 있다. 내 마음속에도 그런 절이 한두 개 있다. 그중 하나가 바로 부석사浮石寺다.

나는 외가가 경주에 있어 어릴 때부터 불국사佛國寺를 자주 다녔다. 다보탑과 석가탑이 서 있는 대웅전 앞마당에 서서 왜 사람들이 저렇게 탑을 세웠을까 하고 생각해보기도 하고, 석등에 불을 밝힐 때 어떻게 밝히는지 궁금해 석등 디딤대 위에 올라가보기도 했다. 또 영지影池에 정말 석가탑의 그림자가 비치는지 궁금해 영지에 가보기도 하고,

사촌 형제들과 토함산 석굴암까지 걸어서 올라가보기도 했다. 석굴암 본존불을 측면에서 보면 본존불의 젖꼭지가 마치 엄마 젖꼭지처럼 도드라져 부처님이 마냥 무섭기만 한 분이 아니구나 하는 생각을 하기도 했다.

그 후 어른이 되어서도 이런저런 기회를 통해 전국 각지에 있는 절을 자주 찾게 되었다. 운주사도 가고 화엄사華嚴寺도 가고, 쌍계사雙磎寺, 선암사仙巖寺, 선운사禪雲寺, 천은사泉隱寺, 낙산사洛山寺, 월정사月精寺, 해인사海印寺, 개심사開心寺 등 많은 절을 찾아가게 되었다.

부석사는 사십 대 초반에 처음 찾게 되었다. 오랜 잡지 기자 생활을 청산하고 혼자 책을 읽고 생각하고 글 쓰는 일에만 전념하기 시작할 때였다. 나 스스로 원한 일이기는 하지만 사회의 한 조직에서 일탈된 뒤에 오는 허전함과 공허감을 달래기 어려웠다. 내가 마치 망망대해에 혼자 떠 있는 조각배 같았다. 그래서 그해 가을 잠시 여행을 떠났다. 나는 기차 타는 것을 무척 좋아하기 때문에 청량리에서 중앙선 기차를 타고 영주에 내려 부석사를 찾아가게 되었다.

부석사 가는 길가엔 온통 사과밭이었다. 마치 밤하늘의 별들이 내려와 사과나무에 빨갛게 빛나고 있는 것 같았다. 일주문을 지나 천왕문까지 이르는 길 양쪽엔 노랗게 잎을 물들인 은행나무가 줄을 서 있었다. 땅 위에 나뒹구는 은행잎들이 마치 오갈 데 없는 나 자신인 듯싶었다. 은행나무 길 옆으로도 사과밭이 이어졌고, 사과나무가 없는 밭엔 군데군데 크고 작은 상사석相思石이 놓여 있었다.

상사석은 떠나간 님이 돌아오기를 간절히 기다리며 누군가가 하루 종일, 1년 내내, 아니 평생 동안 앉아 있던 바위다.

나도 상사석에 앉아 누군가를 간절히 기다려보았다. 내 기다림을 위해 다시 돌아오는 사람은 아무도 없었다. 그런데 그때 천왕문 가까이 있는 당간지주 앞에 한 젊은 여자가 혼자 앉아 있는 모습이 보였다. 나는 그 여자가 전생에서부터 나를 기다려온 내 인연의 사람이 아닌가 하는 생각을 해보았다. 그리고 안양루安養樓를 지나 무량수전無量壽殿 배흘림기둥에 기대어 '배흘림기둥이 무량수전을 받치고 있는 것처럼 내 인생을 받치고 있는 것은 무엇일까' 하고 생각해보기도 했다.

그 뒤 부석사를 자주 찾았다. 아마 열 번도 더 찾아갔을 것이다. 부석사는 찾아갈 때마다 어머니 품속처럼 늘 포근한 느낌이 들었다. 그래서일까. 그동안 한 번도 그런 일이 없었는데 오십 대 초반 무렵에는 무량수전 안에 들어가 아미타불님께 절을 올렸다. 무량수전 문틈으로 부처님을 바라보는 것과 직접 신발을 벗고 들어가 엎드려 절을 하면서 부처님을 바라보는 일은 전혀 다른 일이었다.

내가 부처님께 엎드려 삼배를 올린 것은 그때가 처음이었다. 수원 화서성당에서 영세를 받을 때 나도 모르게 눈물이 났는데 그때도 눈물이 울컥 솟아올랐다. 실은 부처님께 어떻게 절을 올려야 제대로 올리는 것인지 몰라 우선 방석부터 깔고 다른 사람이 절하는 모습을 훔쳐보면서 절을 올렸다.

그런 나를 보고 아미타불님이 빙그레 웃으시는 것 같아 마음이 아주 편안하고 좋았다. 가톨릭 신자가 부처님께 무슨 절을 올리느냐고 물을 필요는 없다. 절을 올린다는 것은 내 인생의 스승으로 흠숭하는 분에 대한 내 마음의 최선의 표현일 뿐이다. 또 누군가에게 엎드려 절을 올린다는 것은 바로 자신의 내면을 향하고 이웃을 향하는 것이기 때문에 많이 하면 할수록 좋다. 내 가난한 인생에 절을 올릴 수 있는 대상이 있다는 것만 해도 얼마나 감사한 일인가.

사람이 절을 찾아간다는 것은 복을 지으러 가는 일이다. 복을 짓는다는 것은 자신과 이웃과 세상 만물에 대해 사랑하는 마음을 지니는 일이다. 따라서 복을 짓는 일과 남을 사랑하는 일은 같은 일이다. 진리에 도달하는 길만 다를 뿐 진리는 늘 같은 마음을 지니고 있다.

부석사에 가면 꼭 눈여겨보아야 할 것이 몇 가지 있다. 먼저 무량수전 왼쪽 구석진 기슭에 있는 '부석浮石'이라는 글씨가 새겨진 바위를 봐야 한다. 그 바위 밑으로 실을 넣으면 실이 끊어지지 않고 통과된다고 한다. 그러니까 그 돌이 받침돌 위에 떠 있는 돌이 되는 셈인데 내가 직접 실험해본 것은 아니다.

무량수전 앞마당에 서 있는 석등을 볼 때는 석등에 새겨진 보살상을 꼭 봐야 한다. 그 보살상이 얼마나 아름답고 부드럽고 따뜻한지 마음속 깊이 모셔서 평생을 두고 사랑과 존경을 바칠 만하다. 또 석등의 네모진 공간 주위에 작은 나뭇가지 정도를 꽂을 수 있는 구멍이 파여 있는 것도 확인해봐야 한다. 그것은 석등 안에 불을 켰을 때 바람막이 종이를 쉽게 붙일 수 있는 구멍이라고 한다.

그리고 무량수전을 정면으로 서서 다 보고 나면 그 자리에서 바로 뒤돌아서서 안양루 누각을 받치고 있는 기둥 위도 한번 올려다봐야 한다. 누각의 지붕과 기둥 사이에 텅 빈 공간이 있는데 그 공간은 마치 부처님이 앉아 있는 형상을 하고 있다. 그것을 '공포불栱包佛'이라고 하는데 무려 스무 분이나 된다.

안양루에는 퇴계退溪 이황李滉의 시판詩板과 함께 '김삿

갓'으로 불리는 김병연金炳淵의 시 〈부석사〉 시판도 걸려 있다. 마음으로 한번 읽어볼 필요가 있어 한글로 번역된 시를 옮겨본다.

평생에 여가 없어 이름난 곳 못 왔더니
백발이 다 된 오늘에야 안양루에 올랐구나
그림 같은 강산은 동남으로 벌려 있고
천지는 부평같이 밤낮으로 떠 있구나
지나간 모든 일이 말 타고 달려오듯
우주 간에 내 한 몸이 오리마냥 헤엄치네
인간 백세에 몇 번이나 이런 경관 보겠는가
세월이 무정하네 나는 벌써 늙어 있네

김삿갓의 시를 다 읽고 나면 서서히 발길을 돌려 멀리 수묵화의 농담濃淡인 양 첩첩이 능선을 이루고 있는 산들을 바라봐야 한다. 만석산, 학가산, 비봉산 등의 산들이 내 가슴속으로 고요히 걸어 들어와 말없이 자리 잡고 앉는 것을 깊게 느낄 수 있다. 무량수전을 등지고 서서 먼 산들의 수묵의 능선을 망망히 바라보는 일, 그게 우리 인생에서 부석사를 찾는 또 하나의 백미다. 내 생각에 무량수전 배흘림기둥들이 천년 세월 동안 무량수전 그 무거운 기와

지붕을 받치고 살아온 까닭은 아침저녁으로 멀리 그 산들을 바라볼 수 있었기 때문이다.

수도원 가는 길

십자가 없이 사랑은 이루어지지 않는다는데
수도원 가는 길에 나는 십자가를 버린다
십자가 없이 사랑은 완성되지 않는다는데
당신을 버리고 수도원 가는 길에
나는 버린 십자가를 주워 또 버린다
사랑의 이름으로 지은 죄 너무 많아
겨울 하늘에 흰 손수건처럼 걸어놓은
새들의 가슴속으로 날아가 운다
내 사랑의 슬픔은 모두 새가 되기를
나의 죄악은 모두 새가 되어 날아가기를
십자가는 다시 나의 십자가가 되어
높이높이 나를 매달아놓기를

하느님은 공평하다

"사람은 태어날 때부터 종교적"이라는 말이 있다. 성 아우구스티누스의 말씀이다. 이 말을 다시 생각해보면 사람은 절대자에 의해 태어나고 절대자에 의해 살아가는 종교적 존재일 수밖에 없다는 뜻이다. 오늘을 사는 많은 이들이 종교와는 아무런 상관 없는 삶을 살고 있다고 생각할지 모르나 실은 우리의 삶 자체가 이미 하나의 종교적 행위와 형태이다.

나는 초등학생 때 기독교를 통하여 신앙에 눈을 뜨기 시작했다. 그것은 전적으로 어머니 때문이었다. 어머니는 6·25 전쟁 때 갓난아기인 나를 업고 피난을 다니면서 하느님의 존재를 인식하기 시작했다고 한다. 전쟁이 나기 전에는 누가 교회에 나가자고 하면 거들떠보지도 않았으나 정작 눈앞에 죽음이 들이닥치자 "아이구, 하느님!" 하는 소리가 입에서 저절로 나왔다고 한다. 비행기가 머리 위로 지나가면서 폭탄을 퍼붓자 자신도 모르게 하느님을 찾으면서 살려달라고 매달렸다는 것이다.

그 후 나는 어머니에 의해 기독교 유아세례를 받았다. 그리고 어머니를 따라 유년주일학교를 다녔으며, 중고등학생 때에도 열심히 교회에 나가게 되었다. 어머니는 추운 겨울날에도 거의 빠지지 않고 매일 새벽기도를 다니셨다. 벌겋게 달아오른 연탄 한 장을 집게로 찍어 들고 개울(지금의 범어천)의 징검다리를 건너가시던 어머니의 모습은 아직도 잊히지 않는다. 어머니는 교회의 마룻바닥에 놓인 연탄난로에 불을 지피고 차가운 마룻바닥에 꿇어앉아 울면서 기도를 하셨는데, 어머니가 왜 그렇게 눈물을 흘리며 기도하셨는지 그때는 알 수 없었다. 다만 알 수 있었던 것은 많은 사람들이 어머니처럼 눈물의 기도를 하면서 하루하루 살아간다는 것뿐이었다.

내가 천주교회에 관심을 갖게 된 것은 대학 졸업 무렵이었다. 대학에서 국문학을 전공했는데, 민속학 시간에 김태곤金泰坤 교수가 어떤 분야의 논문을 쓰든 논문을 한 편씩 제출해야만 학점을 주겠다고 했다. 나는 무슨 논문을 쓸까 고민하다가 평소 소설을 쓰기 위해 관심을 지니고 있었던 조선시대의 형벌에 관한 논문을 쓰기로 마음먹고 프랑스 파리 외방전교회 소속 클로드 샤를 달레 신부가 쓴《한국천주교회사》를 읽게 되었다. 세 권이나 되는 그 책에 나타난 형벌 부분만 밑줄을 그으며 읽다가 그만 나도 모르게 큰 감동을 받게 되었다. 천주학을 믿는 수많은 사람들이 죽음 앞에서도 배교하지 않고 의연하고 당당하게 죽어가는 모습은 조선천주교회의 고통과 눈물을 몰랐던 나에겐 하나의 큰 충격이었다.

1801년 신유박해를 시작으로 1839년 기해박해, 1846년 병오박해, 1866년 병인박해에 이르기까지의 온갖 박해를 피해 다니다가 체포된 '천주학쟁이'들에 대한 형벌은 잔인했다. 얼굴에 회칠을 한 망나니가 칼춤을 추다가 목을 자르는 것은 물론이오, 발뒤꿈치를 마늘처럼 칼로 깎는다든가, 손발을 등 뒤로 묶고 천장에 매달아 빙빙 돌리며 '학춤'을 추게 한다든가, 경사진 나무 막대 위를 맨발로 걸어가게 해서 기름이 펄펄 끓는 가마솥에 그대로 빠져 죽게 한다든가, 안방 벽에 구멍을 내고 바깥쪽으로 머리를 내밀게 해서 칼로 내려친다든가 하는 잔혹한 형벌 앞에서도 결코 배교하지 않는 천주교인들의 모습은 나에게 비로소 진리와 신앙에 대해 깊게 성찰하는 하나의 계기를 만

1984년 12월 수원 화서성당에서 어머니가 아들 영민이를 바라보고 계시는 동안 나는 영세를 받기 위해 마음을 모으고 기도를 올렸다. 영세명은 프란치스코.

들어주었다.

그러나 그러한 계기가 꼭 천주 신앙을 지니는 데로 바로 연결되지는 않았다. 언젠가 어느 일요일 날 혼자 성당에 나가보았으나 개신교회와 다른 여러 전례의 절차를 어떻게 따라해야 할지 몰라 그저 당혹감만 느끼고 돌아왔을 뿐이었다. 그러다가 교황 요한 바오로 2세께서 한국을 방문한 1984년 성탄절 날, 나는 수원 화서성당에서 이탈리아 아시시의 성인 프란치스코를 영세명으로 삼아 영세를 받았다. 내 안에 무슨 울음이 그렇게 많았는지 영세받는 동안 내내 울먹였다.

내가 영세를 받게 된 것은 전적으로 동화작가 정채봉 씨의 인도 때문이었다. 당시 정채봉 씨와 나는 수원에서 살고 있었다. 어느 날 정채봉 씨와 같이 수원행 전철을 타고 집으로 가다가 내가 달레 신부가 쓴《한국천주교회사》를 읽고 감동을 받았다는 이야기를 하자 정채봉 씨가 나를 수원 화서성당의 교리반으로 인도했다.

영세를 받기 전까지 나는 하느님을 원망하는 마음을 지니고 있었다. 인간은 비극적인 존재이며 인간의 삶이 고통으로 이루어져 있다는 것을 모르는 바 아니었으나, 감당하기 어려운 고통과 비극이 닥쳐올 때마다 하필이면 왜 내게 주시느냐고 하느님을 원망하곤 했다. 시인 김남조金南祚 선생께서는 시 〈비통〉에서 '비통도 양식이니/ 조석朝夕으로 내가 먹으리'라고 말씀하셨는데, 나는 고통과 비통을 먹기는커녕 뱉어내려고만 하면서 하느님에 대한 원망의 마음을 거두지 않았다.

지금 생각해보면 참으로 부끄러운 일이다. 다른 사람의 삶은 어떻게 되든 적어도 나의 삶에 있어서만은 비극과 고통이 없어야 한다는 것은 이기적인 태도가 아닐 수 없다. 인간이라면 누구에게나 비극이 발생되고, 그 비극으로 인해 누구나 고통받는 삶을 살 수밖에 없다는 것을 깨닫는 데에 나는 많은 시간이 걸렸다.

이제 나만 고통 가운데 살지 않는다는 것을 잘 안다. 이번에는 내 차례이기 때문에 자연스럽게 찾아오는 고통이라는 것을 잘 안다. 인간은 모두 고통받는 존재이며, 인간의 고통을 위안하고 위로하기 위해 하느님이 존재하고 계신다는 것을 깨닫는다. 하느님이 인간에게 고통을 주는 게 아니라, 인간이기 때문에 지니고 있는 본질의 고통을 오히려 하느님이 덜어주고 위안해주시는 것이다.

하느님은 공평하다. 하느님은 공평하게 인간을 사랑한다. 결코 편애하지 않으신다. 만일 하느님이 편애하는 분이라면 인간은 그 얼마나 쓸쓸하고 황량할 것인가. 나는 하느님이 아무리 못난 인간이라도 누구나 다 사랑하신다는 것을 깨닫는 데에도 많은 인생의 시간을 허비했다.

사북을 떠나며

술국을 먹고
어둠 속을 털고 일어나
이제는 어디로 가야 하는 것일까
어린 두 아들의 야윈 손을 잡고
검은 산 검은 강을 건너
이 사슬의 땅 마른 풀섶을 헤치며
이제는 어디로 가야 하는 것일까
산은 갈수록 점점 낮아지고
새벽하늘은 보이지 않는데
사북을 지나고 태백을 지나
철없이 또 봄눈은 내리는구나
아들아 배고파 울던 내 아들아
병든 애비의 보상금을 가로채고
더러운 물 더러운 사랑이 흐르는 곳으로
달아난 네 에미는 돌아오지 않고
날마다 무너지는 하늘 아래
지금은 또 어느 곳
어느 산을 향해 가야 하는 것일까

오늘도 눈물바람은 그치지 않고
석탄과 자갈 사이에서 피어나던
조그만 행복의 꽃은 피어나지 않는데
또다시 불타는 산 하나 만나기 위해
빼앗긴 산 빼앗긴 사랑을 찾아
조그만 술집 희미한 등불 곁에서
새벽 술국을 먹으며 사북을 떠난다
그리운 아버지의 꿈을 위하여
오늘보다 더 낮은 땅을 위하여

땅 위의 직업

살아가기 힘들 때마다 문득 생각나는 사람이 있다. 그는 강원도 탄광 마을인 고한 사북에 사는 한 평범한 광원으로 내가 잡지사 기자 시절에 취재를 위해 단 한 번 만났던 김장순이라는 사람이다. 그는 검은 탄가루나 버력들이 무더기로 쌓인 산중턱 어느 허름한 블록집에 살고 있었는데, 까마득히 잊고 있다가도 살기 힘들 때마다 문득 그가 떠오르는 것은 그가 나에게 준 남다른 교훈 때문이다. 그는 나에게 땅 위에서 일하고 있다는 것이 얼마나 행복한 일인가 하는 것을 깨닫게 해주었다.

김장순 씨는 경북 안동에서 농사를 짓다가 농협 빚을 갚지 못해 빚잔치를 하고 탄광촌으로 뛰어든 사람이다. 그는 우리나라 농부들의 전형적인 얼굴, 순박하고 순연한, 마치 봄날의 따스한 밭흙 같은 인상을 풍기는 사람으로, 나는 그가 일하고 있는 광업소 소장의 허락을 받아 지하 막장까지 그를 따라가본 적이 있다.

먼저 탈의실에 들어가 작업복으로 갈아입었다. 여름인데도 안에도 두꺼운 내복을 껴입었다. 머리엔 헤드램프가 달린 헬멧을 썼으며, 구두를 벗고 무릎까지 올라오는 장화를 신었다. 그리고는 여러 광원들과 함께 작업용 엘리베이터를 타고 지하 700미터 아래로 내려갔다. 그리고 그곳에서 다시 갱차를 타고 수평으로 1천 200미터까지 가서 다시 갱 속으로 천천히 걸어 들어갔다.

갱벽에서 드문드문 도로의 안개등 같은 불빛이 새어 나왔으나 미로와 같은 갱 속은 춥고 어두웠다. 지하 사무실에서 막장으로 가는 지도를 보았으나 어디가 어딘지 도무지 알 수 없었다. 갱 양편으로는 탄가루가 섞인 검은 지하수가 소리도 없이 급히 흘러갔다. 갱 바닥은 탄가루와 뒤범벅이 돼 장화 신은 발이 푹푹 빠졌다. 나는 오직 헬멧에 부착된 희미한 불빛에만 의지하고 그의 뒤를 따라갔다. 입 밖으로 말을 꺼내는 광원은 아무도 없었다.

그렇게 어딘지도 모르는 캄캄한 어둠 속을 삼십 분쯤 걸어갔을까. 더 이상 갱도가 없는 곳이 나타났다. 갑자기

1980년대 중반, 사북 고한탄광 막장에서. "땅 위의 직업을 갖고 싶다"던 광원 김장순 (왼쪽에서 두 번째) 씨는 지금 땅 위의 직업을 갖고 있을 것이다.

어디로 가야 할지 알 수 없어 한순간 당황스러웠으나 내 키보다 조금 더 높은 지점에 갱벽 한가운데를 비스듬히 위로 뚫은 새로운 갱도가 하나 나왔다. 두세 사람이 겨우 드나들 만큼 좁은 갱 속을 제대로 고개도 들지 못하고 거

의 기다시피 하면서 들어가자 그곳이 바로 지하 막장이
었다.

광원들은 막장에 들어가자마자 잠시도 쉬지 않고 좌우
로 버팀목을 세우며 안으로 안으로 파 들어갔다. 김장순
씨가 한 번씩 곡괭이를 내리찍을 때마다 탄 덩이가 떨어
져 나왔고, 떨어져 쌓인 탄 덩이는 경사진 배출구를 통해
갱도 밖으로 와르르 쏟아져 내려갔다.

나는 곡괭이질을 하는 김장순 씨를 지켜보면서 막장에
널브러져 있는 버팀목에 가만히 앉아 있었다.

막장 안은 지열 때문에 몹시 더웠다. 가만히 앉아 있기
만 해도 땀이 흐르고 가슴이 답답했다. 아무도 없는 땅속
저 깊은 곳, 어딘지 모르는 한 지점에 작은 한 마리 벌레처
럼 앉아 숨을 헐떡이고 있는 기분이었다.

"막장에서는 잠을 못 자게 합니더. 담배도 못 피우게 하
지예. 그런데 어떤 땐 앉은 채로 나도 모르게 깜빡 졸 때도
있습니더."

나는 곡괭이질을 하는 중간중간에 한마디씩 던지는 김
장순 씨의 말이 제대로 들리지 않았다. 그를 취재한다는
일이 나로서는 너무나 건방지고 부끄러운 일이라는 생각
부터 먼저 들었다.

김장순 씨가 막장을 나온 것은 점심시간이었다. 그는 다

시 갱 속 지하 사무실로 가 그곳에 보관해둔 도시락을 꺼
내 먹었다. 어둠 속에서 손도 씻지 않고 작업복도 입은 채
였다.

"드이소. 우린 맨날 여기서 이렇게 점심을 먹습니더. 그
래도 이때가 가장 기다려지는 시간 아닙니꺼."

그는 아내가 내 몫으로 싸준 도시락을 건네주면서 허옇
게 이빨을 드러내고 웃었다.

나는 그와 함께 도시락을 먹었다. 꽁보리밥이었다. 어릴
때 외갓집에 가서 먹어본 이후 단 한 번도 먹어본 적이 없
는 꽁보리밥이었다. 밥은 껄끄러워 목으로 잘 넘어가지 않
았다. 무엇보다도 탄가루와 함께 밥을 먹는다는 생각에,
밥을 먹는 것이 아니라 탄가루를 먹는다는 생각에 통 젓
가락질을 하기가 싫었다.

그러나 김장순 씨는 그렇지 않았다. 반찬도 김치와 콩자
반뿐인데도 진수성찬이 부럽지 않다는 듯 맛있게 먹었다.
나는 그가 너무 빨리 밥을 먹는다 싶어 이런저런 질문을
해댔다. 그는 내가 묻는 말에 솔직하게 있는 그대로 대답
을 해주었다.

고향에 있던 막냇동생까지 고한 사북에 불러들여 3년째
함께 일하고 있다는 이야기, 그 막냇동생 장가보낼 일이
걱정이며, 광원으로 일하면서 그래도 두 아들 녀석 학비가

안 들어서 좋다는 이야기, 그를 탄광촌으로 내몬 고향의 농협 빚은 이제 다 갚았으며, 한두 해만 더 일하면 어느 정도의 목돈을 마련할 수 있다는 이야기, 그렇게 되면 다시 고향에 돌아가 농사를 지으면서 젖소 몇 마리라도 키우고 싶다는 이야기 등은 어느 것 하나 내 마음을 아리게 하지 않는 것이 없었다.

그때 그의 이야기 중에서 가장 충격적이었던 이야기는 그의 소원에 관한 것이었다. 나는 이런저런 질문 끝에 소원이 있다면 무엇이냐고 물어보았다. 그러자 그가 이렇게 말했다.

"물론 그건 땅 위의 직업을 갖는 거지예. 땅 위에서 일하는 사람들은 자기들의 직업이 얼마나 좋은 것인지를 잘 모르니더."

나는 몇 점 꽁보리밥을 입에 넣고 우물거리다가 그만 이 말을 듣고는 목이 꽉 메었다. 온몸에 전기가 통하듯 화들짝 놀랐다. 그때까지만 해도 '땅 위의 직업' 갖기를 소원하는 사람이 이 세상에 있다는 사실을 생각해본 적이 없었다. 땅 위의 직업을 갖고 일을 한다는 것이 그 얼마나 행복한 일이라는 것을 미처 깨닫지 못하고 있던 나에게 그 말은 하나의 커다란 깨우침이었다.

그 이후로 나는 "땅 위의 직업을 갖고 싶다"는 그의 말을 단 한 번도 잊어본 적이 없다. 세상살이가 고달프고 힘들 때마다 그를 생각하고, 땅 위의 직업을 지니고 있는 것만으로도 나 자신이 그 얼마나 행복한 삶을 누리고 있는가 하고 스스로 위안받는다.

황순원 선생의 틀니

황순원 선생님 단고기를 잡수셨다
진달래 꽃잎 같은 틀니를 끼고
단고기 무침이 왜 이리 질기냐고
틀니를 끼면 행복도 처참할 때가 있다고
천천히 술잔을 들며 말씀하셨다

아줌마, 배바지 좀 연한 것으로 주세요
우리들은 선생님의 틀니를 위해
일제히 주방을 향해 소리쳤다
황선생님만큼은 틀니 낀 인생이 되지 않기를
간절히 바라는 마음으로 술을 마셨다

틀니를 끼면 인생은 빠르다
틀니를 끼면 봄은 다시 오지 않는다
틀니를 끼기 시작하면서부터 인생의
덜미를 잡히기 시작한다
틀니를 끼는 순간부터 인간은
육체에게 비굴해진다

서울대입구 지하철역
경성단고기집을 나오자 봄비가 내렸다
황선생님을 모시고 우리들은 어둠 속에서
밖을 향해 계속 길을 걸었다
걸으면 걸을수록 틀니를 끼고 이를 악물고
살아가야 할 날들이 더욱 두려워

더러는 지하철을 타고 가고
더러는 택시를 타고 가고
더러는 걸어서 가고
평생에 소나기 몇 차례 지나간
스승의 발걸음만 비에 젖었다

소나기가 내려야 무지개가 뜬다

소설가 황순원黃順元 선생님은 내 모교의 스승이다. 나는 경희대 국문학과를 다니는 동안 황순원 선생님의 문학 강의를 들었다. 졸업한 뒤에는 문단에 등단한 국문학과 동문들을 중심으로 한 '황순원 선생을 사랑하는 모임'을 통해 만나 뵈었다. 그 모임은 선생님 정년퇴임 후 몇몇 제자들을 중심으로 일찍이 자연스럽게 만들어졌으나 정작 나는 작고하시기 7년 전부터 참석해 자주 뵙지는 못했다. 주로 사당동에 있는 보신탕집에서 모였는데 선생님은 사모님 양정길 여사와 함께 꼭 참석하셨다. 술은 소주를 드시지 않고 집에서 미리 준비해온 와인 '마주앙'을 맥주잔 한 잔 정도 따라 드셨으며 만면에 미소를 띠시면서도 말씀은 거의 없으셨다.

그래도 전체 분위기가 무르익어갈 무렵이면 선생님께서는 꼭 한 말씀 하셨다. 책을 출간한 제자의 이름과 책 제목을 말씀하시면서 "자, 우리 이제 축하하는 의미에서 건배를 하지"하고 건배 제의를 하시곤 했다. 그러면 그 자리가 선생님 주도하에 출판기념회를 하는 뜻 깊은 자리가 되기도 했다. 나도 신간 시집이 출간되었을 때 선생님께 그런 축하를 받고 싶었으나 선뜻 용기가 나지 않아 시집도 드리지 않고 그냥 가만히 있었다.

선생님은 제자들을 무척 사랑하시면서도 엄격하셨다. 매해 조선일보 신춘문예 단편소설을 심사하셨는데 제자의 작품일 경우 작품성이 뛰어나도 일부러 당선시키지 않으셨다. 그래서 나는 본명을 쓰지 않고 큰아들 정영민 이름으로 작품을 투고해 1982년 조선일보 신춘문예에 단편소설 〈위령제〉가 당선된 적이 있다. 그해 신문에 본명을 밝히고 작품이 발표되자 선생님께서 직접 전화를 주셨다. 나는 야단맞을 각오를 하고 있었으나 뜻밖에도 "당선을 축하한다. 작품이 좋았다. 열심히 쓰도록 하라"는 말씀을 하셨다. 선생님께서는 엄격하시지만 또 한편 깊은 정을 드러내시기도 하셨다.

가난한 자취생이었던 내가 이런저런 일로 결석이 잦아

소설가 황순원 선생님의 제자라는 사실은 내게 큰 영광이다. 결코 시류에 휩쓸리지 않는 선생님을 통해 진실한 작가적 삶의 태도를 배웠다. 1973년 경희대학교 문리대 언덕 길에서.

선생님 과목을 C학점을 받은 적이 있었다. 문예장학생이었던 나는 한 과목이라도 C학점을 받으면 더 이상 장학금을 받을 수 없었다. 그래서 사당동 예술인마을에 사시는 선생님을 직접 찾아뵙고 "선생님 과목만 C학점을 받았습니다. C학점이 하나라도 있으면 문예장학금을 계속 받을 수 없습니다"하고 말씀드렸다. 그러자 선생님께서는 "공부도 열심히 하고 시도 열심히 써라"는 말씀을 하시면서 학점을 고쳐주셨다. 그만큼 선생님은 깊고 따뜻하신 분이셨다.

한번은 선생님께서 그날따라 단고기('개고기'의 북한어) 잡수시기를 힘들어하셨다. 고기가 제대로 삶기지 않은 탓이라기보다 선생님께서 틀니를 하신 탓이었다. 사람이 나이가 들면 구강의 형태는 변하나 틀니의 형태는 그대로이기 때문에 음식을 제대로 먹기 힘들 수도 있었다. 그래서 연한 부분의 고기를 따로 주문해서 선생님께 드렸다. 일찍이 내 부모님께서 틀니를 하신 후 식사하실 때마다 불편해하시는 것을 잘 알고 있던 나는 선생님의 틀니의 의미가 무척 특별하게 여겨졌다. 〈황순원 선생의 틀니〉는 그런 경험이 바탕이 돼 쓴 시로 〈현대문학〉에 발표했으나 정작이 시에 대해서는 선생님께 아무 말씀도 드리지 않았다. 선생님 또한 내가 당신의 틀니에 대해 시를 쓴 줄은 모르셨을 것이다.

선생님의 유택은 한번 이장을 해서 현재 경기도 양평 '황순원문학촌 소나기마을'에 있다. 장례식 때 흙을 한 삽 떠서 하관한 관 위에 뿌린 일이 엊그제 같은데 선생님께서 세상을 떠나신 지 벌써 20년이 지났다.

선생님의 대표작 〈소나기〉를 읽지 않은 사람은 거의 없을 것이다. 중학교 교과서에 빠지지 않고 나오는 작품이기 때문에 젊은 세대라면 아마 대부분 다 읽었을 것이다.

나는 얼마 전 '황순원문학촌 소나기마을'을 다녀온 뒤 문학촌의 전체적 분위기가 〈소나기〉에 나오는 분위기와 흡사해 문고본으로 나온 《소나기》를 다시 꺼내 읽어보았다. 한 소년의 애틋하고 아름다운 첫사랑 이야기가 여름 농촌 풍경을 배경으로 이루어져 있어 나도 문득 내 어린 소년 시절로 되돌아가는 듯했다.

개울가, 물장난, 조약돌, 징검다리, 텃논, 가을걷이, 허수아비, 새끼줄, 참새, 참외, 수박, 들국화, 도라지꽃, 산마루, 송아지, 먹장구름, 원두막, 소나기, 초가집, 비안개……

〈소나기〉를 읽고 난 뒤 이런 낱말들이 내 가슴속에 오래도록 남아 있었다. 이 낱말들로 인해 한동안 어릴 적 내 고향 동네에 사는 듯 행복한 심사에 젖을 수 있었다. 지금 도시에서 자란 이들은 이런 낱말을 구체적인 자기 경험을 통해 이해하기 어렵지만 어느 정도 나이 든 이들은 농촌에서 보낸 어린 시절의 그 그리운 시공간을 끄집어내는 일이 그리 어렵지 않다.

나도 어린 시절을 비록 도시 변두리 지역이었지만 개울

과 무논이 있고 과수원과 원두막이 있는 곳에서 보냈다. 지금도 여름방학 때 논두렁길을 걸으며 메뚜기를 잡던 기억은 뚜렷하다. 물론 〈소나기〉에 나오는 소년처럼 논밭에서 후두둑 소나기를 맞기도 했다.

그때는 쏟아지는 빗줄기를 빨리 피하려고 하지 않았다. 일부러 소나기를 흠뻑 맞았다. 차가운 소나기에 온몸이 다 젖으면 왠지 시원하고 신이 나고 즐거웠다. 소나기 속으로 이리저리 뛰어다니는 것을 재미난 놀이 정도로 여겼던 동심 때문이었을 것이다. 아마 요즘 아이들이 물에 흠뻑 젖은 채 음악 분수 속을 신나게 뛰어노는 것과 같은 동심이었을 것이다.

고등학생이 되어서도 나는 우산을 들고 다니는 일이 거의 없었다. 비가 오면 비를 그대로 맞는 게 좋았다. 어쩌다가 어느 집 처마 밑으로 비를 피한다 하더라도 쏟아지는 빗줄기를 바라보는 일이 재미있었다. 빗물이 거칠게 홈통을 타고 콸콸 내려오는 소리나 흙바닥에 요란하게 툭툭 튀는 소리는 늘 풋풋한 자연의 소리였다.

요즘은 길을 가다가 소나기를 만나는 일이 거의 없다. 어디를 가더라도 지상으로 걸어 다니는 일이 드물기 때문이다. 행여 길을 가다가 소나기를 만났다 하더라도 얼른 피한다. 하필이면 내가 길을 갈 때 소나기가 퍼붓나 하고 원망하는 마음을 갖거나 우산을 챙기지 않은 준비성 없는 나를 나무란다. 소나기를 내게 찾아온 어떤 불운이나 고통으로 여긴다.

소나기가 내려야 무지개가 뜬다. 무지개가 뜨지 않으면 하늘은 아름답지 않다. 소나기가 지나간 뒤에 해는 더욱 빛난다. 따라서 무지개는 소나기의 다른 모습에 지나지 않는다. 그런데도 사람들은 무지개만 보고 소나기는 보지 못한다. 소나기가 왔기 때문에 무지개가 떴다는 사실을 잊어버린다. 왜 내 인생에 불행의 소나기, 고통의 소나기가 퍼붓느냐고 원망한다.

소나기가 온다 하더라도 하루 종일 오는 것은 아니다. 오다가 반드시 그치기 때문에 소나기다. 소나기가 하루 종일 오면 그것은 이미 소나기가 아니다. 소나기가 며칠 계속되면 그것은 장마다. 소나기가 그쳤다고 해서 다시 오지 않는 것도 아니다. 여름이 오면 소나기는 또 퍼붓는다.

내 인생의 소나기, 그것이 비록 고통의 소나기라 할지라도 피할 생각은 애초부터 하지 않는 게 좋다. 삶에는 회자정리會者定離와 생로병사生老病死의 문제가 반드시 일어나게 돼 있어서 아무리 고통이 찾아오지 않기를 원해도 살아 있는 한 결코 피할 수가 없다. 오히려 고통이 찾아오기 때문에 살아 있다. 만일 고통이 찾아오지 않는다면 이미 죽은 존재나 마찬가지다.

따라서 고통이 찾아오지 않기를 바랄 게 아니라 소나기처럼 자연적인 삶의 일부로 받아들여야 한다. 어릴 때 소나기 속을 뛰어다니며 신나게 놀던 것처럼 비록 고통의 소나기가 퍼붓는다 할지라도 그것을 받아들이고 승화시킬 수 있는 슬기가 필요하다. 그래야 고통은 생기와 활력을 주는 내 삶의 소중한 영양소가 될 수 있다.

달라이 라마는 "아무리 해결책을 발견할 수 없는 고통이 있다 하더라도 그 고통에 맞서는 편이 더 낫다"고 말한다. 결국 고통은 들이닥치기 때문에 "그동안 회피하고만 있었다면 실제 그런 일이 일어났을 때 견디기 힘든 정신적 불안과 충격을 받게 된다"는 것이다. 그래서 "살아가면서 마주칠 고통을 미리 예상하고 있으면 그것에 익숙해짐으로써 실제 그런 일이 일어나면 마음이 훨씬 평화롭다"는 것이다.

결국 고통은 수용하느냐 마느냐의 자기 선택에서 생겨난 갈등의 문제다. 지금 내게 고통의 문제가 있다면 나의 판단과 선택에 따라 스스로 고통을 만들기도 하고 만들지 않을 수도 있다. 고통에서 자유로워지거나 더 고통스러워지는 것은 어디까지나 나의 선택적 태도에서 기인한다.

나는 이제 소나기를 맞고 싶다. 가능한 한 지하철을 타거나 버스를 타지 말고 걸어 다니다가 소나기를 만나고 싶다. 비록 고통의 소나기라 할지라도 소나기가 내려야 내 인생의 가장 아름다운 무지개가 뜬다.

침묵

종소리는 종의 침묵이다
새소리는 새의 침묵이다
대숲에 이는 바람 소리는 바람의 침묵이다
산사의 풍경 소리는 진리의 침묵이다
여름날 천둥소리는 거룩한 하늘의 침묵이다
별들이 가장 빛날 때는 바로 침묵할 때이다
꽃들이 가장 아름다울 때도 바로 침묵할 때이다
내가 통영에서 배를 타고 찾아간
인간의 섬은 다 바다의 침묵이다
오늘도 눈물의 마지막 열차를 타고
신새벽에 서울역에 내렸을 때
노숙자의 어깨 위에 고요히 내리는 함박눈은
희망의 침묵이다

엔도 슈사쿠의 《침묵》

환승을 하려고 지하철역 통로를 지날 때였다. 무심코 쳐다본 지하철 벽면에 붙은 영화 〈사일런스〉의 포스터를 보는 순간, 나도 모르게 심장이 쿵 내려앉는 듯해서 발걸음을 멈추었다. 그것은 다음과 같은 글귀 때문이었다.

'인간은 이토록 슬픈데, 주여, 바다는 너무도 푸릅니다.'

푸른 바다를 배경으로 제작된 그 포스터 앞에 나는 가던 길도 잊고 오래도록 서 있었다. 그 포스터엔 '고난의 순간에 당신은 왜 침묵하십니까?'라는 질문의 글귀 또한 있었다.

〈사일런스〉는 노벨문학상 수상자로도 여러 번 거론된 일본 작가 엔도 슈사쿠遠藤周作의 소설 《침묵》을 마틴 스코

세이지 감독이 20여 년간의 준비 끝에 만든 영화다.

나는 그 영화를 개봉하는 날 첫 회 상영할 때 혼자 보러 갔다. 지금까지 첫날 첫 회 상영하는 영화를, 그것도 혼자 보러 간 적은 없었다. 그러나 〈사일런스〉만큼은 그렇게 해야만 그 영화에 대해 제대로 예의를 갖추는 것이라는 생각이 들었다.

영화는 첫 장면에서부터 숨을 죽이지 않으면 안 되었다. 군데군데 유황 온천물이 펄펄 끓어오르는 웅덩이가 있는 바닷가 기슭에 천주교인들이 맨살을 드러낸 채 나무 기둥에 매달려 있었고, 형리들이 그들에게 뜨거운 온천물을 끼얹는 장면은 단박에 영화에 빠져들게 했다. 육지와 잇닿은 검푸른 바다 한 모퉁이에서 십자가 형틀에 묶여 끊임없이 철썩대는 거친 파도를 고스란히 맞으며 죽음을 기다리는 그들의 모습은 장소만 바꾼다면 골고다 언덕에서 십자가 형에 처해진 예수의 모습과 크게 다를 바 없었다.

도대체 신은 누구인가. 인간에게 왜 신이 존재하는가. 왜 인간은 신의 존재에 대한 믿음의 문제로 미워하고 핍박하고 급기야 목숨마저 앗아가는가. 영주 이노우에의 박해를 견디지 못하고 수많은 천주교인들이 죽임을 당하는데도 도대체 신은 왜 침묵하는가. 왜 인간의 간절한 기도에 응답하지 않는가.

십자가도, 예수의 얼굴이 그려진 그림도 하나의 상징이다. 상징은 상징일 뿐, 거부할 수 없는 힘에 의해 나무 십자가에 침을 뱉고 예수의 초상을 발로 밟는다 하더라도 마음속에 그에 대한 불변의 믿음을 지니고 있다면 배교라고 할 수 없지 않는가. 신은 용서와 사랑으로 이루어진 존재이기 때문에…….

영화를 보는 내내 나는 숙연한 마음의 자세를 잃지 않았다. 자기 때문에 죽어가는 신자들을 살리기 위해 끝내 신앙을 저버리는 로드리게스 신부나, 배교했다가 용서를 청하고 그런 뒤에 또 배교하는 일본인 신자 기치지로가 나 자신과 동일시돼 잠시도 딴생각을 할 수 없었다.

영화가 끝난 뒤에는 얼른 자리에서 일어나기 힘들었다. '신은 인간의 고통에 왜 끝내 침묵하는가. 배교는 진정 가장 괴로운 사랑의 행위인가' 하는 질문이 내게 강하게 주어졌기 때문이다. 그리고《침묵》을 읽고 소설을 쓰고 싶어 하던 이십 대 때의 내 젊은 날이 떠올랐기 때문이다.

우리나라에《침묵》은 번역된 책이 여러 권 있다. 성바오로출판사에서 시인 김윤성 씨가 번역한 것, 홍성사에서 공문혜 씨가 번역한 것, 중앙일보사 〈오늘의 세계문학전집〉에서 김효자 씨가 번역한 것 등이 바로 그것이다. 그중에서 내가 읽은 책은 성바오로출판사에서 김윤성 씨가 번역한 것이다.

《침묵》을 읽은 것은 본격적으로 소설에 관심을 가졌던 1970년대 후반이다. 그 무렵 나는 직접 소설은 쓰지 못하고 마음속으로만 계속 써야 한다고 생각하고 있었다. 그런데 마음속으로 생각만 하고 있는 소설은 직접 글쓰기라는 행위를 통하지 않고서는 아무런 소용이 없다는 것을 깊이 깨닫게 해준 책이 바로《침묵》이다. 그러니까《침묵》은 내게 소설 쓰기에 대한 꿈과 열망을 부여해준 책이다.

《침묵》은 내 여동생이 고등학교를 졸업할 때 가톨릭 신자였던 친구한테 선물로 받은 책으로, 오랫동안 내 책꽂이에 꽂혀 있었다. 이사 다닐 때마다 버리지 않고 무심히 그냥 책꽂이에 꽂아놓고 있었을 뿐 읽지는 않았다. 외국 작가가 쓴, 우리의 문학적 정서와는 별로 어울리지 않는 연애소설 정도로만 생각한 탓이었다.

그러다가 참으로 우연한 기회에《침묵》을 읽게 되었다. 어느 일요일 한낮, 무심코 서가에 꽂힌 책들을 훑어보다가 유독《침묵》이 눈에 띄어 별다른 기대감을 가지지 않고 읽기 시작했다. 처음에는 그저 전교성이 강한 종교소설인가 하는 느낌이 들어 읽는 데에 인내심이 다소 필요하다는 생각을 하다가 곧 깊숙이 빠져들고 말았다.

《침묵》은 1600년 이후 포르투갈 예수회에서 일본에 파

견한 신부들이 포교 과정에서 겪게 되는 순교와 배교에 관한 이야기를 쓴 소설로, 내겐 무척 충격적이었다. 그것은 신이 침묵의 방법으로 인간을 사랑한다는 사실을 깨닫게 된 데에서 오는 충격이었다. 신을 사랑하는 인간의 방법 또한 궁극에 가서는 신을 부정하는 데까지 다다를 수 있다는 사실도 알게 되었다.《침묵》에서는 예수의 얼굴이 그려진 성화판을 밟으며 신의 존재를 부인하는 배교의 행위마저도 신에 대한 사랑의 한 모습이었으며, 신 또한 인간의 그런 행위를 침묵의 방법으로 사랑하고 있었다.

그것은 내게 하나의 놀라움이었다. 어린 시절부터 기독교 문화와 정신이 몸에 밴 나는 그 무렵 예수라는 한 인물이 완벽하게 보여주고 간 사랑의 모습에 진저리를 치고 있었다. 그가 신의 아들이자 또 한 인간의 아들로서 나에게 자신이 행한 것과 같은 그런 완전한 사랑의 모습을 강요하고 있다고 생각되었다.

당시 나는 사랑과 용서의 문제로 큰 갈등을 겪고 있었다. 사랑하는 사람을 몹시 증오하게 돼 증오하는 일에만 하루를 보내는 데에도 시간이 모자랄 지경이었다. 그러면서 '신은 왜 고통과 침묵의 방법으로 인간을 사랑하는가, 신의 사랑의 방법은 꼭 그런 방법이 아니면 안 되는가' 하고 몹시 고민하게 되었다.

나는 감당할 수 없는 고통을 주는 신의 존재를 외면하고 싶었다. 내게 고통만 주는 예수의 존재 또한 싫었다. 고통으로부터 하루속히 벗어나게 해달라고 간절히 간구하는 내게 그저 침묵하고만 있는 그의 모습을 마음속에서 지우고 싶었다. 신이 나에게 고통과 침묵만 준다면 굳이 그를 경배하거나 흠숭할 필요가 없다는 생각도 들었다. 어떤 때는 그런 생각이 너무 지나친 나머지 그를 증오하는 마음도 일었다. 그러면서도 내 마음 한구석에는 두려움이 있었다. 신을 증오함으로써 신의 증오를 받게 되는 것은 아닌가 하는 두려움. 신을 증오하는 한, 신으로부터 어떤 벌을 받게 될 것이라고 나는 생각했다.

《침묵》은 나의 그러한 생각들이 얼마나 어리석은 생각이었는가를 깨닫게 해주었다. 신은 증오의 대상이 아니었다. 아니, 증오의 대상이 되어줄 수 있을 정도로 나를 사랑하는 존재였다. 고통 가운데에서 증오의 완벽한 대상조차 없었다면 내 삶이 그 얼마나 참담하고 황량했을 것인가 생각하자 나도 모르게 깨달음의 눈물이 났다.

그런 눈물은 곧 내 마음을 편안하게 해주었다. 그것은 《침묵》에 나타난 인물 중에서 끝까지 순교의 모습을 지킨 사람들보다 끝내 배교하고 마는 인물들이 주는 위안 때문이었다. 또 배교하는 인간의 마음까지도 사랑하는 신의 마음을 알 수 있는 데서 오는 위안 때문이기도 했다. 배교하는 마음 또한 신에 대한 진실한 사랑이 있기 때문이라는 것을 알게 된 것이다.

나는 《침묵》을 통해 신과 인간의 관계에 대한 해답을 얻었다. 그것은 자애로운 어머니와 아들의 관계였다. 때때로 잘못을 범하는 어리석은 아들이 우리 인간의 모습이라면, 신은 언제나 아들의 잘못을 용서하고 받아들이는 어머니의 모습이었다. '모성이 신의 마음과 가장 닮았다'는 말은 맞는 말이었다. 《침묵》에서의 신은 나약하고 상처 입은 자를 사랑하는, 그를 증오하고 배반하는 자마저 위로하고 격려하는 위대한 사랑의 신이었다.

그 후 나는 한국천주교회사에 대해 많은 관심을 갖기 시작했다. 일본천주교회사를 바탕으로 《침묵》과 같은 소설이 쓰였다면, 한국천주교회사 속에서도 소설을 쓸 수 있는 보고가 분명 숨어 있을 것 같았다.

나는 프랑스 파리외방선교회 소속 신부들이 보낸 보고서를 기초로 클로드 샤를 달레 신부가 쓴 《한국천주교회사》, 유홍렬, 이원순 씨 등이 쓴 《한국천주교회사》《순교사화》 등을 읽으며 큰 감명을 받았다. 그 감명을 바탕으로 〈조선천주교회사에 나타난 형벌 연구〉라는 제목의 논문을 써보기도 했다. 그리고 신앙을 지키기 위해 죽음도 두려워하지 않고 그 잔혹한 형벌을 견뎌낸 이들의 영혼에 감읍되어 스스로 천주교인으로 세례까지 받았다.

내가 생각하기에 《침묵》은 소설로 쓴 하나의 성서였다. 내가 지향하고자 하는 문학과 인생의 향방을 정확하게 가리키는 책을 하나 들라면 나로서는 《침묵》을 먼저 꼽을 수밖에 없다. 엔도 슈사쿠와 같은 문학적 능력이 내게 조금이라도 주어진다면 조선천교회사를 바탕으로 한국판 《침묵》을 쓰고 싶다. 그러나 그것은 능력이 부족한 내게 한낱 꿈일 뿐이다.

'인간은 이토록 슬픈데, 주여, 바다는 너무도 푸릅니다.'

나중에 알게 된 일이지만 이 글귀는 엔도 슈사쿠의 문학관에 세워진 '침묵의 비碑'에 새긴 비명碑銘이라고 한다.

윤동주 무덤 앞에서

이제는 조국이 울어야 할 때다
어제는 조국을 위하여
한 시인이 눈물을 흘렸으므로
이제는 한 시인을 위하여
조국의 마른 잎새들이 울어야 할 때다

이제는 조국이 목숨을 버려야 할 때다
어제는 조국을 위하여
한 시인이 목숨을 버렸으므로
이제는 한 젊은 시인을 위하여
조국의 하늘과 바람과 별들이
목숨을 버려야 할 때다

죽어서 사는 길을 홀로 걸어간
잎새에 이는 바람에도 괴로웠던 사나이
무덤조차 한 점 부끄럼 없는
죽어가는 모든 것을 사랑했던 사나이

오늘은 북간도 찬 바람결에 서걱이다가
잠시 마른 풀잎으로 누웠다 일어나느니
저 푸른 겨울하늘 아래
한 송이 무덤으로 피어난 아름다움을 위하여
한 줄기 해란강은 말없이 흐른다

시인은 죽어도 시는 영원하다

1989년 봄, 어느 시사잡지를 뒤적이다가 윤동주尹東柱의 무덤 사진을 우연히 보게 되었다. 누렇게 시든 겨울 풀들이 흔들리고 있는 황량한 벌판을 배경으로 북간도의 파란 겨울 하늘이 쓸쓸히 무덤을 쓰다듬고 있는 한 장의 사진이었다. 무덤 옆에는 분명히 한자로 '시인윤동주지묘詩人尹東柱之墓'라고 쓰여 있었고, 상석 하단에는 용정중학교에서 1988년에 묘비를 세운 것으로 새겨진 글씨가 보였다. 그 사진은 '사랑의 전화' 운동을 펼치는 심철호 선생과 재미 사진작가 에드워드 김이 찍어 국내에 처음으로 공개하는 윤동주 무덤 사진이었다.

윤동주 무덤이 있다는 사실을 처음 안 나는 벅차오르는

가슴을 쓰다듬으며 사진을 들여다보고 또 들여다보았다. 그러다가 마음속으로 "윤, 동, 주" 하고 가만히 불러보았다. 윤동주 시인이 무덤의 창을 열고 "누구니?" 하고 웃으면서 나를 쳐다보는 것만 같았다.

나는 사진을 들여다보는 것만으로는 성이 차지 않아 아예 오려서 호주머니 속에 넣고 다녔다. 시작詩作 메모용 작은 수첩 하나를 양복 윗저고리 호주머니 속에 늘 넣고 다녔는데, 사진을 수첩 갈피 속에 끼워 넣고 틈만 나면 꺼내 들여다보았다. 그럴 때마다 "나는 윤동주 시와 같은 시를 쓰는 시인이 될 수 없을까" 하는 생각을 하곤 했다. 그만큼 윤동주 시인에 대한 나의 존경과 그리움은 컸다.

그리움이 너무 컸기 때문일까. "언젠가 윤동주 무덤에 꼭 가봐야지" 하고 마음속으로 굳게 결심하고 있었는데 뜻밖에도 그 기회는 빨리 찾아왔다. 나는 당시 조선일보사 출판국에서 발행하는《월간조선》잡지기자 생활을 하고 있었는데, 마침 회사에서 전 사원에게 해외여행의 기회를 제공해주었다. 그래서 1989년 천안문 사태가 나던 그해, 그러니까 한중수교가 이루어지기 전에 중국 여행팀에 소속돼 뜨거운 여름 햇빛을 등에 지고 북경과 연변을 거쳐 백두산 천지에까지 가게 되었다.

민족의 영산靈山 백두산 천지를 보고 돌아온 날 밤, 흥분

된 몸과 마음이 몹시 고단했으나 잠이 오지 않았다. 내겐 백두산 천지에 가보는 일도 중요했지만 윤동주 무덤에 가보는 일 또한 중요했다. 그러나 여행 일정표엔 윤동주에 관한 아무런 일정이 예정돼 있지 않았다. 또 일행들도 윤동주에 대해 말하는 사람이 아무도 없었다. 나는 '여기까지 와서 윤동주 무덤에는 못 가보는구나' 하는 생각에 마음 한구석이 텅 빈 것 같았다.

중국 여행의 가장 큰 목적이 백두산 천지에 가보는 일이었으므로 이제 여행은 연길시로 가면 마무리 수순에 들어갈 참이었다. 그런데 연길시로 돌아온 그다음 날 아침 바로 윤동주의 생가와 무덤을 찾아 용정으로 가는 버스에 몸을 싣게 되었다.

얼마나 가슴이 쿵쿵 뛰었는지 모른다. 대한민국의 한 사람 시인의 자격으로(어디까지나 나 혼자만의 생각이었다) 윤동주의 무덤을 찾아간다는 사실 앞에 내 가슴은 한없이 떨렸다. 윤동주 무덤 사진을 항상 가슴속에 넣어 다니며 그의 시정신을 가슴 깊이 새기던 내가 아니었던가.

'지금은 중국 여행을 마음대로 하기 힘들 때이고, 무덤이 확인된 지 1년밖에 되지 않았으니 어쩌면 한국 시인들 중에서 윤동주 시인의 무덤을 가장 먼저 찾아가는 시인이 바로 나일지도 몰라.'

나는 그런 생각에 가슴이 더욱 떨려왔다.

중국 조선자치구 중의 한 도시인 용정시는 내가 묵었던 연길 시내에서 버스로 한 30여 분 정도 걸리는 가까운 거리에 있었다. 버스가 해란강이 흐르는 '룡문교'를 지나 용정 지명의 기원이 되는 우물인 '룡두레우물'터에 잠시 멈췄을 때 나는 윤동주가 이 우물물을 먹고 자랐을 것이라는 생각을 했다. 뚜껑을 덮어 아무도 쉽게 물을 마실 수 없게 만들어놓았으나, 예전에 서울이나 평양에서 방학을 맞아 고향으로 돌아온 윤동주는 이 용두레 우물터에 들러 시원한 고향의 물부터 한 바가지 마셨을 것이다.

해란강구두점, 발해반점, 봉선화식당, 옥란꽃음식점, 발해자동차수리부, 연길눈꽃아이스크림공장, 귀염둥이탁아소, 아리랑파마 등 아름다운 한글 간판이 즐비한 용정 거리는 마치 우리의 고향과 같은 포근함을 주었다.

'용정 시민들은 윤동주 시인의 영향을 받아 거리의 간판에도 시를 쓰는 모양이야.'

차창을 통해 스쳐가는 용정 거리를 보면서 그런 생각을 하다가 윤동주의 어린 시절을 떠올렸다. 용정에서 30리 남쪽에 떨어져 있는 명동촌에서 태어난 윤동주는 이 용정 거리를 오가며 시인의 꿈을 키웠으리라. 고종사촌 형이자 친구인 송몽규宋夢奎와 함께 해란강가에서 발가벗고 물장구를 치며 놀기도 했으리라.

문득 경희대 국문과를 다니던 시절, 영문과 교수로 재직 중이시던 윤동주의 당숙 윤영춘尹永春 선생이 내가 시를 쓰는 학생이라는 이유만으로 늘 내게 따뜻한 눈길을 주셨던 것이 떠올랐다. 또 내가 숭실고등학교 국어교사로 재직할 때 같은 국어과 교사였던, 윤동주의 외사촌 동생이자 명동소학교 급우였던 김정우金楨宇 시인의 모습도 떠올랐다. 김정우 시인은 가끔 "윤동주가 감옥에 있을 때 면회를 간 적이 있다. 윤동주 때문에 시를 쓰게 되었다"는 이야기를 하곤 했다.

나는 그분들을 떠올리며 윤동주의 모교인 용정중학교를 둘러보았다. 학교 수위실 앞 화단에 무더기로 피어 있는 분꽃과 코스모스, 교문 옆 골목에 들어선 초가집과 텃밭 등이 우리나라 어느 시골 중학교의 풍경과 똑같았다.

용정중학교에는 윤동주의 업적을 기리는 글과 그림이 전시된 '룡정중학교 력사박물관'이 있었다. 역사관은 용성중학교 전신인 대성학교 건물로 2층 나무 계단은 닳고 닳아 반들거리다 못해 삐걱거렸다.

"윤동주의 〈서시〉 알아?"

역사관 복도에서 만난 용정중학교 한 여학생에게 일부러 말을 걸어보았다.

"네, 잘 알아요."

여학생은 겨우 그렇게 대답하고는 부끄러운 듯이 교실 쪽으로 달아나버렸다.

어두컴컴한 역사관에서 내가 만난 것은 윤동주의 대형 초상화였다. 용정중학교 미술 교사 한극남 씨가 1985년에 그린 그 그림엔 후쿠오카 감옥의 쇠창살을 쇠사슬에 묶인 두 손으로 꽉 움켜잡은 청년 윤동주가 두 눈을 부릅뜨고 창살 밖을 응시하고 있었다. 고통에 찬, 한없이 맑고 슬픈 눈빛으로 윤동주가 한순간 나를 쳐다보는 것 같아 가슴이 깊게 아려왔다.

윤동주의 초상화 옆에는 몇 가지 컬러 사진들이 붙어 있었다. 사진에는 '윤동주 문학 학습소조 성립대회' '윤동주 탄생 71돌 기념사진' 등의 설명이 적혀 있었다. 1988년 10월에 '미·중 한인우호협회' '용정중학교 동창회' 등에서 윤동주의 묘소를 재단장하고 대리석 반석 위에 비석을 다시 세울 때 찍은 사진들도 보였으며, '저항시인 윤동주를 추모한다'는 글씨가 새겨진 어깨띠를 두른 학생들이 두 손을 하늘로 높이 쳐들고 꽃다발을 바치면서 윤동주의 시를 열렬히 낭송하고 칭송하는 사진들도 있었다.

용정중학교 전임 교장이자 '윤동주 장학금위원회' 회장인 류기천 씨는 "윤동주 탄생기념일과 서거기념일에는 시

북간도 '룡정중학교 력사박물관'에 전시된 윤동주 초상화 앞에서 시인의 슬픔을 위해 기도했다. 1985년 용정중학교 미술 교사 한극남 씨가 그렸다.

낭송회를 열기도 하고, 한식날에는 '나의 무덤 위에 파란 잔디를 심어달라'는 그의 유시遺詩대로 윤동주 묘소에 잔 디를 심기 때문에 용정중학교 2천 명 학생치고 윤동주를 모르는 학생은 아무도 없다"고 한다. 또 1986년 4월부터

'윤동주 문학사상학습조'를 만들어 학생들로 하여금 그의 사상과 시를 연구하게 하고 있으며, '윤동주장학금'은 물론 문학 애호 학생들에게 '윤동주문학상'도 시상하고 있다고 한다.

"항일엔 다 같은 마음이기 때문에 북조선에서 온 분들도 윤동주에 대해 많은 관심을 표명합니다. 그렇지만 아직 북조선이나 연변에서 윤동주 시집이 발간되었다는 얘기는 못 들었습니다."

류기천 씨는 그런 설명을 해주면서 윤동주의 초상화 바로 밑 마룻바닥에 하나씩 놓여 있는 다듬잇돌과 김칫독에 대한 설명도 덧붙였다.

"윤동주의 생가는 이미 허물어지고, 살던 집은 두 곳이었으나 지금은 빈터만 남아 있습니다. 이 다듬잇돌과 김칫독은 그 빈터 흙구덩이 속에 파묻혀 있던 것을 이곳에 갖다 놓은 것입니다. 윤동주의 친어머님은 일찍 죽고, 그 후에 윤동주는 새어머니 밑에서 자랐는데, 그 어머니가 중풍을 일으켜 동주의 오촌 아재댁이 윤동주의 어머니를 3년간 모셨습니다. 그때 생활이 어려워 윤동주는 책도 팔고 해서 생가에 남은 유품이 별로 없습니다. 윤동주가 연희전문에 다니던 시절, 서울서 돌아오면 동주의 어머니가 땅에 묻어놓은 이 김칫독에서 김치를 꺼내 아들에게 먹였을 것입니다. 또 그의 어머니는 고향에 돌아온 아들 동주와 많은 이야기를 하면서 이 다듬잇돌로 다듬이질을 했을 것입니다."

나는 다듬잇돌과 김칫독을 손으로 쓰다듬어보았다. 윤동주의 따스한 체온이 내 손끝을 통해 가만히 전해오는 것 같았다. 다듬잇돌에는 아직 흙이 조금 묻어 있었으며, 김칫독은 주둥이 부분을 노끈으로 동여매어 놓았는데 그 속에 누가 던져 넣었는지 담배꽁초가 두 개나 들어 있어 마음을 상하게 했다.

류기천 씨는 윤동주의 중학교 학적부도 보여주었다. 학적부는 낡은 미농지를 한서漢書처럼 묶어놓은 것이었다. '보호자 윤영석尹永錫, 직업 상업(포목상), 순위 4학년 18/38, 5학년 6/8, 발육-온순 성실 온건 방정 단정' 등의 글씨가 펜글씨로 쓰여 있었으며, 5학년 졸업할 때의 과목별 성적은 '독본 50, 문법 62, 작문 52, 조선(어) 88, 영어 81' 등으로 나타나 있었고, 일본어 과목 세 과목은 낙제점이었다. 류기천 씨는 "우리 민족의 선구자요, 일본과 싸워 이길 수 있는 혁명 정신의 씨앗을 후손들에게 물려준 위대한 항일시인이자 애국시인인 윤동주의 일본어 점수는 일부러 의지적 저항을 한 것이므로 낙제점일 수밖에 없다"고 말했다.

용정중학교를 떠나 윤동주의 무덤으로 가는 길은 버스로 25분밖에 걸리지 않았다. 용정중학교에서 2킬로미터 정도 떨어진, 용정시 청산리에 있는 윤동주 무덤으로 가기 위해서는 봉고차 한 대가 겨우 지나갈 만한 야트막한 야산 둔덕을 올라가야만 했다. '용정시 면직공장'이 있는 데서 왼쪽 골목으로 꺾어 들어가자 길 양쪽으로 노새가 콩밭에서 풀을 뜯고, 누런 황소 한 마리가 느린 걸음으로 옥수수밭가를 걸어가는 한가로운 풍경이 펼쳐졌다. 흰 나비 몇 마리가 마치 윤동주의 영혼인 양 넓은 해바라기밭 위로 너풀거리며 날아다녔으며, 멀리 오른쪽으로는 북한 땅 회령이 보였다.

버스가 둔덕을 넘어가자 우리 선조들이 "쪽박 차고 아기 업고 북간도로 올 때 넘었던 원한의 오랑캐령"이 보였으며, 노래 '선구자'의 무대인, 지금은 용주사龍珠寺도 일송정一松亭도 없어진 비암산이 보였다. 그리고 그 아래 산굽이로 해란강이 돌아 흘렀다.

윤동주는 키 작은 소나무들이 듬성듬성 자란 솔밭 곁에, 용정 시가지가 한눈에 다 내려다보이는 동산기독교묘지 위에 말없이 누워 있었다. 40여 년 동안 아무도 찾는 이 없었던 공원묘지의 잡초 더미 속에 누워 윤동주는 아무 말이 없었다. 늦여름의 시들한 풀잎들이 바람에 흔들리고

1989년 북간도 용정 동산기독교묘지에 있는 윤동주 무덤을 찾아 불행한 시대가 불러온 그의 짧은 생애를 추모하면서 순결한 그의 시정신을 닮게 되기를 소망했다.

귀뚜라미 소리만 세차게 들려올 뿐이었다.

'하늘을 우러러 한 점 부끄럼 없는 삶'을 살다 간 그는 어쩌면 '시대처럼 올 아침을 기다리며' 언젠가는 찾아올 조국의 동포들을 기다리고 있었는지 모른다. '죽는 날까지 하늘을 우러러 한 점 부끄럼 없기를' 바라던 윤동주는 이제 죽었어도 '한 점 부끄럼 없이' 잡초가 무성한 북간도 용정 땅에 조용히 누워 있었다.

윤동주의 무덤은 잔디가 잘 자라지 않아 봉분의 흙이 그대로 드러난 부분이 많았다. 봉분이 흘러내리지 않도록 시멘트로 두껍게 무덤 테를 만들어놓았는데, 묘비 하단 양쪽 꽃병엔 플라스틱 꽃들이 수북이 꽂혀 있었다.

나는 윤동주의 무덤 앞에 서서 말을 잃었다. 윤동주의 무덤 사진을 늘 가슴에 품고 다니던 내가 정작 윤동주의 무덤 앞에서는 말문이 막혀 그저 무덤에 돋은 푸른 풀들만 바라보았다. 대리석 제상 위에 조그만 송장메뚜기 한 마리가 한가롭게 뛰어노는 게 보여 그 송장메뚜기가 윤동주의 화신인가 싶기도 해서 나도 모르게 눈물이 핑 돌았다. 그는 분명 '죽어가는 모든 것들을 사랑하면서' 무덤 속에서도 '잎새에 이는 바람에 괴로워했을' 것이다.

윤동주의 무덤이 발견된 것은 1985년 5월. 처음 무덤을 발견했을 땐 윤동주가 다니던 소학교(명동학교) 교장이었던 김석관 씨가 쓴 '시인윤동주지묘'라는 글씨가 잘 드러나지 않아 탁본을 뜬 후 검은 에나멜칠을 해놓았다고 한다. 조선문학을 전공한 연변대학 권철 교수는 "윤동주는 잊힌 사람이었다. 연변에 살면서도 우리 조선족 가운데 그런 시인이 있는지조차 몰랐다는 것은 참으로 부끄러운 일"이라고 말하고 있다. 권 교수는 윤동주의 무덤을 찾은 주인공으로 1985년 5월에 '중국 조선족문학'을 연구하는 일본 와세다대학 오무라 마쓰오 교수의 부탁에 의해 윤동주의 무덤을 찾게 되었다.

"연변대학 교환교수로 1년간 와 있던 오무라 마쓰오 교수가 연길에 오자마자 지도 한 장을 내보였습니다. 그 지도는 윤동주의 친동생인 윤일주尹一柱 교수(성균관대 건축과 교수. 시인. 1986년 작고)가 신병 치료차 동경에 들렀다가 오무라 교수를 찾아가, 용정에 가면 동산묘지에 있는 형님의 무덤을 꼭 좀 찾아달라고 부탁하면서 명동촌과 용정 일대를 그려준 지도였습니다. 저는 그길로 동료 이해찬 교수와 용정중학교 역사 교원인 한생철 선생과 같이 윤동주의 무덤을 찾아 나서서 '시인윤동주지묘'라는 글씨가 새겨진 돌비석을 보고 쉽게 찾을 수 있었습니다."

윤동주의 무덤을 안내한 류기천 씨는 "아마 몇십 년 전에 윤동주를 알았더라면 이 묘비가 벌써 없어져버렸을 것이 틀림없어 그전에 몰랐던 게 오히려 다행"이라고 했다. 그는 윤동주 무덤의 진위 여부를 확인하기 위해 서울에 사는 윤동주의 누이동생 윤혜원 씨를 통해 확인 작업을 하기도 했다.

"용정에 사는 윤혜원 씨의 사촌 시동생이 서울 갔을 때 윤혜원 씨를 만나보고 확인해 왔어요. 윤혜원 씨가 자기 오빠를 묻을 때 바로 옆에다 한동식 씨를 같이 묻었다고 하더랍니다. 그래서 찾아가보니 윤동주의 무덤 바로 오른쪽 한 발짝 뒤켠에 한동식 씨의 무덤이 있어 윤동주의 무덤인 것을 확인할 수 있었습니다."

나는 윤동주의 무덤 앞에서 기념사진을 찍은 뒤, 1945년 6월 14일 단오절에 윤일주, 윤광주 두 동생의 이름으로 세운 윤동주의 묘비 뒷면을 살펴보았다. 거기엔 윤동주의 일생을 기록한 글이 짧게 적혀 있었다. 그중 한 구절을 옮겨보면 다음과 같다.

'죽을 때 그의 나이 스물아홉. 사람됨이 당대에 큰 인물이 됨직했고, 그의 시 비로소 사회에 울려 퍼질 만했는데, 춘풍무정, 꽃은 피우고도 열매는 맺지 못하였나니, 아아 애석하도다 그대여.'

나는 윤동주의 무덤 앞에서 쉽게 발길이 떨어지지 않았다. 떠날 시간이 되어도 떠날 생각을 하지 않자 일행 중 누군가가 "정호승이 니는 아예 여기 살아라" 하고 핀잔을 주었다. 나는 비로소 윤동주의 무덤 앞에서 내가 시를 쓰며 밥을 먹고 사는 사람이라는 사실에 대해 감사한 마음이 들었다. 시인은 죽어서도 사랑받는다. 시인은 죽어서도 시를 쓴다. 시인은 죽어도 시는 영원하다.

일행을 태운 버스가 묘지 초입에 있는 '혁명렬사기념비' 앞을 다시 지날 때 그곳에서 놀던 아이들 몇 명이 나를 보고 손을 흔들었다. 나는 그 아이들의 나뭇잎 같은 손 중 하나가 유년 시절 윤동주의 손이라고 생각했다.

일본 제국주의의 칼날 앞에 무참히 쓰러진, 하늘과 바람과 별과 시를 사랑했던 사나이. 한 시대의 통한을 슬프고도 아름다운 언어로 노래했던 시인 윤동주. 그는 지금 남의 나라 땅 북간도 용정에 묻혀 해란강을 굽어보며 잠들고 있으나 그를 사랑하는 우리의 가슴속에 영원히 살아있다.

4부

유기견

하늘이 보시기에
개를 버리는 일이 사람을 버리는 일인 줄 모르고
사람들은 함부로 개를 버린다
땅이 보시기에
개를 버리는 일이 어머니를 버리는 일인 줄 모르고
사람들은 대모산 정상까지 개를 데리고 올라가 혼자 내려온다
산이 보시기에도
개를 버리는 일이 전생을 버리는 일인 줄 모르고
나무가 보시기에도
개를 버리는 일이 내생을 버리는 일인 줄 모르고
사람들은 거리에 개만 혼자 내려놓고 이사를 가버린다
개를 버리고 나서부터 사람들은
사람을 보고 자꾸 개처럼 컹컹 짖는다
개는 주인을 만나려고
떠돌아다니는 나무가 되어 이리저리 바람에 흔들리다가
바람에 떠도는 비닐봉지가 되어 이리저리 거리를 떠돌다가
마음이 가난해진다
마음이 가난한 개는 울지 않는다

천국이 그의 것이다

개는 가족이다

요즘 개를 버리는 일이 부쩍 늘었다. '반려견伴侶犬'이라는 말이 무색할 지경이다. 여름 휴가철이라도 되면 그런 현상은 두드러진다. 온 가족이 휴가를 떠나면서 마땅히 맡길 데가 없으면 그만 주웠던 돌멩이 하나 길가에 던져버리듯 개를 버리고 떠난다. 동물병원 원장인 고교 동기생의 말에 의하면 아침에 병원 문 앞에 몇 마리씩 개를 버려놓는 일이 비일비재하다고 한다.

그래도 그런 사람들은 좀 나은 편이라고 생각된다. 누군가가 개를 거두어줄 수 있도록 최소한의 조치를 해놓았으니까 말이다. 이사를 가면서 마치 헌 가구를 버리듯 아예 개를 버리고 가는 사람에 비하면 그래도 그런 사람들은 인간의 마음을 잃지 않은 사람들이다.

잃어버린 개를 찾기 위해 개의 사진 등을 인쇄한 전단을 거리에 붙여놓은 것을 보면 마치 내 일처럼 안타깝다. 어떤 이들은 점점 늘어나는 미아도 제대로 찾지 못하는데 그까짓 개 한 마리 잃어버렸다고 오두방정을 떠느냐고 할지 모르나 그렇지 않다. 개를 잃어버린 것과 아이를 잃어버린 것은 엄연히 그 가치와 의미가 다르지만, 가족을 잃어버렸다는 점에서 똑같은 의미를 지닌다.

한번은 나도 기르던 개를 잃어버렸다. 같이 산길을 가다가 그만 서로 길이 어긋나버린 데다 나는 그것도 모르고 한참 동안 생각에 빠져 내 갈 길만 가버렸다. 그러다가 문득 바둑이가 내 뒤를 따라오지 않는다는 것을 알아차리고 급히 발걸음을 되돌려 찾아나섰다.

"바둑아아!"

"바둑아아!"

목청껏 큰 소리로 몇십 번이나 바둑이를 불렀는지 모른다. 그러나 바둑이는 어디로 사라졌는지 나타나지 않았다.

나는 결국 바둑이를 잃었다고 생각돼 마음이 타들어갔다. 놀란 바둑이도 지금 나를 찾느라고 얼마나 애가 타고 있을까 하는 생각에 마음은 더 타들어갔다.

그때였다. 마지막으로 한 번만 더 바둑이를 불러보자 하고 큰 소리로 부르자 바둑이가 산속 어디에선가 가쁜 숨을 몰아쉬며 달려왔다.

그때 그 반가움이란 이루 말할 수 없지만 바둑이의 눈빛 또한 잊을 수 없다. 바둑이의 눈빛은 나를 찾았다는 안도의 눈빛이라기보다 나를 잃었다는 공포의 눈빛이었다.

개는 가족이다. 개를 기르기 시작했다는 것은 가족으로 받아들였다는 뜻이다. 기르는 개를 두고 반려견이라고 하는 것도 다 그런 의미다. 그런데 개를 기르는 이들 중엔 개를 아이들의 장난감이나 집 안의 장식물처럼 생각하는 경우가 허다하다. 그렇지 않고서야 어떻게 버려진 개들이 그렇게 많을 수 있겠는가. 우리는 귀찮다고 해서, 이사 간다고 해서 가족을 버리는가.

그런 의미에서 개를 버리는 일은 사람을 버리는 일이다. 개를 버리는 일은 어머니를 버리는 일이며, 어쩌면 자기의 전생과 내생을 버리는 일이다.

몇 년 전, 개를 데리고 동네 뒷산에 가기만 하면 만나는 한 할머니가 있었다. 그 할머니는 개를 보기만 하면 눈살을 찌푸렸다. 아니, 눈살을 찌푸리기만 하는 게 아니라 개를 산에 데려왔다고 야단부터 쳤다. 개 오줌에는 특별한 성분이 있어서 정화되지 않고 약수터의 물을 오염시킨다고 주장하면서 나를 강하게 면박 주곤 했다.

그럴 때마다 나는 그 할머니한테 마음속으로 말했다.

"할머니, 할머니 돌아가시면 나중에 개로 다시 태어날지도 모릅니다. 그러니까 개를 너무 구박하지 마세요. 어쩌면 이 개들은 전생에 인간이었을지 모릅니다."

또 이런 일도 있었다.

한번은 내가 사는 아파트 산기슭에 애완견으로서는 제법 몸피가 크다 싶은 유기견 한 마리가 살고 있었다. 아파트 주민 중 어느 한 분이 매일 밥과 물을 가져다주어 개는 다행히 굶어 죽지 않고 겨울을 나고 있었다. 그 주민은 잠을 잘 잘 수 있도록 흙을 파고 돌을 괴어 마치 닭 둥지처럼 잠자리를 만들어주었으며, 담요와 지푸라기도 깔아주는 등 유기견에게 쏟는 정성이 참으로 각별했다. 그래서 그런지 유난히 춥고 폭설이 많이 내린 그해 겨울은 오히려 따뜻하게 느껴졌다.

그러나 같은 주민들 중에는 아파트 산기슭에 유기견 한 마리가 산다는 사실을 아주 못마땅하게 여기는 이들도 있었다. 유기견이 아파트 안으로 들어와 언제 아이들을 해칠지 모른다는 것이 그 이유였다.

그런 어느 날, 개는 흔적도 없이 어디론가 사라져버렸다. 개집은 뭉개져 있었으며, 붉은 담요만 아직 채 녹지 않은 눈 위에 버려져 있었다. 누가 잡아먹기 위해 데려간 것인지, 아니면 주민들이 어디 신고라도 해서 유기견 보호소로 데려간 것인지는 알 수 없는 일이었다.

또 이런 일도 있었다. 아내가 고양이를 좋아해서 내가 사는 아파트 동 지하에 사는 길고양이한테 곧잘 밥을 챙겨주었다. 그런데 한번은 아내가 고양이 밥그릇으로 쓰는 일회용 플라스틱 그릇 하나를 들고 와 내게 내밀었다.

"여보, 이게 뭐야? 누가 고양이 먹으라고 이런 걸 갖다 놨네."

그 그릇엔 음식물이 뭔가 파르스름한 액체에 담겨 있었다. 그 파르스름한 액체는 바로 독약이었다.

그날 밤, 그 독약을 갖다 둔 인간의 마음이 너무나 악하고 무섭게 느껴져 잠이 오지 않았다.

고양이도 그렇지만 일단 개를 키우면 버리지는 말아야한다. 그러니까 개를 키우기 전에 깊게 몇 번이고 두고두고 생각해야 한다. 마치 이 사람과 결혼할 것인가 말 것인가를 심사숙고하듯이. '개를 키우는 일이 아이 하나 키우는 일과 똑같다'는 말도 있지 않는가.

나는 개를 키우면서 개에게 위로받을 때가 참 많았다. 어떠한 상황에서도 무조건적인 사랑을 주는 개 앞에서 인간인 내가 오히려 부끄러울 때도 있었다. 개는 어쩌면 인간을 사랑하기 위해 태어난 신의 선물인지도 모른다.

섬진강에서

가을 햇살에 찬란한 강 물결을 바라보며
그것이 강의 전부라고 생각한 것은 내 잘못이다

강이 강바닥을 흐르는 줄 알지 못하고
물고기들이 강의 바닥에 사는 줄 알지 못하고

가을 햇살에 눈부신 강의 물결만 바라보고
그것이 강의 모든 아름다움이라고 생각한 것은 내 잘못이다

물고기들이 죽어서야 강물 위에
허옇게 배를 드러내고 둥둥 떠도는 까닭은
평생을 강의 바닥에서 살았기 때문이다

내가 죽을 때가 되어서야 텅 빈 마음으로
푸른 하늘을 어슬렁어슬렁 걸어다니는 까닭은

나도 평생 바닥에 누워 잠이 들고
바닥에서 일어나 아침을 맞이했기 때문이다

내 마음의 정자 섬호정

우리나라 산의 능선은 부드럽고 완만한 곡선이다. 고속
버스나 기차를 타고 가다가 문득 차창 밖으로 바라본 곡
선의 산봉우리나 산기슭에 조그마한 정자가 숨은 듯 고즈
넉이 놓여 있으면 그 부드러운 아름다움은 더해진다.

도시의 산이든 시골의 산이든 우리나라 산의 아름다움
은 정자에 의해 완성된다고 해도 과언이 아니다. 산에 정
자가 없으면 왠지 허전하고 뭔가 소중한 것을 잃은 듯하
다. 산이 어머니라면 정자는 언제나 어머니 품속에 안겨
쉬고 싶은 자식인지도 모른다.

내 마음속에는 그런 정자가 하나 있다. 힘들고 지쳐도
혼자 쉬고 싶어도 아무 데도 갈 데가 없을 때, 나는 내 마

음속 정자를 찾아간다. 그 정자의 이름은 섬호정蟾湖亭. 섬호정은 경남 하동에 있지만 언제나 내 마음속에도 있다.

섬호정을 생각하면 어린 시절이 떠오른다. 사람은 누구나 자기만의 잊을 수 없는 유년의 공간을 지니고 있다. 나에겐 멀리 섬진강이 내려다보이는 섬호정이 바로 그곳이다. 아버지의 손을 잡고 걷던 하동 송림이나 아버지랑 옷을 벗고 멱을 감던 섬진강 모래밭은 그립다 못해 아리다. 하동의 남향받이 언덕 집에서 나를 낳았을 무렵 아버지는 하동 상업은행에 근무하셨는데 여름이면 섬진강으로 피서를 가시곤 했던 것 같다. 국방색 천막 안에 웃통을 벗은 어른들이 둘러앉아 수박을 먹던 모습과 아버지가 반바지 차림으로 흰 모래밭에 혼자 앉아 한없이 강물을 바라보던 모습은 영 잊히지 않는다.

어릴 때 나는 늘 섬호정에 가서 놀았다.

"호승이 니는 하동 읍내 은행 관사에서 나서 섬호정 밑에 있는 집에서 여섯 살 때까지 살다가 평택으로 이사를 갔는데, 니는 맨날 섬호정 정자에 가서 놀았다. 밥 먹으라고 붙들러 가기 전까지는 집에 올 생각을 안 해서 내가 얼마나 애먹었는지 아나?"

시집살이 10년 만에 순천에서 하동으로 첫 살림을 나가셨다는 어머니는 그 꽃다운 시절을 이야기할 때마다 이런

461

말씀을 하셨다.

나는 어머니의 말씀을 들을 때마다 섬호정에서 동무들과 나무 작대기로 칼싸움을 하며 놀던 일이 떠오른다. "앞으로 나란히!" 하고 형들이 소리치면 얼른 달려가 두 팔을 앞으로 뻗고 줄을 서곤 했다. 하동에서 순천으로 가는 섬진강 철교 위로 기차가 '철커덕 철커덕' 소리를 내며 지나가면 놀기를 멈추고 넋을 잃은 채 기차가 안 보일 때까지 바라보곤 했다.

한번은 섬호정 아래 동네 구멍가게에서 껌을 통째 훔쳐 동무들과 나누어 먹다가 주인한테 들켜 혼이 난 적도 있다. 껌을 혼자 먹지 않고 동네 동무들에게 다 나누어주었으니 주인에게 들킬 것은 뻔한 일이었다. 아버지가 주인에게 사과하고 돈을 물어내던 기억은 아직도 생생하다. 결코 남의 것을 탐내면 안 된다는 인생의 소중한 교훈을 일찍이 섬호정에서 얻은 셈이다.

어른이 된 뒤 나는 섬호정에 한번 가보고 싶었다. 섬호정에 올라 섬진강 철교 위를 지나가는 기차를 다시 한번 오랫동안 바라보고 싶었다. 철교 건너편에 있는 섬진강 다리 위로 보일 듯 말 듯 느릿느릿 걸어가던 사람들도 다시 보고 싶었고, 아버지가 천막을 쳐놓고 놀게 했던 섬진강 모래밭을 다시 뛰어다니고 싶었다. 설탕에 절인 산딸기를

하동 섬호정은 어릴 적 내 놀이터였다. 해질녘 엄마가 "호승아, 밥 먹으러 오너라" 하고
소리칠 때까지 놀았다.

얻어먹기 위해 매일 아침마다 할아버지 가게에 신문을 갖
다드리며 오갔던 골목길도 다시 걷고 싶었다.

그러나 두 아이의 아버지가 된 뒤 하루하루 직장 생활
을 하며 살아가기에 바빠 선뜻 나설 수가 없었다. 시간이
갈수록 그것은 이미 헤어져버린 첫사랑 여인을 그리워하
듯 늘 마음속으로만 그리워하는 일이 되고 말았다.

기회는 오랜 세월이 지난 뒤 저절로 찾아왔다. 내 나이

막 마흔이 되었을 때 직장 일로 해남 대흥사大興寺에 출장을 갔다가 뜻밖에 시간이 하루 남았다. 나는 이때다 싶어 상경하는 길에 망설임 없이 하동에 들렀다.

하동은 조그마한 소읍이었다. 학교에 갔다 오면 설거지 냄새 비릿하게 풍기며 나를 안아주던 어머니같이 하동은 나를 포근하게 안아주었다. 꿈속에서도 늘 그리워한 곳이라 그런지 하동 읍내는 그리 낯설지 않았다. 출입문에 재첩국, 참게탕, 은어회, 아구찜 등의 글씨를 써놓은 허름한 식당들이 늘 밥 먹으러 다니던 곳처럼 정겹게 느껴졌다. 하동시장에 가서는 아침마다 신문을 갖다드리고 복분자 청을 얻어먹던 할아버지 가게가 어디에 있었는지, 아버지가 가끔 시장에 데려가 사주시던 찹쌀떡과 단술(식혜) 파는 집이 어디인지 이리저리 찾아보기도 했다.

나는 이리저리 읍내를 기웃거리다가 길을 묻고 또 물어 곧장 섬호정을 향해 올라갔다. 골 깊은 청대숲을 지나 땀을 뻘뻘 흘리며 올라가자 2층 누각인 섬호정이 한눈에 섬진강이 다 내려다보이는 곳에 내 기억 그대로 나를 기다리고 있었다.

가슴이 두근거렸다. 30여 년이나 기다리고 사모하던 여인을 그제야 만난 심사가 바로 그런 것이었을까. 어린 시절 기억 속의 섬호정은 목조 정자로 무척 작고 퇴락한 것이었는데 재건축을 하고 새 단장을 했는지 단청도 퇴색되지 않았고 몸체 또한 더 크게 느껴졌다. 그러나 그건 아무 상관없는 일이었다. 내가 30여 년 넘게 그 얼마나 오매불망悟寐不忘 오고 싶어했던 곳이었던가.

하동포구 80리에 물새가 울고
하동포구 80리에 달이 뜹니다
섬호정 댓돌 위에 시를 쓰는 사람은
어느 고향 떠나온 풍류랑인고

마침 섬호정 앞에 어머니가 늘 불러주시던 노래가 새겨진 '하동포구 80리 노래비'가 있어 몇 번이나 되풀이해서 읽어보았다. '섬호정 댓돌 위에 시를 쓰는 사람'은 혹시 내가 아닐까, '풍류랑風流郎'이란 풍치 있고 멋스러운 젊은 남자를 일컫는데 혹시 내가 그런 사람이 아닐까 하는 생각에 가슴이 더욱 두근거렸다(실제로 어머니가 이 노래를 부르시다가 '섬호정 댓돌 위에 시를 쓰는 사람은' 부분에서 "우리 아들이라 카까?" 하고 말씀하셔서 한바탕 웃음보를 터뜨린 적 있다).

나는 한참 동안 땀을 식히고 있다가 조심스레 신발을 벗고 섬호정에 올랐다. 멀리 구례 쪽에서 불어오는 시원한 바람에 나를 맡기며 섬호정 아래로 말없이 흐르는 섬진강을 바라보고 또 바라보았다. 지리산 끝자락이 몰래 산을 내려와 강물에 발을 담그고 있는 듯한 섬진강 흰 모래밭은 세상의 모든 달빛이 쏟아진 호수인 듯 고요하고 눈부셨다. 광양만으로 빠지는 섬진강 하구의 물결 위로 한 점 점처럼 떠 있는 뗏마배는 평화롭기 그지없었다.

다리 하나를 사이에 두고 경상도와 전라도가 구분되는 섬진강 다리 위로는 하동과 광양으로 오가는 시외버스들이 간간이 지나갔다. 멀리 바람결에 다정한 전라도 말씨가 들려오는 듯했다. 건너편 철교 위로는 초등학생이 크레용으로 그린 것 같은 기차가 소리도 없이 부드럽게 몸을 감추는 모습이 보였다.

"맴맴맴메에에."

강기슭을 거슬러오는 섬진강 물결소리 사이로 간간이 매미 소리가 들려왔다. 세상의 온갖 잡소리를 다 들어온 내 귀가 한순간에 맑고 청량해졌다. 바람은 또 그 얼마나 맛이 있는지……

섬호정 바로 아랫동네에 산다는 아이들이 돗자리를 펼쳐놓는 바람에 나는 염치를 무릅쓰고 그 위에 벌렁 드러누워버렸다. 일찍이 섬호정을 다녀간 선조들이 남긴 시문 詩文이나 중수기重修記 등이 써진 현판이 한눈에 들어왔다. 푸른 하늘이 길게 손을 뻗어 내 지친 가슴을 자꾸 쓰다듬어주었다.

"엄마는요, 콩밭에 김매시고요, 아부지는요, 시장에 가셨어예."

모기한테 물린 자국이 있는 허벅지를 그대로 드러낸 아이들이 내 옆에 누워 쫑알거렸다.

"어릴 때 나도 이 섬호정에서 놀았어. 너만 할 때 나도 섬호정 저 아랫동네에 살았어."

"정말이라예?"

"그럼!"

나는 마음속으로 아이들처럼 '내가 섬호정에 얼마나 와보고 싶었는지 너희는 모를 거야' 하고 쫑알거리며 섬호정에서 놀던 그리운 유년시절로 되돌아갔다.

백두산을 오르며

백두산에 도착하자 눈이 내리기 시작했다

흰 자작나무 사이로

외롭게 걸려 있던 낮달은 어느새 사라지고

잣까마귀들이 떼지어 날던 하늘 사이로

서서히 함박눈은 퍼붓기 시작했다

바람은 점점 어두워지고

멀리 백두폭포를 뒤로 하고

우리들은 말없이 천지를 향해 길을 떠났다

눈 속에 핀 흰 두견화를 만날 때마다

사랑한다 사랑한다고 속삭이며

우리들은 저마다 하나씩 백두산이 되어갔다

눈보라가 장백송 나뭇가지를 후려 꺾는 풍구風口에서

마침내 운명을 사랑하는 사람이 되는 일은 어려운 일이었다

올라갈수록 더 이상 올라갈 수 없는

내려갈수록 더 이상 내려갈 수 없는

눈보라치는 백두산을 오르며

우리들은 다시 천지처럼

함께 살아가야 할 날들을 생각했다

혼자 걸어 내려온 백두산

백두산이 쓰레기로 몸살을 앓는다는 신문 기사를 보자 죄책감에 얼굴이 화끈 달아올랐다. 한국 관광객들이 발생시키는 쓰레기를 중국 측에서 병사들을 시켜 줍게 하는데, 하루에 백두산 천지 주변에서만 서너 포대의 쓰레기가 나온다는 내용이었다.

나는 그 기사를 보고 우리 민족의 성지인 천지에 쓰레기를 버린 사람들은 도대체 어떤 사람들이기에 그렇게 몰지각할 수 있는가 하고 화부터 먼저 치밀었다. 그러다가 곧 나 자신도 그들과 조금도 다를 바 없는 행동을 천지에서 한 바 있다는 생각이 들어 어디 쥐구멍이라도 있으면 들어가버리고 싶은 심정이었다.

내가 백두산에 가본 것은 중국과 수교가 되기 전, 천안문 사태가 난 해인 1989년이었다. 지금은 길이 잘 닦여 천지까지 차를 타고 올라가지만 그때만 해도 걸어서 올라갔다. 당시 나는《월간조선》에서 일하고 있었는데, 일행은 모두 조선일보 사원들이었다.

우리는 만두처럼 생긴 중국식 꽃빵 몇 개와 물, 비옷 등을 배낭에 넣고 아침 일찍 산을 올랐다. 날씨는 쾌청했다. 땀이 비 오듯 했으나 백두산을 내 발로 걸어서 오르고 있다는 사실에 스스로 감동돼 조금도 힘들지 않았다. 나이 드신 몇몇 분들은 산 중턱에도 못 이르렀는데 자꾸 뒤로 처지면서 무척 힘들어했다. 그런데 마침 수목한계선 조금 못 미친 해발 1500미터 지점에서 중국인 일꾼들이 트럭 몇 대를 세워놓고 도로공사를 하고 있었다. 일행들은 그걸 그냥 지나치지 못했다. 일행의 리더격인 국장 한 분이 트럭을 빌려 타고 가자고 하자 다들 찬성했다.

나는 끝까지 걸어서 천지에 오르고 싶었다. 그렇지만 일행을 벗어나 혼자 독불장군처럼 굴 수 없어 하는 수 없이 위안화를 몇 푼 내고 빌린 덤프트럭에 몸을 싣고 천지로 향했다. 트럭은 꾸불꾸불 잘도 빨리 달렸다. 천지에 가까울수록 나무들의 키는 작아졌다. 안개는 금방 사라졌다가 또 끼었다. 나는 몸은 편했지만 마음은 불편했다. 백두산을 걸어서 오르지 못한다는 사실이 마음에 걸렸다. 그래서 트럭이 기상대가 있는 천지 밑에 도착하자마자 헉헉거리며 천지를 보듬고 있는 천문봉을 향해 힘껏 달려가다시피 올라갔다. 단 1초라도 빨리 천지가 보고 싶었다. 그러나 10여 미터도 못 올라가 헐떡헐떡 숨이 차고 다리에 힘이 빠졌다. 그래도 있는 힘을 다해, 연방 미끄러지면서도 일행 중 가장 먼저 올라갔다.

날씨는 더없이 맑았다. 흰 구름이 둥둥 떠 있는 푸른 하늘 아래 펼쳐진 천지를 보는 순간 아, 나도 모르게 "악!" 하는 탄성이 터져 나왔다. 상상도 할 수 없는 광경이 눈앞에 펼쳐져 넋을 잃었다. 아무 말을 할 수 없었다. 그저 그 자리에 망연히 한참 동안 서 있었다.

그 얼마나 그리웠던 백두산 천지인가. 민족의 영산靈山 백두산 천지를 늘 그리워하다가 직접 보게 되자 마음속으로 감격의 눈물이 흘렀다. 도저히 필설로는 표현할 수 없는 장엄한 광경이었다. '내가 천지도 못보고 죽을 뻔했구나!' 하는 생각이 뇌리를 스쳤다. 그러면서 문득 이런 생각이 들었다.

'아, 천지는 하느님이 쓴 한 편의 시다!'

이 말 외에는 신비하고 웅장한 천지의 아름다움을 달리 표현할 수 없었다. 하느님 외에는 아무도 그토록 아름답고

통일이 되면 북녘 땅을 통해 가장 먼저 민족의 영산 백두산 천지에 가보고 싶다.

놀라운 천지를 만들 수 없었다. 하느님은 '천지라는 시'를 쓸 만큼 위대한 시인이었다.

　일행들은 천지에 오르자마자 다들 사진 찍기에 바빴다. 중국 측 공안 당국에 의해 우리가 천지에 머무를 수 있도록 허락된 시간은 딱 한 시간. 만세를 부르고 싶은 감격을 가라앉히고 고요히 천지를 바라보고 가슴에 담기에는 너무나 짧은 시간이었다. 급한 마음에 나도 카메라 셔터를 마구 눌러댔다. 서른여섯 장짜리 필름 몇 통이 금방 없어졌다.

　그때였다. 내 몸에 갑자기 이상한 현상이 일어났다. 절박한 요의尿意가 강하게 느껴진 것이다(지금도 나는 그때의 나를 이해하지 못한다. 호텔에서 출발할 때 외에 소변을 보지 않았다 할지라도 왜 하필 그때 오줌이 누고 싶었을까). 그 순간, 나는 참아야 한다고 생각했다. 여기가 어디인가. 우리 민족의 성지 천지가 아닌가. 비록 통일된 조국 땅을 통해 오지 못하고 중국 땅을 통해 찾아왔지만 엄연히 우리 민족의 성지를 찾아온 것이므로 아무리 생리적 욕구가 강하게 느껴진다 하더라도 참아야 한다고 생각했다. 그런데 그것은 마음일 뿐 참아야 한다고 생각하면 할수록 더욱더 소변이 보고 싶어 견딜 수가 없었다. 아, 나는 그만 바지춤을 내리고 백두산 천지에서 오줌을 누고 말았다. 혹시 누가 볼세라 급히 바지의 지퍼를 올리며 주위를 살피자 다행히 아무도 보는 사람은 없었다. 그래도 혹시 싶어 얼른 허리를 숙이고 돌을 찾는 척했다. 그러다가 내가 얼마나 큰 잘못을 저질렀는지도 인지하지 못한 채 내 주먹만 한 용암석 하나를 배낭 속에 집어넣었다.

한 시간은 금방 지나갔다. 일행들은 중국인 안내원의 지시에 따라 천지를 내려갔다. 나는 발걸음이 떨어지지 않았다. 하나의 바위가 되어 그대로 천지에 남아 있고 싶었다. 그렇지만 일행들을 따라나서지 않을 수 없었다. 맨 뒤꽁무니에 처져 몇 번이고 천지를 뒤돌아보고 또 뒤돌아보았다. 언제 다시 천지에 올 수 있을 것인가 하는 생각에 눈물이

핑 돌았다. 일행들은 기상관측대 부근에서 벌써 대기하고
있던 트럭에 타고 있었다. 나는 트럭을 타고 싶지 않았다.
혼자서라도 걸어 내려가고 싶었다. 얼른 뒤로 처졌다. 그
때 백두산을 마음껏 더 촬영하고 싶었던 사진부장이 내게
말을 걸었다.

"정 시인, 우리 걸어서 내려갈까?"

"네, 걸어서 내려가요. 어떻게 백두산을 차를 타고 올라
왔다가 차를 타고 내려갈 수가 있겠습니까."

사진부장은 내가 동의했음에도 말과는 달리 잠시 망설
이는 표정을 지었다.

"정말 걸어서 내려갈 거야?"

"네!"

"그럼 정 시인은 걸어서 내려와. 내가 그렇게 말할게. 나
는 안 되겠어."

사진부장은 그렇게 말하고는 얼른 트럭에 올라타버렸
다. 나는 사진부장을 따라 트럭에 타는 척하다가 타지 않
고 그대로 가만히 있었다. 트럭은 내가 안 탔는지도 모르
고 금세 눈앞에서 사라져버렸다.

나는 혼자 백두산을 걸어 내려가기 시작했다. 길은 거
대한 구렁이가 느릿느릿 기어가고 있는 것처럼 구불구불
했다. 눈앞에 바로 다음 길이 빤히 보이는데도 걸으면 한

참이었다. 가도 가도 길은 똬리 튼 뱀의 몸뚱어리 같았다. 그래도 구불구불 한없이 이어진 백두산 산길을 혼자 걸어 내려간다는 사실이 기뻤다. 마치 나 자신이 하느님이 쓴 시의 한 낱말, 한 구절, 한 이미지가 된 것 같아 행복했다.

한번은 구부러진 길을 따라 돌아서 걷지 않고 산 속으로 곧장 걸어 들어갔다. 그러니까 아래로 내려다보이는 길을 돌아서 가지 않고 직선으로 가로질러 들어간 셈이었다. 길은 없었지만 흙은 푹신했다. 이끼 층이 두꺼워 한 발 한 발 내디딜 때마다 발이 푹푹 빠졌다. 마치 푹신푹신한 카펫 위를 춤을 추듯 걷는 기분이었다.

그런데 얼마쯤 걸어갔을까. 스무 걸음도 채 가지 못했을 때였다. 갑자기 사방에 안개가 끼었다. 안개는 한순간에 적군처럼 밀려왔다. 바로 한 치 앞도 보이지 않았다. 나는 꼼짝할 수가 없었다. 갑자기 주위의 모든 것이 사라져버렸다. 산도 길도 나무도 어디에 있는지 알 수 없었다. 자칫 잘못 발을 내디뎠다간 그대로 굴러떨어질 것만 같았다. 순간, 공포가 몰려왔다. 잘못하면 백두산에서 죽을 수도 있겠다는 생각이 들었다. 일행들과 트럭을 타지 않고 혼자 걸어 내려가겠다고 만용을 부린 일이 금방 후회되었다.

나는 꼼짝도 않고 그대로 가만히 서 있었다. 안개가 걷힐 것이라는 생각조차 하지 못했다. 아마 한 시간은 족히

지났을 것이다. 바람이 불고 차차 안개가 걷혔다. 살았다 싶었다. 실제로는 10여 분도 채 안 걸렸으나 한 시간도 더 넘게 안개에 갇혀 있었다고 생각되었다.

길이 보이자 얼른 길을 따라 내려갔다. 이번에는 길을 가로질러 가지 않았다. 꾸불꾸불 내려가는 길은 끝이 없었다. 언제 다 내려갈 수 있을지 알 수 없었다. 몇 시간을 내리 내려가기만 하자 엄지발가락이 아파왔으나 쉴 수는 없었다. 해가 지기 전에 내려가야 한다는 초조함과 불안함에 걸음을 더 빨리했다. 산을 오를 때 트럭을 빌려 탔던 지점에서 젊은 조선족 일꾼과 몇 마디 나눈 말이 그래도 큰 힘이 되었다. "길 따라 계속 내려가기만 하면 된다"는 그의 말에 힘입어 계속 걸으면서 노래를 불렀다. 이미자와 진송남의 노래도, 나훈아와 조용필의 노래도, 아는 노래는 다 불렀다.

"어머니!"

"아버지!"

"영민아!"

"후민아!"

내가 사랑하는 부모님과 아이들과 아내의 이름도 크게 불렀다. 지쳐 쓰러질 것 같던 몸에 다시 힘이 솟았다.

그런데 산을 거의 다 내려와 벌목꾼들이 사는 산막 앞

을 지날 때였다. 갑자기 집채만 한 개 한 마리가 "으르렁!" 하고 덤벼들었다. 등골이 오싹했다. 아니, 혼비백산했다. 개의 눈에서 불이 철철 일었다. 등을 돌리고 도망치기만 하면 그대로 달려들어 내 허벅지라도 콱 물어뜯을 눈길이었다. 무서웠다. 한 발도 움직일 수 없었다. 이대로 백두산에서 개한테 물려 죽나 하는 생각과 동시에 백두산을 혼자 걸어 내려왔다는 사실이 다시 한번 후회되었다.

다행히 개는 눈에 불을 켜고 으르렁거리기만 할 뿐 더 덤벼들지 않았다. 나는 무서워 온몸이 덜덜 떨렸지만 계속 개의 눈을 노려보았다. 어릴 때 동네 어른한테 들은, 개가 물려고 덤비면 등을 돌리고 도망가지 말고 맞서서 노려보라는 말씀이 계속 떠올랐다.

그렇게 얼마쯤 개와 대치했을까. 실제로는 5분이 채 되지 않았을 터이지만 나로서는 너무나도 긴 질겁의 시간이 지나 산막에서 늙수그레한 중국인 한 사람이 나왔다. 나는 그에게 빨리 개를 불러 데려가라고 소리쳤다. 그는 내 말을 알아듣지 못했다. 그렇지만 자기 나름대로 상황을 파악하고 "휘익" 휘파람을 불어 개를 불러들였다. 개는 사내가 휘파람 소리를 내자 마지못해 내게서 눈길을 거뒀다. 중국인이 개를 산막 안으로 몰아넣고는 내게 다가와 말을 했지만 중국어를 모르는 나 또한 알아들을 수가 없었다. 얼른 손바닥에다 손가락으로 '대경大驚'이라고 썼다. 그러자 그가 알아들었다는 표정을 지으며 고개를 끄덕였다.

'십년감수했다'는 말은 꼭 이럴 때 쓰는 말이다. 정말 십 년감수한 기분이었다. 그리고 그제야 내가 천지에다 오줌을 누고 왔다는 사실을 깨달았다. 그런 잘못을 저지른 나를 백두산이 곱게 돌려보낼 리 없었다. 그것은 분명 천지에 오줌을 누고 온 데 대한 벌이었다. 갑자기 한 치 앞도 안 보이는 안개에 휩싸여 길을 잃고 죽음의 공포에 떨게 된 것도 다 그 때문이었다.

생각할수록 정말 부끄러운 일이 아닐 수 없다. 백두산을 생각할 때마다 나는 그 일 때문에 죄책감에 부끄러워 몸을 숨긴다. 결코 가져와서는 안 되는 천지의 돌마저 배낭 속에 하나 넣어 가지고 온 나는 정말 몰지각한 짓을 하고 말았다. 천지에 가는 사람마다 하나씩 돌을 가져온다면 천지의 돌이 남아나기나 하겠는가.

언젠가 다시 백두산에 가고 싶다. 그땐 내가 가지고 온 돌을 도로 가지고 가 천지에 두고 올 것이다. 그리고 조용히 무릎을 꿇고 깊은 용서를 청할 것이다.

초상화로 내걸린 법정스님

눈 오는 날 거리를 걷다가
초상화를 가르쳐주는 화실 앞을 지나다가
초상화로 내걸린 법정스님을 만났다
서울에 내리는 첫눈을 바라보는
법정스님의 맑은 눈이 눈에 젖는다
지금 이 순간을 열심히 살아라
지금이 바로 그때다
하나가 필요하면 하나만 가져라
법정스님이 오랫동안 불쌍히 나를 바라본다
네, 스님
만장도 없이 들것에 실려
사리 수습도 하지 않고 떠나가신 법정스님
말없이 말없는 대답을 드렸지만
나는 오늘도 내일을 걱정하면서
분분히 내리는 저 첫눈도 바라보지 못한다

법정스님의 엽서

지하철 안국역 지하상가를 지나가다가 초상화로 걸린 법정스님을 뵙게 되었다. 지하통로 초상화 화실엔 법정스님을 비롯해 김수환 추기경, 스티브 잡스, 테레사 수녀 등 대부분 우리 삶에 큰 영향을 끼친, 누구나 얼른 알아볼 수 있는 이들의 초상화가 화실 유리창 안팎으로 내걸려 있었다. 특히 법정스님은 통로 쪽에 내걸려 있어서 누구나 오가다가 쉽게 만나 뵐 수 있었다.

나는 법정스님을 직접 뵌 듯해서 발걸음을 멈추고 초상화 속의 법정스님을 오랫동안 바라보았다. 누가 그렸는지는 모르지만 스님의 눈빛은 형형했다. 붉은 가사를 걸치신 탓인지 얼굴엔 붉은빛 화기和氣가 많이 돌았다.

"내일은 없다. 지금 이 순간을 열심히 살아라."

"지금이 바로 그때다."

"오지 않은 미래를 오늘에 가불해와서 걱정하는 사람만큼 어리석은 사람은 없다."

문득 법정스님께서 평소에 늘 강조하시던 말씀이 가슴속으로 들려왔다.

나는 초상화 앞을 쉽게 떠나지 못하고 그 자리에 오래도록 서 있었다. 그러다가 오래전에 법정스님께서 내게 보내주신 엽서 한 장을 기억해내었다.

정호승 시인께.

'현대문학북스'에서 나온 책들 그때마다 잘 받아봅니다. 감사합니다. 이번 산문집《인생은 나에게 술 한잔 사주지 않았다》선들거리는 바람 속에서 잘 읽었습니다. 날이 갈수록 정채봉 님 생각이 납니다. 내일모레 하안거夏安居 마치고 불일佛日에 내려가면 홀로 외롭게 누워 있는 그를 찾아보려고 합니다. 사람은 볼 수 없고 그리움만 남는 이 일이 너무도 덧없군요.

가을바람 속에 하시는 일 더욱 향기롭게 이루어지기를 바랍니다.

신사년 초가을 법정法頂 합장.

이 엽서는 2001년 1월 9일 함박눈 펑펑 쏟아지던 날, 동화작가 정채봉 씨가 세상을 떠난 그해 초가을에 법정스님한테서 받은 엽서다.

당시 나는 출판사 '현대문학북스' 일을 하고 있어서 신간이 나올 때마다 스님께 꼭 보내드렸다. 마침 내 산문집 《인생은 나에게 술 한잔 사주지 않았다》도 출간돼 보내드렸는데 스님께서 뜻밖에도 잘 받았다는 말씀과 함께 정채봉 씨에 대한 그리움을 전해오셨다.

법정스님께서 내게 엽서를 보내시리라고는 생각해본 적이 없었던 나는 그 엽서가 스님의 영혼이 배인 소중한 법향法香처럼 느껴졌다. 정성 들여 몇 번이나 고쳐가면서 답장을 드리는 동안 스님에 대한 감사의 마음이 저절로 깊어졌다.

'사람은 볼 수 없고 그리움만 남는 이 일.'

스님의 엽서 중에서 이 말씀은 두고두고 내 가슴에 남았다. 스님께서는 정채봉 씨에 대한 그리움을 말씀하셨는데, 이제는 이 말씀이 떠나가신 스님께도 해당되는 말씀이 되었다. 이제 법정스님은 만나 뵐 수 없고 그리움만 남았으니 스님 말씀대로 아, 이게 덧없는 인생인가.

정채봉 씨와 함께 월간 〈샘터〉 편집부에서 일할 때였다. 한번은 정채봉 씨가 법정스님을 만나러 송광사 불일암에

다녀왔다는 이야기를 해주었다. "나도 데리고 가지 그러셨어요" 하는 말이 입 속에 맴돌았으나 당시 부원으로서 부장인 그에게 그런 말을 하는 일은 쉽지 않았다. 그때 정채봉 씨는 첫 동화집 《숨 쉬는 돌》을 막 출간했는데, "법정스님께서 동화가 참 좋다고 칭찬해주셨다"고 무척 기뻐하는 모습이었다. 지금 불일암에서 두 분이 나란히 서서 찍은 사진을 보면 두 분 다 참으로 젊고 맑다.

나는 법정스님을 세 번 뵈었다. 처음 뵙게 된 것은 1973년 늦은 봄 '봉은사奉恩寺'에서였다. 〈현대문학〉 편집자 한 분이 스님을 뵈러 간다고 같이 가자고 해서 얼른 따라나섰다. 당시만 해도 뚝섬에서 나룻배를 타고 봉은사로 갔다. 지금 생각해보면 스님께서는 그때 봉은사에서 〈팔만대장경〉 등에 대한 역경 사업에 매진하고 계실 때였다.

나는 당시 신춘문예에 당선돼 막 문단에 얼굴을 내민 새내기 시인이었다. "올해 신춘문예에 시가 당선된 시인"이라고 나를 소개해도 꾸벅 고개 숙여 인사만 드렸을 뿐 일어나 스님께 큰절도 올리지 않았다. 어떻게 예의를 갖추어야 하는지 몰랐던 나는 그냥 스님께서 내주시는 녹차만 마셨다. 그때 스님께서 차를 드시면서 좋은 말씀을 많이 해주신 것으로 기억되는데 이제는 다 잊고 말아 나의 아둔함이 참으로 안타깝다.

스님을 두 번째로 뵌 것은 그 후 20여 년이 지난 어느 강연장에서였다. 아마 혜화동 문화예술회관이 아닌가 싶은데 스님의 강연 내용 또한 다 잊어버려 나의 아둔함이 더욱 안타깝다. 법정스님의 승복 입은 모습, 카랑카랑한 목소리, 숨죽인 듯 스님 말씀을 한마디라도 놓치지 않으려고 귀 기울이던 청중의 모습만 남아 있다. 그래도 "제가 법정입니다. 헌물이 여기 섰습니다" 하는 첫 인사 말씀으로 좌중을 웃음으로 이끄시던 모습은 기억이 난다.

　세 번째로 법정스님을 뵙게 된 것은 2006년 내가 박항률 화백과 관훈동 인사아트센터에서 '너를 사랑해서 미안하다-그림, 시, 그리고 사랑'이라는 제목으로 '시와 그림전'을 열었을 때였다. 시인 류시화 씨가 법정스님을 모시고 와 함께 전시회장에서 차를 나누었다. 그때 스님께서는 박 화백의 그림 중 〈눈부처〉가 유난히 좋다고 하시면서 그 그림에 오랫동안 눈길을 주셨다. 법정스님, 박항률 화백, 류시화 시인, 그리고 내가 함께 화랑의 다탁에 앉아 차를 나누는 모습의 사진을 얼마 전에 박 화백이 액자에 담아 내게 보내주었다. 나는 그 사진을 책꽂이 한 면에 살며시 두었는데 안 보는 척하면서 볼 때마다 그렇게 시화전을 할 때가 인생의 얼마나 소중한 시간이었는가를 새삼 깨닫는다.

나는 법정스님 다비식에는 참석하지 못했다. 정읍에 사는 유종화 시인이 송광사 다비장 가까이 하룻밤 묵을 방도 잡아놓았다고 오라는 전화가 있었지만 갈 수가 없었다. 다비식 다음 날짜 중앙일보에 게재될 법정스님 조시弔詩를 써야 했기 때문이었다.

법정스님의 다비식에 참석하지 못했다는 사실이 지금도 두고두고 아쉬움으로 남는다. 그래서인지, 스님의 법체를 관도 없이 대나무 평상 위에 평소 입으시던 가사를 수의 삼아 다비장으로 운구하는 한 장의 사진이 내 가슴에 각인돼 지워지지 않는다. 스님은 떠나실 때도 죽음의 격식에 아무런 장식도 하지 않고 떠나셨다. 사리 수습도 하지 말고 탑도 세우지 말고 화장한 재는 생전에 늘 바라보고 좋아하던 꽃나무 밑에 뿌려 '꽃공양'을 하라고 하셨으니 그 얼마나 검소한 수도자의 무소유 정신인가.

스님께서는 입적하시기 약 한 달 전인 2010년 2월 24일에 속명 박재철朴在喆 이름으로 날인까지 해서 '남기는 말'을 유언으로 남겼다. "모든 분들에게 깊이 감사드리고, 어리석은 탓으로 제가 저지른 허물은 앞으로도 계속 참회하겠습니다. 모두 성불하십시오" 하는 참회와 감사의 말씀을 남기셨는데, 그때 꼭 한 가지 당부한 말씀이 있다. 그것은 "그동안 풀어논 말빛을 다음 생으로 가져가지 않으려

하니 부디 내 이름으로 출간한 모든 출판물을 더 이상 출간하지 말아주십시오" 하는 말씀이었다.

그때 나는 그 말씀을 접하고 갑자기 가슴이 텅 비는 듯한 영혼의 배고픔을 느꼈다. 그래서 미처 구입하지 못한 법정스님의 산문집을 서둘러 구입해놓기까지 했다. 유언의 고귀한 뜻은 받아들여야 하지만 스님이 책으로 남기신 귀한 말씀은 우리 모두 두고두고 영혼의 양식으로 삼을 수 있어야 한다는 것이 내 생각이었다. 나와 같은 생각을 지닌 이들이 많아 최근 법정스님 10주기를 기념해 스님이 남기신 말씀이 사단법인 '맑고 향기롭게'를 거쳐 다양한 형태의 책으로 재출간돼 기쁘기 한량없다. 날마다 법정스님의 책을 읽고 영혼의 양식으로 삼아야 누구나 성불하는 데에 큰 도움을 얻지 않겠는가.

오늘 나는 2010년 3월 15일자 중앙일보 일요판에 게재된 법정스님 조시 〈무소유의 맑고 찬 샘물 한 그릇〉을 다시 꺼내 읽는 것으로 스님에 대한 그리움을 달랜다.

　스님
　우리나라의 모든 산새들이 날아와 울고 있습니다
　우리나라의 모든 나무들이 잎을 다 떨어뜨리고 울고 있습니다

우리나라의 모든 풀들이 엎드려 흐느끼며 일어날
줄 모릅니다

나 죽거든 슬퍼하지 말라 하셨지만

우리나라의 모든 벌레들도 봄의 땅속에서 기어 나
와 흐느끼고

창공에 숨은 모든 별들도 손수건을 꺼내 울고 있습
니다

스승이 없는 시대에 우리들 스승이셨던

말씀이 없는 시대에 우리들 말씀의 푸른 종소리이
셨던

삶은 전체가 아니라 순간의 순간임을

단순하게 더 단순하게 간소하게 더 간소하게

연잎이 마지막 한 방울 이슬조차도 버리고 말듯

버리고 또 버려라 함부로 살지 말라 말씀하셨던

그 영혼의 양식

이제는 어디 가서 겨울 들판의 어린 새인 양 쪼아
먹을 수 있겠습니까

가난한 이웃이야말로 살아 있는 부처님이라고 일깨
우시며 건네주시던

그 무소유의 맑고 찬 샘물 한 그릇

이제는 어디 가서 받들어 마시며 해갈의 기쁨을 맛

볼 수 있겠습니까

우리가 빨래판인 줄 알았던 장경각 대장경을 한글
로 역경하러 가셨습니까

1970년대 초 뚝섬에서 나룻배를 타고 봉은사로

역경사업에 몰두하고 계시던 스님을 찾아뵙던 일이
엊그제 같은데

수의도 없이 관도 없이 만장도 없이 어린 아기가 되어

새근새근 부처님 품속에 안겨 주무시고 계시옵니까

그토록 만나고 싶어 하셨던 '어린 왕자'의 손을 잡
고 천천히

'월든의 호숫가'를 산책하고 계시옵니까

시간과 공간이 없는 열반의 세계에도 너와로 오두
막 하나 지으셔서

야생의 꽃들의 아름다움에 고요히 미소 짓고 계시는
스님

찬 겨울 매화 향기 같으신 법정스님

불쌍한 저희들을 깨우쳐 주소서

저희들도 스님을 닮아 무소유의 아름다운 마무리를
할 수 있도록

부처님 눈물을 넣은 만년필로 가끔 집필도 계속하
셔서

스님의 맑고 향기로운 책을 누구나 평생 읽게 하소서
아름다운 마무리가 있어야
진정 아름다운 시작이 있다는 것을 깨우쳐 주소서

2006년 박항률 화백과 관훈동 인사아트센터에서 전시회를 가졌을 때 류시화 시인과 함께 법정스님이 찾아오셨다.

못

벽에 박아두었던 못을 뺀다

벽을 빠져나오면서 못이 구부러진다

구부러진 못을 그대로 둔다

구부러진 못을 망치로 억지로 펴서

다시 쾅쾅 벽에 못질하던 때가 있었으나

구부러진 못의 병들고 녹슨 가슴을

애써 헝겊으로 닦아 놓는다

뇌경색으로 쓰러진 늙은 아버지

공중목욕탕으로 모시고 가서

때밀이용 침상 위에 눕혀놓는다

구부러진 못이다 아버지도

때밀이 청년이 벌거벗은 아버지를 펴려고 해도

더 이상 펴지지 않는다

아버지도 한때 벽에 박혀 녹이 슬도록

모든 무게를 견뎌냈으나

벽을 빠져나오면서 그만

구부러진 못이 되었다

육체는 슬프다

인생은 슬프다. 인생이 슬프기 때문에 시가 있는지도 모르지만, 이 세상에 슬프지 않은 인생은 없다. 슬픈 인생 중에서도 노인들의 인생은 더 슬프다. 떠나야 할 때에 떠난 노인들보다 떠나야 할 때에 떠나지 못한 노인들의 인생은 더욱 슬프다.

노인들의 슬픔은 관념이 아니라 구체다. '사람은 늙으면 적당한 때에 떠나야 한다'는 말은 관념의 소산이 아니라 구체의 소산이다. 태어나는 일에는 순서가 있지만 죽는 일에는 순서가 없어 노인들의 고통은 구체적이다. 그 고통의 구체성은 마음보다 육체가 먼저 허물어지는 일에서부터 비롯된다.

노인들의 육체는 마치 밑돌 없는 돌탑 같다. 탑머리에 산까치 한 마리 내려앉아 날갯짓을 하거나 다람쥐라도 한 번 드나들면 그대로 허물어질 듯하다.

내 아버지도 그렇다. 올해(2008년) 여든여덟이신 내 아버지도 육체가 먼저 허물어졌다. 물기라고는 한 점 없는 마른 흙처럼 금방이라도 폭삭 내려앉을 것만 같은 모습을 보면 마음이 아프다.

아버지는 한쪽 시력을 잃었다는 사실조차 모른 채 시력을 잃었으며, 청력 또한 일상의 대화가 거의 불가능할 정도다. 툭하면 보행 중에 넘어져 코뼈가 휘어지거나 몸 군데군데 멍 자국이 가실 날이 없다. 지난해 가을에는 뇌경색으로 쓰러져 혼자 힘으로 걷지도 못하다가 이제 기적적으로 조금 회복돼 지팡이를 짚고 한 걸음 한 걸음 쓰러질 듯이 걷는 걸음걸이가 아기처럼 불안하다. 교회에 가실 때는 성경책이 든 낡은 가방 하나조차 들지 못한다. 사람이 살아 있는 동안 가장 서러운 것은 내 몸을 내 마음대로 할 수 없는 것이라고 하는데 바로 내 아버지가 그렇다.

젊으실 때부터 깔끔하고 청결한 성격이신 아버지는 늘 공중목욕탕에 다니시기를 좋아하셨다. 그 성격은 나이가 들어도 변하지 않아 당신 몸을 제대로 추스르지 못하시면서도 늘 목욕하시기를 원했다. 그래서 나는 일주일에 한

번씩 아버지를 아파트 단지 내 상가에 있는 공중목욕탕에 모시고 갔다.

아버지를 부축해서 처음으로 공중목욕탕에 모시고 갔을 때의 일이다. 아버지는 내가 팬티를 벗겨드리려고 하자 더 이상 움직이지 않고 가만히 계셨다. 러닝셔츠를 벗길 때는 애써 팔을 들어 올려주시더니 팬티를 벗기려 하자 갑자기 다리에 힘을 주고 움직이지 않으셨다. 아버지는 다 큰 아들 앞에 발가벗은 알몸을 보여주어야 한다는 사실이 한순간 난감하신 듯했다(물론 나야 어릴 때부터 아버지의 손을 잡고 목욕탕을 많이 다녔으니 난감할 리 있겠는가).

"아버지, 뭘 부끄러워하시고 그러세요."

나는 제대로 듣지도 못하는 아버지한테 한마디 하고는 아무 일도 아니라는 듯 서슴없이 아버지의 팬티를 벗겼다. 그러자 아버지의 손이 천천히(아마 아버지는 빨리 손을 움직이고 싶었을 것이다) 당신의 남성을 가렸다. 나는 말없이 아버지의 손을 툭 밀쳐서 아버지의 남성을 드러나도록 했다. 그러자 아버지와 내가 한순간 마음이 편안해졌다.

나는 아버지와 함께 온탕에 잠시 들어가 있다가 때밀이 청년의 도움을 받아 때밀이용 침상 위에 아버지를 눕혔다. 뜻밖에 아버지는 너무나 가벼웠다. 마치 뼈라는 가는 막대기에 옷이라는 피부를 붙여놓은 것 같은 아버지는 앙상하다 못해 종잇장 같았다. 특히 아버지는 평생 다리를 꼬고 앉는 나쁜 습관 때문에 척추측만증에 의해 마른 보리새우처럼 척추가 휘어졌는데, 때밀이용 침상 위에 모로 누워 있는 '휘어진 아버지'의 모습은 그대로 하나의 구부러진 못이었다.

내가 어릴 때는 못이 귀해서 한번 쓴 못을 재사용했다. 길을 가다가 못이라도 하나 주우면 못통에 꼭 모아놓고 필요할 때마다 꺼내 썼다. 그런 못들은 대부분 새 못이 아니라 한번 벽이나 기둥에 박혀 있던 것을 뺀 것들로 등이 다 굽은 못들이었다. 그래서 그런 못을 다시 쓰려면 망치로 일일이 구부러진 등을 잘 펴야 했다.

내 아버지 또한 젊으실 때는 인생이라는 벽에 박혀 인생의 고통을 견디면서 그 누구보다도 튼튼히 잘 박혀 있던 하나의 못이었다. 어떤 때는 장도리로 못을 빼 구부러진 부분을 잘 펴서 다시 사용하는 데에 큰 어려움이 없었다.

그러나 이제 아버지는 더 이상 인생이라는 벽에 튼튼히 박혀 있지 못하고 구부러질 대로 구부러진 채 벽을 빠져 나오지 않으면 안 되는 녹슨 못이 되었다. 더 이상 망치로 펴서 쓸 수도 없는, 인간이라는 늙고 병든 못이 되고 만 것이다. 녹슬고 구부러진 못은 망치로 펴면 다시 쓸 수 있으나, 아버지라는 구부러진 못은 굳이 펼 필요조차 없으니 참으로 슬픈 일이 아닐 수 없다.

나는 지금까지 아버지의 삶을 내 시의 원천으로 삼은 일이 거의 없다. 어머니의 영원한 모성을 바탕으로 한 시는 유난히 많다 싶을 정도이지만, 아버지를 내 시의 한가운데에 정성껏 모셔본 적은 없다. 그러나 그날 이후 아버지는 내 시 속으로 당신 스스로 걸어 들어오기 시작했다. 나는 그런 아버지를 외면하지 않았다. 시는 그런 아버지를 따뜻하게 껴안아드려야 할 책무가 있는 게 아닌가.

사실 나는 아버지의 집으로 출퇴근한 지 벌써 5년이 넘는다. 내 작업실을 아예 아버지의 집으로 옮긴 탓이다. 아침에 아버지 집으로 출근했다가 밤늦게 아내가 있는 집으로 퇴근을 하는 것은 노부모보다는 나 자신을 위한 측면이 더 크다.

죽음이란 무엇인가. 바로 비수匕首가 아닌가. 죽음을 뜻하는 '죽을 사死' 자는 '저녁 석夕' 자와 '비수 비匕' 자의 합성어로, '어느 날 저녁에 느닷없이 날아오는 비수'다. 그 죽음의 비수가 아버지에게 날아오면 더 이상 아버지를 보고 싶어도 보지 못한다. 보고 싶을 때 더 이상 보지 못하는 것, 그게 바로 죽음이다. 그래서 나는 가능한 한 아버지를 많이 보기 위해 아침에 가방을 들고 출근하듯이 아버지의 집으로 간다. 아버지의 집에서 하루 종일 노인들의 삶의 비밀을 엿보면서 나 또한 노인이 되어가는 과정을 스스로 지켜본다.

아버지에겐 이제 고향도 없다. 과거도 없고 미래도 없다. 오직 하루하루 순간순간 죽음만 있을 뿐이다. 아버지에게 인사하고 퇴근하기 위해 아버지의 방문을 열면 아버지는 책상에 앉아 두 손 모아 기도하고 계신다. 아버지가 무슨 기도를 하시는지 나는 모른다. 그러나 나름대로 짐작해볼 수는 있다. 오늘 하루도 살아 있게 해주셔서 감사하다는 것, 그리고 곧 찾아올 죽음을 너무 기다리지 않게 해달라는 것, 또 너무 두려워하지 않게 해달라는 것, 그런 것이 아닐까.

아버지의 마지막 하루

오늘은 면도를 더 정성껏 해드려야지
손톱도 으깨어진 발톱도 깎아드리고
내가 누구냐고 자꾸 물어보아야지
TV도 켜드리고 드라마도 재미있게 보시라고
창밖에 잠깐 봄눈이 내린다고
새들이 집을 짓기 시작한다고
귀에 대고 더 큰 소리로 자꾸 말해야지

울지는 말아야지
아버지가 실눈을 떠 마지막으로 나를 바라보시면
활짝 웃어야지
어릴 때 아버지가 내 볼을 꼬집고 웃으셨듯이
아버지의 야윈 볼을
살짝 꼬집고 웃어야지

가시다가 뒤돌아보지 않으셔도 된다고
굳이 손을 흔들지 않으셔도 된다고
가시다가 중국음식점 앞을 지나가시더라도

짜장면을 너무 드시고 싶어하지 마시라고
아니, 짜장면 한 그릇 잡수시고 가시라고
말해야지

텅 빈 아버지의 입속에 마지막으로
귤 향기가 가득 아버지의 일생을 채우도록
귤 한 조각 넣어드리면서
사랑하는 사람과 이별하기 때문에 죽음이 아픈 것이라고
굳이 말씀하지 않으셔도 된다고
아는 사람은 다 안다고

죽음만큼 외로운 일은 없다

아버지의 임종을 지키지 못했다. 죽음도 외로워서는 안 된다고, 인간에게 죽음만큼 외로운 일은 없다고, 나는 아버지의 임종은 꼭 지키겠다고 늘 다짐하곤 했으나 그것은 결국 헛된 다짐에 불과했다.

2013년 8월 29일 저녁. 안면도에서 문학 강연을 시작하기 10분 전. 아내한테서 전화가 와 얼른 받았더니 아버지 임종 소식이었다.

"여보, 아버님이 방금 돌아가셨어!"

순간, 머릿속이 멍해졌다. 가슴속이 텅 비는 듯했다. 텅 빈 가슴속으로 안면도의 바닷바람이 휙 지나갔다.

그 무렵, 뜻하지 않게 이런저런 강연이 나흘째나 이어져

'안면도 강연을 다 마치면 꼭 아버지를 바로 찾아뵈어야
지' 하고 생각하고 있었는데, 그만 아버지의 임종 소식을
듣게 된 것이다.

'아, 내가 옆에 있어드려야 했는데……'

잠깐 그런 생각을 하다가 나는 마이크를 잡고 강연을
시작할 수밖에 없었다.

녹음된 테이프를 틀어놓은 듯 강연을 하긴 했지만 마음
은 온통 아버지의 죽음에 가 있었다. 어떻게 강연을 했는
지 모른 채 약속된 강연을 끝내고 급히 서울삼성병원 영
안실로 달려왔을 때는 이미 자정 가까운 시간이었다.

텅 빈 영안실 아버지 영정 앞에 혼자 서서 가물거리는
촛불을 바라보며 "아버지, 죄송해요. 제가 꼭 곁에 있어야
했는데……" 하고 밤이 깊도록 말했지만 아버지는 아무
말이 없었다.

지금도 나는 발인예배를 볼 때 교회에서 준비한, 아버지
영정 사진이 인쇄된 예배 순서지를 액자에 고이 넣어 늘
책상 앞에 두고 있다.

어머니의 말씀에 의하면, 아버지는 편안하게 잠자는 듯
모로 누워 돌아가셨다고 하는데 숨결이 멎을 때까지 아버
지는 그 얼마나 외로우셨을까.

그때 내가 아버지의 손을 꼭 잡아드렸어야 했는데, "아

버지 먼저 하늘나라에 가 계세요. 제가 곧 따라가겠습니다"하고 몇 번이고 말씀드렸어야 했는데, 세월이 흐를수록 후회의 마음이 점점 커져간다.

〈아버지의 마지막 하루〉는 이른 아침에 영안실에서 아버지 발인예배를 볼 때 내가 낭송한 시다. 이 시를 낭송할 때 눈물은 나지 않았다. 그러나 이제 이 시를 읽으면 나도 모르게 눈물이 난다.

아버지는 이 시를 정성껏 낭송해드려도 아무 말씀이 없으셨다. 매일 아침마다 해드리던 면도를 더 이상 해드릴 수 없고, 손톱도 깎아드릴 수 없다고 해도 아무 말씀이 없으셨다.

은행원이었던 내 아버지는 원래 말이 없는 분이었다. 당신이 주장하실 말씀이 있어도 결코 말씀을 하지 않으셨다. 어려운 일이 있어도 속으로 걱정은 하시면서도 너무 말이 없어 어떤 때는 원망스러움이 앞설 때도 있었다.

내가 대학생 때 여름방학을 이용해 친할머니를 이장할 때의 일이다. 관 뚜껑을 열자 관 속에 물이 가득 차 있었다. 검붉은 추깃물이 아침 햇살을 받으며 잔잔히 물결을 일으키자 산역꾼들이 귀한 약이 된다면서 됫병과 주전자에 서눌러 추깃물을 퍼 담았다.

나는 놀라 아버지를 쳐다보았다. 아버지는 무덤 한편에

가만히 쭈그리고 앉아 그들을 쳐다보고만 있었다. "아버지, 저 사람들이 저래도 되는 겁니까? 저 물이 바로 할머니나 마찬가지 아닙니까. 빨리 가져가지 마라 카이소!"하고 목소리를 크게 내어도 아버지는 아무 말이 없었다.

군 입대 후 첫 휴가를 나와 수평치水平齒로 난 사랑니를 어렵사리 발치할 때도 아버지는 두 시간이나 넘게 아무 말 없이 내 곁을 지켜주었다. 그날 입에 솜을 꽉 문 채 펑펑 쏟아지는 함박눈을 맞으며 봉천동 고갯길을 천천히 오르다가 문득 뒤를 돌아보았다. 아버지가 머리에 허옇게 눈을 맞으며 허리를 구부린 채 아무 말 없이 내 뒤를 따라오고 있었다.

'아, 부정父情이란 이런 것이구나!'

말없는 아버지의 사랑을 뼈저리게 느낀 것은 그때가 처음이었다.

아버지는 말씀이 없으신 대신 편지를 자주 보내주셨다. 신문마다 난 신춘문예 모집 사고社告를 일일이 오려 군으로 보내주셨으며, 편지 말미엔 반드시 '몸조심, 일조심, 사람조심' 이 세 가지 당부의 말씀을 잊지 않으셨다.

아버지의 그런 정성 덕분인지 나는 군 복무 중에 문단에 등단할 수 있었다. 제대복을 입고 청량리역에 도착한 내게 마중 나온 아버지가 말없이 내민 것은 신춘문예에

1973년 1월 대한일보 신춘문예 시상식을 마치고 아버지와 서소문 네거리 대한일보빌딩 앞에서. 아버지는 중학생인 내게 민중서관에서 나온 32권짜리 〈한국문학전집〉을 사다주셨다.

시가 당선되었다는 내용이 타자된 노란 전보지 한 장이었다.

'신춘문예 시 당선. 급히 연락 요망. 대한일보 문화부.'

그때 얼마나 기뻤는지 모른다. 아버지가 전해준 그날의 기쁨이 오늘 이 순간까지도 나로 하여금 시를 쓰게 하고 있다고 해도 과언이 아니다.

아버지는 말씀은 별로 없으셨지만 빈 들판에 선 한 그루 고목처럼 말없이 내 삶을 형성하신 분이다. 언젠가 까

까머리를 하고 찍은 젊은 날의 아버지 사진을 보다가 어쩌면 그렇게 내 고등학생 때의 모습과 똑같은지 감탄을 한 적이 있는데, 그렇다면 오늘 아버지의 늙은 모습은 바로 내일 나의 늙은 모습일 것이다.

나는 중학교 2학년 때 아버지가 사주신, 민중서관에서 발행한 32권짜리 〈한국문학전집〉을 얼마나 재미있게 읽었는지 모른다. 아버지는 책을 방 안에 두기만 했을 뿐 "이 책 읽어라" 하고 말씀하신 적이 한 번도 없다. 어디까지나 나 스스로 박계주朴啓周의 소설 《순애보》를 읽거나 시를 읽다가 문학에 눈을 떴을 뿐이다. 그때 아버지가 그 책을 사다 주시지 않았다면 나는 어쩌면 문학의 길로 들어서지 않았을지도 모른다.

돌이켜보면 아버지는 말없이 말씀을 하심으로써 침묵의 힘을 내게 가르쳐주셨다. 아버지가 그토록 말씀이 없으셨던 것은 천성이 소심하기 때문이기도 하지만 은행원으로서 개미처럼 숫자에 매달려 조심조심 살아왔기 때문이라고 생각된다.

아버지는 나이 마흔에 당신 스스로 은행을 그만두고 이런저런 자영업을 하다가 다 실패함으로써 일찍이 실패의 소중한 의미 또한 내게 가르쳐주셨다. 인생에 성공이란 없다는 것을. 되풀이되는 실패의 과정이 곧 인생이며, 그 과정을 열심히 최선을 다해 인내하는 것이 곧 성공이라는 것을.

지금 나는 시가 실패와 상처와 결핍과 침묵에서 나온다는 것을 믿는다. 아버지처럼 말이 없는 데서 말이 이루어지고 보이지 않는 데서 보이는 그 무엇이 시라는 것을 믿는다.

아버지는 몸져누우시기 직전까지 늘 일기를 쓰셨다. 청력을 잃고 한쪽 눈까지 어두운 상태에서도 매일 일기 쓰기와 기도하기를 게을리하지 않으셨다.

아버지가 일기 쓰시는 모습을 보면서 '아버지 돌아가시고 나서 그 일기를 보고 내가 또 얼마나 울 것인가' 하는 생각을 하곤 했다.

나는 아버지를 화장한 뒤 한 달 만에 완전히 분해되는, 녹말로 만든 친환경 유골함에 유해를 모시고 봉분도 없이 땅에 묻고 그곳에 작은 표지석 하나를 세웠다. 그 표지석에는 아버지가 그날의 일기를 마무리하실 때 꼭 적어놓으신 글, '주님! 오늘도 감사합니다'를 새겨 넣었다.

그날 이후 나는 아버지의 일기를 읽은 적은 없다. 돌아가신 지 7년이 넘어도 자세히 읽지 않는다. 왜냐하면 아버지의 일기 속에 내가 아버지를 외롭게 해드린 일이 분명 많이 기록돼 있을 것 같아 내심 퍽 두렵기 때문이다.

짜장면을 먹으며

짜장면을 먹으며 살아봐야겠다
짜장면보다 검은 밤이 또 올지라도
짜장면을 배달하고 가버린 소년처럼
밤비 오는 골목길을 돌아서 가야겠다
짜장면을 먹으며 나누어 갖던
우리들의 사랑은 밤비에 젖고
젖은 담벼락에 바람처럼 기대어
사람들의 빈 가슴도 밤비에 젖는다
내 한 개 소독저로 부러질지라도
비 젖어 꺼진 등불 흔들리는 이 세상
슬픔을 섞어서 침묵보다 맛있는
짜장면을 먹으며 살아봐야겠다

짜장면 아버지

짜장면을 생각하면 아버지부터 먼저 떠오른다. 아버지
는 평소에 짜장면 드시기를 즐기셨지만 아들인 내게 짜장
면을 사주기도 좋아하셨다.

대부분의 한국 아버지들이 그러셨겠지만 내 아버지도
내가 초등학생이 되기 전에 이미 짜장면을 사주셨다. 아
버지와 함께 한 첫 외식의 기억, 그것은 짜장면에서 시작
된다.

아버지는 대구 상업은행(현재 대구 우리은행 동산동지점)에
근무하셨는데 은행 관사 내부에 목욕탕이 있었다. 공중목
욕탕이 드문 당시 겨울에 온탕에서 목욕을 하는 일은 극
히 어려운 일이었다. 아버지는 일요일에 당직 근무를 할

때면 가끔 나를 은행 관사 목욕탕으로 데리고 가 목욕을 시켜주셨다.

그곳엔 무쇠로 만든, 키 작은 어른 한 사람 정도 들어갈 만한 크기의 욕조가 있었다. 마치 튤립처럼 윗부분이 길쭉하게 위로 올라간 목욕용 가마솥이라고 할 수 있는데, 욕조 아래 아궁이에다 장작불을 때서 물을 덥혔다.

나는 아버지가 목욕하러 은행에 가자고 말씀하시면 속으로 은근히 좋아했다. 목욕하는 일은 번거롭고 귀찮은 일이었지만 목욕한 뒤에 아버지가 사주시는 짜장면을 먹는 일은 너무나 신나고 기대되는 일이었다.

내겐 아버지처럼 짜장면을 사주신 분이 또 한 분 있다. 고등학생 때 문예반 지도교사이자 시인이신 이성수李星水 선생님께서도 곧잘 짜장면을 사주셨다. 당시 대구 대륜고등학교 문예반은 교지 〈샛별〉과 교내 신문을 발행했다.

나는 같은 문예반원인 최육봉崔陸峰과 인쇄소에 가서 교정을 볼 때가 있었는데 교정이 끝나면 선생님께서는 꼭 짜장면을 사주셨다. 스승의 애정까지 듬뿍 담긴 그 짜장면 맛을 세월이 흘렀다고 어찌 잊을 수 있겠는가.

부모와 스승의 슬하를 떠나 사회생활을 하면서부터는 혼자 짜장면을 사먹는 일이 잦았다. 결혼하고 가정을 이루고 나서는 나 또한 아이들에게 짜장면을 사주는 아버지가 되어 있었다.

"처음 가는 중국집에 가면 꼭 짜장면을 시켜먹어야 돼. 짜장면이 맛있으면 다른 요리도 다 잘하는 집이야."

이 말을 금과옥조 삼아 중국집에 갈 때마다 나도 아이들과 함께 짜장면을 먼저 시켜 먹곤 했다. 그러다가 특별히 맛있는 짜장면을 먹게 되면 늘 아버지 생각이 났다.

'아, 아버지가 드시면 정말 좋아하실 텐데……'

아버지는 여든이 넘으셨을 때까지도 여전히 짜장면을 좋아하셨다. 특히 어머니가 짜파게티로 간단히 점심을 해 드리면 내가 어릴 때 본 아버지처럼 아주 맛있게 드셨다.

그 무렵 아버지는 뇌경색으로 제대로 걷지 못하시다가 겨우 회복된 때여서 입맛을 잃고 식사를 잘하지 못하셨다. 그래도 짜파게티는 언제든 아주 맛있게 잡수셨다.

내가 물었다.

"아버지, 무엇이 가장 드시고 싶으세요?"

아버지의 대답은 바로 "짜장면"이었다.

"어디 짜장면 잘하는 집에 가서 맛있는 짜장면 한 그릇 먹어보는 게 내 소원이다."

그날 당장 아버지를 모시고 짜장면을 먹으러 갔다. 올림픽공원역 부근에 있는 화교가 하는 유명한 중국집이었다.

"그런데 어째 집에서 니 엄마가 해주는 짜파게티보다

못하다."

아버지는 짜장면을 한 그릇 다 드시고 나서 엉뚱하게도 그런 말씀을 하셨다. 그동안 아버지의 입맛이 인스턴트 짜장면에 길들여진 탓도 있겠지만 와병 중에 입맛을 잃은 탓이기도 했을 것이다.

대한민국 사람치고 짜장면을 싫어하는 사람이 있을까. 입학식이나 졸업식 때, 또 생일 때, 이런저런 가족 모임이 있을 때 꼭 짜장면을 먹기 때문에 그날은 더욱더 의미 있는 날이 되었다. 짜장면이 최고의 맛과 기쁨도 선사하지만 동시에 또 다른 인생의 의미를 부여한 것이다.

한국인이라면 누구나 짜장면을 먹을 때 어린아이가 된다. 그래서 나는 가끔 짜장면을 사 먹고 어린아이가 된다. 내가 아버지에게 사드린 짜장면은 아직도 찾아가 먹을 수 있지만, 어릴 때 아버지가 사준 짜장면은 내가 어린아이가 되지 않으면 이제 어디에서도 먹을 수 없기 때문이다.

만일 아버지가 살아 돌아오신다면 나는 아버지의 손을 꼭 잡고 가장 먼저 짜장면을 먹으러 가겠다. "아버지, 얼마나 짜장면이 드시고 싶으셨어요. 오늘 곱빼기로 드세요" 하고. 아, 아버지는 어쩌면 천국에서도 가끔 짜장면을 드시고 계실 것이다.

어머니를 위한 자장가

잘 자라 우리 엄마
할미꽃처럼
당신이 잠재우던 아들 품에 안겨
장독 위에 내리던
함박눈처럼

잘 자라 우리 엄마
산 그림자처럼
산 그림자 속에 잠든
산새들처럼
이 아들이 엄마 뒤를 따라갈 때까지

잘 자라 우리 엄마
아기처럼
엄마 품에 안겨 자던 예쁜 아기의
저절로 벗겨진
꽃신발처럼

어머니 관 속에 넣어드린 시

〈어머니를 위한 자장가〉는 어머니 관 속에 넣어드린 시다. 시신을 염하고 나면 관 뚜껑을 열어놓고 유족들이 마지막으로 고인에게 작별을 고하는 시간이 있다. 이제 지상에서의 만남이 끝났음을, 영원한 이별이 시작됨을 서로 인지하고 받아들이는 순간이라고 할 수 있다. 나도 관 속에 고요히 눈을 감고 누워 계신 어머니에게 마지막 인사를 드렸다. 그리고 울음 잠긴 목소리로 〈어머니를 위한 자장가〉를 낭독하고 종이에 육필로 적은 시를 수의 입은 어머니 품속에 고이 넣어드렸다.

이 시는 어머니 여든 무렵에 쓴 시다. 어느 날 문득 어머니의 죽음을 위해 아들인 내가 무엇을 해드리면 좋을까 하고 곰곰 생각하게 되었다.

하루는 어머니를 찾아뵙자 손수 재봉틀을 돌리며 수의를 만들고 계셨다. 윤달이 있는 해에 수의를 만들면 좋다고 하시면서 평소 다니시던 중부시장에 가서 삼베를 떠왔다는 거였다.

"어머니, 뭘 이런 걸 벌써 준비하시고 그러세요."

나는 약간 못마땅하다는 투로 공연히 수고스러운 일을 하신다는 뜻을 내비쳤다.

"아니다. 미리 준비하는 게 낫다. 사람은 천년만년 사는 게 아니다. 내 죽고 나면 수의는 이걸로 해라. 괜히 돈 들여서 비싼 거 사지 말고. 썩으면 다 똑같다."

어머니는 며칠 만에 수의를 다 만들어 보따리에 싸서 장롱 깊숙이 넣으셨다.

나는 어머니의 그런 모습을 못 본 척했다. 언젠가는 저 수의를 입으실 날이 있을 것임을 모르지는 않았으나 애써 모른 척했다. 그러면서 나도 어머니의 죽음을 위한 준비를 해야 한다는 생각이 들었다.

'그동안 내가 시를 쓸 수 있었던 것은 오로지 어머니 덕분이다. 어머니는 젊은 날부터 살기 힘드실 때마다 가계부에 소월素月 시 같은 시를 쓰셨다. 내가 그런 어머니에 의해 시인이 되었으니 어머니의 죽음을 위해 시를 쓰는 것

519

1968년 대학 1학년 때 경희대 본관 앞에서. 가계부에 연필로 소월 시 같은 시를 쓰던 어머니와 함께. 어머니는 돌아가시기 한 해 전에 "시는 슬플 때 쓰는 거다" 하고 말씀하셨다.

은 마땅하다.'

문득 어릴 때 어머니가 불러주시던 자장가 생각이 났다. 어머니는 내가 초등학생이 되었는데도 마치 갓난아기라도 되듯 가끔 옛이야기와 함께 자장가를 불러주셨다. 그래서 어머니의 삶을 위한 자장가가 아니라 죽음을 위한 자장가를 시의 방법으로 준비하는 편이 좋겠다는 생각이 들었다.

나는 어머니의 죽음이 아름답기를 바랐다. 겨울 아침에 일어나 무심코 창문을 열었을 때 장독 위에 소복이 쌓인 함박눈처럼, 따뜻한 봄날 양지바른 무덤가에 홀로 핀 할미꽃처럼, 엄마를 따라 하루 종일 날아다니다가 그만 고단해져 산그늘에 잠든 아기산새처럼, 엄마 등에 업힌 아기의 포대기 밖으로 살그머니 삐져나온 꽃신발처럼…….

내가 원하는 어머니의 죽음은 이렇게 소박하고 아름다운 것이었으나 정작 죽음 앞에 맞닥뜨렸을 때의 현실은 그렇지 못했다.

무엇보다 나는 아들 된 도리로서 마땅히 지켜봐야 할 어머니의 임종을 지켜보지 못했다. 어머니는 간병인의 도움을 받으며 늘 집에 누워 계셨기 때문에 내가 임종을 보지 못하리라고는 미처 생각하지 못했다. 아버지의 임종을 못 본 나는 어머니의 임종만은 꼭 지켜보면서 "엄마, 사랑해요. 감사해요. 편안히 예수님한테 먼저 가 계세요. 내가 곧 따라갈게요" 하고 말씀드리겠다고 늘 다짐하곤 했다.

그날 어머니가 가쁘게 숨을 몰아쉬셔서 하룻밤을 더 이상 넘기시기 어려울 것 같았지만 당장 돌아가실 것 같지는 않았다. 그래서 어머니 곁에서 밤새울 준비를 하러 잠시 가까운 내 작업실에 들러 당장 급한 일을 처리하고 있었다. 그런데 그사이에 그만 돌아가신 것이다. 더군다나 "집에서 돌아가신 경우, 112로 연락해야 한다"는 병원 장례식장 직원의 권고에 따라 내가 그만 112로 전화하는 바람에 경찰관 세 명이 들이닥쳐 집 안 사진을 찍고 어머니를 검시한 뒤 '변사變死사건보고서' 쓰는 것을 그저 지켜보기만 해야 했다.

"아니, 이건 자연사自然死입니다. 집에서 돌아가셨어요. 변사라니요?"

뒤늦게 그렇게 항변해봐야 아무 소용 없는 일이었다. 경찰 측에서는 "요즘 가족 간에 하도 사건 사고가 많아서 일단 신고가 들어오면 절차에 따를 수밖에 없다"고 했다. 나의 어리석은 판단과 행동 때문에 어머니의 죽음이 아름답기는커녕 현실적으로 예상하지 못한 일이 전개된 것이다.

나는 돌아가신 어머니에게 너무나 죄송했다. 못나고 어리석은 아들 때문에 돌아가시자마자 변사 의혹을 받고 검시를 당했으니 이 얼마나 황당한 일인가.

"검시 결과 별다른 소견이 발견되지 않았습니다."

식탁 의자에 앉으며 담당 경찰관이 담담하게 한 이 말은 아직도 잊히지 않는다.

"당연하지요. 어머니는 당신 뜻대로 집에서 돌아가셨어
요. 자연사라고 말씀드렸잖아요. 그런데 만일 별다른 소견
이 있다고 판단되면, 그다음에는 어떻게 되는 겁니까?"

"그러면 부검 절차로 가야지요."

놀라 입을 다물 수가 없었다. 내가 왜 그런 질문을 했는
지 후회되었다. 나는 어머니에게 용서를 빌었다. 어머니
종생 과정에서 뜻밖의 불효를 저지른 나를 자책하고 또
자책했다.

이제 어머니는 흙이 되셨다. 화장 후 녹말로 만든 친환
경 유골함에 담은 어머니의 유해는 땅에 묻힌 지 한 달 만
에 자연히 흙으로 돌아가셨다.

이제 와 생각하니 〈어머니를 위한 자장가〉는 어머니의
육신의 죽음보다 영혼의 죽음을 위한 시다. 어머니의 영혼
의 죽음은 내가 소원한 대로 함박눈과 할미꽃과 아기산새
처럼 영원히 아름다울 것이다.

파고다공원

아버지 파고다공원에서
'영정 사진 무료촬영'이라고 써놓은
플래카드 앞에 줄을 서 계신다
금요일만 되면 낡은 카메라 가방을 들고
무료 봉사 하러 나온다는
중년의 한 사진사가
노인들의 영정 사진을 열심히 찍고 있다
노인들은 흐린 햇살 아래 다들 흐리다
곧 비가 올 것 같다
줄의 후미에서 차례를 기다리는 아버지는
사진은 나중에 찍고 콩국수나 먹으러 가시자고 해도
마냥 차례만 기다린다
비둘기가 아버지의 발끝에 와서 땅바닥을 쪼며 노닌다
어디서 연꽃 웃음소리가 들린다
원각사지 십층석탑에 새겨진 연꽃들이 걸어나와
사진 찍는 아버지 곁에 앉아 함께 사진을 찍는다
사람이 영정 사진을 준비해야 하는 나이가 되면
부처님께 밥 한 그릇은 올려야 하는가

빗방울이 떨어진다

소나기다

나는 아버지와 비를 맞으며 종로 거리를 걷다가

양념통닭집으로 들어간다

아버지는 무료로 영정 사진을 찍었다고

이제는 더이상 준비해야 할 일이 없다고

열심히 양념통닭만 잡수신다

영정 사진

　상가喪家에 가면 꼭 나 혼자 하는 일이 있다. 그것은 술을 마시는 일도, 밤새워 고스톱을 치는 일도 아니다. 그것은 나 혼자 은밀히 영정을 바라보는 일이다.

　상가에 가면 먼저 신위 앞에 서서 꽃을 바치거나 향을 피우게 되는데, 나는 그때 반드시 영정을 쳐다본다. 그것도 한번 힐끔 마지못해 쳐다보는 것이 아니라 망자와 말 한마디 나누는 심정으로 쳐다본다. 그리고 망자를 위해 절을 하거나 상주와 절을 나눈 뒤에도, 또 몇 마디 상주에게 위로의 말을 건넨 뒤에도 물끄러미 영정을 쳐다본다.

　그리고 그 자리를 물러나게 될 때에도 다시 한번 영정을 쳐다본다. 그것은 망자에 대한 예의 때문이 아니다. 망자에 대한 그리움과 안타까움 때문만도 아니다. 그것은 죽음을 맞이한 한 인간의 마지막 얼굴을 엿볼 수 있는 기회가 그때뿐이기 때문이다.

영정에 쓰인 사진은 분명 살아 있을 때의 모습이나, 그것 또한 검은 리본이 드리워진 쓸쓸한 죽음의 얼굴이다. 나는 그 얼굴을 통해 인간을 이해하고 배우고 싶은 것이다. 죽음이 삶의 결과라면, 그 결과에 다다른 이의 얼굴엔 어떤 진실이 있는 것일까.

이 세상에 슬프지 않은 영정은 없다. 모든 영정은 다 슬프다. 한없이 막막하고 절망적이다. 말 또한 없다. 더 이상 말을 하지 않는다. 웃지도 않는다. 영정 사진 중에 빙그레 미소를 띠고 있는 사진은 드물다. 거의 대부분 막막하고 심각하다. 아니, 쓸쓸하다. 사진 속의 인물이 던지는 시선의 끝을 따라잡을 수가 없다.

연전에 가까운 친지 한 분이 돌연사를 당해 영정 사진을 내가 준비해야 할 일이 있었다. 급히 사진을 찾아보아도 마땅히 영정으로 쓸 사진이 없었다. 그렇다고 주민등록증 사진을 사용하기는 싫었다. 몇 차례 뒤지고 뒤진 끝에 마침 사진 한 장을 골랐다.

그것은 빙긋이 웃고 있는 사진이었다. 급히 사진관을 찾아 헤맸으나 작은 흑백사진을 확대해주는 사진관을 찾기가 어려웠다. 서너 시간 동안 광화문 일대에 있는 사진관을 일곱 군데나 뒤져 주인에게 웃돈을 주고 사정사정해서 사진을 준비했다.

그러나 막상 신위 앞에 사진을 세워놓자 보는 사람마다 한마디씩 하고 싶어하는 표정이었다. 드러내놓고 말을 하는 사람은 드물었지만, 하필이면 왜 웃는 사진을 걸어놓았나 하는 표정이 역력했다.

죽음 앞에 웃음은 필요 없는가. 죽음 앞에서는 망자 자신마저도 심각한 표정을 지어야만 하는가. 어떤 때는 가만히 영정을 바라보고 있으면 영정 속의 인물이 꼭 내게 말을 하는 것 같은 느낌이 들 때가 있다. 영정의 주인공이 생전에 가깝게 지낸 분일 때는 더욱 그러하다. 생전의 그분의 말씀, 그 목소리가 쟁쟁히 귓가에 맴돈다.

"열심히 부지런하게 살아라. 서로 불쌍하게 여기고 살아라. 남한테 해코지하지 마라. 사람은 다 때가 있는 법이다……."

우리는 일생 동안 많은 사진을 찍는다. 나도 마찬가지다. 싫든 좋든 사진을 찍는 기회는 많다. 나는 그 많은 사진 중에서 어떤 사진이 내 영정 사진으로 쓰일지 궁금하다. 아니, 궁금해할 게 아니라, 오늘이라도 나 스스로 준비하는 게 좋을 듯하다. 내 부모님이 일흔이 넘어 영정 사진을 준비했기 때문이다.

　매주 일요일이 되면 교회에 나가시는 어머니가 한번은 평소와 달리 화장을 곱게 하고 한복으로 싹 차려입고 나가셨다. 아버지 또한 평소에 잘 입지 않는 새 양복을 꺼내 넥타이를 매고 나가셨다. 나는 두 분이 꼭 참석해야 할 누구 결혼식이라도 있나 했으나 알고 보니 그게 아니었다. 교회 가까운 사진관에 가서 영정 사진을 찍고 오신 거였다.

　"자, 사진 준비했다. 사람은 나이가 들면 언제 무슨 일을 당할지 모르니까 미리 준비했다. 나중에 일 당하면 이 사진을 쓰도록 해라."

　그런 말씀을 하시는 어머니의 표정은 쓸쓸했다. 아버지 또한 그러했다.

　나는 한참 동안 부모님이 건네주신 사진을 들여다보았다. 두 분 다 무표정한 얼굴이었다. 기쁨도 슬픔도 없는 표정이었다. 굳이 말을 하자면 쓸쓸하고 적막한, 어디로 부는지도 모르는 한겨울 바람 앞에 선 그런 표정이었다. 부모님은 아예 사진을 액자에 넣어 건네주셨는데, 액자 상단에 검은 리본만 없다면 그것은 영락없이 죽음의 그림자가 드리워진 영정 사진이었다.

　나는 가슴이 저미는 듯한 아픔을 느꼈다. 그러나 애써 태연한 척하고 말했다.

"이렇게 미리 준비하실 필요가 없어요. 나중에 제가 다 알아서 할 텐데요."

"그래도 그게 아니다. 무슨 일이든 미리 준비해두는 게 좋다."

부모님은 사진관에 들러 카메라 앞에 섰을 때 무슨 생각을 하셨을까. 틀림없이 당신들의 장례식 장면을 상상했을 것이다. 지금 찍은 이 사진이 영정 사진으로 쓰이고, 많은 사람들이 이 사진을 보고 슬퍼할 것이라는 그런 생각……

나는 부모님이 건네주신 그 사진을 가능한 한 사용하지 않게 되기를 원했다. 그러나 그것은 어디까지나 내 욕심일 뿐 결국 그 사진을 사용하게 되었고, 지금은 내 방 책꽂이 한 켠에 나란히 놓여 있다. 이제는 그 사진을 볼 때마다 나 자신도 그분들이 그랬던 것처럼 새 양복을 꺼내 입고 평소 좋아하던 넥타이를 매고 영정 사진을 찍어야 할 때가 되었다고 생각된다.

상가에 들러 바라보는 영정 사진, 그것은 남의 사진이 아니라 어쩌면 나 자신의 사진인지도 모른다. 언젠가는 그런 얼굴로 남 앞에 놓일 나 자신 말이다.

아버지의 나이

나는 이제 나무에 기댈 줄 알게 되었다
나무에 기대어 흐느껴 울 줄 알게 되었다
나무의 그림자 속으로 천천히 걸어들어가
나무의 그림자가 될 줄 알게 되었다
아버지가 왜 나무 그늘을 찾아
지게를 내려놓고 물끄러미
나를 쳐다보셨는지 알게 되었다

나는 이제 강물을 따라가 흐를 줄도 알게 되었다
강물을 따라 흘러가다가
절벽을 휘감아돌 때가
가장 찬란하다는 것도 알게 되었다
해질 무렵
아버지가 왜 강가에 지게를 내려놓고
종아리를 씻고 돌아와
내 이름을 한번씩 불러보셨는지도 알게 되었다

진정한 아버지가 된다는 것

한때 소년이었던 나도 아버지가 되었다. 사실 아버지가 되겠다는 아무런 인격적 준비가 돼 있지 않았는데도 남들처럼 결혼해서 그만 아버지가 되고 말았다. 더구나 두 아들의 아버지가 된 지 벌써 40여 년이 넘었다. 참으로 오랜 세월이 지났다.

어느 날 길을 가다가 문득 그동안 내가 아버지로서의 역할을 제대로 다하고 살아왔는가 하고 생각해보게 되었다. 자문자답하며 생각할수록 그저 참담한 심정이었다. 내 속에 존재해 있는 여러 종류의 나, 시인으로서의 나, 아들로서의 나, 남편으로서의 나 중 아버지로서의 나 자신에 대해서도 그동안 정성을 다하지 않고 살아온 것 같아 안타까웠다.

다른 종류의 나에 대해서는 여러 가지로 잘못이 많다 하더라도 아버지로서의 나에 대해서만은 제 역할을 해왔다고 자부했으나 그게 아니었다. 그동안 다른 종류의 나에 대해 불성실했던 것과 똑같았다. 아니, 더 잘못했으면 잘못했지 잘한 것이 없었다.

그것은 아들로서의 나를 생각하며 살아온 삶의 무게보다 아버지로서의 나를 생각하며 살아온 삶의 무게가 어쩌면 더 가볍게 여겨졌기 때문일지도 모른다. 만일 내가 한 그루 해바라기라면 나는 늘 내 아버지라는 해를 향해 서 있었지, 내 아들이라는 해를 향해 서 있었던 것 같지 않다.

이제 와 생각해보니 한 아버지의 아들이 되는 일과 한 아들의 아버지가 되는 일이 똑같이 소중한 일이 아닐 수 없다. 입장과 역할이 다르기는 하지만 그 무게는 결국 같다. 어느 것이 무겁고 어느 것이 가벼운지 비교하기 어렵다는 것을 이제야 깨달으니 나는 얼마나 어리석은가.

누구나 다 그렇겠지만, 원했든 원하지 않았든 아버지가 되었을 때 나도 무척 기뻤다. 그러나 아버지가 된 사실에 기뻐하기만 했을 뿐 그 기쁨을 어떻게 소중히 최선을 다해서 가꾸어나가야 할지 구체적으로 섬세하게 생각하지 못했다. 그저 아이 스스로 건강하게 잘 자라주기만 바라면서 그대로 방임하는 태도를 취했다. 아버지로서 어떤 역할을 제대로 해야 하는가 하는 문제에 대한 깊은 고뇌와 성찰이 없었다. 무엇보다도 한 인간으로서의 아이의 영혼에 대해 아버지인 내가 어떤 영향을 끼칠 수 있을 것인가 하는 문제에 대한 진정한 노력이 부재했다. 그런 부재를 통해 나는 아이들에게 기쁨보다는 슬픔을, 웃음보다는 눈물을 더 많이 준 게 아니었을까.

오래전에 조병화趙炳華 시인의 시 〈주점〉에서 '나는 먼저 아버지가 된 일을 후회해본다'라는 구절을 읽은 적이 있다. 그때 나는 그 구절을 제대로 이해하지 못했다. 인간이라면 누구나 자연스럽게 될 수 있는 그 일을 왜 후회하는 것일까. 아버지로서의 경제적 사회적 윤리적 책임감 때문일까. 아니면 자기 자신도 추스르기 힘든 상황에서 한 인간의 아버지가 되었다는 사실에 대한 견딜 수 없는 존재의 무거움 때문일까. 나는 이런저런 생각을 하다가 그 시가 '아버지가 된 그 일이 마침내 어쩔 수 없는 내 여생과 같다'라고 끝나고 있어, 시인의 인생 안에 포함돼 있는 아버지와 아들의 운명적 인간관계에 대한 비감함 때문이라고 생각했다.

지금 다시 생각해보면 그런 점보다는, 아들이 얼마나 아름다운 영혼을 지닌 성숙한 인간으로 자랄 수 있을 것인

대구 신천동 옛집 마루에서 붓글씨 연습하는 어린 나를 아버지가 허리 굽혀 보며 칭찬하고 있다.

가 하는 문제에 대한 아버지로서의 염려와 고통 때문이었을 것이라고 생각된다. 나 또한 아버지로서 내 아이가 맑고 순수한 영혼을 지닌 인간으로 성장할 수 있기를 바라는 데서 오는 걱정과 불안이 없었던 것이 아니다.

그동안 나는 내 아이가 영혼이 깨끗한 인간이 되기를 바라기만 했지 아버지로서 그 길로 능동적으로 인도하지 못했다. 인간은 절대자에게 의지할 수밖에 없는 한없이 나약한 존재라는 사실도, 그 어떤 절대자가 있어 우리를 존재하게 한다는 사실에 대한 종교적 믿음의 힘도 키워주지도 못했다. 물질 속에는 소유의 개념보다 나눔의 개념이 전제돼 있다는 사실 또한 깊게 인식시켜주지 못했다.

나는 내 아들의 삶이 자칫 가치가 결핍된 물질적 노예의 삶이 될까 봐 두렵다. 아들이 물질에 대한 소유욕이 과해 일생을 그 소유를 위한 일에만 허비하게 된다면 아버지로서 이 얼마나 후회스러운 일인가. 진정한 아버지가 된다는 일이 이렇게 꽝꽝 얼음이 언 강물에 빠져 허우적대는 일처럼 힘든 줄 알았더라면 나는 아예 아버지가 되지 않았을지도 모른다. 인생의 올바른 방향으로 나 자신도 잘 이끌어가지 못하면서 다른 인격적 존재를 사랑하고 책임져야 한다는 사실은 여간 고통스러운 일이 아니다. 조병화 시인이 왜 '아버지가 된 일을 가장 먼저 후회해본다'고 노래했는지 이제는 더욱 깊이 이해된다.

그리고 왜 내 아버지가 나를 가끔 물끄러미 쳐다보셨는지도 깊게 이해된다. 나는 가끔 아버지가 나를 말없이 쳐다보시는 게 싫었다. 아무런 말씀은 안 하시고 부드럽고 따뜻하지만 어떤 연민이 깃든 눈빛으로 나를 바라보시는 게 그리 달갑게 느껴지지 않았다. 도대체 내게 무슨 말씀 하고 싶으신지, 내가 당신 보기에 무슨 잘못이라도 하는지, 왜 아무 말씀은 안 하시고 마냥 쳐다보시기만 하시는지 이해하기 힘들었다.

아마 아버지는 내가 여러 가지로 염려스러웠을 것이다. 그저 정신없이 바쁘게 살 뿐 인생에서 가장 중요한 무엇인가를 잃어버리고 사는 듯한 내게 아버지는 한 말씀 하시고 싶으셨던 것인데, 내가 그 기회를 드리지 않았던 것이다.

지금은 후회된다. 내가 아버지의 마음을 너무 헤아리지 못했다.

어느 날 아버지가 나를 바라보기만 하시다가 "호승이니하고 참 이야기하고 싶은 게 많다. 그런데 니가 바빠서……. 오늘은 시간이 있나?" 하고 말씀하신 적이 있다.

나는 그 말씀을 듣자마자 "아버지, 저 바쁩니다. 또 무슨 잔소리를 하시려고요" 하고 단박에 아버지의 말씀을 일축해버렸다.

이 얼마나 큰 불효인가. 지금 얼마나 후회되는지 모른다. 아버지는 나한테 그때 무슨 말씀을 하시고 싶었던 것일까. 만일 지금 살아 계신다면 아무리 바빠도 얼마든지 시간을 내드릴 수 있는데, 나는 죽음을 기다리는 늙은 아버지에게 내 인생의 자투리 시간조차 내어드리지 못하고 말았다. 다른 사람한테는 없는 시간까지 내어주었으면서도 정작 소중한 아버지한테는 그토록 인색하게 굴었다.

그러고 보니 아버지가 다소 건강하실 때 손을 잡고 가볍게 부축하면서 다정히 산책 한번 제대로 해본 적이 없다. 아버지 혼자 지팡이를 짚고 아파트 단지 안을 느린 걸음으로 산책하는 것을 창밖으로 뻔히 바라보면서도 얼른 뛰어나가 같이 팔을 잡고 걷지 못하고 마냥 외면하고 말았다. 자식은 부모가 돌아가시고 나서야, 그때서야 부모가 나를 얼마나 사랑했는지 알게 된다고 하는데, 내가 바로 그러한 자식이 아닐 수 없다. 아, 그때 아버지가 나를 그렇게 사랑했는데 나는 그때 몰랐다고 지금 와서 가슴을 치고 후회해본들 무슨 소용이 있는가.

부끄럽고 후회된다. 나는 이제 아버지에 대한 아들로서의 삶의 기회를 영원히 잃어버렸다. 그렇지만 다행히 아들에 대한 아버지로서의 삶은 조금 남아 있다. 더 이상 후회스러운 일이 없도록 남은 삶 동안 어떠한 아버지가 되어야 할 것인가 하는 문제가 내게 깊은 성찰을 요구한다.

지금 분명한 것은 내가 아들에게 물질적 존재가 아니라는 점이다. 욕심이긴 하지만 나는 맑고 깨끗한, 그럼으로써 아름다울 수 있는, 사랑의 영혼을 지닌 아버지라는 존재가 되어야 한다.

"이 세상에 인간으로 태어났다는 것은 참으로 소중한 가치야. 원했든 원하지 않았든 인간으로 태어난 이상, 가치 있는 삶을 살아야 해."

얼마 전에 아들에게 이런 말을 한 적 있다. 가치 있는 삶을 살아야 맑고 아름다운 영혼을 지닌 인간이 될 수 있을 것 같아서였다. 물론 이 말은 나 자신에게 한 말이기도 하다. 무엇이 가치 있는 삶인지 아직 잘 모르지만, 그것은 자신만을 위한 삶을 이야기하는 것은 아닐 것이다.

벗에게

내 죽어 범어천 냇가의 진흙이 되면

그 흙으로 황소 한마리 만들어

가끔 그 소를 타고 우리집에 가주렴

우리집 꽃밭에 수선화는 아직 피는지

남향받이 창가에 놓아둔 춘란이

아직도 꽃을 피우지 않고 애태우는지

대문 곁 우물가 높은 감나무 가지 위에

새들은 날아와 나를 기다리는지

병든 노모는 오늘도 진지를 잘 드셨는지

가끔 가서 살펴봐주렴

내 죽어 범어천 개울가의 진흙이 되어

얼음장 밑으로 졸졸졸

봄이 오는 소리를 내고 있으면

내 시의 고향 범어천

대구 수성구 범어천泛魚川은 내 시의 고향이자 모천母川이다. 내 문학의 모성적 원천이다. 나는 신천동(현재 범어동)에서 초·중·고등학교를 다녔기 때문에 단 하루도 범어천 둑길을 오가지 않은 날이 없다. 예전에 범어천 둑길엔 집들이 있고 골목도 있었는데, 그 골목마다 내 유년과 청소년기의 숨결이 살아 있었다.

나는 범어천에서 미역을 감고 물고기를 잡고 썰매를 탔으며 얼음 배를 지치기도 했다. 연도 얼레도 직접 만들어 겨울이면 범어천에서 연날리기를 하고 연싸움을 하곤 했다. 범어천에서 이어지는 수성들의 논길과 보리밭길에서는 메뚜기를 잡았고 보릿대를 잘라 여치집도 만들었다. 특히 수성들은 이상화李相和 시인의 대표작 〈빼앗긴 들에도 봄은 오는가〉의 현장으로, 나는 수성들을 오가며 시인으로서의 꿈을 키웠다.

일제 치하에 이상화 시인은 수성들에 펼쳐진 보리밭을 오가며 '지금은 남의 땅 - 빼앗긴 들에도 봄은 오는가?/ 나는 온몸에 햇살을 받고/ 푸른 하늘 푸른 들이 맞붙은 곳으로/ 가르마 같은 논길을 따라 꿈속을 가듯 걸어만 간다'고 절규했다. 나는 고등학생 때 이상화 시인을 생각하며 '상화의 보리밭'을 지나 학교까지 한 시간도 더 걸리는 거리를 늘 걸어 다녔다. 가르마 같은 보리밭 사잇길을 오갈 때마다 시에 대한 열정은 끊임없이 타올랐다.

이상화 시인은 1937년부터 내가 다닌 대륜고등학교 전신인 교남학교嶠南學校에서 작문과 영어 교사로서 4년간 봉급도 받지 않고 학생들을 가르쳤다. "나라 잃은 식민지 백성은 주먹이라도 세야 한다"면서 권투부를 창설, 학생들에게 직접 권투를 가르치기도 했다. 문예반 지도교사인 이성수 선생님께서 상화 선생에 대한 이야기를 해주실 때마다 민족의 독립을 위해 그의 가슴속에서 불꽃처럼 타오른 시심을 늘 생각하곤 했다.

계성중학교 2학년 때 나는 범어천 자갈밭 위를 오가며 처음으로 시를 썼다. 김진태金鎭泰 국어선생님께서 김영랑

金永郎의 시 〈돌담에 속삭이는 햇발〉을 가르치시면서 일주일 말미를 주고 시를 한 편씩 써오라는 숙제를 내셨다. 나는 숙제를 하기 위해 처음으로 〈자갈밭에서〉라는 제목의 시를 한 편 썼다. 당시 가뭄이 심해 범어천 바닥의 자갈들이 그대로 다 드러나 있었는데, 그 자갈밭 위를 걸으며 "나는 이 세상에 왜 태어났을까. 우리 집은 왜 가난한가. 엄마는 왜 가끔 나를 미워하는가" 등의 사춘기 소년의 마음을 있는 그대로 시의 그릇에 담았다.

마침 선생님께서 숙제 검사를 하시면서 나를 지적해 숙제해온 시를 읽으라고 하셨다. 내가 얼른 자리에서 일어나 시를 읽자 선생님께서는 내 머리를 쓰다듬어주시면서 "호승이 너는 열심히 노력하면 좋은 시인이 될 수 있겠다"고 칭찬해주셨다.

선생님의 그 칭찬의 한마디는 나로 하여금 시인으로서의 삶을 사는 데에 결정적인 역할을 했다. 만일 선생님의 그 칭찬의 말씀이 없었다면 나는 시인이 되지 못했을지도 모른다.

범어천은 내 어머니 또한 처음 시를 쓰신 곳이다. 어머니는 범어천을 건너 이웃 마을에 있는 교회에 다니셨는데, 벌겋게 달아오른 연탄을 집게로 집어 들고 범어천을 건너 새벽기도를 가던 어머니의 모습이 지금도 눈에 선하다. 새

1988년 겨울, 어린 아들과 함께 대구 수성구 범어천을 찾았다. 나는 계성중학교 2학년 때 이 범어천 자갈밭을 오가며 〈자갈밭에서〉라는 제목으로 시를 처음 썼다.

벽기도를 마치고 집으로 돌아올 때 범어천 징검다리 사이로 맑은 달이 떠 있으면 어머니는 그 달을 가슴에 품고 와 시를 썼다.

"시는 슬플 때 쓰는 거다."

다른 사람의 도움이 없으면 생존 자체가 불가능한, 하루하루가 죽음의 나날인 95세 늙은 어머니가 얼마 전에 내게 하신 말씀이다.

그렇다. 시는 기쁠 때 쓰는 게 아니다. 시는 슬픔 속에 존재한다. 누가 "당신의 시의 발화점은 어디인가" 하는 질문을 하면, 나는 늘 "인간은 비극적 존재다. 인간 삶의 비극성 속에서 내 시는 시작된다"고 말해왔다.

당시 우리 집은 은행원이셨던 아버지가 스스로 퇴직하고 이런저런 사업을 하다가 다 실패하는 바람에 형편이 어려웠다. 우리가 살던 기와집 본채를 남에게 세놓고 우리는 닭장 있던 곳에 슬레이트로 방 한 칸짜리 집을 하나 지어 나왔다.

어머니의 고생은 그때부터 시작되었다. 돈을 버는 사람은 없고 돈을 쓰는 사람만 있었지만 어머니는 어떻게든 우리를 학교에 보내고 보살펴주셨다.

그 무렵(아마 내가 고등학교 1학년 때였을 것이다) 우연히 부뚜막에 놓여 있는, 어머니가 가계부로 쓰는 공책을 보게 되었다. 거기에는 어머니가 쓴 김소월金素月류의 시가 수십 편이나 적혀 있었다. 놀라지 않을 수 없었다. 어머니는 당신이 쓰신 시를 몇 편 늘 외우고 계셨는데 10여 년 전에 내가 〈여인〉이라는 시를 받아 적은 적이 있다.

가네 가네 한 여인이
풍랑 속을 가네
비바람 세파 속을 헤치며 가네
기우뚱기우뚱 풍랑은 쳐도
그 여인 어머니 될 때

바람 잦으리

　어머니는 시를 통해 삶의 고통을 견뎌내고 계셨던 것이다. "시는 인간을 이해하게 하고 인간의 삶을 위안해주는 그 무엇이다"라는 평소 나의 생각은 그 무렵 시를 쓰는 어머니를 통해 형성되었을 것이다. 지금은 어머니의 시작 노트가 어디에 있는지 다 잃어버렸지만 범어천 징검다리를 건너며 새벽마다 가슴에 품었던 어머니의 시만은 내 가슴 속에 남아 있다. 아직도 범어천을 생각하면 어머니가 먼저 떠오른다.

　범어천은 내 시의 모태다. 내 시의 모성적 공간이다. 내 문학의 살과 뼈는 바로 범어천에서 형성되었다. 범어천에서 자연과 인간을 배우고 가난과 문학을 배웠다. 시인은 자연과 인간을 이해하지 못하면 시를 쓰기 어렵다. 다행히 범어천은 내게 자연이 무엇인지 경험하게 해주고 그 경험을 통해 인간을 이해하게 해줌으로써 시를 쓸 수 있는 모성적 자양분을 공급해주었다.

신발

나는 그분의 신발을 들고 다닌다

지금까지 내가 살아오면서 한 일이라고는

그분의 신발을 들고 다닌 일밖에 없다

그분의 신발에 묻은 먼지로 밥을 해 먹고

그분의 신발에 담긴 물로 목을 축이며

잠들기 전에 개미처럼 고요히 무릎을 꿇고

그분의 신발에 입 맞춘 일밖에 없다

언제나 내 핏속을 걸어다니시는 그분

내 심장 속을 산책하다가

심장 속에 나무를 심으시는 그분

그 나무가 자라 꽃을 피우지 못해도

그 나무의 열매가 되어주시는 그분

그분은 아무것도 지니지 말고

신은 신발 그대로 따라오라 하셨지만

나는 언제나 새 신발을 사러 가느라

결국 그분을 따라가지 못하고

오늘도 그분의 신발을 들고 다닌다

그분의 발에 밟혀도 죽지 않는 개미처럼

그분의 발자국을 들고 다닌다
발자국의 그림자를 들고 다닌다

검정 고무신

어머니가 서너 살 때의 나를 이야기하실 때마다 꼭 이런 이야기를 하셨다.

"호승이 야는 성격이 어쩌나 꼭닥스럽고 깔끔한지, 어릴 때 고무신 씻어쌓는 것을 보고 다 알아봤다 아이가. 야는 어디 한번 놀러나갔다가 오면 꼭 지 고무신을 지가 들고 우물에 가서 씻었는기라. 한번은 여름에 고무신을 들고 쭉담에서 막 울어쌓길래, 와 그카노 싶어 가봤더니, 신을 씻고 우물에서 쭉담까지 걸어오는 동안에 신에 흙이 묻었다고 막 우는기라. 내 참 기가 막혀서……. 저 쪼그만 게 그래 우야노 싶어 그대로 지켜봤더니, 몇 번 우물에 가서 다시 신을 씻고 흙이 안 묻도록 조심스럽게 걷더니만, 나중에는 아예 신발을 양손에 들고 맨발로 쭉담까지 올라오는기라. 신발은 기둥에 딱 세워놓고. 나중에 햇볕에 바짝 마르니깐, 기분 좋다고 또 막 신고 밖에 나가 노는기라."

어머니는 어릴 때의 나의 이런 모습이 퍽 인상적이셨던 모양이다. '한 번만 더 들으면 백 번째 듣는 얘기'라고 할 만큼 나는 이 이야기를 귀에 못이 박히도록 들었다.

어머니 말씀대로 내가 정말 그러했는지 나로서는 잘 기억이 나지 않는다. 그러나 어머니한테 하도 들은 얘기라 실제로 내가 그렇게 우물가에서 몇 번이고 고무신을 씻고 햇볕에 바짝 말려 신고 다닌 것처럼 느껴질 뿐이다.

좀 더 커서의 기억이겠지만, 안에 때가 진득진득 낀 고무신을 수세미에다 빨랫비누를 찍어 깨끗하게 씻은 뒤, 햇볕에 바짝 말렸다가 신는 그 상쾌함은 여전히 잊지 못한다. 때로 고무신이 너무 오래되어 발뒤꿈치가 신바닥에 진득하게 달라붙어도 그 느낌 또한 왠지 싫지 않고 좋았다.

이렇게 내가 어릴 때 처음으로 신어본 신발은 고무신이다. 그것도 폐기된 타이어 등을 재활용해서 만든 검정 고무신이다. 요즘 아이들은 고가의 유명 메이커 운동화를 신지만 나 어릴 때는 부모님께서 사주시는 검정 고무신이 고작이었다. 새 고무신을 신은 지 얼마 되지도 않았는데 앞이 터져 엄지발가락이 삐죽 나왔던 생각을 하면 지금도 피식 웃음이 나온다. 어떤 동무들은 다 떨어진 검정 고무신에 헝겊을 대고 기워서 신고 다니기도 했다.

내가 자라던 대구에서는 그때만 해도 집에서 조금만 걸어 나가면 논이 있고 산이 있고 과수원이 있고 내가 흘렀다. 겨울에는 신천(지금의 범어천) 냇가에서 썰매를 탔으며 여름에는 발가벗고 미역을 감았다. 미역을 감다가 심심하면 고무신에 작은 돌멩이나 모래, 풀잎 등을 가득 싣고 냇물에 띄워 놀기도 했다.

동네 형들을 따라 고기잡이하러 갈 때는 굳이 망태기나 그물망이 필요 없었다. 신고 있던 검정 고무신을 벗어 들면 그것만으로도 얼마든지 고기를 잡을 수 있었다. 고기가 다니는 길목을 적당히 돌로 막고 고무신 한 짝을 찔러두면 정신 나간 고기가 그곳에 코를 박고 숨어 있었다. 주로 피라미나 미꾸라지가 고무신에 코를 박고 있었는데 그럴 때는 신나게 환호성을 지르며 나머지 한쪽 고무신에다 물을 받아 마치 어항인 양 잡은 고기를 넣어두었다. 그러면 미처 고기를 잡지 못한 아이들은 내 고무신 속을 들여다보며 참으로 부러워했다.

나 같은 조무래기와는 달리 어른들은 심심하면 냇물에 폭약을 터뜨려 고기를 잡곤 했다. 폭약 터지는 소리에 까무러쳐 죽은 고기들이 허옇게 배를 뒤집고 둥둥 떠올랐다.

그럴 때면 신고 있던 고무신을 벗어 들고 물결에 떠내려 오는 고기들을 건져내기에 바빴다. 큰 메기라도 몇 마리 건져 집에 가져가면 어머니는 고추장을 풀어 맛있게 매운 탕을 끓이셨다. 그러면 나는 여동생 앞에서 보란 듯이 으쓱대곤 했다.

어른들은 또 잠자리채 같은 그물망에 배터리를 이용해 전기를 통하게 해서 고기를 잡기도 했다. 그물망을 대자마자 강한 전류에 감전돼 기절한 고기가 물 위로 떠오르면 우리 조무래기들은 그것을 차지하려고 몸싸움도 마다하지 않았다. 그러다가 싸움판이 커지면 들고 있던 고무신 짝으로 상대의 뺨을 후려치고 잽싸게 도망치기도 했다. 나는 고무신 한 짝을 떨어뜨린 줄도 모르고 냅다 도망치다가 결국 고무신을 찾지 못한 일도 있었다.

초봄에 냇가에 나가 이제 막 알을 까기 시작한 개구리를 잡는 데에도 검정 고무신은 단단히 한 몫을 했다. 아이들은 긴 작대기 끝에다 날카로운 못을 박아 그것을 창 삼아 개구리를 잡았다. 눈을 끔벅끔벅하면서 돌 밑이나 물풀이 돋은 기슭에 재주껏 숨어 있던 개구리들은 창끝에 찔려 죽어갔으며 죽은 개구리들의 사체는 어김없이 고무신에 담겨 각자의 집으로 운반되었다.

조각을 잘하던 형이 냇가 물밑 바닥에 깔려 있던 '조대

흙(찰흙 종류. 흙의 입자가 잘고 고우며 점도가 높다)'을 가져오라고 하면 나는 몇 번이고 고무신에 가득 퍼 담아 갔다. 그러면 형은 흙의 물기를 적당히 없앤 다음 양식洋食을 먹을 때 쓰는 나이프를 조각칼 삼아 사람의 얼굴을 조각하곤 했다.

생각해보면 어린 시절의 검정 고무신은 아이들의 일상에서 없어서는 안 될 정도로 그 쓰임새가 참으로 다양했다. 어떤 때는 아이들의 놀이기구로서의 역할도 톡톡히 해냈다. 장난감이 별로 없었던 그때에 검정 고무신은 자동차가 되기도 하고 비행기가 되기도 했다. 고무신 한 짝을 구부리고 까뒤집어 나머지 한 짝의 안쪽에다가 밀어 넣고 "애앵" 소리를 내며 급하게 밀면 그게 바로 지프요 불자동차였다. 리모컨에 의해 원격 조정되는 요즘 장난감 자동차와는 비교할 수 없으나 그런 '검정 고무신 자동차'를 타고 나는 상상의 세계로 달리곤 했다. 좀 더 구체화되고 명확하게 손으로 만질 수 있는 장난감보다는 상상력에 의해 얼마든지 그 변형이 가능했던 장난감이 내게 더 풍부한 감성을 길러주었다. 고기잡이할 때는 그물이 되었다가 모래밭을 달릴 때는 자동차가 되고 허공을 내지를 때는 비행기가 되는 검정 고무신의 가변의 세계는 아직도 내겐 그리움의 세계다.

요즘 도시의 아이들은 아예 고무신을 단 한 번도 신어
보지 않고 자란다. 검정 고무신이 있는지조차 모른다. 여
성들은 한복을 입을 때에도 하이힐을 신으니 자녀들이 집
에서 고무신을 구경하긴 어렵다. 예전엔 고무신을 신고 지
하철을 타는 노인들을 간혹 만날 수 있었으나 이제 그런
노인조차 찾아보기 어렵다.

　요즘 아이들에게 신발은 그저 신발일 뿐 변형의 즐거움
을 주는 상상력의 매체는 아니다. 섬돌 위에 흰 고무신과
검정 고무신 한 짝이 나란히 놓여 있는 것을 보고 방 안에
누가 와 있는 줄 대뜸 알아차리던 시절은 이미 다 지나갔
다. 모내기철에 시골에 갔다가 논둑 위에 막걸리 주전자와
김치보시기와 고무신 몇 켤레가 한데 어우러져 있는 모습
을 보면 왠지 가슴이 찡해지곤 했는데 이제 그런 풍경도
만나기 어렵다. 일상에서 발견할 수 있는 한국적 아름다움
이 점차 사라지고 있는 것이다.

　신발은 인간 삶의 도정을 나타내는 상징적 의미를 지닌
다. 누가 "그 사람 신발 벗었어" 하고 말하면 그 사람이 이
미 이 세상 사람이 아님을 나타낸다. 경주에 사시던 외할
머니를 화장하고 돌아와 쪽담 위에 고이 놓여 있는 할머
니의 코고무신을 발견하고 나는 그만 눈물을 폭 쏟았다.
평소에는 아무렇지도 않게 보던 할머니의 고무신이 바로

할머니의 죽음을 의미했기 때문이다.

검정 고무신은 이제 이 땅에서 그 모습을 감추었다. 6·25 전쟁 때 피난민들이 보따리를 이고 걸어가면서 신었던 그 검정 고무신. 눈 내린 논밭, 전사자의 발밑에 나뒹굴던 그 피 묻은 역사의 고무신을 이제는 찾기 어렵다. 그러나 내 외할머니의 코고무신이 아직 내 가슴속에 남아 있듯이 내 유년의 검정 고무신은 언제까지나 내 가슴속에 남아 있을 것이다.

그럼 이만 안녕

손을 흔들지는 않겠네
당신도 손을 흔들지는 마시게
나는 당신이 사다준 십자가에
평생 매달렸다 내려왔다 했다네

당신을 바라보는 것만으로도 눈물이 나고
당신을 바라보는 것만으로도
당신의 운명이 되었던 나는
늘 남이 먹다 남긴 밥을 먹으며 살아왔으나
인생은 사랑하기에도 너무 짧지만
분노하기에도 너무 짧다네

울지는 마시게
죽음보다 더 깊은 가을 산에 올라
무서리가 내리고 서릿바람이 불고
그 어디 국화 한송이 피지 않아도
강물이 깊어지면 어둠이 깊어지고
어둠이 깊어지면 이별도 깊어진다네

그럼 이만 안녕
오늘은 내가 타고 갈 장의차 하나
새들이 겨우내 먹을 열매가 발갛게 익어가는
산수유 그늘 아래로 느리게 지나간다네
나는 무덤이 없으니 부디
내 무덤 앞에서 울지는 마시게

인생의 기적

　사람은 인생의 어느 순간에 뜻밖의 사고로 '죽을 뻔한 경험'을 하게 된다. 자칫 잘못됐으면 죽을 수도 있었던 일을 누구나 한두 가지씩 지니고 있다.

　나에게도 그런 일이 몇 번 있었다. 다행히 그때 죽지 않고 살아 그때를 돌이켜보면 일흔이 된 지금도 간담이 서늘하다. 내가 지금까지 살아 있는 것은 죽음이 찾아온 순간이 삶의 순간으로 전환된 기적의 결과다.

　내가 열 살이 된 1960년 어느 날이었다. 아버지가 근무하시던 대구 상업은행에 가서 아버지와 함께 은행 건너편 도로를 건너갈 때였다. 당시 횡단보도가 있는 것도 아니고 차량이 많이 오가는 것도 아니어서 사람들이 주로 무단횡단을 하고 다닐 때였다. 아마 내가 아버지 손을 놓고 빨리 건너가려고 혼자 뛰었던 것 같다. 갑자기 미군 지프차 한 대가 내 무릎 바로 앞에서 '끼이익!' 소리를 내면서 급정거했다. 나는 놀라 입을 딱 벌리고 가만히 서 있었다. 덩치가 집채만 한 흑인 미군 병사가 차에서 급히 뛰어내리더니 내가 알아듣지도 못하는 영어로 막 소리를 질러대었다. 아마 나를 욕하는 소리였을 것이다.

"너 이 새끼! 눈 똑바로 뜨고 다녀! 눈깔은 어디 갖다 둔 거야! 잘못했으면 너 죽을 뻔했어! 내가 얼마나 놀랐는지 알아?"

분명 이런 말을 했을 것이다. 내가 어린아이가 아니고 어른이었다면 당장 멱살잡이를 당하거나 한 대 얻어터졌을지도 모를 일이었다. 그만큼 그 미군은 위압적이었고 공격적이었다. 아버지가 놀라 급히 달려와 사과의 뜻으로 고개를 숙이고 뭐라고 하자 미군은 아버지한테 삿대질하며 더 큰 소리를 질렀다. 그러고는 아무 일도 없었다는 듯 재빨리 전속력으로 차를 몰고 어디론가 사라졌다.

그때 그 미군이 운전을 잘 못했다면, 미처 나를 보지 못했다면, 그 지프차가 성능 좋은 미군 군용 지프차가 아니고 엉성하게 조립한 국산 자동차였다면 아마 나는 그 자리에서 죽었을 것이다.

또 초등학생 때의 일이다. 아마 4학년 때였을 것이다. 아버지가 다니시던 은행에서 포항 송도해수욕장으로 여름 야유회를 갔는데 아버지가 중학생인 형과 나를 데리고 갔다. 바다를 본 건 그때가 처음이었다.

"세상에! 저렇게 물이 많다니! 그런데 넘치지도 않고 출렁대다니!"

바다는 그림이나 사진으로만 보아온 것과는 너무나 다른 경이로운 신비의 세계였다.

아버지가 형과 나의 수영복을 빌려 오셨다. 펑크 난 자동차 타이어 튜브를 때워서 만든 물놀이 튜브도 빌려 오셨다. 형과 내가 해수욕장에서 신나게 놀기를 바라신 아버지의 바람대로 나는 튜브를 타고 바다로 들어갔다(그때 형은 어디 가고 왜 나 혼자 튜브를 탔는지 알 수가 없다). 양팔과 다리를 밖으로 내어놓고 튜브에 눕기도 하고 엎드리기도 하면서 바다에서 노는 일은 신나는 일이었다. 주변에는 나처럼 많은 아이들이 고무 튜브를 타고 바다에 둥둥 떠 있었다.

얼마쯤 지났을까. 해변의 경치가 나랑 좀 멀리 떨어져 있다는 느낌이 들었다. 파라솔 아래 앉은 아버지가 아까보다 더 멀리, 자그맣게 보였다. 주변에 많이 있던 아이들도 두세 명밖에 보이지 않았다. 퍼뜩 뭔가 다른 상황에 처했다는 생각이 들었다. 얼른 밖으로 나가는 게 좋겠다 싶어,

바다에 처음 뛰어들었을 때처럼 바닥이 얕은 줄 알고 튜브에서 내려와 발을 디뎠다. 순간, 바닥에 발이 닿지 않았다. 철렁 가슴이 내려앉았다. 몸이 파도에 붕 뜨는 것과 동시에 그만 잡고 있던 튜브를 놓치고 말았다.

헤엄도 칠 줄 모르면서 팔다리를 마구 놀렸다. 필사적이었다. 한순간 엄습해온 죽음의 공포에 있는 힘을 다해 해변 쪽으로 헤엄을 쳤다. 실제로는 아주 짧은 시간이었겠지만 아주 긴 시간 동안 헤엄을 친 것 같았다.

'이제 발이 닿겠지!'

다시 바닥을 디뎠다. 여전히 발이 닿지 않았다. 가슴이 또 쿵 내려앉았다. 팔다리를 마구 놀렸다. 오직 살아야 한다는 생각밖에 없었다. 그러나 곧 힘이 빠져 더 이상 헤엄을 칠 수 없었다. 몸이 물속으로 가라앉았다. 순간, 발끝이 바닥에 닿았다. 바닥을 딛고 겨우 일어서자 턱까지 물이 닿았다. '아, 살았다!' 싶었다. 기진맥진한 채로 천천히 모래밭으로 걸어 나와 아버지 곁에 앉자 힘이 하나도 없었다.

나는 파도에 의해 튜브가 바다 안쪽으로 차츰차츰 밀려 들어가는 것을 알지 못했다. 그때 조금만 더 깊은 데로 밀려갔더라면, 팔과 다리를 마구잡이로 놀리는 엉터리 개헤엄으로라도 내 힘으로 헤엄쳐 나오지 못했더라면, 발에 쥐

초등학생 때 포항 송도해수욕장에서 형 정호용(왼쪽)하고 처음으로 바다를 보았다. 이 날 나는 튜브를 타고 놀다가 익사할 뻔했다.

라도 나거나 파도가 덮쳐 물을 많이 먹었더라면 나는 어쩌면 익사했을지도 모를 일이다. 당시 주변 사람들은 내가 살기 위해 필사적으로 헤엄치는 줄 몰랐을 것이다. 그저 온 힘을 다해 헤엄치는 연습을 하며 재미있게 노는 줄 알았을 것이다.

내가 죽을 뻔한 일은 군에 입대해서 사격장에서도 일어났다. 1970년 1월에 입대한 나는 강원도 춘천 야전공병단에서 근무하게 되었다. 당시 공병工兵들은 도로나 교량 건설 등에 투입되기 때문에 군인으로서 받아야 할 기본적인 훈련 시간을 확보하기 어려웠다. 그래서 사격훈련도 하루

날을 잡아 한꺼번에 몰아서 하곤 했다.

사격훈련 시에는 만일의 사태를 예방하기 위해 다른 때보다 군기가 아주 세다. 사격장 통제관의 명령에 엄격하게 따라야 한다. 통제관의 명령은 '전 사선 사격준비 끝, 자물쇠 풀고, 거총擧銃, 전방의 목표물을 향해 조준, 사격개시'의 순서로 진행되며, 사격개시 명령이 내리면 각자 표적판을 향해 일제히 사격을 하게 된다.

나는 제2차 세계대전 때 미군들이 쓰던 M1소총으로 '엎드려 쏴' 자세를 취하고 통제관의 명령에 귀를 기울이고 있었다.

"자물쇠 풀고……, 애인의 젖가슴을 만지듯 서서히 숨을 죽이고……."

통제관이 단호한 목소리로 총의 잠금장치를 풀라는 명령을 내렸을 때였다. 느닷없이 누가 거총을 하고 엎드려있는 내 다리를 군홧발로 힘껏 걷어찼다.

"자세 똑바로 해!"

깜짝 놀라 나도 모르게 총구를 돌리며 뒤를 돌아봤다. 누가 나를 발로 찼는지 알고 싶었던 것이다. 그는 소대장이었다.

"뭘 봐! 자세 똑바로!"

소대장이 이번에는 내 엉치를 걷어찼다. 순간, 나는 소대장을 향해 총을 쏴버리고 싶은 강한 충동을 느꼈다. 뒤를 돌아보면서 총구는 이미 소대장을 향해 있었다. 자물쇠를 풀고 있었기 때문에 방아쇠를 당기면 그만이었다. 눈에서 불이 번쩍 일었다. 그렇지만 서서히 충동을 억누르고 총구를 표적판을 향해 돌리고 사격을 개시했다.

지금 생각해도 참 철없고 겁 없는 소대장이었다. ROTC 출신 장교 중위로 워낙 성미가 고약해서 소대원들을 괴롭혔다. 툭하면 취침 전에 어깨를 내밀고 내게 안마를 시키는가 하면, 한번은 나처럼 키 작고 맷집 없는 병장과 덩치가 크고 주먹도 센 일병을 불러내 내무반 통로에서 권투 시합을 시킨 적도 있었다. 아무리 힘이 세다 해도 일병이 감히 병장에게 주먹을 날릴 수는 없는 일이었다. 그런데도 일병에게 "제대로 시합하지 않으면 빳다를 치겠다"고 방망이를 들고 엄포를 놓았다. 또 내가 국문과 출신이라는 것을 알고 펜팔을 한답시고 툭하면 알지도 못하는 여성에게 대신 편지를 쓰게 했다.

그런 소대장이 사격장에서 나를 두 번이나 걷어찼으니 사격 자세를 수정하기는커녕 평소 지니고 있던 악감정이 한순간에 폭발한 것이다. 정말 위험한 순간이 아닐 수 없었다. 내가 그 한순간을 참지 못하고 방아쇠를 당겼다면 소대장은 죽었을 것이다. 나 또한 군법 절차에 따라 죽음을 면치 못했을 것이다. 지금도 생각하면 머리가 핑 돌고 몸이 떨린다.

그 뒤, 40여 년의 세월이 흐른 뒤, 예순넷이 된 2014년 12월에 '죽을 뻔한 일'이 또 일어나고 말았다. 멕시코 과달라하라에서 국제도서전이 열렸을 때였다. 한국문학번역원이 과달라하라국제도서전에서 시 낭송회를 겸한 '독자와의 만남' 행사 등을 주최해 내가 참여하게 되었다. 내 시집 《사랑하다가 죽어버려라》가 멕시코 출판사에 의해 스페인어로 번역 출판된 게 그 계기였다.

일주일 일정 중 마지막 일정은 테픽이라는 도시에 있는 나야리트대학교 주최 '한국문학의 밤' 행사였다. 모든 행사를 마치고 숙소인 호텔에 도착하자 밤 11시경이었다. 나는 평소 습관대로 반신욕을 하려고 욕조에 들어가 물을 틀었다. 시차가 바뀐 채 강행군한 일정에서 온 피곤함을 반신욕으로 풀어볼 작정이었다. 반신욕은 욕조에 물을 미리 받아놓고 하는 것보다 욕조에 들어가 물을 틀어놓고 하는 게 보다 효과적이었다. 물이 배꼽 위쯤 차오르면 수도꼭지를 잠그면 되었다.

그날 나는 수도꼭지를 잠그지 않고 욕조 속에서 잠이 들어버렸다. 언제 잠이 들었는지 몰랐다. 어느 순간 불현듯 눈을 뜨자 내가 물이 가득 찬 욕조 속에 있었고, 욕조 밖으로 물이 찰랑찰랑 넘치고 있었다. 화장실 바닥엔 물이 흥건했다. 이미 물은 화장실을 지나 내실 양탄자를 반쯤 적셔놓고 있었다. 급히 욕조의 물을 빼냈다. 욕실 수건 몇 개로 신속하게 물을 적셨다가 짜고 하는 방법으로 응급 처리를 하고 나자 시간은 밤 1시가 훨씬 넘어 있었다.

마음을 진정시키고 의자에 앉아 가만히 생각해보았다. 팔을 벌리고 양손을 욕조 밖으로 내놓고 있었기에 망정이지 양손이 욕조 안으로 들어갔다면, 마치 술에 취한 듯 깊은 잠에 취해 내 키보다 훨씬 크고 넓은 욕조 속으로 스르르 빠져들어 익사했을 것이다. 너무 깊이 잠들었기 때문에 물이 가득 찬 욕조에 얼굴이 잠겨도 당장 깨어나긴 어려웠을 것이다. 숨이 막힌다는 느낌이 드는 순간, 얼른 깨어나지 못하고 버둥대다가 한순간에 호흡을 하지 못하게 되었을 것이다.

곰곰 생각할수록 아찔하고 멍멍했다. 더 이상 잠은 오지 않았다. 계속 가슴만 쓸어내렸다. 아침에 일행들을 만나 식사를 하면서도 반신욕을 하다가 잠이 들어 욕조에 빠져 죽을 뻔했다는 이야기는 하지 않았다. 예정대로 푸에르토 바야르타 공항으로 이동하는 동안 창피함과 두려움과 안도감에 휩싸여 도저히 말을 꺼낼 수가 없었다. 비행기를 타고 LA를 거쳐 서울로 돌아오는 동안 내내 감사기도만 드렸다. 만일 내가 멕시코 테픽 호텔 욕조에서 반신욕을 하다가 익사했다면 그다음 일은 어떻게 전개되었겠는가. 상상만 해도 가슴이 저리고 머리끝이 쭈뼛해지고 온몸에 소름이 돋았다.

그 외에도 죽을 뻔한 일은 몇 가지 더 있다.

초등학교에 들어가기 전 평택에 살 때 형이 장난삼아 냇물에 내 머리를 쑥 눌러 집어넣고는 꺼내주지 않았다. 다행히 형이 내가 발버둥치는 줄 알고 늦게나마 꺼내주어 살긴 살았지만, 얼굴 전체가 물속에 잠겨 버둥대던 그 숨막힌 억압감은 아직도 잊히지 않는다.

또 오십 대 중반에 서울 신사동 네거리에서 친구가 운전하는 차의 조수석에 앉아 있다가 맞은편에서 달려오는 차와 그대로 정면충돌한 적이 있다. 다행히 내가 탄 차가 마침 정지신호를 받고 멈추어 있어서 충돌의 충격이 적어 크게 다치지 않았지만 나는 "어, 어" 소리만 지르다가 앞유리에 그대로 머리를 박아 한동안 고개를 들지 못했다.

또 몇 해 전, 통영 앞바다 죽도에 있는 재기중소기업개발원에 강연을 하러 갔다가 통영유람선터미널 가는 여객선이 일찍 끊기는 바람에 세 사람이 겨우 탈 수 있는 모터 달린 이동선을 탔는데 파도에 휩쓸릴 뻔한 참으로 위험한 순간도 있었다.

인생의 기적은 무엇일까. 돈을 많이 벌고 뜻하지 않은 행운이 거듭 찾아오는 것일까. 아니다. 지금 내가 살아서 존재하고 있다는 것이 바로 기적이다. 그 외에 다른 기적은 있을 수 없다. 내 존재의 삶이라는 기적이 끝나는 날, 그때는 또 자연스럽게 죽음이라는 기적이 찾아오리라. 그때는 더욱 두 손 모아 무릎 꿇고 감사하리라.

마지막을 위하여

당신을 용서하는 것도 이번이 마지막이에요
삶의 수용소에서
당신을 사랑하는 것도 이번이 마지막이에요
용서할 때 용서받을 수 있다는
마더 테레사 수녀님의 말씀을 실천하는 것도
이번이 마지막이에요

우리가 만나 보리굴비에 돌솥밥을 먹는 것도
따사로운 창가에 앉아 함께 커피를 드는 것도
기차를 타고 멀리 속초까지 와서
설악을 바라보며 참회의 눈물을 흘리는 것도
신흥사 청동대불님께 절을 하며
당신이 한없이 작아지는 것도

오늘이 마지막이에요
당신은 언제나 오늘의 사랑을 내일로 미루었지만
내일의 사랑은 찾아오지 않아요
진실을 말해도 아무도 듣지 않으므로

당신이 두려워 말하지 않았던 진실을
말할 수 있는 기회는 바로 지금이에요

마지막으로 인생을 실패해도 괜찮아요
실패가 오히려 마음이 편해요
인생을 사랑으로 성공하기는 어려워요
삶의 수용소에서 당신이 나를 배반하고
내가 당신을 배반하는 것도
오늘이 마지막이에요

나의 버킷리스트

서울을 무작정 떠나는 것이다. 갈아입을 셔츠나 팬티 한 두 장, 양말 한 켤레, 치약과 칫솔 정도만 넣은, 결코 책을 넣지 않되 내 시집 한 권은 넣은, 아니, 내 시집보다는 네덜란드의 사제 헨리 나우웬이 쓴 《탕자의 귀향》 한 권을 넣은 가벼운 가방 하나만 들고 어떤 목적이나 목적지 없이 그냥 떠나는 것이다.

고속버스터미널에 갔다면 눈에 띄는 아무 차표나 끊어서 고속버스를 타고, 수서역이나 서울역에 갔다면 당장 떠날 수 있는 승차권을 발권해서 기차를 타고 일단 떠나는 것이다. 내가 가는 곳이 그 어디든 아무 상관 없이 차창 밖을 스쳐 지나가는 풍경에 눈길을 돌리다가 나도 모르게 깊게 잠들어버리는 것이다. 버스나 기차가 종착지에 도착해서 더 이상 달리지 않으면 느릿느릿 내려 혼자 이리저리 거리를 걸어 다니다가 배가 고프면 아무 식당에나 들어가 밥을 사 먹는 것이다. 주로 된장찌개나 김치찌개를 사 먹겠지만 가끔 짜장면도 라면도 햄버거도 사 먹고, 밤이 깊어지면 네온사인 불빛이 번쩍이는 곳보다 다소 허름해 보이는 모텔에 들어가 잠을 자는 것이다.

이튿날 날이 밝으면 다시 마음 내키는 대로, 굳이 가보고 싶다고 생각되는 곳이 아니더라도 어디로 또 떠나는 것이다. 떠난 그곳에 일찍이 인연이 닿아 아는 사람이 있어도, 한번 만나보고 싶다는 생각이 들어도 끝내 연락하지 않고 혼자 머물다가 떠나는 것이다. 혹시 영화관이 있으면 슬쩍 들어가 아무 영화나 보기도 하고, 문학관이나 박물관이라도 있으면 천천히 느린 발걸음으로 하나하나 둘러보기도 하고…….

그러다 보면 배를 타고 어디 먼 섬으로, 포항에서 울릉도로, 목포에서 흑산도와 홍도까지라도 떠날 수 있을 것이다. 술은 못 먹으니까 혼자 술을 먹는 일은 없겠지만 그 섬에서는 막걸리나 소주 한두 잔 정도는 어쩌다가 먹을 수도 있을 것이다. 술을 먹다가 누가 "어디서 왔느냐, 왜 여기까지 왔느냐"고 물으면 그때서야 슬며시 일어나 부둣가를 헤맬 것이다. 부두에 어른거리는 고깃배들의 불빛을 바라보다가 휴대폰의 전원이 꺼져 있는지 다시 한번 확인할 것이다. 아무한테도 연락하지 않아도 되고, 아무한테서도 전화가 오지 않는 온전한 불통의 시간, 완전히 혼자 있을 수 있는 시간, 지켜야 할 아무 약속도 없는 그 시간을 그대로 기뻐하면서 몇 날 며칠 그 섬의 여관방에서 늘어지게 늦잠을 자고 할 일 없이 빈둥댈 것이다.

그래도 전화 통화라도 한번 하고 싶은 친구의 얼굴이 문득 떠오르면, 애타게 걱정하며 내 전화를 기다릴 가족의 모습이 또 떠오르면, 그런 친구와 가족이 아직 내 삶에 존재하고 있다는 사실에 대해 진정 감사하되 통화하지는 않을 것이다. 그냥 그대로 빈둥대다가 더 이상 빈둥대기 스스로 민망해지면 또 다른 섬으로, 아니면 또 다른 육지의 어느 곳으로 이리저리 동가식서가숙東家食西家宿할 것이다.

신문도 TV도 유튜브도 보지 않을 것이다. 아니, 굳이 피하지는 않고 눈앞에 가판대가 있으면 한두 번 신문도 사보다가, 모텔 방에 있는 TV도 가끔 켜보다가 세상은 내가 관여하지 않아도 지구가 돌듯 그대로 잘 움직이고 있다는 사실을 새삼 깨닫게 될 것이다. 내가 없어도 가족들은 굶주리지 않고, 내가 없어도 시는 누군가에 의해 여전히 써지고, 시집은 계속 출간되고, 내가 없어도 누군가에 의해

인문학을 표방하는 강연과 '작가와의 만남'과 '시노래 콘
서트'가 계속된다는 사실을 또한 알게 될 것이다. 내가 아
니면 안 되는 일이 이 세상에 단 하나도 없다는 사실을 깊
게 깨닫게 되어도 조금도 섭섭해하지 않을 것이다.

　그러다가 지치고 힘이 들면 전국 어디든 있는 가톨릭교
회의 '피정의 집'을 찾아갈 것이다. 일단 그곳에서 몇 날
며칠 늘어지게 늦잠을 자고 미사 시간이 되어도 가는 둥
마는 둥 할 것이다. 어쩌다가 미사에 한번 참여하면 수녀
님들이 장궤틀에 무릎을 꿇고 기도하는 뒷모습, 나처럼 피
정의 집을 찾아온 이들의 기도하는 뒷모습을 자꾸 쳐다볼
것이다. 수녀님이 해주시는 밥을 먹고 '십자가의 길'을 따
라 숲길을 산책하기도 하고, 또 다른 산길을 하루 종일 걷
다가 돌아올 것이다.

　내가 너무 오래 있어 피정의 집에서 나를 좀 금치산자禁
治産者 정도로 여기고 싫어하는 기색이 엿보이면 또 다른
지역의 피정의 집으로 찾아들 것이다. 그리하여 또 수녀
님이 차려주시는 세 끼 밥을 맛있게 먹고, 수녀님들의 기
도하시는 뒷모습을 바라볼 것이다. 그러다가 나도 기도하
고 싶으면 할 것이다. 기도하다가 눈물이 나면 울 것이다.
아직도 내게 조용히 흘릴 수 있는 눈물이 있다는 것과, 눈
물을 흘릴 수 있는 시간과 공간이 있다는 것에 감사할 것

이다.

그렇게 감사기도를 하는 동안 피정의 집에 오랫동안 머물 수 있으면 좋겠지만 그럴 수는 없을 것이다. 그러면 그동안 내가 사랑했던 산사를 찾아가볼 것이다. 운주사 와불님을 찾아가 다시 한번 일어나보시라고 부탁도 드리고, 처마바위 밑에 앉아 있는 석불님을 보고 눈물을 흘렸던 것처럼 다시 울어도 보고, 처음으로 부처님께 절을 했던 부석사 무량수전 아미타불님도 찾아가 다시 삼배를 올리고, 순천 선암사 해우소에 가서 용변을 보면서 몸속의 노폐물뿐만 아니라 마음속의 모든 번뇌와 망상까지 다 버려볼 것이다.

그리고 순천까지 간 김에 가톨릭묘지에 잠든 동화작가 정채봉 씨의 무덤도 찾아가 풀꽃 몇 송이 꺾어 놓고 오랫동안 넋 놓고 앉아 있다가 일어설 것이다. 터덜터덜 무덤 사이로 난 산길을 내려와서 이제 더 이상 아무 데도 갈 데가 없으면 녹말로 만든 친환경 유골함에 담겨 흙 속에 묻히신, 이제는 흙이 되셨을 아버지와 어머니가 계신 곳, 충북 음성군 생극면 대지공원을 찾아갈 것이다. 어머니가 아버지보다 6년이나 늦게 찾아가셨지만 이제 두 분이 함께 한 흙이 되어 계신 마음이 어떠신지 여쭐 것이다. 봉분을 만들지 않고 유골함을 묻은 표지석 하나만 달랑 있지만 그래도 엎드려 절을 하고 새로 나온 내 시집을 바칠 것이다. 돌아가신 아버지 어머니를 생각하며 쓴 시들을 몇 편이고 자꾸자꾸 읽어드릴 것이다. 그러다가 해가 지고 밤하늘에 어머니 골무 같은 반달이 뜨면 더 이상 울지는 않고 나는 또다시 어디론가 떠날 것이다.

그래도 여행은 떠나왔던 곳으로 되돌아가야 완성되는 것이므로 고속버스보다 굳이 기차를 타고 나는 다시 서울로 돌아갈 것이다. 그러나 선뜻 집으로 돌아가진 않을 것이다. 자식들의 집에도 가지 않을 것이다. 손자들을 한번 안아보고 싶어도 참을 것이다. 그냥 서울역에서 여행객이나 노숙인 틈에 끼여 대합실에 켜놓은 대형 TV를 물끄러미 바라볼 것이다. 드라마가 재미없고 똑같은 뉴스가 몇 번씩 되풀이해 방영되어도 멍하니 보고 또 볼 것이다. 배가 고프면 노숙인을 따라 무료급식소에 가서 밥을 얻어먹고 천천히 남산에 올라 오랫동안 서울을 묵묵히 내려다볼 것이다.

그렇게 며칠을 지내다가 '돌아온 탕자'의 심정이 되어 저 '서울의 예수'가 이제 나를 용서해줄 것이라고 생각할 것이다. 지하철을 타고 집으로 돌아가 "곧 죽을지도 모른다는 사실을 명심하는 게 인생의 고비마다 중요한 결정을 내리는 데 큰 도움이 된다"는 스티브 잡스의 말을 떠올리며 "이제 주변 정리를 하는 게 좋겠다"고 마치 의사처럼 내가 내게 말할 것이다. 그리고 내 방에 홀로 틀어박혀 아직도 써야 할 시가 남아 있는지 내 가슴을 오랫동안 깊게 들여다볼 것이다. 이제 더 이상 써야 할 시가 없다는 것, 그것을 가장 큰 감사와 기쁨으로 여길 것이다.

첨성대

할머님 눈물로 첨성대가 되었다
일평생 꺼내보던 손거울 깨뜨리고
소나기 오듯 흘리신 할머니 눈물로
밤이면 나는 홀로 첨성대가 되었다

한 단 한 단 눈물의 화강암이 되었다
할아버지 대피리 밤새 불던 그믐밤
첨성대 꼭 껴안고 눈을 감은 할머니
수놓던 첨성대의 등잔불이 되었다

밤마다 할머니도 첨성대 되어
댕기 댕기 꽃댕기 붉은 댕기 흔들며
별 속으로 달아난 순네를 따라
동짓달 흘린 눈물 북극성이 되었다

싸락눈 같은 별들이 싸락싸락 내려와
첨성대 우물 속에 퐁당퐁당 빠지고
나는 홀로 빙빙 첨성대를 돌면서

첨성대에 떨어지는 별을 주웠다

별 하나 질 때마다 한 방울 떨어지는
할머니 눈물 속 별들의 언덕 위에
버려진 버선 한 짝 남 몰래 흐느끼고
붉은 명주 옷고름도 밤새 울었다

여우가 아기무덤 몰래 하나 파먹고
토함산 별을 따라 산을 내려와
첨성대에 던져논 할머니 은비녀에
밤이면 내려앉는 산여우 울음소리

첨성대 창문턱을 날마다 넘나드는
동해바다 별 재우는 잔물결소리
첨성대 앞 푸른 봄길 보리밭길을
빗쟁이 따라가던 송아지 울음소리

빙빙 첨성대를 따라 돌다가

보름달이 첨성대에 내려앉는다
할아버지 대지팡이 첨성대에 기대놓고
온 마을 석등마다 불을 밝힌다

할아버지 첫날밤 켠 촛불을 켜고
첨성대 속으로만 산길 가듯 걸어가서
나는 홀로 별을 보는 일관日官이 된다

지게에 별을 지고 머슴은 떠나가고
할머닌 소반에 새벽별 가득 이고
인두로 고이 누빈 배동정 같은
반월성 고갯길을 걸어오신다

단옷날 밤
그네 타고 계림숲을 떠오르면
흰 달빛 모시치마 홀로 선 누님이여

오늘밤 어머니도 첨성댈 낳고

나는 수놓는 할머니의 첨성대가 되었다
할머니 눈물의 화강암이 되었다

별을 바라보는 사람

　나는 첨성대를 사랑한다. 첨성대를 소중한 문화유산으로 여기는 데서 오는 사랑이라기보다는 시적 대상으로 인식하고 승화시킴으로써 형성된 나만의 특별한 사랑이다. 내가 직접 찍은 첨성대가 있는 겨울 풍경 사진을 지금 내 노트북의 바탕화면으로 삼고 있는 것도 바로 그러한 마음 때문이다.

　첨성대와 나의 인연은 참으로 깊다. 대구에 살던 나는 중학생 때 방학만 되면 첨성대 바로 앞에 있는 초가집에서 며칠씩 지내곤 했다. 사촌 형제들이 경주와 불국사 사이에 있는 동방이라는 작은 마을에서 초등학교를 다니다가 경주 시내에서 중학교를 다니게 되자 외할머니가 아예 집을 하나 얻어 사촌들을 돌보셨는데, 그 집이 바로 첨성 대 앞에 있는 초가집이었다.

그 집에서는 창호문만 열면 바로 코앞에 첨성대가 있었 다. 그러니까 첨성대는 외할머니 집 앞마당이나 마찬가지 였다. 지금은 그 초가집이 없어져 여간 아쉬운 게 아니지 만, 다행히 초가집 바로 앞에 있던 우물은 아직도 첨성대 울타리 안에 남아 있다.

나는 첨성대에 갈 때마다 뚜껑을 덮어놓은 그 우물가를 서성이며 어린 시절의 소중한 추억을 떠올리곤 한다. 당시 외할머니는 그 우물물을 길어 밥을 하시고 그 우물가에서 빨래를 하곤 했다. 물론 나도 그 우물가에서 아침저녁으로 손발을 씻고 세수를 했다. 그때만 해도 첨성대·기단 바로 앞까지 채소밭이 있었고, 지금처럼 철책으로 울타리가 둘 러쳐져 있지 않았다. 그래서 첨성대는 사실 나 같은 장난 꾸러기들의 놀이터였다.

나는 사촌들과 곧잘 첨성대 창문 안으로 기어들어가 놀 곤 했다. 첨성대를 기어오르는 일은 그리 어렵지 않았다. 첨성대는 화강암을 한 단 한 단 조금씩 안으로 디밀어 원 형을 만들면서 쌓아놓았기 때문에 몸을 착 밀착시키면 여 러 사람이 동시에 얼마든지 올라갈 수 있었다.

처음에 나는 첨성대 안이 여름날의 김칫독처럼 텅 비어

1973년 대한일보 신춘문예에 시 〈첨성대〉가 당선된 뒤 외할머니가 계신 경주 첨성대를 찾았다. 별이 깃드는 첨성대는 내 문학의 출발지자 귀결지다.

있는 줄 알았으나 그게 아니었다. 놀랍게도 안에는 흙이 꽉 차 있었다. 그런데 더 놀라운 것은 그 안이 아늑하다는 것이었다. 그 안은 마치 닭둥우리처럼 오목하고 아늑했다. 여름에 무더위가 아무리 기승을 부려도 그 안은 시원하다 못해 서늘했다. 겨울에는 아무리 찬바람이 휘몰아쳐도 그 안만은 따뜻하고 포근했다. 마치 어머니 품속 같았다. 그 무렵 첨성대는 우리의 어머니이자 할머니였다. 우리는 어머니 품으로 파고들듯 첨성대 품속을 파고들었다.

나는 가끔 밤에도 첨성대에 올라가보았는데, 첨성대 창문을 통해 계림숲과 반월성 너머로 보이는 밤하늘엔 유난히 별들이 찬란했다. 천장 위 사각의 구멍 사이로 보이는 밤하늘에서는 와르르 별들이 쏟아지는 것만 같아 몇 번씩 몸을 낮추곤 했다. 그러다 살짝 첨성대 창문 밖으로 고개를 내밀면 어느 집에서인지 모깃불 사그라지는 불빛이 몇 점 보이기도 하고, 먼 데 초가 마을 어느 창문에서는 누가 공부를 하는지 밤늦게까지 호롱불이 가물거리기도 했다.

사촌들의 말에 의하면 예전에 다른 사람들도 첨성대 창문 안으로 들어가 많이들 논 모양이었다. 어른들은 그 안에 들어가 화투를 치거나 술을 마시기도 했다고 하며, 어떤 청춘 남녀는 한바탕 사랑을 나누고 나오기도 했다고 하며, 또 어떤 때는 누가 누런 똥을 한 무더기 누고 간 적도 있었다고 한다.

사촌들이 고등학교를 졸업할 무렵, 외할머니가 사시던 초가집은 문화재보호지역으로 수용되어 허물어져버렸다.

그 후 나는 하얀 보름달이 떠 있는 날, 첨성대 꼭대기에 소복 입은 여인이 올라가 훌쩍 뛰어내려 자살하는 꿈을 꾸곤 하면서 늘 첨성대를 그리워했다. 왜 그런 비극적 상상을 하게 되었는지는 모르겠지만 나는 그런 상상과 그리움에 〈첨성대〉라는 제목의 시를 썼고, 그 시로 대한일보 신춘문예에 당선되었다. 그러니까 어느 한편으로는 첨성대가 나로 하여금 시인이 될 수 있도록 해준 셈이다.

어릴 때 반월성에서 계림숲 사이로 난 보리밭길을 걸어오다가 첨성대를 보면 첨성대는 마치 무명 치마를 입고 동구 밖에 서 있는 할머니나 어머니 같았다. 집 나간 자식을 기다리던 어머니가 아들이 보고 싶어 보리밭길을 헤매다가 한 손으로 치맛단을 바짝 끌어올리고 잠시 돌아서서 동구 밖으로 난 오솔길을 바라보는 모습 같았다.

그러나 지금은 그렇지 않다. 이제는 첨성대가 아름다운 곡선을 그대로 드러내고 있는 한 여인의 모습으로 느껴진다. 내가 사랑하는 한 여인이 한복을 입고 들길을 걷다가 잠깐 멈추어 서서 잔잔한 미소를 띠며 나를 바라보는 자태가 바로 저런 아리따운 자태가 아닌가 한다.

최근에 나는 내 아호를 스스로 '첨성瞻星'이라고 지었다. 바라볼 '첨' 자에 별 '성' 자니까 '별을 바라본다'라는 뜻이 되겠다. 따라서 나는 '별을 바라보는 사람'이라고 할 수 있겠다. 평생 시를 쓰는 일, 그것은 첨성대 위에 올라 평생 별을 바라보는 일이며, 평생 별을 바라보는 사람이 바로 시인이라는 생각 때문이다.

외로워도 외롭지 않다
정호승의 시가 있는 산문집

1판 1쇄 발행 2020년 11월 5일 **1판 9쇄 발행** 2021년 1월 28일

지은이 정호승
펴낸이 고세규
편집 이승희 박규민 **디자인** 정윤수
마케팅 백미숙 **홍보** 김하은
발행처 김영사
주소 경기도 파주시 문발로 197(문발동) 우편번호 10881
등록 1979년 5월 17일(제406-2003-036호)
구입 문의 전화 031)955-3100 **팩스** 031)955-3111
편집부 전화 02)3668-3292 **팩스** 02)745-4827 **전자우편** literature@gimmyoung.com
비채 카페 http://cafe.naver.com/vichebooks **인스타그램** @drviche
트위터 @vichebook **페이스북** facebook.com/vichebook **카카오톡** @비채책
ISBN 978-89-349-9237-0 04810
　　　978-89-349-9243-1 (세트)
책값은 뒤표지에 있습니다.

비채는 김영사의 문학 브랜드입니다.